I0712258

BESTIMMUNG

SCHICKSALSWEGE-TRILOGIE

JEN L. GREY

Copyright © 2023 Grey Valor Publishing, LLC

Alle Rechte vorbehalten.

Kein Teil dieses Buches darf in irgendeiner Form oder mit irgendwelchen elektronischen oder mechanischen Mitteln, einschließlich Informationsspeicher und -abrufsystemen, ohne schriftliche Genehmigung des Autors vervielfältigt werden, außer für die Verwendung kurzer Zitate in einer Buchrezension.

Übersetzung von Literary Queens

Wolfsgeheul drang an meine Ohren und ließ die ohnehin schon kalte Februarbrise aus Oregon noch frostiger erscheinen.

Das Geräusch war nur zwei oder drei Meilen entfernt. Es war von hinter mir gekommen, was bedeuten musste, dass die Wölfe auf meine Fährte gestoßen sind und mich aufspüren konnten.

Ein Schauer lief mir über den Rücken.

Ich sollte nicht hier draußen sein, weit weg von der Siedlung in Oxbow, Oregon, in der sich unser Rudel niedergelassen hatte. Dieses Gebiet markiert die Staatsgrenze zwischen Idaho und Oregon; von hier aus könnte jemand aus unserem Rudel leicht nach Idaho eindringen und Probleme mit dem benachbarten königlichen Berater verursachen. Ich konnte nicht sicher sein, zu welcher Seite diese Wölfe gehörten.

Hierherzukommen, um im Hells Canyon-Nationalpark zu wandern, war ein Fehler gewesen, aber dies war einer der sichersten Orte für mich, um allein unterwegs zu sein, und ich brauchte dringend Zeit für mich. Vor allem, nachdem unser Alpha, Zeke, mich gezwungen hatte, sein Haus zu putzen, wodurch ich meine Schicht im örtlichen Café verpasst hatte ... *schon wieder*. Ich war kurz davor, gefeuert zu werden, und meine Chance, meinem Rudel zu entkommen, war aufgrund meiner Position als schwächste Wölfin im Rudel mehr als gering.

Ich versuchte, meine Bedenken zu verdrängen und den leuchtenden Vollmond hoch oben am weiten, wolkenlosen Nachthimmel zu bewundern. Sternklare Nächte waren hier selten – ein weiterer Grund, warum ich mich für diesen Spaziergang hinausgeschlichen hatte.

Der dritte Grund war, dass ich mich nicht verwandeln konnte, weil ich keine Verbindung zu meiner Wölfin herstellen kann, und nach einem so stressigen Tag wie heute, brauchte ich die Natur um mich.

Plötzlich hörte ich das Heulen mehrerer Wölfe, sie kamen näher ... mittlerweile waren sie nur noch etwa eine halbe Meile entfernt.

Meine Brust zog sich zusammen, als der Wind frisch wehte und die Zweige der umliegenden Lärchen, Kiefern, Zypressen und Tannen raschelten, was der ohnehin schon unheimliche Atmosphäre noch mehr Nachdruck verlieh. Meine Wölfin regte sich in mir – zumindest glaubte ich das. Es fühlte sich an, als würde sich etwas in meiner Brust aufbäumen.

Bei allen Göttern, ich wünschte, ich könnte meinen Rudelmitgliedern eine Nachricht über unsere Gedankenverbindung schicken, aber das war nur eine weitere Sache, die ich nicht konnte.

Da ich wusste, dass ich nicht die Möglichkeit hatte, umzukehren, weil ich den sich nähernden Wölfen dann über den Weg laufen würde, lief ich tiefer in den Wald in Richtung der Schlucht, durch die der Snake River floss. Ich könnte das

Wasser nutzen, um meinen Geruch zu verbergen. Wenn diese Wölfe zu meinem Rudel gehörten, konnte ich das Messer, das an meinem Knöchel befestigt war, nicht benutzen, um mich gegen sie zu verteidigen, oder ich würde Ärger mit dem Alpha bekommen. Aber hier zu stehen und einfach abzuwarten, was sie mir antun würden, wäre ebenfalls nicht klug. Ich musste fliehen.

Der einzige Grund, warum ich das Messer hatte, war, um mich gegen ein anderes Rudel verteidigen zu können, zumal die Königin des Südwestterritoriums Anstalten machte, Oregon zu übernehmen.

Ich zwang mich selbst dazu, schneller zu laufen. Ich konnte das Hecheln der Wölfe näherkommen hören, und das Stapfen ihrer Pfoten auf dem Waldboden.

Die Haare in meinem Nacken stellten sich auf. Mein Atem stieg als weißer Nebel gen Himmel. Obwohl die Temperatur kurz vor dem Gefrierpunkt war, spürte ich es kaum. Dafür pumpten Adrenalin und Angst viel zu heiß durch meine Adern.

Bei jedem Schritt, den ich machte, kamen die Wölfe mindestens zwei Schritte näher. Ihre Anwesenheit war nun deutlich spürbar und mein Nacken kribbelte. Ich war ihre Beute.

So schnell ich konnte, rannte ich los. Ich wich Wurzeln und Baumstämmen auf dem Waldboden aus, kannte sie fast so gut wie jeden Takt und jedes Wort von *Evanescences* ›Bring Me to Life‹, einem Lied, das mich auf einer Ebene ansprach, wie es nur wenige andere taten. Es war ein Lied, das mich tief im Inneren traf und genau beschrieb, wie pessimistisch und abgestumpft ich gegenüber meiner Zukunft geworden war.

Weniger als eine halbe Meile von mir entfernt tauchten plötzlich mehrere kleine Felsbrocken auf. Ich verlor die

Orientierung und stolperte über einen großen, vom Gras verdeckten Stein und landete auf allen Vieren. Stechender Schmerz durchzuckte meine Hände und Knie. Das war jedoch nichts im Vergleich zu dem, was meine Verfolger mit mir anstellen konnten, also rappelte ich mich eilig hoch. Hoffentlich war ich einfach nur übermäßig paranoid und diese Wölfe liefen nur herum, spielten und waren zufällig genau wie ich auf dem Weg zum Snake River.

Etwas in mir zuckte angesichts meiner Naivität zusammen.

Trotz meiner wärmeren inneren Wolfstemperatur spürte ich eine Kälte bis in meine Knochen, während das Rudel immer näher kam. Kurz darauf konnte ich fünf Wölfe hinter mir ausmachen. Sie würden mich in wenigen Minuten erreichen, egal, was ich tat.

Es war dumm gewesen, bei Vollmond herzukommen, aber andererseits war es verboten, sich in dieser Gegend in seiner Wolfsgestalt aufzuhalten ... oder zumindest hatte ich das gedacht. Ganz egal, jetzt war es zu spät, mir darüber Gedanken zu machen. Meine Wut und meine Verbitterung hatten mich dazu gebracht, dieses Risiko einzugehen. Aber nun wünschte ich mir in diesem Moment, ich könnte die Zeit zurückdrehen und wäre einfach zu Hause geblieben.

Da ich keine Verbindung zu jemandem in meinem Rudel herstellen konnte, griff ich nach meinem Handy, das in meiner Gesäßtasche steckte. Ich musste Theo anrufen. Er würde kommen und mir helfen, und sie würden auf ihn hören, da er der Sohn des Alphas war. Es widerstrebte mir, stehenzubleiben, aber es war zwecklos, zu fliehen.

Während ich das Wort ›*Hilfe*‹ *in* mein Handy tippte, tauchten die Wölfe zwischen zwei Lärchen hinter mir auf. Meine Augen weiteten sich, als ich erkannte, wer sie waren. Meine Aufmerksamkeit richtete sich auf die Wölfin, deren

Anblick am meisten schmerzte: meine Schwester, Pearl. Es war leicht, sie von den anderen zu unterscheiden, denn ihr Fell war fast vollkommen weiß.

Nachdem ich auf *Senden* gedrückt hatte, schob ich mein Handy wieder in die Tasche und stellte mich ihnen.

Ein dunkelgrauer Wolf – Charles, der Freund meiner Schwester – kam als Erster auf mich zu. Er knurrte mich an und fletschte seine Zähne. Seine Lakaien hinter ihm folgten seinem Beispiel, darunter auch meine Schwester.

Sie wollten mir Angst machen. Sie wollten, dass ich mich schwach fühlte. Sie wollten, dass ich aufgab.

Das war es, was jeder *gute* schwache Wolf tun würde – sich unterwerfen. Aber dazu war ich noch nie in der Lage gewesen, nicht einmal dann, wenn es in meinem besten Interesse war. Meine Eltern schimpften deswegen regelmäßig mit mir, aber irgendetwas in mir *weigerte* sich, Schwäche zu zeigen; da würde ich lieber die Prügel einstecken.

Ich richtete meine Schultern auf, trotz der Übelkeit, die in meinem Magen tobte. Eine kleine, aber logisch denkende Stimme schrie mich an, zu fliehen, aber mein Körper blieb standhaft und ruhig, während ich trotzig mein Kinn hob.

Die beiden Wölfe, die Charles flankierten, blieben kurz vor mir stehen. Bryson, auf der linken Seite, schüttelte sein hellgraues Fell, während Josh als hellbrauner Wolf zwischen ihm und Charles stand. Pearl stand zwischen Charles und Fred, einem anthrazitfarbenen Wolf, dessen Fell aufgestellt war.

Ich versuchte, einen gleichgültigen Gesichtsausdruck beizubehalten und keine Angst zu zeigen. Aber Pearl hier zu sehen, die aktiv versuchte, mich zu schikanieren, brachte mein Herz dazu, sich schmerzhaft zu verkrampfen. Ich wusste nicht, was sie gegen mich hatte, aber sie war das Geschwisterkind, das mich nie als Teil der Familie akzeptiert hatte, obwohl ich erst fünf Jahre alt gewesen war, als sie mich aufgenommen hatten.

Ich straffte meine Schultern. »Ich mache nur einen Spaziergang. Ich will keine Probleme, und ich werde Zeke nicht sagen, dass ihr in euren Wolfsgestalten hier wart, falls ihr euch deswegen Sorgen macht«, sagte ich mit lauter Stimme. Natürlich würde unser Alpha mir ohnehin nicht glauben, wenn die fünf mich eine Lügnerin nennen würden. Er dachte immer das Schlimmste von mir, egal in welcher Situation.

Charles fletschte die Zähne, Speichel tropfte von seiner Schnauze. Er scharrte mit den Pfoten auf dem Boden, als wolle er jeden Moment zum Angriff übergehen.

Ich musste mich unterwerfen. Dann würden sie zwar immer noch grausam zu mir sein, aber es würde bei Weitem nicht so schlimm werden, wie wenn ich es nicht täte. Obwohl ich mir dessen durchaus bewusst war, *konnte* ich meinen Blick einfach nicht zu Boden senken. Stattdessen sah ich direkt in Charles' Augen, als würde ich ihn herausfordern. Ein Kloß bildete sich in meinem Hals, der es mir erschwerte, zu atmen.

Großartig.

Er ging in die Hocke, bereit, sich auf mich zu stürzen und zu beweisen, dass er stärker war. Zum Glück schlich sich in diesem Moment zumindest ein bisschen gesunder Menschenverstand in meinen Dickschädel, und ich trat einen Schritt zurück. Charles war in seiner Wolfsgestalt, und in dieser war die Magie eines Gestaltwandlers am stärksten, während ich nur ein Mensch war. Es war nicht möglich, einen Kampf gegen ihn zu gewinnen. Verdammt, ich wollte gar nicht erst versuchen, zu kämpfen, denn ich hatte keinen Zweifel daran, wie es ausgehen würde.

Also hob ich kapitulierend die Hände, schaffte es aber

dennoch nicht, den Blickkontakt zu unterbrechen. »Ernsthaft, ich will keinen Ärger. Ich wollte einfach nur etwas raus in die Natur, und da ich mich nicht verwandeln kann, komme ich manchmal hierher. Lasst mich allein und spielt einfach weiter, und ich gehe wieder nach Hause. Ihr werdet mich heute Abend nicht wiedersehen.«

Der Wind wurde immer stärker, und die Temperatur sank um einige Grad, während nun auch Charles sein Fell aufstellte.

Josh gluckste, was sich in seiner Wolfsgestalt ein wenig so anhörte, als würde er würgen. Der harte Blick in seinen ebenholzfarbenen Augen und seine tiefe Stimme ließen das Geräusch so kalt erscheinen wie die Luft um uns herum. Sie würden angreifen, um mir eine beschissene Lektion zu erteilen. Da konnte ich auch genauso gut mit einem kleinen bisschen Würde untergehen.

Charles kam immer näher und hielt seine Aufmerksamkeit auf mich gerichtet. Er bewegte sich langsam, zweifellos um mich zu verunsichern. Die emotionale Seite des Angriffs war für sie wichtiger als die körperliche – sie war nur das Sahnehäubchen auf dem Kuchen. Ihr Preis dafür, dass sie so geduldig gewesen waren, als sie mit mir spielten.

Angespannt warf ich einen Blick auf die riesige Tanne zu meiner Linken. Ich könnte rauf klettern und warten, bis Theo mir zur Hilfe eilte, aber das wäre auf lange Sicht nur noch schlimmer. Dadurch würden sie nur wissen, was für eine Angst sie mir einjagten.

Dann würden sie nur auf eine andere Gelegenheit warten, um mir die Lektion zu erteilen, die sie für nötig hielten.

Charles stürzte sich auf mich und zielte mit seinen Vorderpfoten auf meine Brust. Als sich seine Krallen in meine Haut bohrten und sein Schwung mich umstieß, schrie ich auf. Ich landete auf dem Rücken, mein Kopf schlug gegen den Stamm einer Kiefer. Ein brennender Schmerz schoss meine Wirbelsäule hinunter, während mein Kopf zu pochen begann. Meine Brust krampfte sich wegen den Schnitten zusammen, und mein fuchsiafarbenes Lieblingsshirt war jetzt zerrissen und blutverschmiert. Angst vernebelte meine Gedanken.

Charles grub seine Klauen tiefer in mich hinein, und ich wimmerte laut. Sein Maul öffnete sich, und seine Zunge lugte hervor, als würde er manisch grinsen.

Ich brauchte mein Messer. Es war nicht abzusehen, wie weit er es treiben würde, vor allem mit den anderen hinter ihm, die auf und ab gingen und ihn anzufeuern schienen.

Ich ließ mich von meinen Instinkten leiten und rollte mich auf die Seite, was Charles unvorbereitet traf. Seine Pfoten landeten auf dem Boden, als ich es schaffte, auf die Füße zu springen.

Aus dem Augenwinkel sah ich weißes Fell auf mich zustürmen. Bevor ich mich bewegen konnte, hatte Pearl mich gegen den Baum gedrückt. Ich bekam keine Luft mehr und meine Rippen schmerzten schrecklich. Ich wusste, dass ich kurz davor war, zusammenzubrechen.

So schwer hatten sie mich noch nie verletzt. Normalerweise verpassten sie mir nur ein paar blaue Flecken oder Kratzer, wenn ich geschubst oder grober angefasst wurde, aber das hier ging weit darüber hinaus.

Vor Schmerz schreiend packte ich sie an ihrem flauschigen Hals und zerrte daran. Sie schwankte ein paar Schritte, dann schlug sie nach meinem Arm und ihre Krallen schlitzten meine Haut auf. Die anderen drei Wölfe umringten mich und versperrten mir jegliche Fluchtwege, während Charles wieder auf die Beine kam.

Seine eisgrünen Augen leuchteten, als er sich gedanklich

mit den anderen verband. Vermutlich diskutierten sie gerade darüber, was sie mit mir machen sollten.

Pearl wich ein paar Schritte zurück, und ich hätte schwören können, Bedauern in ihren haselnussbraunen Augen zu sehen. Innerhalb einer Sekunde verhärtete sich ihr Blick jedoch wieder.

Nun kamen alle fünf auf mich zu. Das hier war kein Spiel – sie waren darauf aus, mich zu verletzen, möglicherweise sogar, mich zu töten. Ich war hier draußen vollkommen allein und ihnen schutzlos ausgeliefert.

Ich glaubte zu hören, wie sich weitere Pfoten über den Waldboden auf uns zubewegten und hoffte, dass Theo gesehen hatte, dass ich ihn brauchte. Aber als die anderen fünf nicht reagierten, breitete sich ein flaues Gefühl in meinem Magen aus.

Ich schluckte, denn ich wusste, dass ich keine Wahl hatte. Ich musste das Messer benutzen ... falls ich danach greifen konnte. Noch war ich nicht bereit zu sterben. Das konnte nicht mein ganzes Leben gewesen sein.

Ich bückte mich, um das Messer zu ziehen. Sobald ich mich jedoch bewegte, stürmten sie auf mich zu, wahrscheinlich, weil Pearl wusste, was ich vorhatte. Unsere Eltern hatten jedem von uns ein Messer geschenkt.

Josh sprang auf meinen Rücken und stieß mich um. Ich rollte mich vorwärts, und seine Klauen zerrissen die Haut entlang meiner Wirbelsäule. Quälende Schmerzen breiteten sich auf meinem Rücken, meiner Brust und meinen Rippen aus. Meine Sicht verschwamm, und von irgendwoher ertönte ein weiterer Schrei ... oder war ich es, die schrie? Nicht, dass es etwas genützt hätte.

Als ich wieder auf den Füßen landete, fuchtelte ich mit dem Messer vor mir herum und versuchte verzweifelt, etwas oder jemanden zu erwischen. Nach einer Weile traf ich tatsächlich, und ein Wolf wimmerte, aber ich war nicht sicher, wer es war. Ich konnte nur hoffen, dass ich gut getroffen hatte.

Meine Hoffnung währte jedoch nicht lange, als mich Bryson und Fred von entgegengesetzten Seiten angriffen.

Sie gruben ihre Zähne in das Fleisch an meinen Schultern, jedoch nicht so tief, dass ich verbluten würde ... zumindest nicht sofort.

Das Wimmern von Charles und Josh drang an mein Ohr. Dann wurden Fred und Bryson von mir fortgerissen. Ich roch vier mir unbekannte Gestaltwandler, konnte jedoch nicht sehen, was gerade passierte.

Mein Hemd war vollkommen zerfetzt, also schlang ich die Arme um meine Brust, ignorierte das Pochen, das mich durchfuhr, und kroch zurück an den Fuß des Baumes.

Dann sah ich die vier Neuankömmlinge. Sie schienen sogar stärker zu sein als Zeke. Einer hatte blondes Fell, während die anderen unterschiedliche Brauntöne als Fellfarben hatten. Sie gehörten definitiv nicht zu unserem Rudel, denn die meisten von uns waren in ihren Wolfsgestalten grau und weiß. Wir hatten ein anderes Rudel in unsere Konfrontation verwickelt.

Zeke würde uns umbringen ... und mich vermutlich als Erste.

KAPITEL ZWEI

Blut lief von meinen Schultern an meinen Armen hinunter. Die warme Flüssigkeit benetzte meine Finger, während ich die Szene vor mir beobachtete.

Pearl hatte ihren Kopf so weit gesenkt, dass er fast den Boden berührte. Sie kauerte, so wie ich es zuvor hätte tun sollen.

Charles und Bryson schwankten auf ihren Füßen. Josh und Fred lagen am Fuße der beiden Bäume, wo sie gelandet waren.

Ich begann zu zittern, als das Adrenalin langsam nachließ und mich die Realität einholte.

Ich war mir nicht sicher, wie weit Charles und die anderen diesen Angriff getrieben hätten. Sie hatten gewollt, dass ich mich ihnen unterwerfe, aber ich hatte mich geweigert. Aber weshalb? Hätten sie mich wirklich getötet? Und warum zum Teufel hatte ich mich nicht einfach unterworfen? Warum hatte ich mich gewehrt und damit das Problem nur noch schlimmer gemacht? Ich musste eine Schwäche für Strafen haben, aber der Gedanke, ihnen noch mehr Macht über mich zu geben, gefiel mir einfach nicht.

Der blonde Wolf und die zwei Wölfe mit dem dunkelsten Fell hockten sich vor mich. Sie beobachteten, wie Fred und Josh wieder auf die Beine kamen und behielten gleichzeitig Pearl und die anderen im Auge. Ihre gefletschten Zähne verrieten, dass sie bereit waren, falls nötig, wieder anzugreifen.

Ein Wolf mit kastanienbraunem Fell trabte zu mir herüber, seine warmen und irgendwie vertrauten indigoblauen Augen musterten mich. Sie zogen mich in ihren Bann, und ich versuchte herauszufinden, woher ich sie kannte, aber es wollte mir nicht einfallen. Ich hatte selten mit Wölfen zu tun, die nicht zu meinem Rudel gehörten, aber an diese Augen hätte ich mich auf jeden Fall erinnert.

Er schnaubte und schüttelte den Kopf, als wäre er von dem, was er sah, vollkommen angewidert.

Das war ein Blick, den ich wiedererkannte. Alle in meinem Rudel sahen mich auf die gleiche Art und Weise an. Als könnten sie nicht glauben, dass jemand so schwach war und so wenig Magie besaß.

Er beschnupperte mich, dann stieß er mich sanft mit dem Kopf an. Ein heftiger Schmerz schoss durch meine Brust, und ich zuckte keuchend zusammen.

Hastig wich er zurück und hob den Kopf. Er wollte offenbar, dass ich aufstand.

Die ganze Nacht hier zu sitzen war natürlich keine Option, also biss ich die Zähne zusammen und kletterte langsam auf meine Füße. Der Schmerz war kaum auszuhalten, aber irgendwie schaffte ich es, aufzustehen, wobei jeder Atemzug äußerst mühsam war.

Ich sah an mir herunter und registrierte die Verletzungen, die ich sehen konnte. Wie ich vermutet hatte, war mein Hemd vollkommen zerfetzt und purpurrot getränkt. Die Bisswunden an meinen Schultern waren tiefer, als ich erwartet hatte, und es würde ein paar Tage dauern, bis sie verheilt waren, selbst mit meiner Gestaltwandler-Magie. Mein ganzer Körper stach und pochte gleichzeitig, eine Kombination, die ich noch nie zuvor gespürt hatte, und meine Schmerzen nahmen zu, während das Adrenalin nachließ.

Charles wimmerte und kam in meine Richtung, und obwohl ich zusammenzucken wollte, hielt mein Körper still. Ich sah ihm wieder direkt in die Augen. Ich musste damit aufhören, aber ich konnte meinen Blick nicht von ihm abwenden. Es war, als hätte etwas in mir die Kontrolle übernommen, und ich war diesem Etwas ausgeliefert.

Charles stieß einen erstickten, wütenden Laut aus – eine Warnung.

Der blonde Wolf trat zwischen uns und knurrte Charles an, was ihn dazu zwang, sich wieder zu unterwerfen.

Der kastanienbraune Wolf schnaubte, und jetzt, wo ich nicht mehr in einen verrückten Machtkampf mit Charles verwickelt war, richtete ich meine volle Aufmerksamkeit auf ihn. Er nickte in die Richtung, aus der wir alle gekommen waren.

»Soll ich in diese Richtung gehen?«, fragte ich.

Er nickte.

Ich fragte mich, ob diese Wölfe zum Südwest-Rudel gehörten. Es war mir jedoch egal. Auch wenn sie es taten, hatten sie mir geholfen, was mehr war, als mein eigenes Rudel je getan hatte, und sie versuchten immerhin, mit mir zu kommunizieren und mir etwas Respekt zu erweisen.

Ich würde sie um Hilfe bitten, solange sie dazu bereit wären, aber sobald ich nach Hause käme, wäre ich wieder auf mich allein gestellt. Immerhin gab es dort Theo, meinen besten Freund und zukünftigen Alpha, und da er einen gewissen Einfluss auf seinen Vater und das Rudel hatte, könnte er vielleicht dafür sorgen, dass die Dinge nicht ganz so schlimm werden würden.

Mein Messer war während des Angriffs auf den Boden gefallen. An der Spitze klebte ein wenig Blut, was bewies, dass ich jemanden getroffen hatte, bevor sie sich erneut auf mich gestürzt hatten. Ich bückte mich, um es aufzuheben, wobei mir sofort das Blut in den Kopf schoss und sich die Welt um mich herum viel zu schnell zu drehen begann. Meine Rippen protestierten ebenfalls, und die Galle stieg mir die Kehle hinauf.

Der kastanienfarbene Wolf grunzte, als er zu mir rannte und das Messer mit seinem Maul aufhob. Dann trabte er in Richtung der Siedlung, in der mein Rudel lebte.

Ich biss mir auf die Innenseite meiner Wange als ich mich aufrichtete und versuchte, mich zu konzentrieren, damit ich mich nicht übergeben musste. Ich machte einen kleinen Schritt nach vorn, schloss die Augen und wartete darauf, dass sich das Unbehagen verstärkte, aber die Bewegung war nicht so schlimm wie das Bücken. Unterhalb meiner Taille tat nichts weh, das war immerhin etwas.

Mit langsamen und gleichmäßigen Schritten folgte ich dem kastanienbraunen Wolf.

Die drei anderen fremden Wölfe folgten mir leise knurrend, als erwarteten sie, dass Charles und die anderen wieder angreifen würden. Die Wölfe aus meinem Rudel blieben an Ort und Stelle stehen, während ich mich langsam von ihnen entfernte, wobei der kastanienbraune Wolf an meiner Seite ging.

Irgendwo in der Nähe heulte eine Eule, während ein größeres Tier – dem Geräusch nach ein Rotluchs – nicht weit von uns entfernt vorbeilief. Die Natur regte sich wieder, als ob nichts Lebensveränderndes geschehen wäre.

Ich konnte nicht leugnen, dass es zwischen mir und meinem Rudel immer schlimmer wurde. Deshalb war ich entschlossen, einen Job außerhalb des Rudels zu halten, damit ich Geld sparen und von dort verschwinden konnte. Je länger ich mich weigerte, mich zu unterwerfen, desto hartnäckiger versuchten sie, mich zu brechen. Der Kreislauf wurde zu einer sich selbst erfüllenden Prophezeiung und langsam fragte ich mich, ob ich vielleicht wirklich Todessehnsucht hatte.

Nein. Ich würde nicht annähernd so hart gegen sie kämpfen, wenn es so wäre.

Der kastanienbraune Wolf lief gemächlich neben mir her, hielt mein Tempo, ohne mich zu drängen, schneller zu laufen. Der Art und Weise nach zu urteilen, wie er das Messer in seinem Maul hielt und die Gegend nach Bedrohungen absuchte, war er wohl ein erfahrener Kämpfer.

Als ich den Weg, den ich normalerweise nach Hause nahm, sah, wollte ich nach rechts abbiegen, aber der Wolf neben mir trat schnell vor mich und zeigte mit seiner Schnauze nach links.

Verdammt. Erst jetzt realisierte ich die Schwere der Situation und plötzlich wurde mir eiskalt. Er führte mich nach Idaho. Ins Territorium des königlichen Beraters und Alphas, den mein eigener Alpha nicht ausstehen konnte.

»Ähm ... zu meinem Rudel geht es hier entlang.« Ich versuchte, meinen Arm zu heben, aber kaum hatte ich ihn von meiner Brust genommen, schmerzten meine Rippen, als hätte mich jemand getreten. Ich legte meine Hand wieder auf meine Schultern und bedeckte meine nackte Brust mit meinen Armen.

Die Wölfe hielten mich wahrscheinlich für dumm, weil mir meine Nacktheit unangenehm war. Gestaltwandler störten sich normalerweise nicht an nackter Haut. Da ich mich jedoch noch nie verwandelt hatte, war es bei mir anders.

Er schüttelte den Kopf und deutete in die entgegengesetzte Richtung.

Als ich stehenblieb, stellte sich mir der Wolf in den Weg und machte mir klar, dass er mir nicht erlauben würde, den Weg zu gehen, den ich wollte.

Normalerweise wäre ich bereit gewesen, gegen ihn zu kämpfen, aber nicht nach dem, was ich durchgemacht hatte. Er würde mich in Sekundenschnelle zu Fall bringen. Widerwillig bog ich nach links ab, wobei er mir dicht auf den Fersen war.

Ich kannte diesen Weg nicht, da ich mich noch nie auf diese Seite des Hells Canyon gewagt hatte. Durch diesen Teil verlief der Fluss, und mittlerweile waren wir der Staatsgrenze zu Idaho sehr nah, viel zu nah. Ich musste genauer auf meine Schritte achten, obwohl meine Wolfsseite ausgeprägt genug war, um mir auch in unbekannten Gegenden einen festen Tritt zu verschaffen.

Je weiter wir uns von dem Ort, an dem mein Rudel lebte, entfernten, desto mehr Angst bekam ich. Obwohl diese Wölfe mich vor meinem Rudel gerettet hatten, würde ich, je näher wir der Staatsgrenze kamen, umso mehr für meinen Fehltritt bezahlen, wenn ich nach endlich Hause kam. Charles, Pearl und die anderen würden unserem Alpha sicher ihre Version der Geschehnisse erzählen.

Allerdings gab es wenig, was ich jetzt noch tun konnte, und so setzte ich einfach weiterhin einen Fuß vor den anderen, spielte in meinem Kopf Kelly Clarksons ›Stronger (What Doesn't Kill You)‹ ab und konzentrierte mich auf den Text. An diese Worte musste ich glauben. Ich war noch nicht tot, also würde ich auch das hier überleben. Das musste ich einfach.

Sobald wir nahe genug waren, um das Rauschen des Snake River zu hören, hörte ich weitere Wolfspfoten auf mich zueilen. Mein Herz krampfte sich zusammen, und ich warf einen Blick auf den Wolf neben mir, um abzuschätzen, ob er alarmiert war. Da er jedoch vollkommen entspannt blieb und nicht mal hinter sich schaute, holte ich etwas tiefer Luft. »Freunde von dir?« Ich wusste nicht, wie ich sie sonst nennen sollte. Jeder Einzelne von ihnen strahlte eine starke Alpha-Kraft aus, aber sie waren dennoch zusammen. Ich war mir nicht sicher, ob sie einfach ein unglaublich starkes Rudel hatten oder ob sich ihre vier Rudel nahe genug standen, dass alle Alphas befreundet sein konnten. Das wäre außerge-wöhnlich.

Er nickte, ohne seinen gemächlichen Gang zu unter-brechen.

Ich wusste immer noch nicht, warum diese vier Wölfe mir halfen. Normalerweise kümmerten sich Wölfe ausschließlich um ihre eigenen Angelegenheiten, aber aus irgendeinem Grund waren sie mir zu Hilfe gekommen.

Wir traten durch die Lichtung der Bäume und gingen zum Flussufer hinunter. Ein Kanu war ans Ufer gezogen worden, und vier kleine Haufen mit Kleidung lagen verstreut um das Kanu herum, was darauf hinwies, dass sie sich hier ausgezogen und verwandelt hatten.

Der kastanienbraune Wolf streifte mein Bein, dann ließ er mein Messer zu meinen Füßen fallen. Falls sie vorhatten, mich zu verletzen, hätte er mir sicher nicht die Waffe zurück-gegeben. Wobei ich bei ihrer Stärke vermutlich auch mit meinem Messer keine Chance gegen sie gehabt hätte.

Als die anderen drei Wölfe durch die Büsche auf uns zu rannten, hob der kastanienbraune Wolf mit seinen Zähnen vorsichtig ein Hemd, eine Jeans und Unterwäsche auf, bevor damit zwischen den Bäumen verschwand.

Ich hob die Augenbrauen. In meinem Rudel war es normal, dass man sich vor allen anderen verwandelte.

Der Wolf mit ebenholzfarbenem Fell trottete zu mir herüber und setzte sich neben mich, um Wache zu halten, wobei er seinen Körper in Richtung der Baumgrenze drehte und beobachtete, wie die beiden anderen Wölfe ebenfalls ihre Sachen aufhoben und dem kastanienbraunen Wolf folgten.

Während er abgelenkt war, sah ich mir den Wolf vor mir genauer an. Er war größer als alle anderen Wölfe in meinem Rudel, einschließlich Zeke. Mit meinen 1,77 m reichte er mir bis zur Taille. Sein Fell war wunderschön und erinnerte mich an die Farbe des Nachthimmels.

Zweige knackten, und ich blickte zurück zu der Stelle, an der die Wölfe verschwunden waren. Ich traute meinen Augen kaum.

Der attraktivste Mann, den ich je gesehen hatte, kam auf mich zu.

Er war groß, selbst für Gestaltwandler-Verhältnisse. Ich schätzte ihn auf fast zwei Meter. An seinem kastanienbraunen Haar, das ihm über die Stirn fiel, und seinen indigoblauen Augen, die im Vergleich zu seinem sonnengebräunten Teint besonders hell schienen, erkannte ich genau, welcher Wolf er war. Ich senkte meinen Blick, betrachtete seinen 3-Tage-Bart und danach seinen nackten Oberkörper. Sein schlanker, muskulöser Körper war umwerfend ... er war nicht zu muskulös, aber definitiv gut trainiert. Am liebsten hätte ich seine Muskeln berührt. Die Jeans schmiegte sich perfekt an seinen Körper, aber ich hatte keinen Zweifel daran, dass seine untere Körperhälfte ebenso verlockend war wie der Teil, den ich sehen konnte.

»Du kannst dich jetzt auch verwandeln, Miles«, sagte er in Richtung des letzten Wolfes neben mir, während er mit seinem weißen Hemd in der Hand auf uns zu schlenderte.

Miles nahm behutsam seine Kleidung ins Maul und ging zu den anderen. Ich konzentrierte mich jedoch weiterhin auf den heißen Mann, der nun vor mir stand.

Stirnrunzelnd musterte er mich. »Hast du starke Schmerzen?« Die Sorge in seinem Blick war mir fremd, besonders wenn sie von jemandem kam, der so stark war wie er.

Ich blickte auf meine Verletzungen hinunter. Meine Hände waren mit getrocknetem Blut beschmiert. »Ich habe mich schon besser gefühlt«, antwortete ich seufzend. »Mir würde es jedoch deutlich schlechter gehen, wenn du und deine Freunde nicht aufgetaucht wärt. Danke, dass ihr mir geholfen habt.« Ich schluckte, meine Kehle war plötzlich wie ausgetrocknet. »Aber jetzt muss ich wirklich zurück zu meinem Rudel. Ich bin mir sicher, dass Charles und die anderen meinem Alpha schon alles erzählt haben, und, nun ja, er wird sicher ziemlich wütend auf mich sein.«

Mit gerunzelter Stirn starrte der Mann mir nun direkt in die Augen. »Du denkst, dass er wütend auf *dich* sein wird? Was ist mit den anderen?«

Das war ein Gespräch, das ich mir nie hätte träumen lassen. »Rudelhierarchie. Ich bin die Schwächste im Rudel, also ...«

Seine Augen leuchteten, und seine Stimme wurde rau. »Moment mal. Dieses Verhalten ist also *normal*? Die haben diesen Scheiß schon früher mit dir abgezogen und sind damit durchgekommen?«

Jetzt strahlte er sogar noch mehr Macht aus, und ich hob mein Kinn, weil mir die Art und Weise, wie er mit mir sprach, nicht gefiel.

Nun gesellten sich auch die anderen Männer zu uns.

»Bodey, entspann dich«, sagte der blonde Mann. Sein Haar war länger als das von Bodey, ein paar seiner Locken fielen ihm in die Augen. Er hatte eine ähnliche Statur, war nur etwas kleiner. Dafür waren seine kobaltblauen Augen umso auffälliger. »Ihre eigenen Rudelmitglieder haben ihr das angetan, also halt dich zurück, du Idiot.« Er zwinkerte mir zu. »Ich bin übrigens Jack. Und du bist ...?«

Ich spürte, wie sich mein Gesicht erwärmte. »Ich heiße Callie.«

»Mit ihr zu flirten, wird ihr auch nicht helfen.« Der zweite dunkelhaarige Mann verdrehte die Augen und hob beschwichtigend die Hände, als er sich mir näherte, als ob ich ein scheues Tier wäre. Er war fast so groß wie Bodey, aber deutlich schmaler. Seine dunkelbraunen Augen, die mich besorgt musterten, passten zum Farbton seines Ziegenbartes. Er berührte sanft meinen Arm. Meine blutüberströmte, blasse Haut stand im starken Kontrast zu seiner gebräunten Hand. Er seufzte. »Wir müssen deine Wunden reinigen, bevor sie sich entzünden.«

Ich hasste die Aufmerksamkeit und, was noch schlimmer war, dass sie mich wie eine zarte Blume behandelten. Da mein eigenes Rudel mich nie so umsorgt hatte, wusste ich nicht, wie ich damit umgehen sollte. »Es geht mir gut. Ich sollte einfach nach Hause gehen. Ich muss dem Alpha meine Version des heutigen Abends erzählen, bevor er nicht mehr dazu bereit ist, mir zuzuhören.«

»Verbinde dich doch einfach mit ihm.« Jack tippte sich an den Kopf. »Sag ihm, du bist bei den königlichen Beratern der anderen vier Territorien. Wir werden deine Geschichte bestätigen.«

Mist. Jetzt ergab plötzlich alles Sinn. Diese vier Männer waren niemand anderes als Bodey Valor, königlicher Berater von Idaho, Jack Landry, königlicher Berater von Washington, und Miles Harper, königlicher Berater von Wyoming, was bedeutete, dass der Mann, der sich um meine Wunden kümmern wollte, Lucas Barret, königlicher Berater von

Montana war. Jeder von ihnen war der stärkste Alpha des Staates, den er vertrat. Ich hatte nicht erwartet, dass sie alle demselben Rudel angehörten, aber ich hatte definitiv nicht *das hier* erwartet. Laut Zeke waren diese vier selbstverliebte Unruhestifter, aber andererseits waren sie die Einzigen, die mir in meinem ganzen Leben je geholfen hatten.

Zeke war der fünfte königliche Berater, aber jetzt, da ich sah, wie eng die vier anderen miteinander verbunden waren, wurde mir klar, dass er der Außenseiter sein musste.

Ich schlang meine Arme fester um meinen verletzten Körper. »Ich kann mich nicht gedanklich mit meinem Rudel verbinden.« Jetzt würden die vier entscheiden, dass ich die Mühe nicht wert war. Sie würden erkennen, wie schwach ich war, und beenden, was Charles begonnen hatte.

Bodey neigte den Kopf zur Seite. »Was meinst du damit, du kannst dich gedanklich nicht mit deinem Rudel verbinden? Hat dein Alpha die Verbindung zu dir abgebrochen, sodass du nicht mehr mit ihm kommunizieren kannst?«

Ich wünschte, das wäre das Problem. Ich schüttelte den Kopf. »Ich war noch nie in der Lage, mich gedanklich mit meinem Rudel zu verbinden, zumindest so weit ich mich erinnern kann. Ich erinnere mich nicht an viel aus der Zeit, bevor mein Rudel mich aufnahm. Damals war ich noch sehr klein.«

Lucas presste die Lippen aufeinander. »Nun, du musst dich unterwerfen und den Alpha als deinen anerkennen.«

»Ach was«, schnaubte Jack. »Ich bin mir sicher, dass ihr Rudel sie dazu gebracht hat.«

»Sie haben es getan, kurz nachdem ich zu ihnen kam. Als ich mich nicht sofort mit ihnen verbinden konnte, dachten sie, ich bräuchte einfach Zeit, um mich daran zu gewöhnen, aber es funktioniert bis heute nicht. Dann, als ich mich auch nicht verwandeln konnte ...« Ich brach ab und zuckte mit den Schultern.

Bodeys Augen weiteten sich. »Deshalb hast du dich also nicht verwandelt, als sie dich angegriffen haben. Wir haben uns schon gewundert.«

Ich errötete und wandte verlegen den Blick zu Boden.

Stille kehrte ein, bis der vierte Mann – Miles – zu uns stieß. Das helle Licht des Mondes betonte seinen herrlichen bronzenen Teint. Er war etwa fünf Zentimeter größer als ich und breiter als die anderen. Er fuhr sich mit der Hand durch sein kurzes, ebenholzfarbenes Haar und sah mich aus freundlichen, dunkelgrünen Augen an.

Aber ich war nicht dumm. Diese vier Männer *schienen* nett zu sein, aber sie konnten mich und jeden anderen, der sich ihnen in den Weg stellte, zur Strecke bringen. Das konnten meine Wölfin und ich spüren.

Ich spannte mich an und meine ganze Haut begann zu kribbeln. Der Wind wurde immer stärker, und ich fröstelte.

Bodey hielt mir sein Hemd hin. »Hier, willst du dich irgendwo umziehen? Dein Shirt ist wohl nicht mehr zu retten.«

»Danke.« Ich hatte keine Ahnung, warum Zeke diesen Mann so sehr hasste. Er war nett und half mir, obwohl er es nicht musste. »Aber ich muss zurück, bevor alles noch schlimmer wird. Sie werden wissen wollen, wo ich bin.«

In diesem Moment klingelte mein Handy. Ich verzog das Gesicht, holte es aus meiner Gesäßtasche und schaute aufs Display.

Theo: Wo bist du? Ich bin bei dir zu Hause, und du bist nicht da. Charles erzählt gerade Dad, was vorgefallen ist. Er ist ziemlich wütend, dass du allein unterwegs warst und die anderen angegriffen hast. Komm nach Hause, ich werde dich so gut wie möglich beschützen.

Ich ließ mein Handy sinken und drehte mich zu den

Bäumen um. »Vielen Dank für alles, aber ich muss jetzt wirklich gehen.«

Ich war erst ein paar Schritte gegangen, als eine riesige, schwielige Hand meinen Oberarm packte.

»Du gehst nirgendwo hin«, knurrte Bodey.

Bodey strahlte so viel Macht aus, dass ich spürte, wie sein Befehl direkt in meine Knochen drang. Obwohl ich schwach war, dachte meine Wölfin nicht daran, sich zu unterwerfen, nicht einmal, wenn mein Verstand es ihr befahl. Selbst wenn Zeke seinen Alpha-Willen einsetzte, wollte ich mich wehren und musste mir meist auf die Innenseite meiner Wange beißen, bis sie blutete, damit ich nichts Dummes sagte.

In diesem Moment hätte sich meine Wölfin fast zum ersten Mal unterworfen, entschied sich dann aber doch dagegen. Ich richtete meinen Rücken auf und wandte mich dem Mann zu, der mich immer noch festhielt. Meine Rippen schmerzten, und fast hätte ich gewimmert, aber ich biss die Zähne zusammen und blieb standhaft. »Ich muss gehen. Mein Alpha sucht nach mir.«

Bodey riss mir das Handy aus der Hand und starrte auf die Nachricht auf dem Display.

»Hey«, zischte ich, nahm es ihm ab und schob es in meine Tasche. »Das ist unhöflich. Man liest nicht einfach die Nachrichten anderer Leute ohne deren ausdrückliche Erlaubnis.«

Ich wartete darauf, dass er mich in meine Schranken wies. Es wäre nicht das erste Mal, dass mich mein vorlautes Mundwerk in Schwierigkeiten gebracht hätte.

»Ich denke nicht, dass du zurückgehen solltest. Das wird nicht gut für dich ausgehen.« Seine Augen verfinsterten sich, bis sie beinahe schwarz waren. »Es scheint, als hätte dein Alpha bereits entschieden, dass du schuldig bist. Wie ist das überhaupt möglich? Er hat deine Seite bisher nicht gehört!«

»Hey, Kumpel«, sagte Jack und klopfte Bodey auf den Rücken. »Ich bin mir sicher, dass sie sich dessen durchaus bewusst ist. Willst du uns als Nächstes erzählen, dass der Himmel blau und Nirvana nicht die beste Band aller Zeiten ist?«

Bodey knurrte.

Lucas schüttelte den Kopf. »Das ist definitiv nicht der richtige Zeitpunkt, Jack.«

Offenbar gefiel Jack der Klang seiner eigenen Stimme, aber er hatte recht, Bodey musste sich beruhigen. »Das Wort der anderen steht gegen meins, und je länger ich wegbleibe, desto schuldiger werde ich erscheinen.« Dem konnte er nicht widersprechen.

»Sie hat recht.« Lucas seufzte. »Wir sollten sie gehen lassen. Das ist eine Sache des Oregon-Rudels. Außerdem muss sie sich dringend erholen. Er kann nicht leugnen, dass sie sie angegriffen haben – sieh sie dir nur an.«

Meine Schultern entspannten sich ein wenig. Wenigstens einer von ihnen schien meinen Standpunkt zu verstehen. »Theo wird mir dabei helfen, mit seinem Vater, dem Alpha, fertig zu werden.«

»Theo?« Jack drehte seinen Kopf interessiert zu mir um. »Theo Stark?«

Mir stockte der Atem, und ich nickte. Jetzt würden sie sich den Rest zusammenreimen können.

Jack brach in lautes Gelächter aus und fuhr sich mit den Fingern durch sein Haar. »Zeke Stark ist dein Alpha. Warum überrascht mich das nicht?«

An der Art und Weise, wie Lucas, Bodey und Miles die Gesichter verzogen, war klar, dass die vier dasselbe über Zeke dachten wie er über sie. Aber jetzt verstand ich, warum Zeke sie nicht mochte. Alle vier waren mächtiger als er selbst.

Es hatte keinen Sinn, es zu leugnen. »Ja, Zeke ist mein Alpha.«

Miles verschränkte die Arme vor der Brust und sah Bodey an. »Ich weiß, dass es ätzend ist , Bodey, und ich hasse es, dich daran zu erinnern, aber die Regeln sind eindeutig. Wir können jedoch mit ihr zurückgehen und ihm sagen, was wir gesehen haben.«

Knurrend starrte Bodey ihn an. »Du hast recht.« Sein Kiefer zuckte. »Es ist nur so, dass das alles gar nicht erst hätte passieren dürfen. Wölfe sollten sich nicht gegenseitig verletzen, schon gar nicht Rudelmitglieder untereinander.«

Ich schnappte nach Luft. »Ihr behandelt eure Schwächsten also nicht auf diese Weise?«

»König Richard war ein großer Verfechter des gegenseitigen Respekts und der Fürsorge füreinander, auch über Territoriumsgrenzen hinweg.« Lucas' Lippen verzogen sich zu einer festen Linie. »Da wir jedoch seit siebzehn Jahren keinen König mehr hatten, scheinen ein paar Alphas die alten Werte vergessen zu haben, aber das wird sich ändern, wenn Prinz Samuel in ein paar Wochen den Thron besteigt.«

Wir hatten von Zeke über den zukünftigen König Samuel gehört. Er würde in zwei Wochen achtzehn werden und wäre damit endlich alt genug, um den Thron zu besteigen. Zeke hatte uns gesagt, dass sich die Spannungen zwischen den Rudeln verschlimmern würden, wenn das passierte, aber ich fragte mich, ob das nur daran lag, dass er sich wieder vor jemandem verantworten musste. Es würde ihm sicher nicht gefallen, dass der neue König so viel jünger war als er. Mir gefiel es umso mehr.

»Der Grund für die Existenz der Beraterposten ist, dass das ursprüngliche Rudel zu groß geworden war, um von einer Person in fünf Staaten verwaltet zu werden«, fuhr Lucas fort. »Unsere Aufgabe ist es, dafür zu sorgen, dass wir als *ein* Rudel funktionieren, so wie es früher war, und dabei die Interessen aller im Auge behalten.«

Das war mir neu, aber woher hätte ich das auch wissen sollen? Dennoch ... ich musste zurück zu Zeke. »Danke, dass ihr mir geholfen habt, aber ...«

»Hier, Callie.« Bodey hielt mir immer noch sein Hemd hin. »Zieh das an.«

Ich zuckte zusammen. Ich hatte vollkommen vergessen, dass ich halbnackt war, obwohl ich deswegen immer noch meine Arme um meinen Oberkörper geschlungen hatte. Auch wenn ich ihm nicht gehorchen wollte, schien es auch keine gute Lösung zu sein, in diesem Zustand zu meinem Rudel zurück zu stolpern. Ich würde mich ihm nicht automatisch unterwerfen, nur weil ich sein Hemd annahm, oder?

Bevor ich die Hand ausstrecken konnte, um es zu nehmen, hatte er es mir schon sanft in die Hand gedrückt, damit ich meinen Arm nicht ausstrecken und mich vor ihnen entblößen musste.

Seine Freundlichkeit trieb mir die Tränen in die Augen.

Schnell trat er einen zögerlichen Schritt zurück. »Ich weiß, dass es wehtun wird, dich umzuziehen. Wenn du willst, kann ich dir helfen.«

»Nein!«, rief ich schnell.

Jack gluckste. »Das wollte ich auch gerade vorschlagen, Bodey«, murmelte er grinsend.

Lucas schlug Jack auf den Hinterkopf. »Halt die Klappe, Mann. Das ist nicht hilfreich.«

Ich spürte, wie ich sofort wieder errötete. Schnell räusperte ich mich. Ich wollte nicht wie eine Idiotin wirken. »Ich meine, ich würde es lieber allein machen, aber danke für das Angebot.«

»Natürlich.« Er gestikulierte in Richtung der Stelle, an der sich die vier zurückverwandelt hatten. »Dort drüben bist du ungestört.«

»Bin gleich zurück.« Ich verschwand zwischen den Bäumen und versuchte immer noch, alles zu verarbeiten – den Angriff, die vier königlichen Berater, ihre Freundlichkeit und Zekes Suche nach mir. In meinem Kopf drehte sich alles, und ich war nicht sicher, ob es an meiner Verwirrung, dem Blutverlust, den Schmerzen oder einer Kombination aus all dem lag. Ich wusste nicht, wie ich sie davon abhalten sollte, mich nach Hause zu bringen. Das würde Zeke sicher nur noch mehr verärgern, aber was sollte ich tun? Wenn ich weglief, würden die vier mich einholen, und auch wenn ich entkam, wussten sie, wo Zeke wohnte. Sie würden ohnehin auftauchen.

Kurz darauf versteckte ich mich hinter einer riesigen Lärche und stöhnte auf, als ich meine Arme hob, um mein Shirt auszuziehen. Ein stechender Schmerz durchzuckte mich, brennend wie Feuer, und sofort wurde mir schrecklich übel. Ich ließ die Hände an die Seiten sinken und überlegte, wie ich mich leichter von den Fetzen befreien konnte. Die beste Möglichkeit, die ich mir einfiel, war, mir den Rest des Shirts vom Leib zu reißen.

»Du weißt, dass er nicht begeistert sein wird, wenn wir sie nach Hause begleiten«, sagte Lucas aus einiger Entfernung. Wussten sie, dass ich sie hören konnte? »Es wird ihm nicht gefallen, dass wir uns eingemischt haben.«

»Wir können sie auf keinen Fall allein gehen lassen. Aus der Nachricht auf ihrem Handy geht eindeutig hervor, dass ihr Rudel sie nicht mit offenen Armen empfangen wird«, antwortete Bodey. »Zeke ist ein Arschloch.«

»Ja, verdammt, das ist er«, fügte Jack bitter hinzu. »Wenn er in Flammen stehen würde, würde ich noch Benzin auf ihn kippen, um den Bastard ein für alle Mal zu erledigen.«

Das Lachen sprudelte aus mir heraus, bevor ich es unterdrücken konnte. Die meisten in meinem Rudel verehrten Zeke, besonders natürlich die Wölfe, die von ihm bevorzugt behandelt wurden. Zeke konnte unglaublich charmant sein und die Leute um seinen kleinen Finger wickeln, wenn er wollte, aber bei mir hatte er das noch nie versucht. Soweit ich mich zurückerinnern konnte, hatte allein meine bloße Anwesenheit schon immer böse Blicke und Worte hervorgerufen.

»Es scheint, als wäre ich mit dieser Meinung nicht allein.« Jack gluckste. »Ich mag sie jetzt schon.«

Meine Knie zitterten und ich wäre fast hingefallen. Ich war es nicht gewohnt, dass jemand nett zu mir war, aber er hatte mir tatsächlich ein Kompliment gemacht.

Mir.

Der schwächsten Wölfin, die je ein Gestaltwandler gesehen hatte.

Ich ließ den zerrissenen Stoff meines Hemdes los und sah zu, wie es in Fetzen nach unten flatterte und auf dem mit Blättern bedeckten Boden liegenblieb. Ich hatte nicht viele Dinge, die ich schätzte, aber dieses Shirt war eines davon gewesen. Nur eine weitere Sache, die mir mein Rudel weggenommen hatte.

Ich entfaltete Bodeys weiße Hemd, und ein köstlicher Duft von Zimt und Sandelholz stieg mir in die Nase. Das Hemd roch nach ihm. Es war das absolut Beste, was ich je gerochen hatte, und aus irgendeinem Grund kam der Geruch mir vage bekannt vor. Ich hob das Hemd an meine Nase und atmete tief ein. Himmlisch.

»Um Himmels Willen, halt bloß die Klappe, Jack«, brummte Bodey.

Als ich meine Arme hob, um mir das Hemd über den Kopf zu ziehen, musste ich ein Stöhnen unterdrücken. Ein Wimmern schaffte es jedoch über meine Lippen.

Miles seufzte. »Wir müssen sie zurückbringen.«

»Ja, sie muss ihre Wunden säubern und sich ausruhen«, wiederholte Lucas, als hätte ihn vorher niemand gehört. »Ich bin überrascht, dass sie nicht schlimmer verletzt wurde.«

Sobald ich es geschafft hatte, das Hemd anzuziehen, stolperte ich hinter dem Baum hervor. Es reichte mir bis zu den Knien und wirkte an meinem Körper eher wie ein Kleid. »Euch ist schon bewusst, dass ich alles hören konnte, was ihr gesagt habt, oder?«, fragte ich, während ich auf die Männer zuging.

»Tut uns leid, wenn wir unhöflich waren.« Miles verzog das Gesicht. »Das war nicht unsere Absicht.«

»Ich schätze sehr, was ihr bereits für mich getan habt und auch noch tun wollt. *Wirklich.* Aber ich kann allein zurückgehen.« Ich wollte nicht noch mehr Probleme zwischen Zeke und den anderen vier königlichen Beratern verursachen, vor allem nicht mit Hinblick auf die bevorstehende Krönung. Sie würden schon sehr bald sehr viel Zeit miteinander verbringen.

Bodey warf mir einen finsteren Blick zu. »Auf keinen Fall. Wir kommen mit dir mit. Zeke muss unsere Seite der Geschichte hören.«

Diesen Punkt hatte ich nicht bedacht. Charles hatte vermutlich nicht nur mich als Bösewicht hingestellt, sondern auch die anderen. Natürlich konnte er nicht wissen, wer sie waren. Ich seufzte. Anscheinend hatte ich keine andere Wahl.

Jack lachte. »Weißt du, wie viele Frauen es lieben würden, wenn nur einer von uns sie aus *irgendeinem Grund* irgendwohin begleiten würde? Du bekommst alle *vier* von uns. Das ist ein ziemlich guter Deal, wenn du mich fragst!«

Ich hob eine Augenbraue. Alle vier waren heiß, besonders Bodey, aber das Letzte, was ich brauchte, war eine Ablenkung. Ich hatte nur ein Ziel: meinen eigenen Platz abseits des Rudels zu finden. »Dir fehlt es wirklich nicht an Selbstvertrauen, was?«

»Hey, immerhin bin ich ein *Alpha*.« Jack klopfte sich auf die Brust.

»Halt einfach die Klappe, Kumpel«, raunte Bodey und schlug Jack auf den Hinterkopf.

Das war nun schon das zweite Mal in den letzten zehn Minuten. Vermutlich war das vollkommen normal.

Lucas schüttelte seufzend den Kopf. »Lasst uns bitte einfach gehen.«

Ich nickte zustimmend. Anstatt darauf zu warten, dass einer von ihnen die Führung übernahm, ging ich in die Richtung zurück, aus der wir gekommen waren. Meine Schmerzen hatten etwas nachgelassen, was darauf hindeutete, dass meine Gestaltwandler-Heilung eingesetzt hatte. Ich musste trotzdem schnell nach Hause und die Wunden reinigen, nur um sicher zu gehen. Gestaltwandler bekamen zwar nur selten Infektionen, aber da meine übernatürliche Seite so schwach war, wollte ich es nicht riskieren.

Die vier Männer liefen hinter mir her und hatten offenbar kein Problem damit, dass ich die Führung übernommen hatte. Zeke – und sogar Theo – hätten das nicht toleriert, was nur noch deutlicher zeigte, wie sehr sich diese vier von meinem Rudel unterschieden.

Als mein Handy erneut klingelte, erschrak ich so sehr, dass ich zusammenzuckte. Schnell zog ich es aus meiner Tasche.

Theo: Callie? Geht's dir gut? Langsam mache ich mir wirklich Sorgen. Charles hat etwas von abtrünnigen Wölfen erzählt, die seine Gruppe angegriffen haben. Er meint, du bist mit ihnen zusammen weggelaufen?

Ich: Tut mir leid, mach dir keine Sorgen. Es geht mir gut. Ich bin auf dem Heimweg.

Nachdem ich auf Senden gedrückt hatte, behielt ich mein Handy einfach in der Hand. Es tat zu sehr weh, nach hinten zu greifen und es wieder in meine Tasche zu schieben.

Langsam spürte ich, wie sich Schuldgefühle in mir breitmachten. Ich hätte Theo warnen sollen, dass Bodey, Jack, Lucas und Miles mich begleiten würden, aber ich wollte Zeke keine Zeit geben, sich vorzubereiten. Dieses eine Mal würde ich die Oberhand behalten.

Wenige Minuten später holte Bodey mich ein. Mittlerweile leuchteten seine Augen wieder in ihrer üblichen Farbe, in der ich mich zu verlieren schien. »Hey, alles wird gut.« Er lächelte beruhigend. »Dafür werden wir schon sorgen. Die fünf Wölfe, die dich angegriffen haben, werden eine Menge Ärger bekommen.«

Ich lächelte traurig und küsste meine Fingerspitzen, bevor ich sie in Richtung Mond hob. »Das kannst du nicht wissen. Ich wünschte, du könntest mir dieses Versprechen geben, aber ich weiß, dass du es nicht kannst.«

Sein Atem stockte, und in seinen Augen schimmerte etwas. »Warum hast du das gerade getan?«

»Dir sagen, dass du kein Versprechen geben sollst, das du nicht halten kannst? Na ja, Zeke ist anders als du und deine Freunde.«

Er berührte meinen Ellbogen und blieb stehen. »Nein ...

du hast deine Finger geküsst und sie zum Mond erhoben. Warum?«

»Oh.« Ich zuckte mit den Schultern. Es war mehr Instinkt als alles andere. »Das ist etwas, was ich gelegentlich mache, wenn jemand gute Absichten hat, sie aber unmöglich einhalten kann. Ich bitte den Mond, diese Person für den Versuch zu segnen.« Schnell senkte ich meinen Kopf. Ich wollte seine Reaktion nicht sehen. Wenn ich es laut aussprach, hörte es sich irgendwie albern an, aber es war etwas, was ich schon immer getan hatte, obwohl es bisher niemandem aufgefallen war.

»Ich kannte mal jemanden, der genau das auch getan hat.« Seine Augen verengten sich. Er musterte mich, als ob er in meinem Gesicht nach einer Antwort suchte.

Sein intensiver Blick machte mich nervös.

»Stimmt etwas nicht?«, fragte Lucas, seine Stimme klang angespannt. »Ist Gefahr im Verzug?«

Bodey blinzelte, und was auch immer über ihn gekommen war, verschwand. »Nein. Es ist alles gut. Ich wurde nur abgelenkt.«

»Von Callies Gesicht?«, fragte Jack schmunzelnd. »Das kann ich nachvollziehen. Es ist mit Abstand das schönste Gesicht, das ich je gesehen habe.«

Ich senkte meinen Kopf und benutzte mein blondes Haar als Barriere zwischen Bodey und mir. Ein weiterer Schauer durchlief mich. Ich war Komplimente einfach nicht gewohnt.

Bodey stieß ein leises Knurren aus. »Sie ist tabu, Jack.«

Mein Herz setzte einen Schlag aus, was dumm war. Es war ja nicht so, dass Bodey an mir interessiert war. Er war einfach nur ein netter Kerl ... ein guter Alpha.

Ich beschleunigte mein Tempo, obwohl meine Rippen protestierten. Ich musste die Konfrontation mit Zeke hinter mich bringen, damit ich endlich ins Bett gehen und mich ausruhen konnte. Außerdem brauchte ich dringend ein wenig Zeit für mich.

Bodey holte mich wieder ein, aber dieses Mal sprach er nicht. Gelegentlich sah er mich jedoch an, sein Gesicht war angespannt, als würde er mich nicht einschätzen können.

Wenige Kilometer später verließen wir den Rest des Waldes, der zum Hells Canyon gehörte, und betraten das Land unseres Rudels. Zekes Hauptrudel bestand aus zweihundert Männern und Frauen, aber er beaufsichtigte alle Rudel im ganzen Staat, insgesamt über fünftausend Gestaltwandler.

Die Rückseite des einstöckigen Backsteinhauses, das ich mein Zuhause nannte, kam in Sicht, und ich beeilte mich, es zu erreichen. Alle Lichter waren an, obwohl es schon fast zwei Uhr nachts war. Das war jedoch nicht das, was mir Magenschmerzen bereitete. Es war der Mann, der mit Theo in meinem Hinterhof wartete.

Meine Eltern waren nicht draußen, was mich nicht überraschte. Ich hatte schon vermutet, dass der Alpha mit mir allein sprechen wollte.

Obwohl ich gewusst hatte, dass das hier passieren würde, beunruhigte es mich, Zeke dort zu sehen. Seine smaragdgrünen Augen verengten sich, und sein Gesicht verzog sich vor Abscheu. Er hatte die Arme über seinem schwarzen Hemd verschränkt und sein kurzes, bereits leicht ergrautes Haar war zerzaust. Sein Gesicht war errötet und sein normalerweise olivfarbener Teint wirkte dadurch dunkler.

Theo runzelte die Stirn, sein karamellfarbenes Haar fiel ihm in die Stirn, und er starrte mich aus seinen blaugrauen Augen an. Er trug kein Hemd, da er offenbar eben noch in seiner Wolfsgestalt gewesen war. Nicht zum ersten Mal fiel mir auf, wie viel muskulöser er war als sein Vater. Ich sah, wie sich seine Schultern senkten, als er seufzte.

Ich bemerkte sofort, als die beiden Männer Bodey sahen. Zeke bekam große Augen und Theo öffnete ungläubig den Mund. Als dann auch noch die anderen hinter uns auftauchten, ballte Zeke seine Hände zu Fäusten.

»Was zum Teufel macht ihr hier? Das ist *mein* Territorium«, knurrte Zeke, als wir bei ihm ankamen.

Bodey hob sein Kinn und machte einen Schritt auf ihn zu. »Das sind deine ersten Worte? Wirklich? Sorgst du dich so wenig um dein Rudelmitglied?« Er deutete auf die Stelle meines Körpers, an der das Blut durch sein weißes Hemd gesickert war.

»Bei allen Göttern, Callie, geht es dir gut?«, fragte Theo, doch seine Aufmerksamkeit blieb auf Bodey gerichtet.

»Sei ruhig, Theo«, schnauzte Zeke und marschierte direkt auf mich zu. »Sie hat Probleme in unserem Rudel verursacht, also hat sie bekommen, was sie verdient hat. Ich habe dir nicht erlaubt, in den Hells Canyon zu gehen.« Seine Augen leuchteten feurig.

Theo zuckte zurück, blieb aber ruhig. Jedes Mal, wenn er mich beschützen wollte, bestrafte mich Zeke noch härter.

»Ich weiß, und es tut mir leid.« Ich senkte meinen Blick nicht, aber wenigstens hatte ich nichts gesagt, was die Situation noch schlimmer gemacht hätte. »Aber Charles, Pearl und ihre Freunde waren auch da, und *sie* haben *mich* angegriffen«, fügte ich hinzu. Meine Lippen schienen sich wie von selbst zu bewegen. Warum konnte ich auch nicht einmal den Mund halten?

Er grinste höhnisch. »Ich habe Joshs Stichwunde gesehen. Du lügst. *Du* hast *sie* bedroht und zudem noch abtrünnige Wölfe und vier königliche Berater ins Spiel gebracht.«

»Diese *Abtrünnigen* waren wir.« Bodey deutete auf sich und seine Freunde. »Und wir können Callies Version bezeugen. Wir haben das Heulen und Knurren gehört und dann einen menschlichen Schrei, also sind wir herbeigeeilt, um die Situation zu abzuchecken. Alle *fünf* haben sie auf einmal angegriffen. Sie hatte keine andere Wahl, als sich mit dem Messer zu verteidigen.«

Ich erwartete, dass Zeke ihn einen Lügner nennen würde, aber er schwieg, sein Blick war immer noch hart ... immer noch grausam. Er hob eine Augenbraue. »Ist das so?«

»Nein, wir sind nur zum Spaß hier«, schnaubte Jack verächtlich. »Oh, warte ... warum lacht denn niemand? Na, weil alles, was deine anderen Rudelmitglieder dir erzählt haben, erstunken und erlogen ist.«

Am liebsten hätte ich laut losgelacht, aber glücklicherweise konnte ich es gerade noch mit einem Husten überdecken, wobei sich das so anfühlte, als hätte ich wieder einen Schlag gegen die Rippen bekommen.

Zekes Kopf drehte sich in Jacks Richtung. »Was hast du gerade gesagt?«

Jack warf seine Hände hoch. »Bist du jetzt auch noch taub?«

»Mann, hör auf damit«, schimpfte Miles und stellte sich vor Jack. »Was Jack damit sagen will, ist, dass es natürlich wahr ist. Warum sollten wir sonst hier sein?«

»Sie ist ziemlich schwer verletzt«, fügte Lucas hinzu. »Und braucht Ruhe. Wir sollten jetzt gehen und sich ausruhen lassen.«

Bodey musterte mich erneut. »Ich möchte wissen, was du bezüglich der anderen Rudelmitglieder zu tun gedenkst.«

»Das ist meine Sache, aber ihr vier geht nun besser. Ihr solltet überhaupt nicht hier sein«, zischte Zeke.

Alle vier spannten sich sichtlich an. Lucas räusperte sich. »Wir haben *jedes* Recht, hier zu sein. Nur weil wir andere Territorien beaufsichtigen, heißt das nicht, dass wir nicht auch in den benachbarten Nordwest-Territorien sein dürfen.«

Zeke nickte, sah aber immer noch schrecklich wütend aus. »Du hast recht. Es war eine lange Nacht. Danke, dass ihr gekommen seid und dafür gesorgt habt, dass ich höre, was ihr gesehen habt.«

»Du wirst Callie nicht bestrafen, weil sie sich verteidigt hat, richtig?«, fragte Bodey und beobachtete Zeke ganz genau.

»Wen ich bestrafe und wen nicht, geht nur mich und mein Rudel etwas an, aber da ihr euch schon die Mühe gemacht habt, sie nach Hause zu bringen, werde ich deine Frage mit einer Antwort würdigen.« Zekes Gesichtsausdruck glättete sich. »Nein, dafür wird sie nicht bestraft. Du hast mein Wort.«

Ich hatte nicht erwartet, dass ich so leicht davonkommen würde. Vielleicht war es doch klug gewesen, dass die vier mich begleitet hatten.

»Okay.« Bodey kratzte sich im Nacken. »Nun, Callie, es war schön, dich kennenzulernen. Ich wünschte nur, die Umstände wären besser gewesen.«

Die anderen drei nickten zustimmend und verabschiedeten sich, bevor sie sich auf den Weg machten.

Theo, Zeke und ich standen einfach nur da und sahen ihnen nach. Aus irgendeinem Grund tat es weh, sie gehen zu sehen. Ich hatte sie gerade erst kennengelernt, aber ich hatte mich in ihrer Nähe wirklich wohlgefühlt. Es war, als ob ich sie schon mein ganzes Leben lang kennen würde.

Sobald sie in den dichter werdenden Bäumen und den Bergen verschwunden waren, beugte sich Zeke zu mir herunter, damit sie ihn nicht hören konnten. »Jetzt ist es an der Zeit, wirklich zu reden«, flüsterte er mir mit der üblichen Kälte in seiner Stimme zu.

Augenblicklich gefror mir das Blut in den Adern. Ich würde also doch noch bestraft werden.

Ein bitterer Geschmack entfaltete sich in meinen Mund. Es war dumm von mir gewesen, auch nur zu hoffen, dass ich unbeschadet aus dieser Sache herauskommen würde. Das hätte ich besser wissen müssen.

»Lass uns reingehen, wo wir reden können, falls die vier sich doch noch dazu entscheiden, ein wenig länger in der Nähe zu bleiben«, knurrte er, als er mich am Arm packte. »Und wehe, du machst auch nur einen Mucks.«

Die Augen von Zeke und Theo leuchteten, als sie sich gedanklich miteinander verbanden.

Einen Moment später begann Theo zu sprechen. »Du solltest reingehen und dich etwas ausruhen. Ich werde morgen früh kommen und nach dir sehen.«

Ich knirschte mit den Zähnen. Zeke musste Theo mitgeteilt haben, was er sagen sollte, um die Illusion für die anderen aufrechtzuerhalten.

Als Theo die Tür öffnete, schob Zeke mich hindurch und stieß mich gegen den rechteckigen Küchentisch aus Ahornholz. Meine rechte Hüfte schlug gegen die Kante, und ein scharfer Schmerz durchzuckte mich. Ich wimmerte.

Zeke lachte kalt. Ich hasste mich dafür, dass ich ihm durch mein Wimmern Genugtuung gegeben hatte. Ich schaute mich in dem Raum mit den vertrauten hellbraunen Schränken um und war nicht überrascht, dass ich mit den beiden allein war. Zeke hatte wahrscheinlich dem Rest meiner Familie befohlen, in ihren Zimmern zu bleiben.

»War das wirklich nötig, Dad?«, fragte Theo, als er an seinem Vater vorbeiging und einen Stuhl vom Tisch in meine Richtung zog. »Sie ist bereits verletzt.«

»Sie muss lernen, sich mir endlich zu unterwerfen«, fauchte Zeke hinter mir.

Es war gut, dass er hinter mir stand, denn ich konnte einfach nicht anders, als die Augen zu verdrehen. Er war ein aufgeblasenes Arschloch, das ich leider ertragen musste.

Theo warf mir einen warnenden Blick zu.

Das frustrierte mich nur noch mehr. Ich biss die Zähne zusammen und ließ mich auf den Stuhl sinken. Ob ich es nun zugeben wollte oder nicht, meine Verletzungen hatten mich geschwächt, und langsam wurden meine Augenlider schwer. Als ich endlich saß, fühlten sich meine Knochen an, als würden sie jeden Moment brechen, und meine Zähne knackten bereits, weil ich so fest zubiss.

»Was tut dir weh?«, fragte Theo.

Zeke machte einige Schritte und lehnte sich direkt vor mir gegen die Kücheninsel.

»Hauptsächlich meine Rippen ... aber auch meine Arme, mein Rücken und meine Schultern fühlen sich nicht besonders gut an.« Ich wollte nicht näher darauf eingehen, weil ich wusste, dass es Zeke nicht interessierte.

»Jetzt, wo wir allein sind, solltest du mir besser ganz genau erzählen, was passiert ist«, forderte Zeke.

Das war er, der Beginn meines sicheren Untergangs. Was mich anging, war ich nicht unschuldig, bis meine

Schuld bewiesen war, nein, ich war so lange schuldig, bis Zeke so tat, als würde er meine Geschichte in Betracht ziehen und dann trotzdem alles auf mich schieben. Ich leckte mir über die Lippen und nahm mir einen Moment Zeit, um meine Gedanken zu sammeln, während der stechende Schmerz nachließ. »Die anderen Alphas haben dir doch bereits erzählt, was vorgefallen ist. Warum musst du es noch einmal von mir hören?« Alles, was ich der Geschichte hinzufügte, würde ihm nur mehr Munition geben, um mir zu schaden.

»Nein, sie haben mir nur erzählt, was *sie* gesehen haben. Ich will wissen, was passiert ist, bevor die vier aufgetaucht sind.« Zeke überkreuzte seine Knöchel und lehnte sich entspannt zurück. »Charles, Fred, Bryson, Josh und vor allem deine *Schwester* sagten, sie hätten deine Fährte aufgenommen und seien dir gefolgt, als sie merkten, dass du zum Hells Canyon unterwegs warst.«

»Das wundert mich nicht«, sagte ich tonlos und ärgerte mich erneut darüber, dass ich nicht nachdachte, bevor ich sprach. Jetzt musste ich wohl erneut abwägen, ob ich nicht doch Todessehnsucht hatte.

Zeke richtete sich auf und legte seine Handflächen auf die dunkle Granitarbeitsplatte. »Aus welcher Richtung sind sie gekommen?«

Ich wusste, was er meinte, aber ich konnte nicht anders, als ihn ein wenig zu ärgern. »Ich bin mir nicht sicher.«

Seine Lippen wurden noch schmaler. »Ja, natürlich. Du bist so *schwach*, dass du nicht einmal die Orientierung behalten kannst wie ein normaler Wolf. Lass es mich noch einmal versuchen. Sind sie von hinten gekommen?«

Er wusste genau, was er sagen konnte, um mich dazu zu bringen, ihm zu sagen, was er hören wollte. Und ich war so dumm gewesen, zu glauben, dass die königlichen Berater mir den Ärger erspart hätten. Jetzt war ich mir sicher, dass ihretwegen alles nur noch viel schlimmer für mich werden würde.

Der Gedanke zermürbte mich, aber ich weigerte mich, zusammenzubrechen. »Gut. Sie sind von hinten gekommen, aber sie waren da, bevor sie mich gerochen haben.«

Theo wich zurück. »Woher weißt du das?«

Mein Kopf zuckte zurück, als sich mein Blut erhitzte, aber ich wandte meine Aufmerksamkeit nicht von Zeke ab. »Sie heulten, bellten und rannten umher, bevor sie verstummten. Da wusste ich, dass sie meine Fährte aufgenommen hatten. Sie waren nicht meinetwegen da draußen.«

»Was weißt du schon über das Gestaltwandeln, Mädchen?«, zischte Zeke, und sein Gesicht färbte sich knallpink, wie immer, wenn er in meiner Nähe war. »Du hast dich nie verwandelt. Du weißt nicht, wie sich Wölfe beim Spielen oder Jagen anhören. Du weißt *gar nichts*. Deshalb weiß ich auch, dass deine Schwester und die anderen die Wahrheit sagen.«

Ich lehnte mich zurück. Jeder weitere Protest war sinnlos. Ich war schuldig. Es standen fünf Aussagen gegen eine, und die eine Aussage kam auch noch von mir. Ich wusste nicht, warum dieser Mann mich so sehr hasste oder warum er mich überhaupt in sein Rudel aufgenommen hatte. »Okay, tun wir für einen Moment so, als ob sie die Wahrheit gesagt hätten ... nur so zum *Spaß*«, sagte ich und spielte damit auf das an, was Jack zuvor gesagt hatte.

»Callie«, warnte Theo.

»Fünf von ihnen haben *mich* angegriffen. Ich kann mich nicht einmal verwandeln, um meine Magie und Kraft zu nutzen, um mich zu verteidigen. Wie soll das fair sein?« Ich hasste es, so behandelt zu werden ... so angesehen zu werden. »Deswegen haben die königlichen Berater mir geholfen.«

Zeke krallte sich noch mehr in die Arbeitsplatte, seine

Knöchel wurden weiß. »Das mag ja sein, aber ich habe in den letzten siebzehn Jahren jeden Tag mit dir zu tun gehabt. Es besteht kein Zweifel, dass sie tun mussten, was sie getan haben, damit du zuhörst. Ich bin kein Dummkopf. Ich weiß, was vorgefallen ist.«

»Aber ...«, begann ich.

»Lass mich ausreden!«, bellte er und unterbrach mich. »Du hast nicht nur die vier anderen königlichen Berater darauf aufmerksam gemacht, dass einer der schwächsten Wolfswandler, die es je gab, in meinem Rudel ist, sondern sie auch denken lassen, dass ich mein Rudel nicht unter Kontrolle habe. Weißt du, was das bedeutet? Diese vier arbeiten immer gegen mich.«

Ich biss mir auf die Zunge. Je mehr ich mich ihm widersetzte, desto schlimmer würde die Strafe sein.

»Es ist schon schwer genug, dafür zu sorgen, dass sie nicht versuchen, mein Territorium zu übernehmen, aber dann musstest du auch noch *so* etwas tun. Das ist vollkommen inakzeptabel, und deswegen wirst du auch bestraft.«

Das war die ganze Zeit sein Plan gewesen. Er wollte mich nicht für den Angriff bestrafen, sondern dafür, dass sich die königlichen Berater eingeschaltet hatten.

Wie immer biss ich mir auf die Innenseite der Wange, bis ich Blut schmeckte. Aus irgendeinem Grund beruhigte mich das.

»Ich sage dir, was passieren wird.« Zeke stieß sich von der Arbeitsplatte ab und schlug so fest mit der Hand auf den Tisch, dass das Geräusch von den cremefarbenen Wänden der Küche widerhallte. Der Tisch knackte, splitterte aber nicht. Das war eine Einschüchterungstaktik, die er häufig bei mir anwandte, und ich *hasste* sie – nicht, weil sie funktionierte, sondern weil sie mich dazu brachte, mich noch stärker gegen ihn auflehnen zu wollen. Ich versuchte, meinen

Gesichtsausdruck trotz der Wut, die in mir aufstieg, zu beherrschen.

Welchen Blick ich auch immer aufgesetzt hatte, Zeke schien ihn misszuverstehen, denn er schmunzelte. Vermutlich dachte er, es sei Angst statt unbändiger Wut. »Du wirst morgen früh für Charles arbeiten und alles tun, was er verlangt. Dann wirst du dasselbe für die anderen tun, deine Schwester ist die Letzte. Was immer sie wollen, solange sie wollen.« Er nickte und sah mir direkt in die Augen.

Meine Wange pochte, und um mich davon abzuhalten, ihm genau zu sagen, wo er hinfahren konnte, biss ich mir zusätzlich auf die Zunge.

»Hast du das verstanden?«, fragte Zeke.

»Ja.« Natürlich gab er mir keine Zeit, mich zu erholen. »Aber ich muss um fünf Uhr los, um pünktlich zur Arbeit zu kommen. Ich habe schon meine heutige Schicht verpasst, weil ich deine Toiletten putzen musste.« Was nicht nötig gewesen wäre, aber ich konnte mich meinem Alpha nicht verweigern.

Er schüttelte den Kopf. »Du wirst so lange bleiben, wie es nötig ist, um das zu beenden, was sie von dir verlangen. Wenn es nach fünf ist, wirst du eben wieder nicht zur Arbeit gehen können. Du brauchst ohnehin keinen Job außerhalb des Rudels. Wir bieten dir ein Zuhause, Essen und alles, was du sonst noch benötigst.«

Genau das war der Punkt. Aus welchem Grund auch immer machte er es mir extrem schwer, außerhalb des Rudels zu arbeiten. Sogar meine Eltern arbeiteten für ein externes Unternehmen, obwohl ihre Jobs weit entfernt waren und sie von zu Hause arbeiten konnten. Außerdem gab es viele Rudelmitglieder, die in Halfway, einer dreißig Minuten entfernten Stadt, ein Geschäft besaßen und einen Job hatten. »Als ich den Job annahm, ging ich eine Verpflichtung ein. Ich kann nicht ständig Schichten verpassen.«

Zeke lehnte sich über den Tisch, sein Gesicht nur Zentimeter von meinem entfernt. Sein stinkender Knoblauchatem schlug mir ins Gesicht, und ich musste mich zusammenreißen, um nicht zu würgen. »Anscheinend hörst du mir nicht besonders gut zu«, hauchte er. »Du wirst tun, was ich sage, und wenn du deinen Job verlierst, dann ist das eben so. Das ist nicht mein Problem.«

Ich ballte meine Hände zu Fäusten, und der Drang, den Mann zu schlagen, stieg in mir auf. Ich biss mir auf die andere Wange, um meiner Zunge eine Pause zu gönnen. Irgendwie schaffte ich es, den Mund zu halten und seinem finsteren Blick nicht auszuweichen.

Er rümpfte die Nase. »Du hast Glück, dass du so lange überlebt hast. Du solltest besser aufpassen. Nicht nur, dass das ganze Rudel genug von deiner Einstellung hat, du kannst dich auch nicht verwandeln. Du kannst froh sein, dass wir dich bisher nicht herausgeschmissen haben. Du bist wertlos, und wir tolerieren dich, weil wir dich aufgenommen haben, aber lass es uns nicht bereuen. Lerne, wo dein Platz ist, oder ich werde gezwungen sein, ihn dir zu zeigen, koste es, was es wolle.«

Ein Schauer lief mir über den Rücken. Das war eindeutig gewesen. Es bestand kein Zweifel, dass er mir gerade mit dem Tod gedroht hatte. Vielleicht sollte ich einfach weglaufen.

»Dad«, sagte Theo beschwichtigend, »ich glaube, sie hat es verstanden.«

»Das hoffe ich. Selbst meine Toleranz hat Grenzen und wenn du wegläufst, wird deine Familie den Preis dafür zahlen.« Er richtete sich wieder auf und zeigte auf mich, während er fortfuhr. »Du wirst um acht Uhr morgens bei Charles sein. Verstanden?«

Ich warf einen Blick auf die Uhr des schwarzen Ofens auf

der anderen Seite des Zimmers. Mittlerweile war es zwei Uhr nachts.

Bis ich mich gewaschen und ins Bett gelegt hatte, würde ich weniger als fünfeinhalb Stunden Schlaf bekommen. Das war nicht genug Zeit, um meine Verletzungen auch nur halbwegs zu heilen, aber genau darum schien es ihm zu gehen. Ich hasste dieses Arschloch. »Verstanden«, erwiderte ich verbittert.

»Gut.« Zeke grinste und verschränkte zufrieden die Arme vor der Brust. »Ich werde da sein, um dich ankommen zu sehen. Und wenn diese königlichen Berater versuchen, dich zu kontaktieren, wirst du nicht ein Wort darüber verlieren. Sonst wird das Leben für dich und deine ganze Familie noch viel schlimmer werden.«

Jedes Mal, wenn ich dachte, ich könnte ihn nicht mehr hassen, bewies er mir das Gegenteil. Ich sollte aufhören, das Schicksal herauszufordern. Ich musste von hier verschwinden, ohne noch mehr Probleme zu verursachen.

Zum Glück drehte sich Zeke wenige Sekunden später um und verließ das Haus durch die Vordertür.

Als sie sich hinter ihm schloss, ließ Theo den Kopf hängen. »Wie schaffst du es nur immer wieder, dich in so einen Schlamassel zu verwickeln?«

Das waren die Momente, in denen er mich eindeutig an seinen Vater erinnerte.

»Cal«, sagte er zärtlich und seine Miene wurde sanfter. »Du weißt, dass du da nicht rausgehen sollst. Ich habe dir gesagt, dass du damit aufhören musst.«

Ich biss die Zähne zusammen. Durch den Blutgeschmack grummelte mein Magen. »Ich musste einfach hier raus und eine Weile allein sein. Da heute Vollmond ist, wusste ich, dass die meisten aus unserem Rudel draußen sein würden, und ich wollte nicht wieder verurteilt werden, weil ich mich nicht verwandeln kann. Ich hatte nicht vor, gegen die Regeln zu verstoßen. Ich brauchte nur etwas Frieden und Stille. Das ist alles.«

»Wir müssen einen besseren Ort für dich finden, an den du gehen kannst, wenn du allein sein willst.« Er schob den Ärmel von Bodeys Hemd so weit hoch, dass er die ersten Kratzspuren sehen konnte. »Sie haben dich ziemlich heftig erwischt.«

»Ja, ich weiß.« Ich versuchte, nicht zusammenzuzucken. Wenn er mich so sah, fühlte ich mich zu verletzlich, und das machte mich wütend. »Theo, die anderen fünf wollten mich nicht zurückholen. Sie haben nur zufällig meine Fährte aufgenommen und dann beschlossen, sich ein wenig mit mir zu amüsieren.«

»Vielleicht, aber das spielt jetzt auch keine Rolle mehr.« Theos Gesicht verhärtete sich. »Sie alle, auch deine Schwester, sind wesentlich stärker als du. Du kannst dich nicht immer wieder mit ihnen anlegen und ihnen gegenüber respektlos sein.«

»Jetzt klingst du genau wie dein Vater.« Obwohl er mein bester Freund war und damit eine der wenigen Personen, auf die ich mich verlassen konnte, neigte er trotzdem dazu, mich wütend zu machen.

Er legte den Kopf schief und lächelte traurig. »Du weißt, dass du mir wichtig bist, aber ich bin kein Alpha. Ich kann dir nicht bei allem helfen. Du musst die Regeln befolgen, bis Dad mir das Rudel übergibt.«

Ich schnaufte und meine Kehle schnürte sich zu. Ich glaubte nicht daran, dass sein Vater ihm das Rudel jemals übergeben würde. Bodey, Lucas, Jack und Miles waren bereits die Anführer ihrer Rudel, und sie waren nicht viel älter als Theo. Ihre Eltern waren in ihren Achtzigern, genau wie Zeke. Wölfe in den Achtzigern waren für unsere Spezies zwar nicht besonders alt, aber die Verantwortung eines Alphas war kräftezehrend, und die Kraft eines Gestaltwandlers begann in diesem Alter langsam abzunehmen. Wenn ein Alpha das Gefühl hatte, dass sein Erbe bereit war, übertrug er ihm normalerweise die Verantwortung und diente ihm fortan in einer unterstützenden Rolle.

»Du solltest dich ausruhen. Du hast morgen einen langen Tag vor dir.« Theo stand auf und half mir auf die Beine. »Wenn ich zu lange bei dir bleibe, wird er auch auf mich wütend sein.«

»Ja, ich muss duschen und schlafen.« Ich gähnte, unfähig, mich zurückzuhalten. Zum Glück heilte mein Mund bereits. Ich wünschte nur, der Rest meines Körpers würde schneller heilen. »Ich begleite dich hinaus.«

Ich schloss die Hintertür ab, und wir beide gingen durch das Wohnzimmer, vorbei an dem hellbraunen Sofa, das dem Großbildfernseher und einem Familienporträt gegenüberstand. An der Tür drehte Theo sich noch einmal zu mir um, sein Blick landete auf meinen Lippen.

Ich trat einen Schritt zurück. Es gefiel mir nicht, wie er mich ansah. Das hatte er in den vergangenen Monaten oft getan, und vermutlich hätte ich begeistert sein und ihn ermutigen sollen. Eine romantische Beziehung zwischen uns würde auf jeden Fall dazu beitragen, dass die anderen Rudelmitglieder sich zurückhielten. Leider war Theo für mich nur ein Freund. Also zuckte ich schnell zusammen und tat so, als würden meine Verletzungen wieder schmerzen.

Die Wärme in seinen Augen verschwand, und er runzelte die Stirn. »Na gut. Ich werde morgen vorbeikommen und nach dir sehen.«

Ich zwang mich zu einem Lächeln. »Danke.«

Als er weg war, schloss ich die Haustür ab und ging zurück ins Wohnzimmer, wo ich einen Blick auf das Familienfoto von vor zwei Jahren warf. Meine jüngere Schwester Stevie stand zwischen mir und Pearl, Mom und Dad hinter uns. Eigentlich hatten sie gewollt, dass wir Kinder uns entsprechend unseres Alters aufstellen, aber Pearl hatte sich geweigert, sich neben mich zu stellen. Sie hatte sogar versucht, mich ganz von dem Bild auszuschließen, was mich nicht überrascht hatte. Sie hasste mich, seit mich unsere Eltern aufgenommen hatten.

Sie würde ihr Verhalten mir gegenüber nie ändern. Es hatte keinen Sinn, weiter darüber nachzudenken.

Ich wandte mich nach rechts und betrat den kleinen Flur, der zu einem Badezimmer und zwei Schlafzimmern führte.

Stevie und ich teilten uns das Schlafzimmer auf der rechten Seite, also ging ich auf Zehenspitzen hinein, nur um festzustellen, dass ihre dunkelbraunen Augen mich im Dunkeln anfunkelten, als ich leise eintrat. Sobald ich im Zimmer war, setzte sie sich auf und musterte mich stirnrunzelnd. »Geht es dir gut?« Ihr dunkelblondes Haar war zu einem Zopf geflochten, und ihre gebräunte Haut schien selbst in der Dunkelheit Wärme auszustrahlen.

»Ich komme schon klar.«

Sie deutete auf den weißen Nachttisch, der ihr blau dekoriertes Bett von meinem fuchsiafarbenen trennte. »Ich habe vorhin ein paar Tabletten und Wasser geholt. Ich dachte, das wäre sicher hilfreich.«

Ich lächelte. »Danke.« Ich ging zum Nachttisch hinüber, nahm zwei Tabletten und einen Schluck Wasser und stellte das Glas wieder ab. »Ich werde noch schnell duschen gehen. Schlaf ruhig weiter. Ich komme gleich zurück.«

»Gute Nacht. Wenn du etwas brauchst ...« Stevie biss sich auf die Unterlippe.

»Dann werde ich dich fragen.« Ich legte eine Hand auf mein Herz. »Versprochen.«

Ich schnappte mir einen fuchsiafarbenen Schlafanzug und ging ins Bad. Um meine Wunden nicht unnötig wieder zum Bluten zu bringen, stellte ich das Wasser nur auf lauwarm. Das Waschen tat höllisch weh, aber als es vorbei war, fühlte ich mich schon viel besser.

Kurz darauf kletterte ich ins Bett, stellte meinen Wecker auf sieben Uhr dreißig und legte das Handy neben mein Kopfkissen, da ich Stevie möglichst nicht wecken wollte. Dann schloss ich die Augen und war innerhalb von Sekunden eingeschlafen.

DAS VIBRIEREN meines Handys ließ mich kurz darauf die Augen aufschlagen. Es fühlte sich so an, als hätte ich nur ein paar Minuten geschlafen. Schnell stellte ich den Wecker aus. Am liebsten hätte ich mich einfach umgedreht und weitergeschlafen, aber Zekes Worte hallten immer noch in meinem Kopf nach.

Du wirst morgen früh für Charles arbeiten und alles tun, was er verlangt. Verstanden?

Wenn ich mich nicht zusammenriss, würde er schon dafür sorgen, dass ich meine Lektion lernte ... und meine Familie auch. Nach allem, was sie für mich getan hatten, konnte ich sie nicht zur Zielscheibe seiner Wut machen. Ich musste mich beeilen.

Als ich tief Luft holte, merkte ich, dass ich wieder normal atmen konnte, ohne dass ich Schmerzen hatte. Ich musste einfach nur aufpassen, dass ich nicht zu tief einatmete. Eilig kletterte ich aus dem Bett und versuchte, mich so leise wie möglich zu bewegen. Nachdem ich angezogen war, schnappte ich mir mein Handy und meine Kopfhörer und schlich aus dem Schlafzimmer in die Küche. Der Geruch von Speck, frischen Brötchen und Eiern begrüßte mich, und erst jetzt fiel mir auf, wie hungrig ich war.

Mom stand am Herd, ihr schulterlanges, dunkelblondes Haar hatte sie zu einem Pferdeschwanz zusammengebunden. Sie blickte über ihre Schulter, ihre aquamarinfarbenen Augen waren voller Sorge. »Callie. Den Göttern sei Dank. Ich habe mir schon Sorgen gemacht, dass du deine Strafe nicht antreten würdest.«

Das bestätigte nur, was ich bereits vermutet hatte. Er hatte bereits über meine Strafe entschieden, bevor ich zurückgekehrt war. »Mach dir keine Sorgen. Ich bin wach.«

Ein paar Meter von Mom entfernt öffnete Dad den Kühlschrank und griff nach dem Orangensaft. »Schaffst du es denn, zu arbeiten? Ich kann Zeke bitten, dir einen weiteren Tag zu geben ...«

»Es geht mir gut.« Das war natürlich eine Lüge, aber wenn Dad mit Zeke reden würde, würde das die Situation nur verschlimmern.

Mom öffnete den oberen Schrank zwischen Herd und Kühlschrank, nahm drei Teller heraus und befüllte sie mit Essen. »Sag uns Bescheid, falls es doch zu viel ist. Du solltest dich nicht überanstrengen.«

Ich liebte meine Eltern wirklich. Obwohl ich in einem beschissenen Rudel mit einem tyrannischen Alpha lebte, war wenigstens die Familie, die mich adoptiert hatte, gut zu mir. »Okay.«

Sie brachte die Teller an den Tisch, während Dad den Orangensaft einschenkte. Ich setzte mich hungrig hin und verschlang mein Essen in wenigen Minuten. Jetzt musste ich schnell zu Charles Wohnung. Es würde Zeke sicherlich ärgern, wenn ich pünktlich um acht Uhr auf der Matte stand.

Als ich meinen letzten Bissen genommen hatte, sah Mom mich an. »Es tut mir leid, dass du das durchmachen musst, aber du hättest wirklich nicht da draußen sein sollen. Der Angriff war natürlich nicht deine Schuld.«

Ich nickte. Ich hatte keine andere Wahl, aber wenigstens hatte sie zugegeben, dass es nicht ausschließlich nur meine Schuld gewesen war.

»Da Pearl daran beteiligt war, werden wir sie ebenfalls bestrafen.« Dad griff über den Tisch und tätschelte meine Hand.

Ich ließ den Kopf hängen. *Großartig*. Das würde alles nur noch schlimmer machen. Natürlich wusste ich aber, dass meine Eltern nur versuchten, das Richtige zu tun.

»Das müsst ihr nicht, ernsthaft. Zeke könnte es erfahren.« Ich drückte seine Hand und stand auf, wobei ich versuchte, nicht das Gesicht zu verziehen. »Ich muss los, aber ich bin zum Mittagessen wieder da.« Ich ging um den Tisch herum und umarmte Mom, dann küsste ich Dad auf die Wange.

»Sei vorsichtig«, rief Mom, als ich zur Tür hinausging.

Unser Haus lag ganz hinten in unserer Siedlung. Am Ende unserer Straße bog ich links ab und ging an drei weiteren Häusern vorbei, um zu Charles' Haus zu gelangen. Natürlich waren er und Zeke bereits im Vorgarten und warteten auf mich.

Jedes Haus sah vollkommen gleich aus, ein Zeichen dafür, dass es sich um eine Gestaltwandler-Siedlung handelte. Als ich drei Kisten mit rosa Pfingstrosen und drei Kisten mit Schleifenblumen sowie zahlreiche große Steine bemerkte, die auf dem Gehweg vor dem Haus neben mehreren Säcken mit Erde lagen, wurde ich nervös.

Als ich auf die beiden Männer zuging, grinste Charles. Er hielt eine Schaufel und ein Paar Handschuhe in der Hand, und sobald ich näher zu ihm trat, reichte er mir beides. »Meine Eltern und ich hassen Gartenarbeit, es ist also sehr freundlich von dir, uns zu helfen«, sagte er und strahlte, wahrscheinlich weil er wusste, dass die Gartenarbeit für mich mit meinen Verletzungen sehr schmerzhaft sein würde.

»Das wird doch sicher kein Problem sein, oder?« Zeke verschränkte seine Arme und sah mich erwartungsvoll an.

Heiße Wut kochte in mir auf, aber anstatt ihm zu antworten, ging ich zu den alten Pflanzenbeeten und begann, sie umzugraben.

Zeke drehte sich lachend um. »Das habe ich mir gedacht. Charles, sag mir Bescheid, wenn sie dir Ärger bereitet oder zusammenbricht.«

»Oh, das werde ich.« Charles stimmte in das Lachen unseres Alphas ein und ging in sein Haus.

Sobald er die Tür hinter sich schloss, hielt ich inne, um mein Handy herauszuholen und meine Lieblingsplaylist zu öffnen. Ich steckte meine Kopfhörer in die Ohren und hörte kurz darauf Destiny Childs ›I'm a Survivor‹ in voller Lautstärke. Dann ging ich wieder an die Arbeit.

MEINE RIPPEN HATTEN ZWAR über Nacht zu heilen begonnen, aber gänzlich verheilt waren sie noch lange nicht. Das würde auch so schnell nicht passieren, wenn ich weiter Löcher grub und Blumen pflanzte. Meine einzige Rettung war meine Playlist. Das und die Tatsache, dass die Pfingstrosen und Schleifenblumen wirklich hübsch waren.

Mein Körper schmerzte noch immer, wodurch jede Bewegung und jeder flache Atemzug zur Qual wurde. Ich versuchte, mich auf die Liedtexte und die Musik zu konzentrieren, um mich abzulenken.

Sie wollten nicht, dass ich es zu Ende brachte. Sie wollten mich brechen. Diese Genugtuung würde ich ihnen jedoch nicht geben, selbst dann nicht, wenn es mich umbringen würde.

Als ich gerade mehr Erde auf einem der Beete verteilen wollte, riss mir jemand die Schaufel aus der Hand.

Ich spürte, wie sich meine Nackenhaare aufstellten. Mein Magen zog sich zusammen.

Schnell drehte ich mich um und zuckte dabei vor Schmerz zusammen. Doch als ich sah, wer vor mir stand, blieb die Welt einfach stehen.

Das musste Einbildung sein. Warum sollte *er* hier sein? Aber egal, wie oft ich blinzelte, ich starrte immer noch auf seine muskulöse Brust, und als ich meinen Kopf hob, sah ich in seine wunderschönen indigoblauen Augen.

Es kam mir vor, als würde ich träumen, aber der heftige Protest meiner Rippen bestätigte, dass ich mich immer noch in der Realität befand. Das konnte nicht gut ausgehen.

Mein Herz schlug so heftig, dass ich kurz Angst bekam, es würde aus meiner Brust springen.

Sein Gesichtsausdruck war angespannt, sein Kiefer so verkrampft, dass ich befürchtete, er würde brechen. Während er mich musterte, verfinsterten sich seine Augen.

Die Wut und die Macht, die von ihm ausströmten, ließen mich einen Schritt zurücktreten, und ich wäre beinahe über die Pfingstrosen gestolpert, die ich gerade eben noch pflanzen wollte.

»Was zum Teufel tust du hier?«, knurrte Bodey so leise, dass ich Mühe hatte, seine Worte zu verstehen.

In diesem Moment lernte ich, dass es doch dumme Fragen gab.

Ich funkelte ihn ärgerlich an, als meine eigene Wut in mir hochkochte. »Sonnenbaden und Margaritas trinken.« Ich wünschte, das Atmen würde nicht so wehtun, damit ich meinen Sarkasmus noch unterstreichen könnte. »Wonach *zum Teufel* sieht es denn aus?«

Seine Nasenlöcher blähten sich auf. »Du bist verletzt.«

»Oh, warte ... tut es deshalb so weh, zu atmen?« Ich musste wirklich lernen, meinen Mund zu halten. Er könnte mir so viel Schlimmeres antun als das, wozu Zeke fähig war, aber mein Mund schien einen eigenen Willen zu haben.

Er verzog jedoch keine Miene. Vermutlich war er durch Jack an schnippische Antworten gewöhnt. Stattdessen ignorierte er meine Worte. »Warum arbeitest du in diesem Garten? Das ist doch gar nicht dein Haus«, sagte er skeptisch.

In diesem Moment schien sich meine Selbstsicherheit in Luft aufzulösen. Ich hatte gehofft, ihn verunsichern und damit vertreiben zu können, aber er blieb standhaft. *Natürlich.* Verdammte Alphas.

Jetzt steckte ich wirklich in der Klemme. Wenn ich ihn nicht schnellstens dazu bringen konnte, zu gehen, würde Zeke merken, dass er hier war ... falls er es nicht ohnehin schon wusste.

Ich sah mich um. Die Vorgärten in der Nähe waren leer. Niemand sonst machte im Februar Gartenarbeit – zumindest nicht an einem Montag. Vermutlich, weil alle anderen bei ihren bezahlten Jobs waren.

Ich musste ihm antworten, aber nicht auf eine Weise, die ihn zum Bleiben bewegen würde. Das Problem war jedoch, dass ich *keine Ahnung* hatte, wie ich das anstellen sollte. Alles, was ich sagte, schien ihn nur noch wütender zu machen.

Ich nahm einen Kopfhörer aus meinem Ohr heraus, aus dem gerade ›Fight Song‹ von Rachel Platten ertönte, und spähte über Bodeys Schulter. Ein schwarzer Jeep Grand Cherokee stand mit offener Fahrertür mitten auf der Straße. Anscheinend war er allein gekommen. Ich wusste nicht, ob ich deswegen erleichtert oder verwirrt sein sollte.

»Ich warte immer noch auf eine Antwort«, drängte Bodey und sein Kiefer zuckte.

»Na ja, i... ich ...«, stammelte ich und versuchte, eine plausible Erklärung für meine Situation zu finden. Wenn ich lügen würde, würde er es sicher merken. »Ich ...«

Er trat näher an mich heran, die Schaufel immer noch in der Hand, während sein Duft in meine Richtung wehte. »Du ...?«, fragte er und zog eine Augenbraue hoch.

Das war nicht gut. Ganz und gar nicht. Da ich nicht wusste, was ich tun sollte, begannen meine Beine zu zittern. Wären meine schmerzenden Rippen nicht gewesen, wäre ich wahrscheinlich hier und jetzt auf dem Boden zusammengebrochen. Bodey verlangte eine Antwort, und ich steckte in der Klemme, ob ich nun antwortete oder nicht. Wenn ich nicht antwortete, würde er bleiben. Wenn ich es tat, würde er sich weigern, zu gehen. Es gab keinen Ausweg, und Zeke würde mich in jedem Fall beschuldigen, ihn hergeholt zu haben.

»Callie«, sagte er sanft und legte beide Hände auf meine Schultern. »Bitte sag mir, was hier los ist. Ich bin mir ziemlich sicher, dass ich es schon weiß, aber ich muss es von dir hören, bevor ich Zeke zur Rede stelle.«

Ja, ich war wirklich erledigt. Vermutlich sollte ich es einfach akzeptieren und mich meinem Schicksal beugen.

Ich wollte gerade antworten, als die Haustür aufging und Charles in seiner Flanellpyjamahose und einem schwarzen Shirt herausstürmte. Er eilte auf uns zu und blieb direkt vor uns stehen. »Was zum Teufel ist hier los?« Dann zeigte er auf die Pflanzen, die Steine und die Erde. »Du störst sie bei der Arbeit.« Er grinste höhnisch.

Sofort verschwand die Zärtlichkeit aus Bodeys Blick, und er verzog wütend das Gesicht. Als er einatmete, krampfte sich meine Lunge zusammen. Vermutlich hatte er Charles erkannt.

»Du bist eines der Arschlöcher, die sie gestern Abend angegriffen haben«, sagte Bodey und nahm seine Hände von meinen Schultern.

Charles runzelte die Stirn und verschränkte die Arme vor der Brust. »Das geht dich einen feuchten Dreck an. Du solltest besser verschwinden, bevor mein Alpha hier auftaucht.«

Bodey ignorierte seine Drohung jedoch einfach und ballte die Hände zu Fäusten. »Oh, da irrst du dich aber gewaltig. Das Ganze hier geht mich sehr wohl etwas an, da ich einer der vier Wölfe war, die dich und deine feigen Freunde von einem einzelnen Mädchen in Menschengestalt weggezogen haben.« Er blähte seine Brust auf, während die Macht seines Alphawolfs noch stärker als zuvor von ihm ausging. Während er fortfuhr, stellte er sich schützend vor mich. »Ich kann es tatsächlich kaum erwarten, dass dein Alpha hier auftaucht. Sag Zeke, dass ich hier auf ihn warte.«

Charles starrte den Mann vor ihm mit offenem Mund an und senkte den Kopf. Dann verklärte sich sein Blick und seine Augen leuchteten. »Ich habe ihn benachrichtigt, *Sir*«, murmelte er wenige Sekunden später. Er wirkte nun deutlich unterwürfiger, auch wenn sein Körper verriet, dass er nicht glücklich darüber war.

Der Dummkopf war zu sehr mit sich selbst beschäftigt und entschlossen, mich leiden zu lassen, um zu erkennen, mit wem er es zu tun hatte. Einerseits hoffte ich, dass Bodey ihn in die Schranken weisen würde, andererseits fürchtete ich mich bereits jetzt davor, was Charles mit mir anstellen würde, nachdem Bodey wieder gegangen war.

Ich musste eingreifen. Ich wollte nicht, dass meiner Familie etwas passierte, weil ich tatenlos daneben stand.

»Bodey, bitte beruhige dich.« Die Worte schnürten mir die Kehle zu, als ob ein Teil von mir versuchte, sie zurückzuhalten ... als ob diese Worte mich eigentlich anwiderten. Ich hasste es, wenn ich mich so fühlte, als ob eine fremde Person in meinem Körper lebte.. »Es ist alles in Ordnung. Versprochen.«

Ich machte einen Schritt auf ihn zu, wollte, dass er mein Gesicht sah, aber plötzlich verschwamm meine Sicht und ich stöhnte.

Die Arbeit hatte mir offenbar mehr zugesetzt, als mir bewusst gewesen war.

Bodey drehte sich um und warf mir einen besorgten Blick zu, was nur dazu führte, dass mein Atem stockte und ein weiterer scharfer Schmerz durch meinen Körper schoss. Er legte seine Hände wieder auf meine Schultern, um mich zu beruhigen. »Du brauchst Medizin und Ruhe.«

Mein Herz verkrampfte sich in meiner Brust. Es war seltsam, aber nicht zwingend unangenehm, und ich konnte nicht umhin, seinen kantigen Kiefer und die Form seiner vollen Lippen zu bemerken.

Ich schüttelte den Kopf und versuchte, diese merkwürdigen Gedanken und Gefühle zu verdrängen.

»Was ist los?« Sein Stirnrunzeln vertiefte sich und er beugte sich so weit zu mir herunter, dass er mir direkt in die Augen sehen konnte. »Hast du Kopfschmerzen? Vielleicht sollten wir dich zu einem Heiler bringen.«

Sein Versuch, mir zu helfen, würde alles noch schlimmer machen, aber ich konnte ihm nicht böse sein, weil er wirklich helfen wollte. Er und die anderen drei königlichen Berater waren bisher nur freundlich zu mir gewesen. Ganz im Gegensatz zu Zeke.

Jede Zelle in meinem Körper schien angespannt. Warum hatte mich nicht sein Rudel vor all den Jahren gefunden? Dann wäre mein Leben so anders ... so viel besser gewesen.

Konzentriere dich, Callie. Ich biss mir auf die Innenseite meiner Wange, meine Zähne gruben sich in die wunden Stellen von letzter Nacht, und der pochende, beruhigende Schmerz umarmte mich. Ich hatte gelernt, dass ›Was-wäre-wenn‹-Gedanken das Problem nicht lösten. Tatsächlich führten sie oft eher dazu, dass ich mich in einer Gedankenspirale verlor und Energie verschwendete, die ich nicht entbehren konnte. Als Kind hatte ich gelernt, solche Gedanken zu verdrängen, aber aus irgendeinem Grund fiel es mir dieses Mal deutlich schwerer. Natürlich kannte ich den Grund dafür. Es lag an dem Mann, der vor mir stand. Er war die Verkörperung des mächtigsten Gefühls von allen.

Hoffnung.

Ich hoffe, dass sich mein Leben eines Tages ändern würde.

Aber das würde nie der Fall sein. Zeke würde mich niemals gehen lassen. Falls ich wirklich verschwinden würde, würde er sich dafür an meiner Familie rächen.

»Callie, rede mit mir«, flehte Bodey mich an und holte mich in die Gegenwart zurück. »Wo genau hast du Schmerzen?«

Hätte ich keine gebrochenen Rippen gehabt, hätte ich vermutlich gelacht. Die einfachere Frage wäre gewesen, wo ich *keine* Schmerzen hatte. »Es geht mir wirklich gut. Ich muss wieder an die Arbeit.«

»Siehst du?«, sagte Charles, als er sich neben Bodey stellte. »Es geht ihr gut. Du kannst gehen.«

Er hätte genauso gut gar nichts sagen können, denn Bodey ignorierte ihn einfach weiter. »Es geht dir *nicht* gut. Du siehst schlechter aus als gestern Abend. Zeke hat versprochen, dass er dich nicht bestrafen wird.«

Da ich Bodey nicht länger ins Gesicht sehen konnte, schaute ich stattdessen auf die Blumen zu meiner Rechten. »Er hat versprochen, dass ich nicht für den Angriff bestraft werden würde. Deswegen bin ich auch nicht hier draußen.«

Bodeys ganzer Körper versteifte sich, auch die Hände auf meinen Schultern, was meine Aufmerksamkeit wieder auf ihn lenkte. Mit seinem starken, maskulinen Gesicht und seinem muskulösen Körper hätte er genauso gut eine römische Gottheit sein können.

»Verdammter Mistkerl«, knurrte er. »Ich hätte es besser wissen müssen. Nein, ich *wusste* es besser. Ich hätte nicht gehen sollen, aber ich wollte mich einfach nicht zu sehr in die Angelegenheiten seines Rudels einmischen.«

Plötzlich hörte ich Schritte. Zwei Personen kamen auf uns zu. Theo und Zeke. Zeke stampfte die meiste Zeit, als ob er umso stärker wirkte, je fester er auftrat.

So ein Idiot.

Bodey drehte sich in ihre Richtung und nahm seine Hände von meinen Schultern, während er sich wieder aufrichtete.

Er schien sich bereits auf eine Konfrontation vorzubereiten, bei der ich – und möglicherweise meine Familie – verlieren würden. Ich musste versuchen, die Sache zu retten. »Bodey, bitte. Lass es einfach gut sein.« Ich legte eine Hand auf meine Seite, um meine Rippen zu stützen, damit ich mich ein wenig leichter bewegen konnte, aber stattdessen keuchte ich nur.

»Auf keinen Fall. Das hier ist vollkommen inakzeptabel.« Er wandte sich wieder zu mir, seine Gesichtszüge wurden sanfter. »Er kann nicht erwarten, dass du das tust. Callie, das ist in mehr als einer Hinsicht ungesund.«

Ich öffnete meinen Mund, aber Zeke unterbrach mich. »Hat *sie* dich angerufen?«

Ich schnaubte und richtete meine Aufmerksamkeit auf Zeke, der meine schlimmste Befürchtung bestätigte. Sein Gesicht war gerötet, und in seinem Mundwinkel sammelte sich bereits Speichel. Seine Hände zitterten.

Er war wütend und konnte sich kaum zusammenreißen.

»Was ist das denn für eine Frage?«, fragte Bodey, während er den Abstand zwischen sich und Zeke verringerte. »Hast du ihr das etwa verboten?«

Theo kam an meine Seite und warf mir einen finsteren Blick zu. Er nahm mir den anderen Kopfhörer aus dem Ohr und beugte sich zu mir herunter. »Weißt du, was passiert ist?«

Ich ballte meine Hände zu Fäusten, meine Nägel gruben sich in meine Handflächen. Ausnahmsweise war ich froh, dass er sich nicht mit meinen Gedanken verbinden konnte. Ich wollte gar nicht wissen, was er mir sonst zu sagen hätte.

Zeke warf mir einen spöttischen Blick zu. »Ich frage ja nur – hat sie dich angerufen?«

Er wollte die Frage nicht beantworten, und ich vermutete, dass Bodey wusste, warum. Gestaltwandler konnten riechen, wenn jemand log, genauso wie sie riechen konnten, wenn jemand Angst hatte, erregt oder glücklich war. Jede starke Emotion setzte verschiedene Chemikalien im Körper einer Person frei, die ihren Geruch leicht veränderten. Eine Lüge war aufgrund ihres üblen Geruchs am leichtesten zu erkennen.

»Nein, das hat sie nicht. Ich wollte nach ihr sehen, weil es ihr gestern Abend so schlecht ging. Als ich ankam, habe ich dann gesehen, dass sie, trotz ihrer verletzten Rippen und der Kratzspuren an Armen und Rücken, im Vorgarten ihres Angreifers arbeitet.« Bodey wippte auf seinen Fersen. »Jetzt, wo ich deine Frage beantwortet habe, will ich auch eine

Antwort auf meine. Hast du ihr verboten, mich oder einen anderen der königlichen Berater zu kontaktieren?«

Mir ging das Herz auf. Das war genau der Beweis dafür, was ich bereits vermutet hatte. Bodey war klug und konnte andere Personen hervorragend lesen. Er hatte seine Frage sorgfältig formuliert, um sicherzugehen, dass Zeke nur schwer einen Weg finden würde, zu antworten, ohne zu lügen.

»Das spielt keine Rolle«, antwortete Zeke und lehnte sich zu Bodey. »Sie gehört *mir*. Ich kann bestrafen, wen ich will und wie ich es für richtig halte. Das Ganze hier geht dich nichts an.«

»Das *ist* also ihre Strafe. Dabei hast du mir gestern versprochen, dass du sie nicht bestrafen würdest.«

»Nein.« Zeke schnaubte. »Ich habe nur gesagt, ich würde sie nicht für den *Angriff* bestrafen. Das hier ist eine Strafe für ein anderes Vergehen.«

Bodey legte den Kopf schief und rieb sich das Kinn. »Und für welches?«

»Meint der Typ das ernst?«, murmelte Charles.

Theos Kopf drehte sich zu Charles, und ihre Augen leuchteten. Wenige Sekunden später drehte sich Charles schnaubend um und ging in sein Haus.

Zeke verschränkte die Arme vor der Brust und machte sich so groß wie möglich. »Du hast nicht das Recht, mich infrage zu stellen. Ich bin ihr Alpha *und* der königliche Berater von Oregon. Das ist *mein* Territorium, und ich tue, was ich für richtig halte.«

»Ach ja?«, fragte Bodey und sah Zeke von oben herab an. »Laut dem Gestaltwandler-Gesetz des Nordwestens kann jeder Alpha eingreifen, wenn er das Gefühl hat, dass ein anderer Alpha seine Position missbraucht und jemanden ungerecht behandelt oder ihm unangemessenen Schaden zufügt. Das gilt sogar über die Grenzen der einzelnen Territorien hinweg.« Er zuckte mit den Schultern, als wäre das keine große Sache. »Ich weiß mit Sicherheit, dass Callie kein Verbrechen begangen hat, das diese Art von Bestrafung rechtfertigen würde, also berufe ich mich auf mein Recht, einzugreifen.«

Mein Herz machte einen kleinen Hüpfer. Von diesem Gesetz hatte ich noch nie gehört. Vielleicht würde ich einen Aufschub meiner Strafe bekommen, wenn auch nur für eine kurze Zeit. Das war immer noch besser als nichts.

Theo erstarrte, während das Gesicht seines Vaters purpurrot wurde.

Zeke keuchte erzürnt. »Wir würden Callie niemals Schaden zufügen wollen – sie hat schon mehr als die Hälfte der Arbeit erledigt.«

Seufzend drehte sich Bodey zu mir und sah mich mitleidig an. »Tut mir wirklich leid«, murmelte er.

Plötzlich schwand meine zuvor gewonnene Hoffnung. Ich konnte es ihm nicht verübeln, und auf lange Sicht war es das Beste, wenn er jetzt gehen würde. Allerdings fürchtete ich auch, dass ich ihn dann nie wiedersehen würde.

Ich wusste, dass das lächerlich war. Ich kannte ihn noch nicht einmal einen Tag, aber seine Anwesenheit gab mir einfach ein gutes Gefühl und schenkte mir Trost.

Erschöpft zwang ich mich zu einem Lächeln. »Ist schon okay.«

Als er mir die Schaufel hinhielt, grinste Zeke siegessicher.

Ich schluckte und bereitete mich mental auf die Folter vor, die ich gleich erleben würde. Um nicht schwach zu wirken, setzte ich ein gleichgültiges Gesicht auf und griff nach der Schaufel.

Bodey ließ sie jedoch nicht los, wodurch mir nichts anderes übrigblieb, als meinen Arm wieder fallenzulassen. Tränen brannten in meinen Augen. Übelkeit überkam mich, und ich war mir sicher, dass ich mich jeden Moment übergeben würde.

Nun wandte sich Bodey wieder an Zeke. »Sie kann die Arbeit nicht beenden, aber du bist entschlossen, sie dazu zu zwingen. Damit setzt du eindeutig ihre Gesundheit und ihr Wohlbefinden aufs Spiel.«

Zeke starrte mich fieberhaft an, als ob ich etwas falsch gemacht hätte. Es schien, als würde ihn zum ersten Mal in seinem Leben jemand herausfordern .

»Ich möchte, dass du mir jetzt ganz genau zuhörst.« Zeke machte einen Schritt nach vorn und blieb nur wenige Zentimeter vor Bodey stehen. Der Anblick war beinahe lustig, denn Bodey war mindestens zwei Köpfe größer als er und doppelt so muskulös, aber Zeke konnte nicht eingeschüchtert werden. Stattdessen fuhr er fort. »Das hier ist mein Territorium und mein Rudel, und du solltest jetzt gehen. Wie ich die Dinge hier handhabe, ist meine Sache, und zwar *nur* meine. Immerhin komme ich auch nicht nach Idaho und sage dir, wie du die Dinge zu regeln hast.«

»Wenn ich gehe, wirst du sie noch mehr bestrafen, nur weil ich aufgetaucht bin, um nach ihr zu sehen«, sagte Bodey, während er auf den kleineren Mann hinunterblickte. »Das wird auf keinen Fall passieren.«

»Theo, bring sie nach Hause. *Sofort*«, befahl Zeke, als er mich am Arm packte und von Bodey wegzerrte.

Ich stolperte durch den Ruck der plötzlichen Bewegung, aber zum Glück eilte Theo herbei, legte einen Arm um meine Schultern und richtete mich auf.

Bodey knurrte, aber Zeke begann zu brüllen. »König Richard ist tot, und du wirst sie nicht mitnehmen. Und jetzt verschwinde.«

»Es stimmt, aktuell haben wir keinen König«, stimmte Bodey mit einem weiteren Knurren zu. »Die Gesetze des alten Königs gelten jedoch so lange, bis ein anderer König sie ändert. Deshalb werde ich auf mein Recht pochen und Callie auch nicht einfach hierlassen, sondern in mein Rudel mitnehmen.«

Theo und ich erstarrten beinahe gleichzeitig. War das denn möglich?

»Diese Befugnis hast du nicht«, zischte Zeke. »Ich verlange eine Abstimmung.«

»Das ist dein gutes Recht.« Bodey nahm sein Handy aus der Gesäßtasche. »Die können wir sofort hinter uns bringen.« Dann wandte er sich wieder an mich. »Das wird nicht lange dauern, Callie. Geh nach Hause, ich bin gleich da und helfe dir beim Packen.«

Zekes Augen glühten, als er seinen Sohn anstarrte, aber Theo drehte sich um, bevor Bodey sehen konnte, dass die beiden eine gedankliche Nachricht ausgetauscht hatten.

»Ich bringe sie nach Hause«, sagte Theo und ließ mich los.

Gemeinsam machten wir uns auf den Weg, während Bodey eine Nummer wählte.

»Komm schon, Callie«, murmelte Theo mir ins Ohr. »Wir brauchen einen gewissen Vorsprung.«

Offenbar waren mein Alpha und sein Sohn fest entschlossen, dass ich hierblieb, auch wenn die anderen drei Berater Bodey zustimmen würden. Konnte die Situation noch aussichtsloser werden?

KAPITEL SECHS

Ich versuchte, mit Theos Tempo mitzuhalten, aber aufgrund meiner Verletzungen war ich deutlich langsamer. Noch schneller, und ich würde mich übergeben.

Als ich anfing, hinterherzuhinken, verringerte Theo sein Tempo ein wenig. »Tut mir wirklich leid, Callie, aber wir müssen uns beeilen. Du weißt, dass ich dich nicht vor Dad beschützen kann.«

Ein scharfer Schmerz raubte mir den Atem. Magensäure stieg mir in den Rachen, aber ich schluckte sie hinunter und versuchte, das Brennen zu ignorieren. Meine Verletzung schmerzten mit jeder Bewegung mehr. Bodey hatte recht. Um gesund zu werden, musste ich mich hinlegen und mich ausruhen.

Ich stolperte, zwang mich aber vorwärts.

»Komm schon, Callie. Nur noch ein Stückchen weiter, versprochen. Wir müssen uns beeilen«, murmelte Theo.

Langsam wurde ich wirklich nervös. Ich wusste nicht, was er und Zeke geplant hatten, aber sie wollten mich definitiv daran hindern, mit Bodey mitzugehen.

In meiner Eile stolperte ich, und ein Aufschrei verließ meine Lippen, bevor ich ihn aufhalten konnte.

»Geht verdammt noch mal langsamer«, rief Bodey uns hinterher, der uns offenbar immer noch beobachtete. »Ihre Rippen sind verletzt, du Idiot.«

Schnaufend zuckte Theo zusammen. Er mochte es nicht, wenn ihm jemand außer seinem Vater sagte, was er zu tun hatte.

»Hey, Mann. Wo steckst du? Bitte sag mir, dass du gerade Frühstück holst«, ertönte plötzlich Jacks Stimme. Offenbar hatte Bodey sein Handy auf Lautsprecher gestellt.

Ich wusste nicht warum, aber ich hatte erwartet, dass Miles, Lucas und Jack wussten, dass Bodey hier war. Die Tatsache, dass sie es nicht taten, beunruhigte mich. Hoffentlich waren sie auf seiner Seite.

»Kannst du bitte ein wenig schneller gehen?«, fragte Theo und warf mir einen besorgten Blick zu. Wenigstens fing er wieder an, sich wieder wie mein Freund zu verhalten und nicht mehr wie die rechte Hand seines Vaters. Meistens versuchte er, beides zu sein, was zugegebenermaßen nicht leicht sein konnte.

Ich nickte, biss mir auf die Wange und zwang meine Beine, sich schneller zu bewegen. Obwohl der Schmerz unerträglich war, konnte ich sie davon überzeugen, das Tempo anzuziehen.

»Meine Güte, Callie. Dir geht es wirklich nicht gut, was?«, murmelte er, als wäre das irgendetwas Neues. Die Sorge, die von ihm ausging, milderte jedoch meine Wut auf ihn.

Ich konnte hören, wie Bodey und Zeke hinter uns mit den anderen drei Alphas telefonierten. Leider verstand ich nicht, worüber sie sprachen, da ich mich nur darauf konzentrierte, einen Fuß vor den anderen zu setzen.

Es fühlte sich an, als hätte es Stunden gedauert, bei unserem Haus anzukommen, obwohl vermutlich nur wenige Minuten vergangen waren. Theo öffnete die Haustür. Pearl und Stevie saßen auf dem Sofa und sahen fern.

Pearl, die immer noch ihren Schlafanzug trug, hob eine Augenbraue und grinste. »Was machst du denn hier? Solltest du nicht eigentlich bei Charles sein und deine Strafe abarbeiten?«

Stöhnend lehnte Stevie ihren Kopf gegen das Sofa. Sie trug eine Jeans und ein schwarzes Hemd, wie es in dem Café, in dem sie arbeitete, üblich war. »Sie ist verletzt, Pearl. Lass sie in Ruhe. Theo ist bei ihr, also versuch sie nicht, etwas vor Zeke zu verbergen.«

»*Sie* hat recht.« Theo deutete auf Stevie. »Geh und pack deiner Schwester schnell eine Tasche. Sieh zu, dass sie ausreichend Kleidung für ein paar Tage hat.«

»Natürlich.« Stevie sprang auf und huschte in unser Schlafzimmer.

Als Pearl sah, dass Theo meine Hand hielt, verfinsterte sich ihr Gesicht. Sie hatte Theo immer begehrt, aber stattdessen schenkte ihr nur Charles seine Aufmerksamkeit.

Zitternd wandte ich mich an Theo. »Kleidung für ein paar Tage? Wofür?« Wo zum Teufel wollten sie mich hinbringen?

Er drehte sich zu mir um, sein Gesicht wurde sanfter. »Dad hat gesagt, ich soll dich für ein paar Tage wegbringen. Solange, bis sich die anderen Alphas beruhigt und dich vergessen haben.«

Ich begann zu zittern. Ich kannte die vier noch nicht einmal einen ganzen Tag, und dennoch gefiel mir der Gedanke nicht, dass sie mich vergessen würden. »Aber wohin gehen wir? Kann ich von dort aus zu meinem Job gehen?« Jeden Tag wurde die Situation mit meinem Rudel und mir schlimmer. Ich musste dringend einen Ausweg finden.

»Vergiss deinen Job, Callie.« Theo schnaubte, was Pearl zum Lächeln brachte.

»Theo, nicht du auch noch. *Bitte*.«

»Tut mir leid, aber das ist der Sinn des Untertauchens. Wir werden zu einer abgelegenen Hütte fahren, die dem Rudel gehört. Nur wenige Personen wissen, dass sie überhaupt existiert.«

Pearl starrte Theo ungläubig an. »Warte, du willst also bei ihr bleiben?«

Ich war ebenfalls entsetzt, aber aus einem anderen Grund. Die Art und Weise, wie Theo sich in den vergangenen Monaten in meiner Nähe verhalten hatte, gefiel mir nicht. Er sah mich an, als ob ich die Antwort auf irgendetwas hätte, und obwohl es ideal gewesen wäre, wenn ich ihn ebenfalls so gesehen hätte, tat ich es nicht. Er war mein bester Freund und der zukünftige Alpha, und ich konnte es nicht riskieren, eine Beziehung mit ihm einzugehen, falls diese nicht gut enden würde.

»Wir müssen gehen«, sagte Theo und ignorierte meine Schwester. »Und mach dir keine Sorgen. Du kannst dort immer noch deine Strafe abarbeiten. Dad hat auch schon Ideen, was du tun kannst, während du dich auskurierst.«

Natürlich waren Zeke meine Verletzungen vollkommen egal, aber ich hatte nicht genug Energie, um den Mund zu öffnen. Ich hatte ohnehin keine andere Wahl, was noch viel schlimmer war. Wenn ich mich gegen Zeke wehrte, würde meine Familie die Konsequenzen tragen.

Mom und Dad erschienen auf dem Flur, der zu ihrem Zimmer, Pearls Zimmer und der Garage führte. Moms Stirn war gerunzelt, und Dads Mund war zu einem festen Strich verzogen.

Dad blieb vor der Tür stehen, die zur Garage führte, und blockierte sie. »Bist du sicher, dass das eine gute Idee ist?« Er schaute mich ernst an. »Sie ist verletzt, und der königliche Berater aus Idaho ist hier.«

Natürlich hatten Zeke und Theo meine Eltern bereits informiert.

»Es gibt keine andere Möglichkeit.« Theo streckte seine freie Hand aus. »Aus irgendeinem Grund ist Bodey fest entschlossen, sie mitzunehmen.«

Wenn ich gestern Abend nicht spazieren gegangen wäre, wäre das alles nicht passiert. Normalerweise versuchte ich, nicht über Dinge nachzudenken, die ich nicht mehr ändern konnte, aber dieses Mal konnte ich nichts dagegen tun. Ich wurde nicht nur von meiner Familie weggerissen, sondern würde auch noch mehr von Zekes Zorn zu spüren bekommen.

Dad warf Theo einen Schlüsselbund zu, während Mom auf mich zukam und mich sanft an der Schulter berührte.

»Wir nehmen eines unserer Autos?« Jetzt fühlte ich mich noch schlechter. Meine Eltern hatten zwei Autos, und wenn wir eines davon nehmen würden, würde das die Familie noch mehr belasten. Obwohl meine Eltern von zu Hause aus arbeiteten, brauchten Stevie und Pearl jeweils ein Auto, um ihre eigenen Arbeitsplätze in Halfway zu erreichen.

»Sie können meins benutzen, während wir weg sind«, versicherte Theo mir und drückte beruhigend meine Hand. »Ich werde Dad sagen, dass ich ihnen die Erlaubnis gegeben habe.«

Stevies Schritte brachten Theo dazu, sich zu in Bewegung zu setzen. Dad öffnete die Tür zur Doppelgarage.

Ich folgte ihm langsam.

Theo spielte nervös mit den Schlüsseln, schnaufte und wirkte unruhig. Langsam schien er die Geduld mit mir zu verlieren.

Als ich vom Parkettboden auf den kühlen Beton der Garage trat, stöhnte ich leise auf.

»Bitte halte noch ein wenig durch. Du wirst dich bald ausruhen können.« Theos Stimme war sanft und besorgt. »Dad kommt erst später, um mir Kleidung und etwas zu essen zu bringen. Dann hast du Zeit, dich eine Weile zu erholen.«

Immer wenn sein Vater nicht in der Nähe war, war er nett und obwohl ich nicht begeistert war von der Aussicht, so lange mit ihm allein zu sein, würde er mich wenigstens gut behandeln. Wir waren schon so lange befreundet, wie ich Teil des Rudels war.

Da ich seiner Bitte nachkommen wollte, biss ich mir auf die Zunge und stolperte zu dem Auto, das der Tür am nächsten war, einem alten schwarzen Buick Lucerne. Der andere Wagen, ein grauer Honda Odyssey, war so nah geparkt, dass Theo vorsichtig sein musste, als er die Beifahrertür öffnete.

Er half mir auf den Beifahrersitz, aber die Schmerzen waren dennoch kaum auszuhalten. Tränen stiegen mir in die Augen. Irgendwie schaffte ich es jedoch ins Auto, ohne ohnmächtig zu werden.

Meine fuchsiafarbene Reisetasche warf Stevie auf den Rücksitz.

»Ich habe auch dein Ladegerät eingepackt, da du dich ja nicht ...« Stevie hielt inne und verzog das Gesicht.

Sie brauchte ihren Satz nicht zu beenden. Ich wusste bereits, was sie sagen wollte – *da du dich ja nicht gedanklich mit uns verbinden kannst.*

»Damit du dich bei uns melden kannst, wenn du angekommen bist«, mischte Mom sich schnell ein und versuchte, die unangenehme Situation etwas aufzulösen.

»Danke«, murmelte ich.

»Tut mir leid, Leute, aber wir müssen los«, sagte Theo und betätigte den Garagentoröffner.

Das musste bedeuten, dass Bodeys Gespräch mit Zeke zu Ende war.

»Passt auf euch auf«, sagte Mom und schloss die Beifahrertür.

Während sich das Garagentor öffnete, machte sich Theo bereit, direkt loszufahren, sobald das Tor vollständig offen war. Plötzlich hielt ein Jeep vor der Garage und versperrte uns den Weg.

Bodey.

»Verdammt.« Theo schlug mit der Hand auf das Lenkrad und drückte auf die Hupe.

Bodey stieg aus und stellte sich mit verschränkten Armen vor die Garage, Zeke direkt neben ihm.

Ich war überrascht, dass Theo nicht versuchte, ihn zu überfahren.

Eine Ader wölbte sich zwischen seinen Augenbrauen. Er starrte mich an.

»Warum sitzen dein Sohn und Callie in einem Auto?«, knurrte Bodey Zeke an. »Wolltest du etwa versuchen, sie heimlich wegzuschaffen, nachdem die anderen drei königlichen Berater zu meinen Gunsten entschieden haben?«

Mein Herz pochte wie verrückt. Wenn er jetzt schon hier war, musste er geahnt haben, dass Zeke versuchen würde, so etwas zu tun.

Zeke ballte die Hände zu Fäusten, die Ader an seinem Hals pulsierte sichtbar vor Wut. »Dies ist *mein* Rudel. Mein Territorium. Ihr vier habt hier keine Rechte.«

Bodey drehte sich zu Zeke und knurrte erneut. »Die fünf Staaten, die wir vertreten, sind alle *ein* großes Territorium. Was hier passiert, geht uns sehr wohl etwas an. Es sei denn, du widersprichst dem, was jeder Herrscher über dieses Territorium jemals geglaubt hat?«

»Das ist Blödsinn, und du wirst dafür bezahlen, wenn du sie mitnimmst«, schwor Zeke und fletschte seine Zähne.

»Ich habe jedes *Recht* und sogar die *Pflicht*, sie mitzunehmen. Wenn dir das nicht passt, kannst du gern in zwei Wochen mit Samuel reden, nachdem er zum König gekrönt wurde«, antwortete Bodey, während er an Zeke vorbeiging und meine Tür öffnete. Sein Gesicht wurde sanfter, als er mir die Hand reichte. »Wir müssen dich an einen sicheren Ort bringen, damit du dich ausruhen und genesen kannst.«

Theo knurrte. »Pass bloß auf, wie du sie anfasst und ansiehst. Ich habe vor, sie zu meiner Gefährtin zu machen.« Der Blick in seinen Augen war hart, während er den fremden Alpha finster anstarrte.

Ich zuckte zusammen. Warum hatte er nie mit mir darüber gesprochen? So wie er es sagte, klang es so, als sei es bereits beschlossen, ob ich wollte oder nicht.

Bodey ließ sich jedoch nicht beirren. Er hob sein Kinn und blickte Theo abschätzig an. »Ich bin nur freundlich zu ihr, mehr nicht. Natürlich ist dir diese Freundlichkeit ihr gegenüber befremdlich, wenn man bedenkt, wie du und die anderen hier sie behandeln. Seltsam, dass ausgerechnet der Mann, der behauptet, er wolle sie als seine Gefährtin, sie nicht vor seinem eigenen Vater beschützt hat.« Er wandte sich wieder an mich, die Hand immer noch ausgestreckt. »Wir sollten gehen.«

Meine Kehle schnürte sich zu. Seine Freundlichkeit und Mitgefühl überwältigten mich. Kaum jemand, den ich kannte, war jemals so nett zu mir gewesen. Ich fühlte mich sicherer, wenn er in der Nähe war.

Es war nur allzu leicht, seine Hand zu nehmen, und sobald sich unsere Finger berührten, breitet sich eine wohlige

Wärme in meinem Körper aus. Seine Hand war doppelt so groß wie meine. Die Schwielen an ihr rieben über meine Haut, was ein noch angenehmeres Gefühl erzeugte.

Während ich langsam aus dem Auto stieg, blieb sein Blick auf meinem Gesicht haften. Er schien einschätzen zu wollen, wie stark meine Schmerzen waren. Ich schluckte schwer, als ich mich auf seine Berührung statt auf meine Qualen konzentrierte. Ich wollte nicht, dass er sich noch mehr Sorgen machte. Er hatte schon reichlich riskiert, indem er hergekommen war.

Kurz bevor wir die Garage gemeinsam verließen, fiel mir etwas ein. »Meine Tasche liegt noch auf dem Rücksitz.«

»Warte, ich gebe sie dir«, sagte Stevie hinter uns. Sie öffnete die hintere Tür und zog meine Tasche heraus.

»Bleib du hier«, murmelte Bodey, ließ meine Hand los und kam meiner Schwester auf halbem Weg entgegen.

Zeke nutzte die Gelegenheit, um ganz nah neben mich zu treten. »Ich hoffe, du genießt deine Zeit mit ihm, während deine Familie leidet. Die Leute, die dich so herzlich bei ihnen aufgenommen haben ...«, flüsterte er mir zu.

Das Atmen fiel mir schwer. Was sollte ich jetzt nur tun? Ich hatte nicht darum gebeten, Bodey begleiten zu dürfen.

Kurz darauf erschien er mit meiner Tasche neben mir. »Was hast du zu ihr gesagt?«, fauchte er Zeke an. Die Macht, die er ausstrahlte, war stärker als zuvor, und seine Gesichtszüge verwandelten sich zu Stein, als er Zeke anstarrte.

»Das geht dich nichts an.« Zeke richtete sich auf, Schweiß bildete sich auf seiner Oberlippe. .

»Wie du meinst«, erwiderte Bodey und stieß ein bitteres Lachen aus. »Ich kann mir denken, was jemand wie *du* gegen sie verwenden würde.« Er grinste und machte einen drohenden Schritt auf Zeke zu. »Wenn du ihrer Familie auch nur ein Haar krümmst, wird das ein Nachspiel haben. Samuel ähnelt in dieser Beziehung übrigens sehr seinen Eltern. Da der Südwesten verzweifelt versucht, an Boden zu gewinnen, könnten wir vielleicht, aber nur vielleicht, deinen Staat an sie abgeben, als Strafe für dein Verhalten.«

Zeke wich zurück. Im Südwesten gab es weniger Wölfe als sonst wo und ein Territorium in ihrer Region zu haben, war nicht annähernd so prestigeträchtig wie in dieser. Und Zeke ging es vor allem um sein Ansehen.

Sie drangen immer wieder bis an die Grenzen unseres Gebiets vor und nutzten die Tatsache, dass wir keinen gekrönten König hatten, aus. Das war ein Grund, warum die Krönung in zwei Wochen so wichtig war – sie würde dazu beitragen, die Stabilität wiederherzustellen, sodass der Südwesten und vor allem Königin Kel ihre hochgesteckten Ziele der Vorherrschaft im Westen überdenken würden.

»Hast du das verstanden?«, fragte Bodey und hob eine Augenbraue.

»Verstanden«, knurrte Zeke und starrte mich so hasserfüllt an, dass es mir einen eiskalten Schauer über den Rücken jagte.

Langsam führte mich Bodey zu seinem Jeep, und Zeke, Theo, meine Eltern und Stevie sahen uns hinterher. Als wir aus der Garage traten, sah ich aus dem Augenwinkel, wie die Vorhänge an einem der Fenster flatterten. Offenbar hatte uns Pearl von drinnen beobachtet.

An Bodeys Jeep angekommen, beugte er sich hinunter und hob mich vorsichtig auf den Beifahrersitz, als würde ich nichts wiegen. Ich verkrampfte mich automatisch.

»Tut mir leid«, sagte Bodey leise. »Ich hätte dich vorwarnen sollen. Ich dachte nur, das wäre einfacher, als dich selbst einsteigen zu lassen.«

Obwohl meine Rippen protestierten, war der Schmerz

nicht halb so schlimm wie eben, als ich ins andere Auto eingestiegen war. »Nein, es war eine gute Idee. Danke.«

»Kein Problem«, antwortete er, während er mich vorsichtig anschnallte.

Einen Moment lang fühlte ich mich wie ein Kind. Meine Hände verkrampften sich. Ich hasste es, so schwach zu sein.

Bodey schloss meine Tür, warf meine Tasche auf den Rücksitz und stieg dann selbst ein. Als ich einen Blick aus dem Fenster warf, sah ich, dass die anderen uns immer noch beobachteten. Theo sah angespannt aus, und Zeke wirkte wie versteinert. Die Gesichter meiner Familie hingegen waren panisch, und ich konnte nur hoffen, dass Bodey Zeke so viel Angst eingejagt hatte, dass er sie in Ruhe ließ.

Innerhalb von Sekunden waren wir losgefahren, und als unsere Garage aus dem Blickfeld verschwand, lehnte ich meinen Kopf zurück und betrachtete das dunkle Lederinterieur von Bodeys Jeep. Es war mit Abstand das schönste Auto, in dem ich je gesessen hatte. Sein Duft, gemischt mit dem Duft des Leders, ließ mich ganz müde werden.

Ich war in Sicherheit ... zumindest vorerst.

»Das alles tut mir wirklich leid«, sagte er und spielte mit den Knöpfen auf dem Armaturenbrett herum. »Du verdienst es nicht, so behandelt zu werden. Wir werden etwa drei Stunden unterwegs sein, also ruh dich aus.«

Ich überlegte fieberhaft, was ich antworten sollte. Jedes Mal, wenn mir etwas einfiel, blieben mir die Worte im Hals stecken wie eine trockene Tablette, also sagte ich das Einzige, was ich über die Lippen brachte. »Danke.«

Wir beide verfielen in ein angenehmes Schweigen, und ehe ich mich versah, waren meine Augen geschlossen, und ich glitt in einen dunklen, tiefen Schlaf.

Das Geräusch einer Tür, die sanft geschlossen wurde, weckte mich auf.

»Was zum Teufel hast du dir dabei nur gedacht, Mann?«, fragte Jack aufgeregt. »Hast du eine Ahnung, was das für Konsequenzen haben könnte?«

Mein Herz klopfte wie wild gegen meine Rippen. Offenbar waren wir bei Bodey angekommen. Ich öffnete vorsichtig meine Augen, blieb aber ansonsten vollkommen ruhig. Ich wollte hören, worüber die Alphas sprachen. Wenn sie wüssten, dass ich wach war, würde das Gespräch enden, bevor es begann.

»S ei still«, forderte Bodey. »Sie schläft.«

Die Stimmen kamen von hinter dem Fahrzeug, was meine Anspannung verringerte. Vor mir sah ich eine weiße Wand. Als ich langsam meinen Kopf drehte, stellte ich fest, dass sich links eine Tür befand – wir mussten in Bodeys Garage sein. Ein schnittiger schwarzer Mercedes parkte neben dem Jeep.

Sofort schnürte sich meine Kehle zusammen. Ich hatte gar nicht in Erwägung gezogen, dass Bodey möglicherweise mit jemandem zusammen sein könnte. Er war nicht gepaart – das konnte ich an seinem Geruch erkennen –, aber das bedeutete nicht, dass er niemanden an seiner Seite hatte.

»Die Welt dreht sich nicht ausschließlich um dieses Mädchen«, brummte Jack, wenn auch deutlich leiser als zuvor.

Ich warf einen Blick in den Rückspiegel und sah die drei anderen Alphas sowie einen Mann, der wie eine ältere Version von Bodey aussah.

»Jack hat recht, mein Sohn, auch wenn er es anders hätte ausdrücken können. Glaubst du, es war klug, sie hierherzubringen?«, fragte der Mann und legte eine Hand auf Bodeys Arm.

Ich drehte meinen Kopf nach links, damit ich die Männer im Spiegel beobachten konnte, während ich zuhörte. Aus irgendeinem Grund wünschte ich mir, ich hätte dieses Gespräch verschlafen. Keiner außer Bodey schien mich hier haben zu wollen. Mein Herz verkrampfte sich schmerzhaft.

»Ich musste sie da herausholen.« Bodey rieb sich mit einer Hand über das Gesicht. »Ich konnte letzte Nacht nicht schlafen, nachdem wir sie dort gelassen hatten, also bin ich heute Morgen hingefahren, um sicherzugehen, dass alles in Ordnung ist.«

Lucas, der zwischen Jack und Miles stand, hob eine Hand. »Was genau soll das heißen? Zeke hat doch versprochen, dass er sie nicht bestrafen wird. Ich verstehe nicht, warum du überhaupt hingefahren bist.«

Miles stöhnte und verzog das Gesicht. »Wir wissen alle, wie Zeke ist. Deshalb ist er hingefahren.«

»Genau.« Bodey straffte die Schultern. »Und ihr würdet nicht glauben, was ich gesehen habe.« Seine Stimme wurde härter. »Er hat sie im Garten von einem der Idioten arbeiten lassen, die sie letzte Nacht angegriffen haben. Sie hatte bereits mindestens sieben Blumenbeete vor dem Haus umgegraben und bepflanzt, und sie war noch lange nicht fertig. Danach wären Mulch und Ziersteine dran gewesen.«

Der ältere Mann schüttelte traurig den Kopf. »Ich wusste schon immer, dass Zeke kein guter Alpha ist. Ich habe König Richard darauf hingewiesen, dass Zeke für die offene Stelle des königlichen Beraters in Oregon nicht infrage kommt, aber der König bestand darauf, sich mit ihm zu treffen, um den Schein zu wahren, da er angeblich einer der stärksten Alphas in Oregon sei. Es war ein rein höfliches Treffen, ohne die Absicht, ihm den Posten tatsächlich zu überlassen.«

Jack schnaubte. »Leider hat Richard seine Gefährtin in Zekes Rudel gefunden.«

»Nun, Jack. Mila war eine gute Frau«, konterte der ältere Mann. »Bedauerlicherweise stand sie Zeke nahe, und diese Freundschaft hat den König dazu bewogen, Zeke die Verantwortung für Oregon zu übertragen, und jetzt haben wir den Salat.«

Ich hatte bereits viele Geschichten über Königin Mila gehört. Offenbar war sie eng mit Zeke befreundet gewesen, so wie ich mit Theo, und dazu auch noch eine der stärksten Wölfinnen im ganzen Rudel. Ihr Verlust hatte Zeke schwer getroffen, und in der Nacht ihres Todes war er mit mir ins Rudel zurückgekehrt. Ich fragte mich, ob er mich deshalb hasste – weil er mich mit ihrem Tod in Verbindung brachte –, aber ich war nie mutig genug gewesen, jemanden zu fragen ... nicht einmal Theo.

»Die Vergangenheit ist jetzt nicht wichtig. Samuel muss sich darum kümmern, sobald er König ist.« Bodey schüttelte den Kopf. »Ich wünschte, ich hätte euch mit hingeschleift. Wenn ihr gesehen hättet ...« Er brach ab. »Ich weiß nicht, wie sie sich überhaupt noch auf den Beinen halten kann. Wenn ich nicht gewusst hätte, dass sie in ihrer menschlichen Gestalt feststeckt und nicht in der Lage ist, eine Gedankenverbindung zu den anderen Mitgliedern ihres Rudels aufzubauen, hätte ich nie geglaubt, dass sie eine schwache Wölfin sei. Sie hätte nicht einmal in der Lage sein dürfen, auch nur einen Teil dieser Arbeit zu erledigen, und als ich sie aufhielt, konnte ich die Qualen in ihrem Gesicht und an der Art, wie sie ihren Körper hielt, *sehen*. Ich glaube nicht, dass ich die Arbeit mit ihren Verletzungen hätte machen können.«

Der Blick des älteren Mannes verfinsterte sich. »Zeke war schon immer ein Idiot.« Dann seufzte er. »Du wirst sie zu einer Heilerin des Hexenzirkels bringen müssen. Wir sollten sie Zeke lieber früher als später wieder übergeben. Er wird es als Verrat und als Bedrohung seiner Macht ansehen, wenn wir sie länger bei uns behalten. Wir müssen vorsichtig sein, bis Samuel gekrönt ist.«

Ich verkrampfte mich und musste mich daran erinnern, zu atmen. Obwohl unser Rudel einen Hexenzirkel in der Nähe beschützte, hatten wir nicht sonderlich viel mit den Hexen zu tun. Sie halfen uns nur, wenn es unbedingt nötig war, und selbst dann nur widerwillig.

»Dad, was soll ich deiner Meinung nach tun?« Erschöpft hob Bodey seine Hände. »Wir vier waren Zeugen des Angriffs und Zekes Missbrauch ihr gegenüber. Du hast mir beigebracht, dass ich mich nicht einfach abwenden darf, wenn jemand anderes in Not ist. Ich konnte nicht einfach wegsehen und Zeke einfach machen lassen, was er wollte. Das wäre nicht richtig gewesen.«

Glucksend tätschelte Jack seine Brust. »Weißt du was? Ich bin ganz auf deiner Seite. Sie ist heiß und nett, und Zeke ist ein Arschloch. Ich sage, scheiß auf ihn.«

»Halt die Klappe, Mann«, knurrte Lucas und schlug Jack auf den Hinterkopf. »Was Mr. Valor damit sagen will, ist, dass es zwar ein Gesetz gibt, aber jetzt nicht der richtige Zeitpunkt ist, um sich darauf zu berufen, nicht angesichts der Krönung in zwei Wochen. Der Südwesten versucht bereits jetzt, in unser Territorium einzudringen – wir sollten uns nicht auch noch gegenseitig bekämpfen.«

Es war ein großer Fehler gewesen, hierherzukommen ... nicht, dass ich es ganz freiwillig getan hätte. Aber ich hätte mich mehr zur Wehr setzen können. Dadurch, dass ich es nicht getan hatte, entstanden nur noch mehr Probleme.

Ich versuchte aufzustehen, aber meine Rippen schmerzten und zwangen mich, mich zurückzulehnen. Ich wusste nicht, ob sie nur geprellt oder sogar gebrochen waren, aber eines war sicher: Im Moment würde ich nirgendwo hingehen.

»Was geschehen ist, ist geschehen«, murmelte Mr. Valor. »Sie ist hier, also gibt es keinen Grund, weiter darüber nachzudenken. Wenn es ihr so schlecht geht, solltest du sie hereinbringen, damit sie sich ausruhen kann. Wir können die Priesterin dazu bringen, sie hier zu besuchen.«

Bodeys Kiefer verkrampfte sich. »Das könnte ein Problem darstellen. Priesterin Dina und ihr Hexenzirkel sind abgereist, um den Rest ihrer Familie zu besuchen und gemeinsam die Krönung vorzubereiten. Einige der Vorbereitungen müssen auf dem heiligen Boden dort getroffen werden.«

»Natürlich.« Mr. Valor scufztc crncut. »Das hatte ich ganz vergessen. Es ist schon so lange her, dass wir jemanden gekrönt haben. Nun, dann ist Ruhe alles, was wir ihr im Moment bieten können.«

Jack verschränkte die Arme vor der Brust und grinste. »Es ist, als wäre jeder von den Traditionen für die Zeremonie überrascht. Man sollte meinen, nach all dem Scheiß, den ihr Eltern uns über das Notieren und Dokumentieren von Traditionen erzählt habt, hättet ihr euren eigenen Rat befolgt.«

Mr. Valor hob eine Augenbraue und lächelte. »Es gibt tatsächlich ein Buch, in dem alle zeremoniellen Rituale beschrieben werden. Warum überrascht es mich nicht, dass du das nicht weißt?«

»Aber du hast doch gerade gesagt ...«, begann Jack und starrte den älteren Mann fragend an.

»Ich habe das Buch nicht«, warf Mr. Valor ein. »Miles hat es.«

»Deswegen ist er also so ein Klugscheißer«, murmelte Jack. »Und ich dachte, das läge daran, dass er eine so gute Beobachtungsgabe hat.«

Miles rieb sich die Hände. »Die habe ich auch. Was glaubst du, woher ich überhaupt von dem Buch wusste?«

»Jetzt hat er dich erwischt.« Lucas schnaubte, während er Jack auf die Schulter klopfte.

»Ihr drei könnt euch gerne woanders klugscheißen«, sagte Bodey genervt. »Ich werde mich nun um Callie kümmern. Sie ist auf dem Weg hierher eingeschlafen, und ich möchte nicht, dass sie die ganze Nacht im Auto schlafen muss. Sie hat schon genug durchgemacht.«

Als ich sah, wie er um seinen Vater herum auf mich zuging, spürte ich Schmetterlinge in meinem Bauch aufsteigen. Die Blicke seines Vaters und seiner Freunde brachten die Schmetterlinge jedoch dazu, sich schnell wieder zu verkriechen. Sie sorgten sich ... und vermutlich nicht um mich.

»Willst du dich später mit uns und Samuel in der Junggesellenbude treffen? Sobald du Callie ins Bett gebracht hast, meine ich?«, fragte Jack und wackelte mit den Augenbrauen, obwohl Bodey ihn nicht ansah.

»Es ist *keine* Junggesellenbude«, knurrte Miles. »Stella wird dieses Wochenende bei uns wohnen, vielleicht kommt sie sogar schon früher.«

Lucas schüttelte den Kopf. »Du weißt schon, dass er das nur gesagt hat, um dich zu ärgern, oder? Es ist ja nicht so, dass er Stripperinnen bestellt hat ...« Er brach ab. »Warte. Jack, du hast doch nicht etwa Stripperinnen bestellt, oder?«

»Bisher nicht ... aber vielleicht sollte ich das.« Jacks Augen funkelten. »Ich könnte ein bisschen Liebe gebrauchen, und Bodey hat mir klargemacht, dass die Frauen des Rudels hier tabu sind.«

Miles' Augen leuchteten ärgerlich.

»Du weißt, dass Jack damit Stellas Zorn auf sich ziehen würde. Sie würde ihn auf der Stelle umbringen. Das würde

Jack niemals riskieren.« Mr. Valor lachte und führte die Jungs von der Garage weg. »Und Jack, hör auf, ständig auf so dumme Ideen zu kommen.«

»Gott sei Dank«, brummte Bodey, als er sich wieder auf mich zubewegte. »Ich hätte Jack nicht eine Minute länger ertragen können.«

Meine Lippen zuckten leicht, aber da ich nicht wollte, dass er erfuhr, dass ich gelauscht hatte, biss ich mir auf die Innenseite meiner Wange, konzentrierte mich auf das Stechen und schloss schnell die Augen, bevor er meine Tür öffnete.

Er berührte sanft meinen Arm. »Hey, wir sind da. Wir müssen dich reinbringen«, flüsterte er.

Sobald er mich berührte, kehrten die Schmetterlinge zurück, und ich öffnete langsam meine Augen. Mein Atem stockte, als ich in seine Augen starrte.

»Lass mich dir helfen«, sagte er, griff vorsichtig um mich herum und löste den Sicherheitsgurt, dann nahm er meine Hände und half mir aus dem Jeep und auf die Beine.

Der Schmerz schoss durch meinen Körper, aber er war nicht ganz so schlimm, wie vor unserer Abfahrt bei mir zu Hause. »Danke«, murmelte ich.

Er lächelte. »Gern geschehen.«

Mein Herz beschleunigte seinen Rhythmus. Ich musste das, was in mir vorging, unter Kontrolle bringen. Bodey war nett und freundlich, aber ich war nur eine schwache Wölfin und er war ein Alpha. Vielleicht hatte er sogar schon eine Gefährtin und aus irgendeinem Grund waren sie bislang nicht verpaart. Zwischen uns beiden würde nie etwas passieren, und ich hatte schon genug um die Ohren, ohne mich nach jemandem zu sehnen, der mich nie auf diese Art und Weise ansehen würde.

Scheinbar ungerührt öffnete er die hintere Beifahrertür,

nahm meine Tasche und führte mich dann zur Tür auf der linken Seite. Er schloss die Garage und öffnete die Innentür, die in einen großen weißen Raum führte.

Ich atmete kurz durch und folgte ihm dann ins Haus. Zu diesem Zeitpunkt spürte ich nicht einmal mehr die Kratzspuren. Ich fühlte die Qualen nur noch innerlich.

Zu meiner Linken befand sich eine kleine Nische, in der eine weiße Holzbank in die Wand eingelassen war. Bodey zog seine Schuhe aus, bevor er mir mit meinen half und sie unter die Bank stellte.

Der Fußboden aus dunklem Mahagoniholz war kühl, trotz der Socken an meinen Füßen, und sein Haus roch nach ihm, vermischt mit einem zitronigen Reinigungsduft.

»Hast du Hunger?«, fragte er, als er mich in die Küche führte.

Ich hielt inne und betrachtete mein vorübergehendes Heim. Die Küche war blitzeblank, mit einem schwarzen Herd und einer dazu passenden Mikrowelle an der linken Wand. Direkt neben mir befand sich ein schwarzer Kühlschrank, der von grauen Schränken umgeben war, und eine passende Kochinsel stand etwa zwei Meter vom Herd entfernt.

Bodey ging zur Spüle in der Mitte der Insel und wusch sich die Hände. Dann schnappte er sich Küchenpapier von dem Ständer rechts oben auf der dunklen Granitarbeitsplatte und drehte sich zu mir um. »Hast du keine Lust zu reden?«

»Oh.« Ich schüttelte meinen Kopf, um endlich wieder einen klaren Gedanken fassen zu können. »Tut mir leid. Ich möchte dir nicht zur Last fallen.«

»Ich bin am Verhungern, also werde ich mir etwas zubereiten.« Er schlenderte zum Kühlschrank und öffnete die Tür. »Wenn du willst, kannst du gern mitessen.«

Wenn ich gesund werden wollte, benötigte ich Kalorien

und musste mich pflegen. »Aber nur, wenn es dir nichts ausmacht.«

Er blinzelte. »Wenn das so wäre, hätte ich es nicht angeboten. Das ist eines der Dinge, die du bemerken wirst, wenn du mich besser kennenlernst. Warum setzt du dich nicht aufs Sofa und ruhst dich aus, während ich uns ein paar Grilled-Cheese-Sandwiches mache?«

Mein Magen grummelte. »Okay.« Ich errötete, als ich in Richtung Sofa ging, weil ich seine Reaktion auf meinen lauten Magen nicht sehen wollte. Wenigstens hatte ich nicht gesagt, dass ich keinen Hunger hatte.

Das hellbraune, L-förmige Ledersofa war das bequemste Sofa, auf dem ich je gesessen hatte.

»Soll ich dir die Fernbedienung holen?«, fragte Bodey und deutete auf den großen Fernseher, der über dem hell gekachelten Kamin hing.

»Nein, ich brauche nichts.« Ich wollte nicht einmal Musik hören. Stille war, was ich wollte. Ich war immer noch ziemlich angespannt, und allein der Gedanke, nicht jedes noch so kleine Geräusch meiner neuen Umgebung hören zu können, machte mich nervös.

Ich lehnte meinen Kopf zurück und genoss die Wärme. Das Zimmer grenzte an eine riesige überdachte Terrasse an, auf der ein rechteckiger Tisch und sechs Stühle standen. Zu meiner Rechten befand sich ein riesiger Essbereich mit einem hellen Mahagonitisch und sechzehn dazu passenden Stühlen. Dieses Haus war schöner als jedes Haus in unserer Siedlung, aber was es wirklich perfekt machte, war die Ruhe. Hier gab es keine bösen Blicke oder andere Bedrohungen. Zum ersten Mal, seit ich mich erinnern konnte, entspannte sich mein Körper, und jeglicher Stress fiel von mir ab.

»Wie ist dein Rudel so?«, fragte Bodey, der plötzlich neben mir stand.

Sofort kehrte der Stress mit voller Wucht zurück und mein Körper versteifte sich. Das war eine Fangfrage, und irgendwie war ich enttäuscht von seinem offensichtlichen Versuch, mich zu manipulieren. »Wenn du etwas Bestimmtes wissen willst, solltest du einfach fragen.« Ich sprach mal wieder, ohne vorher nachzudenken, aber ich hasste es, wenn man mich wie ein dummes Kind behandelte. »Du kennst Zeke bereits, also hast du vermutlich eine ziemlich gute Vorstellung davon, wie mein Rudel so ist.«

Ein paar Sekunden schwiegen wir beide, und ich machte mich schon darauf gefasst, dass er mir sagen würde, ich solle verschwinden. Zeke hasste es, wenn ich *widerspenstig* wurde, und ich war mir sicher, dass es die anderen Alphas das auch taten.

»Du hast recht. Ich hätte direkter fragen sollen.« Er räusperte sich. »Werden andere in deinem Rudel auch so schlecht behandelt wie du?«

Ich schloss meine Augen. Jetzt wünschte ich mir, ich hätte einfach mitgespielt und ihm irgendetwas erzählt. Ich fand jedoch, dass er eine Antwort verdiente. Immerhin hatte er seinen Ruf aufs Spiel gesetzt, um mich zu retten. »Nein. Ich bin die Schwächste, weil ich mich nicht verwandeln oder mich gedanklich mit meinem Rudel verbinden kann und das lässt Zeke mich das jeden Tag spüren. Allerdings ist er zu niemandem wirklich nett, auch nicht zu meiner Familie.«

Der Geruch von schmelzendem Käse ließ mir das Wasser im Mund zusammenlaufen. Ich leckte mir über die Lippen.

»Ich nehme an, er hat dich damals zu den verbündeten Hexen geschickt, damit sie dich untersuchen. Wie erklären sie, dass du dich nicht verwandeln kannst?«, fragte Bodey nach einer weiteren Pause.

»Unser Rudel ist mit den Hexen, die in der Nähe wohnen, nicht befreundet, also haben wir sie nicht zurate gezogen.« Nervös biss ich mir auf die Unterlippe. Ich wusste, dass ich ihm zu viele Informationen gab. Ich zwang mich zu einem Gähnen und hoffte, er würde mich dann in Ruhe lassen.

Bodeys Atem stockte, und ich hörte, wie er sich bewegte und einige Schränke öffnete. »Schade, das solltet ihr wirklich ändern. Hexen und Wölfe sind nicht ohne Grund Verbündete.«

Jetzt war ich neugierig. In den meisten Rudeln, für die Zeke verantwortlich war, lebten ein paar Hexen, aber ich hatte nie erfahren, warum. Über solche Dinge informierte uns Zeke nicht. »Aber warum? Das hat Zeke es nie gesagt.«

»Diese Vereinbarung reicht Generationen zurück. Als Hexen vor langer Zeit verfolgt und gejagt wurden, halfen unsere Vorfahren, sie zu verstecken, und das tun wir auch heute noch. Wir beschützen sie und im Gegenzug helfen sie uns bei komplizierten Heilungen und Zeremonien. Es ist eine Beziehung zum gegenseitigen Nutzen, die auf Respekt beruht. Wir sind nicht nur Verbündete, sondern Freunde und irgendwie auch Teil der jeweils anderen Gemeinschaft.«

Das hörte sich gut an. Wenn mein Rudel ein besseres Verhältnis zu den Hexen hätte, wäre ich vielleicht nicht in der Situation, in der ich jetzt war.

Bodey kam mit zwei Tellern aus der Küche zurück. Auf dem einen lagen zwei Sandwiches, auf dem anderen vier. Er reichte mir den Teller mit den zwei Sandwiches und stellte den anderen auf den dunkelbraunen Holztisch, der vor dem Sofa stand. »Möchtest du eine Flasche Wasser?«

»Ja, bitte.« Da ich nicht warten konnte, griff ich mir eines der Sandwiches und nahm einen großen Bissen. Ich konnte mich nicht erinnern, wann ich das letzte Mal etwas ohne Fleisch gegessen hatte, aber ich stöhnte fast auf. Es war *so* gut.

Als Bodey mit zwei Flaschen Wasser zurückkam, starrte er mich mit einem breiten Lächeln an.

Mein Mund wurde trocken und ich sah ihn erschrocken an. »Was? Habe ich etwas im Gesicht?«

»Nein, du erinnerst mich nur an jemanden, den ich mal kannte.« Er setzte sich neben mich, öffnete eine der Flaschen und reichte sie mir. »Du siehst sogar ein wenig aus wie sie und deine Reaktion auf Grilled-Cheese-Sandwiches könnte ihrer kaum ähnlicher sein. Ich bin mir nicht einmal sicher, warum ich diese Sandwiches gemacht habe. Ich habe sie nicht mehr gegessen, seit ...« Mit schmerzverzerrtem Gesicht brach er den Satz ab.

Plötzlich sah er schrecklich traurig aus. Natürlich ging es um ein Mädchen.

»Tut mir leid.« Ich lege mein Sandwich zurück auf den Teller. »Ich kann auch etwas anderes essen.«

»Sei nicht albern.« Er schnappte sich ein Sandwich von seinem Teller und biss hinein. »Ich habe sie aus einem bestimmten Grund gemacht.« Sein Blick hatte sich jedoch verfinstert. Welche Erinnerung ich auch immer ausgelöst hatte, sie schien ihn nicht loszulassen.

Wir aßen schweigend und ich spürte, dass er mich permanent beobachtete. Ich war mir nicht sicher, ob es wegen des Mädchens war, an das ich ihn offenbar erinnerte, oder weil er Antworten wollte. Wie auch immer, die Stille kam uns beiden mehr als gelegen.

Irgendwie aß er seine vier Sandwiches schneller als ich meine zwei, und als ich meinen letzten Bissen genommen hatte, stand er auf. »Dann bringen wir dich mal nach oben, damit du dich ausruhen kannst. Du kannst in meinem Gästezimmer schlafen.«

Jetzt, wo ich einen vollen Bauch und endlich auch genug

getrunken hatte, merkte ich, dass meine Augen schwer wurden. »Das klingt gut.«

Er eilte in die Küche, um meine Tasche zu holen, und kam dann zu mir zurück. »Soll ich dich tragen? Oder schaffst du es allein die Treppe hinauf?«

Ein Teil von mir wollte ihn bitten, mich zu tragen, aber ein größerer Teil von mir hasste es, dass ich es überhaupt in Erwägung gezogen hatte, sein Angebot anzunehmen. »Das schaffe ich schon. Ich werde einfach langsam gehen.«

»Okay, aber sag mir Bescheid, falls du deine Meinung änderst.« Er nickte in Richtung des Flurs auf der rechten Seite. »Wir müssen den Flur entlang, an der Terrasse vorbei, dann ist die Treppe auf der linken Seite.«

Wunderbar, er würde mich begleiten.

Langsam stand ich auf. Jede Bewegung schmerzte, aber ich schaffte es dennoch, mich alleine auf die Füße zu ziehen. Für einen Moment verschwamm meine Sicht, aber ich blinzelte die Tränen weg und bewegte mich langsam auf die Treppe zu.

Wie er beschrieben hatte, kamen wir an einer weiteren überdachten Terrasse vorbei, diesmal mit einem runden Tisch und zwei Stühlen, und dann erschien links eine große Mahagonitreppe. Hinter der Treppe konnte ich ein riesiges Wohnzimmer sehen. Am liebsten hätte ich mir den Raum in Ruhe angesehen, aber da ich dringend Schlaf brauchte, humpelte ich die Treppe hinauf.

Genau wie der Rest des Hauses waren die Wände in einem hellen Beige gestrichen, und als ich den Treppenabsatz erreichte, deutete Bodey mir an, nach rechts zu gehen. Ich ging an einer weiteren überdachten Terrasse vorbei, auf der drei Adirondack-Stühle standen, bis ich zu einem Schlafzimmer kam.

Als er eine Hand auf meinen Rücken legte, begann mein

ganzer Körper zu kribbeln. Ich betrat das Zimmer und sah mich um, wobei mir sofort das große Bett aus dunklem Mahagoni mit einer passenden Kommode und zwei Nachttischen auffiel. Auf einem der Nachttische stand eine schwarze Metalllampe, auf dem anderen eine Uhr. Zu meiner Linken befand sich ein großer Kleiderschrank, und zwei Türen auf gegenüberliegenden Seiten führten zu zwei verschiedenen Dachterrassen. Auf der großen Terrasse neben dem Schrank standen eine Hollywoodschaukel und zwei Schaukelstühle.

»Das Badezimmer ist ein Stück den Flur entlang auf der linken Seite.« Er legte meine Tasche auf die graue Bettdecke und deutete auf den Schrank gegenüber von uns. »Wenn du dich besser fühlst, kannst du deine Sachen dort hineinhängen. Das hier ist dein Zimmer, solange du hier bist.« Dann schloss er die Jalousien an den Türen, die zu den Terrassen führten, sodass das meiste Sonnenlicht draußen blieb.

Ich hatte noch nie jemanden getroffen, der so freundlich war wie er. Es erwärmte mir das Herz. »Danke.« Aus Angst zusammenzubrechen, konnte ich nicht viel mehr sagen.

»Ruh dich etwas aus.« Er zog sein Handy aus der Gesäßtasche. »Wie lautet deine Nummer? Dann schicke ich dir eine Nachricht, damit du auch meine Nummer hast und mich erreichen kannst, falls es nötig sein sollte. Ich muss jetzt zu einer Besprechung.«

Ohne zu zögern, gab ich ihm meine Nummer, und innerhalb einer Sekunde piepte mein Handy.

»So.« Er ging zur Tür. »Schreib mir einfach, wenn du etwas brauchst. Ich komme später wieder. Hoffentlich kannst du schnell einschlafen.«

Nachdem er meine Tür geschlossen hatte, konnte ich kaum noch die Augen offen halten. Zum Glück hatte er meine Tasche auf das Bett platziert. Ich zog mir ein paar Shorts und ein bequemes T-Shirt an und legte mich auf die

Bettdecke. Sobald mein Kopf das Kissen berührte, fiel ich in einen traumlosen Schlaf.

EIN KRATZENDES GERÄUSCH weckte mich aus meinem Schlaf. Es kam von der kleineren Terrasse zu meiner Linken.

Sofort begann mein Herz wie wild zu schlagen.

Es klang ganz so, als ob jemand oder *etwas* zu mir hinein wollte.

I ch lauschte mit rasendem Herzen.

Ein weiteres lautes Kratzen kam von draußen.

Ich konnte nicht einfach im Bett liegen bleiben und zulassen, dass mich möglicherweise jemand angriff. Ich musste aufstehen, bevor dieser jemand versuchen würde, mich zu entführen oder zu verletzen. Zumindest würde ich kämpfend untergehen.

Adrenalin schoss durch meine Adern, und mein Überlebensinstinkt setzte ein. Ich richtete mich auf, meine Rippen protestierten zwar, aber der Schmerz ließ schnell genug nach.

Trotzdem bewegte ich mich langsamer, als ich es gerne getan hätte. Meine Verletzungen heilten nur langsam. Ich biss die Zähne zusammen und schob meine Beine über die Bettkante. Eine schnellere Bewegung hätte mich zu Fall gebracht und ich wollte auf keinen Fall schutzlos auf dem Boden liegen, während ich angegriffen wurde.

Als meine Füße den kühlen Holzboden berührten, griff ich nach meinem Handy. Das schleifende Geräusch eines Stuhls ließ mich schnell aufstehen, und ich schlich auf Zehenspitzen zur Tür.

Ein tiefes Stöhnen ertönte von draußen, das war eindeutig nicht Bodey.

Mein Atem beschleunigte sich und ich spähte durch eine der Jalousien, um zu sehen, wie ein großer Mann die Lehne eines Stuhls packte und ihn in meine Richtung zog.

Er wollte ihn benutzen, um einzubrechen.

Eilig tippte ich eine Nachricht an Bodey. *Hilfe!*

Ich warf das Handy aufs Bett und lauschte. Ich war vielleicht verletzt, aber ich würde trotzdem alles tun, um die Oberhand zu behalten. So schnell würde ich nicht aufgeben.

Ein weiteres Scharren des Stuhls drang an meine Ohren. Der Mann würde jeden Moment angreifen, und ich musste ihn überrumpeln.

Ich schaute mich im Zimmer nach einer Waffe um. Mein Blick blieb auf der Lampe hängen. Sie sah nicht besonders stabil aus, aber sie war immer noch besser als nichts. Ich eilte hinüber und zog den Stecker aus der Wand. Als ich die Lampe anhob, durchfuhr ein stechender Schmerz meinen Körper, aber ich biss mir auf die Wange, um ihn zu verdrängen.

Dann atmete ich tief durch, schloss die Tür auf und stürmte nach draußen, die Lampe über dem Kopf erhoben. Ich konzentrierte all meine Angst und meine Wut auf den Eindringling.

Der Mann drehte sich um und seine Augen weiteten sich, als ich die Lampe nach ihm schwang. Ich schrie, als die Kraft, die ich in die Bewegung steckte, einen intensiven Schmerz durch meinen Arm schickte und fiel fast auf die Knie.

»Hey!« Der Typ ergriff die Lampe und stoppte meine Vorwärtsbewegung. »Was zum Teufel soll das?«

Mir stockte der Atem, aber ich wollte nicht einfach tatenlos dastehen. »Das könnte ich genauso gut fragen.« Ich versuchte, so viel Wut wie möglich in meine Stimme zu legen. »Immerhin bist *du* derjenige, der mich angreifen will!«

Er blinzelte, dann ließ er die Lampe los. »Dich angreifen?«

»Ist das eine Taktik, um dein Opfer abzulenken?« Ich kniff die Augen zusammen und ignorierte die Tatsache, dass mir sein Gesicht bekannt vorkam. Er gehörte definitiv nicht zu Zekes Rudel, also woher sollte ich ihn sonst kennen? »Du wiederholst alles, was dein Opfer sagt, um ... Vertrauen zu gewinnen oder so?«

»Opfer?« Seine babyblauen Augen verdunkelten sich, und er fuhr sich mit der Hand durch sein unordentliches, dunkelbraunes Haar.

»Siehst du? Du machst es schon wieder!«

Als ich schnelle Schritte im Flur hinter mir hörte, begann mein Herz wieder zu heftig schlagen. Das musste Bodey sein. Er würde in wenigen Sekunden hier sein.

»Hör zu, das ist ein großes Missverständnis.« Der Mund des Mannes öffnete und schloss sich, als ob er darüber nachdachte, was er sagen sollte, als die Türen hinter uns, die auf den Flur führten, aufschwangen.

Bodey stürmte auf die Terrasse. Abgesehen von einer Flanellpyjamahose war er nackt. Er würdigte den Mann, der neben mir stand, nicht eines Blickes, als er zu mir eilte. »Was ist los? Bist du verletzt?«, fragte er, als er sich zwischen den Fremden und mich stellte. Eine seiner Hände berührte meine Schulter, während die andere auf meine Wange legte. »Ich habe deine Nachricht gesehen und deinen Schrei gehört.« Er runzelte die Stirn und sah mich besorgt an.

Meine Beine begannen zu zittern, und ich wandte meinen Blick von seinem Gesicht ab, um mich auf seinen nackten Oberkörper zu konzentrieren. Der Anblick seiner muskulösen Brust ließ mich beinahe in Ohnmacht fallen.

»Callie«, sagte er leise, während er beide Hände auf meine Schultern legte. »Geht es dir gut? Du wirst doch nicht ohnmächtig, oder?«

Nein, es ging mir definitiv nicht gut. Er musste sich dringend ein Oberteil anziehen.

»Ich hätte derjenige sein sollen, der um Hilfe ruft, nicht sie.« Der jüngere Mann stellte sich neben Bodey und zeigte auf die Lampe. »Sie hat dieses Ding nach mir geschwungen, als ich es mir gerade auf einem der Stühle bequem machen wollte.«

Ich riss meinen Blick von Bodey los und schaute den Mann über seine Schulter hinweg an.

Zwei der Stühle standen sich nun gegenüber, als hätte er sie umgestellt, damit er auf einem seine Füße ablegen konnte. Daher auch das Kratzen.

Ich errötete und wollte den Blick abwenden, aber etwas Stärkeres in mir weigerte sich, mich zurückweichen zu lassen. Ich hatte Angst gehabt und mich beschützt. Dafür brauchte ich mich wirklich nicht zu schämen.

Bodeys Gesichtsausdruck veränderte sich, als er mir die Lampe abnahm. Die Sorge verschwand und er warf dem Mann einen verärgerten Blick zu. »Ich habe dir doch gesagt, dass sich jemand im Gästezimmer ausruht ... warum bist du also hier?«

Der Kerl, der ein paar Zentimeter größer als Bodey war, zuckte zusammen, obwohl er ebenso stark schien wie er.

»Wenn ich ganz ehrlich sein soll ... ich habe es vergessen.« Der Typ verzog das Gesicht. »Ich bin nur hergekommen, um nach dem Essen zu entspannen, was eindeutig ein Fehler war.«

»Nein, ist schon gut. Es tut mir leid. Ich war einfach nur paranoid.« Erst als der Wind auffrischte, bemerkte ich, dass ich nur Shorts und ein T-Shirt trug. »Ich dachte einfach ...«, begann ich, brach aber mitten im Satz ab. Ich war mir nicht sicher, was ich sagen konnte, um die Situation zu verbessern. Wenn Bodey schon vorher um mein Wohlergehen besorgt gewesen war, dann tat er dies jetzt erst recht.

Der Mann schüttelte den Kopf. »Nein. *Mir* tut es leid. Bodey hat erzählt, dass du schwer verletzt bist und dein Alpha dich ziemlich mies behandelt hat. Ich wollte dich nicht erschrecken.« Er streckte seine Hand aus und lächelte sanft. »Ich bin übrigens Samuel.«

Samuel. Der fast achtzehnjährige Thronfolger. Der zukünftige König des Nordwest-Territoriums. Der junge Mann, der in zwei Wochen gekrönt werden würde.

Und ich hatte ihn angegriffen.

Wenn Zeke das erfuhr, würde er mich vermutlich umbringen.

Ich reichte ihm die Hand und schüttelte sie. »Callie. Das alles tut mir wirklich leid ...«

»Hey, ein zukünftiger König muss auf alles vorbereitet sein.« Er gluckste und seine Augen funkelten sanft, auf eine Weise, die mir das Herz erwärmte, wenn auch anders als die von Bodey. »Das sagen du und dein Vater mir auch immer, nicht wahr, Bodey?«

»Ganz genau.« Bodey trat einen Schritt zurück und grinste. »Obwohl ich sagen muss, dass das auch für mich unerwartet kam.« Er sah mich eindringlich an. »Du steckst wirklich voller Überraschungen.«

»Glaub mir, manchmal überrasche ich mich sogar selbst.« Für meinen Geschmack sogar viel zu oft. Ich warf einen Blick in den dunklen Nachthimmel. Der Mond stand hoch am Himmel. Von hier aus konnte ich das Haus gegenüber von uns und ein paar Häuser auf der anderen Straßenseite sehen. Sie waren modern, aber mit einem kolonialen Touch und in verschiedenen hellen, natürlichen Farben gehalten.

Als sich meine Nackenhärchen aufstellten, wusste ich, dass ich beobachtet wurde.

»Sind wir uns schon einmal begegnet?«, fragte Samuel.

Seltsam. Ich hatte mich eben das Gleiche gefragt. Ich sah ihn wieder an, und ein unheimliches Gefühl überkam mich. Egal, wie sehr ich mich auch anstrengte, ich konnte ihn beim besten Willen nicht in meinem Gedächtniseinordnen. »Das glaube ich nicht.«

Er runzelte die Stirn. »Ja, ich auch nicht.«

Bodey räusperte sich und ging an mir vorbei zu der Tür, die in mein Schlafzimmer führte. »Es ist ziemlich kalt hier draußen. Warum gehen wir nicht nach unten? Samuel, Jack, Miles, Lucas und ich haben vorhin zu Abend gegessen, aber als ich nach dir gesehen habe, hast du noch geschlafen. Ich wollte dich nicht wecken, also habe ich dir etwas beiseitegestellt. Lass mich das Essen für dich aufwärmen.«

Ich bekam eine Gänsehaut. »Okay. Ich würde gerne duschen. Das habe ich vorhin nicht mehr geschafft, dafür war ich viel zu müde. Ist es okay, wenn ich das noch vor dem Essen mache?«

»Natürlich. Immerhin hast du heute in einem Garten gearbeitet.« Er presste die Lippen zu einem Strich zusammen. »Weißt du noch, wo das Bad ist?«

Ich nickte. »Ich bin in fünfzehn Minuten unten.« Dann ging ich zurück in mein Zimmer und war erleichtert, wieder allein zu sein. All diese Leute machten mich nervös. Nicht, weil mich ihre Stärke einschüchtertet, sondern weil sie mich nicht verurteilten. In ihren Augen war ich nicht schwach.

Ich zog ein langes, fuchsiafarbenes T-Shirt und eine schwarze Leggings aus meiner Tasche. Dann verließ ich das Zimmer und betrat den Flur. In diesem Moment sah ich, dass die beiden Männer immer noch auf der Terrasse standen.

Allerdings sprachen sie nicht miteinander. Vermutlich nutzten sie ihre Gedankenverbindung.

Nach einer Weile räusperte sich Samuel. »Sie sieht aus wie eine ältere Version von *ihr*, zumindest den Bildern nach zu urteilen, die ich gesehen habe.«

»Ja, ich weiß.« Bodey seufzte. »Aber wir beide wissen, dass sie es nicht ist.«

Dann wurde es wieder still und ich beeilte mich, ins Bad zu kommen. Bodey würde jeden Moment reinkommen, um nach unten zu gehen und mein Essen aufzuwärmen.

Als ich das Bad betrat, öffnete sich die Tür von der Terrasse zu meinem Schlafzimmer. Gerne wäre ich zurückgegangen, um zu sehen, was als Nächstes passieren würde, aber stattdessen schloss ich einfach so leise wie möglich die Tür zum Badezimmer. Ich hatte nichts zu verbergen. Außerdem vertraute ich Bodey. Irgendwie wusste ich, dass er nicht in meinen Sachen herumschnüffeln würde.

Die dunkelgrauen Fliesen waren kühl unter meinen Füßen. Langsam wandte ich mich dem Waschbecken zu, um in den darüber hängenden Spiegel zu schauen.

Ich erstarrte. Ich erkannte das Mädchen, das mich anschaute, kaum.

Mein langes aschblondes Haar war zerzaust, und meine normalerweise leuchtenden meeresblauen Augen sahen trüb aus. Hinzu kamen dunkle Augenringe und meine sehr blasse Haut, die normalerweise eine gesunde Bräune aufwies. Ich sah aus wie eine ungesunde Version meiner selbst.

Meine Kehle schnürte sich zusammen. Kein Wunder, dass Bodey sich Sorgen um mich machte. Ich sah aus wie der wandelnde Tod, ein Vampir, diese blieben jedoch normalerweise unter sich und richteten entgegen den Darstellungen in Büchern und Filmen nicht überall Chaos an.

Jetzt hatte ich wirklich Mitleid mit dem Mädchen, an das

ich sie erinnerte, vor allem, wenn sie sie *so* in Erinnerung hatten.

Ein Schrank hinter mir fiel mir ins Auge, und ich fuhr mit der Hand über die Tür, bevor ich sie öffnete. Er war voller Handtücher. Ich schnappte mir eines und ging durch die Tür, die den Toiletten- und Duschbereich trennte.

Da ich keine Zeit mehr verschwenden wollte, zog ich mich vorsichtig aus und trat unter die Dusche.

Es war zwar nicht einfach gewesen zu duschen, aber es hatte sich definitiv gelohnt. Nachdem ich meinen Körper und meine Haare gewaschen hatte, fühlte ich mich wie ein neuer Mensch. Es hatte zwar länger gedauert, als ich gehofft hatte, aber immerhin war ich endlich sauber. Sobald ich es geschafft hatte, mich anzuziehen und mein Haar zu kämmen, sammelte ich meine Schmutzwäsche ein und ging zurück ins Schlafzimmer.

Samuel war immer noch auf der Terrasse, was bedeutete, dass ich mit Bodey allein sein würde. Ich war mir nicht sicher, was ich davon halten sollte. Immer, wenn ich mit ihm allein war, fiel es mir schwer, auch nur einen klaren Gedanken zu fassen.

Als ich mein Zimmer betrat, hielt ich inne. Bodey hatte die Lampe zurück auf den Nachttisch gestellt und das Bett frisch bezogen. Der frische, saubere Geruch passte zur Farbe der Bettwäsche – Ozeanblau. Auch wenn es nicht meine Lieblingsfarbe war, so war es doch eine Farbe, die ich gerne mochte.

Ich legte meine schmutzige Kleidung auf den anderen Nachttisch und verließ das Zimmer. Sobald ich an der Treppe ankam, stieg mir der Duft von Steak und Kartoffeln in die Nase. Obwohl ich seit meiner Ankunft hier nichts anderes getan hatte, als zu schlafen und den zukünftigen König anzugreifen, war ich ausgehungert. Gestaltwandler hatten einen gesunden Appetit, aber das war selbst für mich extrem. Vermutlich lag es daran, dass ich immer noch am heilen war.

Jeder Schritt die Treppe hinunter schmerzte, aber ich riss mich zusammen und erreichte kurz darauf die Küche.

»Hey.« Bodey lächelte, als er einen großen Klecks saure Sahne auf eine gefüllte Ofenkartoffel gab. »Du siehst aus, als ginge es dir schon deutlich besser.«

Zum Glück trug er mittlerweile ein schwarzes Shirt, sodass es einfacher war, sich auf seine Worte zu konzentrieren. »Eine heiße Dusche und laute Musik bewirken bei mir wahre Wunder.« Normalerweise hörte ich beim Duschen immer Musik, aber ich wollte hier niemandem auf die Nerven gehen.

»Musik, hm?« Er grinste. »Du hast mich heute Morgen kaum bemerkt, weil du Musik gehört hast, nicht wahr? Ich habe die Kopfhörer gesehen.«

Ich lächelte. »Erwischt. Normalerweise bin ich nicht so unaufmerksam, aber ich habe versucht, mich auf etwas anderes zu konzentrieren als auf meine ...« Ich brach ab, weil ich den Satz nicht beenden wollte.

Wir wussten beide, was ich hatte sagen wollen.

Er schnappte sich eine Flasche Wasser und Besteck und nickte in Richtung des Sofas im gegenüberliegenden Zimmer. »Warum isst du nicht dort, und ich mache etwas Musik für dich?«

»Das wäre toll!« Mir hatte noch nie jemand etwas vorgespielt oder gesungen, obwohl ich das so gerne mal erlebt hätte. Ich hob eine Augenbraue. »Möchtest du mir etwas vorsingen?«

»Nein.« Er schüttelte den Kopf. »Lass uns erst einmal nur bei der Gitarre bleiben.«

Er ging nach nebenan und stellte mein Essen auf den Beistelltisch, bevor er ihn näher an das Sofa schob, damit ich besser essen konnte. Dann ging er in die Ecke des Raumes, wo ein schwarzer Gitarrenkoffer an der Wand lehnte.

Ich musste wohl ziemlich müde gewesen sein, denn vorhin hatte ich ihn vollkommen übersehen. Genau wie das Bild von ihm, einem jüngeren Mädchen, das seine Schwester sein musste, seinem Vater und seiner Mutter, das an der Wand zwischen Terrasse und Fernseher hing. Er und sein Vater hatten ähnliche Gesichtszüge, aber die Augen von Mr. Valor waren jadegrün. Bodey hatte seine Augen offenbar von seiner Mutter geerbt. Sie hatte ein herzförmiges Gesicht, rotblondes Haar und strahlte eine unglaubliche Freundlichkeit aus. Das jüngere Mädchen hatte die jadefarbenen Augen von Mr. Valor und das rotblonde Haar und herzförmige Gesicht ihrer Mutter.

Da ich nicht wollte, dass mein Essen kalt wurde, nahm ich meinen Teller und setzte mich an denselben Platz wie vorhin. Als ich mich niedergelassen hatte, nahm Bodey eine Akustikgitarre aus dem Koffer und setzte sich an das andere Ende des Sofas. Er stimmte die Gitarre kurz und dann begann er ›More than Words‹ von Extreme zu spielen.

Eines meiner absoluten Lieblingslieder.

Fasziniert von dem Lied und davon, wie seine Finger über die Saiten glitten, hörte ich auf zu essen. Zuerst schien er ein wenig unsicher, aber nach einigen Akkorden wanderte sein Blick zu mir, und sein Blick bohrte sich in mich, als hätte er dieses Lied extra ausgewählt, um mir etwas zu sagen, was er nicht laut aussprechen konnte.

Es war das erste Mal, dass ich mich wirklich friedlich fühlte.

Ich weiß nicht, wie lange Bodey und ich so zusammensaßen, aber nach einer Weile konnte ich mein Gähnen nicht mehr unterdrücken.

Natürlich bemerkte er das sofort und hörte auf zu spielen. Er grinste. »Du legst dich besser wieder hin. Dein Körper braucht mehr Ruhe.«

Er hatte recht, auch wenn ich es hasste. »Nur wenn du mir versprichst, irgendwann wieder für mich zu spielen«, sagte ich. Eigentlich wollte ich nicht, dass dieser Abend schon sein Ende fand.

»Das würde ich gern. Niemand sonst hört mir gern beim Spielen zu.« Er zwinkerte. »Es ist wohl ein gutes Zeichen, dass ich endlich einen Fan habe.«

Mein Herz machte einen kleinen Hüpfer, und ich wusste nicht, was ich sagen sollte.

Bodey legte die Gitarre neben sich auf das Sofa und stand auf. »Na komm, lass mich dir helfen.«

Als er einen Arm um meine Schultern legte, konnte ich seinen umwerfenden Duft einatmen. Er roch fantastisch und sofort lief mir ein heißer Schauer den Rücken hinunter.

Hör auf, Callie, schimpfte ich. *Er hilft dir nur, weil du verletzt bist. Mach dich nicht lächerlich.* Das half dem Glühen auf meiner Haut leider gar nicht.

Von diesen seltsamen Gefühlen überwältigt, vergaß ich vollkommen, mich vorsichtig zu bewegen. Als ich aufstand, wimmerte ich.

Bodey löste seinen Griff und wandte sich mir zu. Seine Hand umfasste mein Gesicht, sein Daumen streichelte meine Wange. »Hoffentlich hast du morgen schon weniger Schmerzen«, murmelte er.

Anstatt zu antworten, starrte ich einfach auf seine

wunderschönen Lippen. Mehr als ein zustimmendes Geräusch brachte ich nicht hervor.

»Okay, dann bringen wir dich mal ins Bett.«

Das reichte, um mich aus meiner Trance aufzuwecken und mir klarzumachen, dass meine Reaktion auf ihn ziemlich peinlich und einseitig war. Ohne ein weiteres Wort zu verlieren, machten wir uns auf den Weg nach oben.

An meiner Tür angekommen, schenkte er mir ein Lächeln. »Wenn du mich brauchst, dann ruf mich einfach.«

Ich schnaubte. »Hoffentlich greife ich Samuel nicht wieder an.«

»Er ist mittlerweile im Bett. Das sollte ihm eine Lehre sein. Als König muss er immer wachsam sein. Du kannst es also gern wieder tun.« Er lehnte sich gegen den Türrahmen.

»Das werde ich auf keinen Fall.« Ich trat einen Schritt zurück, ich brauchte Abstand. Nervös sah ich mich um. »Danke für die frische Bettwäsche.«

Er zuckte mit den Schultern. »Kein Problem. Das war das Mindeste, was ich tun konnte.«

Was für eine Untertreibung. Er hatte an einem einzigen Tag mehr für mich getan, als viele andere in meinem gesamten Leben.

Da ich nicht wusste, was ich darauf antworten sollte, schwiegen wir. Langsam wurde die Stille unangenehm.

Plötzlich klingelte mein Handy.

Ich zuckte zusammen. Mist, ich hatte vergessen, meine Eltern anzurufen.

Bodey lächelte noch einmal und ging dann zurück in den Flur. »Okay, wir sehen uns morgen früh. Gute Nacht.« Dann schloss er die Tür hinter sich.

Schnell eilte ich zu meinem Handy und sah, dass ich etwas zwanzig Nachrichten hatte.

Ein paar waren von Mom, Dad und Stevie, aber die

meisten waren von Theo. Die letzte Nachricht von ihm lautete:

Ruf mich sofort an, oder ich komme zu dir. Bodey soll zum Teufel fahren.

Er hatte die Nachricht gegen elf Uhr abgeschickt, und mittlerweile war es Mitternacht. Verdammt.

Mit zitternden Händen wählte ich seine Nummer. *Hoffentlich ist er nicht schon auf dem Weg hierher.*

Während das Handy klingelte, spürte ich, wie sich ein Kloß in meinem Hals bildete. Wenn Theo wirklich so dringend mit mir sprechen wollte, hätte er bestimmt schon abgenommen – es sei denn, er war bereits auf dem Weg hierher. Aber woher sollte er dann wissen, ob ich versuchte, ihn zurückzurufen?

Ich setzte mich auf mein frisch bezogenes Bett, ignorierte meine schmerzenden Rippen und fuhr mit der Hand über den weichen, kühlen Stoff.

Es klingelte immer noch. Enttäuscht senkte ich den Kopf. Gleich würde ich mit der Mailbox verbunden werden. Bevor das jedoch passieren konnte, hörte das Läuten auf.

»Hallo?«, meldete sich Theo schroff. »Callie, bist du das?« Im Hintergrund hörte ich das Brummen eines Motors.

Verdammt. Er war bereits auf dem Weg. »Wen hast du denn erwartet? Es sei denn, ich bin nicht die Einzige, der du heute Abend zu viele Nachrichten geschickt hast«, schnauzte ich und ballte meine Hände zu Fäusten. Warum hatte Bodey mein Handy nicht gehört? Dann hätte ich schon viel früher zurückrufen können. Vor allem nach der letzten Nachricht. »Tut mir leid. Ich bin nur ein wenig durcheinander.«

Zum Glück schien er mir gar nicht richtig zuzuhören. »Warum zum Teufel hast du so lange gebraucht, um anzurufen?«, stieß er wütend hervor.

»Ich habe mein Handy nicht gehört.« Beinahe hätte ich gesagt, dass ich es nicht bei mir hatte, aber das hätte nur zu weiteren Fragen geführt. Fragen, die ich nicht beantworten wollte.

»Was soll das heißen, du hast es nicht gehört?«

»Ich habe geschlafen.« Ich seufzte und wünschte, er hätte mich einfach in Ruhe gelassen. So war er doch auch sonst nicht, aber andererseits hatte ich das Rudel bisher auch noch nie für längere Zeit verlassen. »Das war der Grund, warum Bodey mich hierhergebracht hat, erinnerst du dich?«

Er lachte bitter. »Natürlich erinnere ich mich.« Plötzlich wurde seine Stimme sanfter. »Hey, ich habe mir einfach Sorgen gemacht, als ich dich nicht erreichen konnte, vor allem, weil du verletzt bist. Ich wollte nur sichergehen, dass er sein Wort hält und sich gut um dich kümmert.«

Ich glaubte ihm kein Wort. »Das hat er. Ich habe fast den ganzen Tag geschlafen, und er hat mir sogar Essen gekocht.« Es war traurig, dass ein fremder Alpha mir geholfen hatte, während Zeke, mein eigener Alpha, entschlossen gewesen war, mich zu brechen.

Und was noch viel schlimmer war, Theo hatte nichts dagegen unternommen. Das alles ergab überhaupt keinen Sinn, wenn ich bedachte, dass Bodey doppelt so stark war wie Zeke. Als zukünftiger Alpha unseres Rudels und königlicher Berater sollte Theo doch ernst genommen werden wollen und sich auf die Seite von Bodey stellen. Das wäre das Richtige gewesen, zumal die anderen königlichen Berater ihm zugestimmt hatten.

Aber es war nicht meine Aufgabe, Theo das zu sagen. Das würde nur zu einem Streit führen und die Spannungen zwischen uns verstärken.

»Bodey war großartig«, fügte ich hinzu, um zu betonen, dass es mir wirklich gut ging.

»*Wunderbar*«, knurrte Theo. »Was genau soll das heißen? Hat er dich in irgendeiner Weise angefasst?«

Ich verdrehte die Augen. Theo war es nicht gewohnt, dass ein anderer Mann nett zu mir war, und es war offensichtlich, dass er ziemlich eifersüchtig war. Ich versuchte dennoch, ruhig zu bleiben. »Ich habe dir doch schon gesagt, warum er großartig war. Er hat mich schlafen lassen und mir etwas zu essen gekocht. Ich habe sogar ein eigenes Zimmer bekommen. Das war's. Mehr ist nicht passiert.« Selbst wenn Bodey mich angefasst *hätte*, ginge Theo das nichts an. Er und ich waren nur *Freunde*.

»Okay, tut mir leid.« Er stöhnte. »Ich habe langsam das Gefühl, den Verstand zu verlieren. Ich hasse es, dass du nicht bei mir bist.« Er klang nun wieder viel freundlicher und erinnerte mich an den Jungen, mit dem ich mich vor all den Jahren angefreundet hatte. »Ich wünschte, ich hätte mich gegen Dad gewehrt und nicht gegen *ihn*.«

»Warum hast du das nicht getan?«, fragte ich. Wenn er wirklich mein Freund war und davon ausging, dass ich eines Tages sogar seine Gefährtin werden würde, warum war er dann nicht mehr daran interessiert, wie ich behandelt wurde?

»Du weißt, dass es kompliziert ist, Callie. Ich kann mich nicht gegen meinen Vater stellen. Was würden dann die anderen Rudel von mir denken? Eine erzwungene Machtübernahme würde ein riesiges Chaos auslösen, und andere Gestaltwandler würden denken, sie könnten das Gleiche tun und mich herausfordern.«

Das musste Zeke Theo eingetrichtert haben, um zu

verhindern, dass sein Sohn ihn herausforderte. Zeke wollte die Kontrolle behalten, auch wenn er älter wurde. Er und Theo taten so, als ob sie den Zeitplan für die Übergabe des Rudels nicht schon längst überzogen hätten.

Stöhnend legte ich mich aufs Bett zurück.

»Was ist los?« Theos Stimme klang besorgt.

»Meine Rippen bringen mich noch um, obwohl ich mich einfach nur hingelegt habe. Ich bin vollkommen erschöpft.« Am liebsten hätte ich aufgelegt, aber ich konnte ihn nicht drängen. Ich musste sicherstellen, dass er nicht herkam und weitere Probleme anzettelte.

»Gibt es etwas, das du uns sagen kannst?«, fragte er, nachdem wir eine Weile geschwiegen hatten.

Verwirrt runzelte ich die Stirn. »Was meinst du?«

»Na ja, du bist mit Bodey in seinem Haus.« Er atmete aus. »Haben die königlichen Berater irgendetwas Seltsames gesagt? Hast du etwas von Plänen mitbekommen, die sie vielleicht vor meinem Vater verbergen?«

Ich schnappte nach Luft. Theo wollte, dass ich Bodey und die anderen Berater ausspionierte. Mein Blut pumpte schneller durch meine Adern. Zeke hatte ihn dazu angestiftet, aber ich weigerte mich, ihnen zu helfen, nicht nachdem, was diese Alphas für mich getan hatten. »Ich habe mich einfach nur ausgeruht, wie ich bereits gesagt habe, also hatte ich keine Gelegenheit, irgendetwas zu hören. Allerdings habe ich Samuel kennengelernt.« Ich hoffte, diese Anmerkung würde ihm bestätigen, dass ich ihm keine Informationen vorenthalten wollte. »Er scheint nett zu sein. Wir haben uns nicht lange unterhalten. Die anderen Alphas habe ich seit meiner Ankunft nicht mehr gesehen.« Ich war froh, dass er nicht persönlich hier war, sonst hätte er meine Lüge gerochen.

»Ich glaube, Jacks Hauptrudel lebt näher an der Grenze zu Washington, also kann er einfacher kommen und gehen.

Lucas und Miles leben wahrscheinlich irgendwo in der Nähe, denn Montana und Wyoming sind viel weiter weg.«

Da ich das Thema wechseln wollte, nutzte ich die Gelegenheit, um ebenfalls eine Frage zu stellen. »Hat Zeke meine Familie bestraft?«, murmelte ich ängstlich. Ich war mir sicher, dass Zeke trotz Bodeys Warnung, einen Weg gefunden hatte, sich an meiner Familie zu rächen.

»Es geht ihnen gut. Dad will nicht riskieren, noch mehr Probleme mit den anderen Beratern zu verursachen. Und Callie ...«, sagte er nun deutlich leiser. »Ich werde dafür sorgen, dass ihnen nichts passiert. Ich habe beschlossen, nicht noch länger tatenlos zuzusehen.«

Etwas Ähnliches hatte er schon einmal zu mir gesagt, aber nicht ganz so direkt ... vielleicht – nur vielleicht – würde er es ja dieses Mal durchziehen.

Ich konnte mich dennoch nicht zu einer Antwort durchringen. Alles, was ich sagen würde, würde nur schnippisch oder unaufrichtig wirken, vor allem, da es nur Bodey zu verdanken war, dass Theo diesen Punkt überhaupt erreicht hatte.

Nach einer Weile räusperte sich Theo. »Also ... wegen dem, was ich vorhin gesagt habe ...«

Mir stockte der Atem. *Bitte nicht, ich will jetzt wirklich nicht darüber reden.*

»Ich wollte mit dir über meine Absichten und unsere Zukunft sprechen«, sagte er mit fester Stimme.

Ich war in keiner Weise bereit für dieses Gespräch. »Können wir bitte später darüber reden? Ich bin müde, und das ist ein wichtiges Thema und nichts, was wir in ein paar Minuten klären können.« In Wahrheit wollte ich gar nicht darüber reden. Theo und ich waren nur Freunde. Ich hegte keine romantischen Gefühle für ihn. Ich hatte mich noch nie zu ihm hingezogen gefühlt, auch wenn er sehr gut aussah.

Früher hatte ich gehofft, eines Tages etwas für ihn zu empfinden, aber es war nie passiert. Wir *passten* einfach nicht zusammen.

Ich konnte ihn mir einfach nicht als meinen Gefährten vorstellen.

Außerdem hatte ich auch nie einen Hinweis darauf bemerkt, dass er mich auf diese Art und Weise liebte, abgesehen von den Blicken, die er mir seit Kurzem zuwarf, aber selbst die wirkten aufgesetzt.

»Ach ja?«, fragte er erstaunt. »Denkst du wirklich, das wird ein längeres Gespräch werden?«

Natürlich hatte er angenommen, dass ich sofort Ja sagen würde. Typisch Mann. Aber ich konnte nicht riskieren, seine Gefühle zu verletzen. Ich musste ihn auf eine Weise zurückweisen, die mich nicht auf seine Abschussliste setzte. »Ja, das denke ich. Wir sollten beide nochmal darüber nachdenken. Das gesamte Rudel sieht mich als wertlos an ... als verschwendete Atemluft. Ich bin eine Wölfin, die sich weder verwandeln noch gedanklich mit ihrem Rudel verbinden kann, und du bist ein Alpha und zukünftiger Berater des Königs. Du brauchst eine starke Wölfin an deiner Seite, um deine Position zu stärken und deinen Ruf zu wahren, und ich weiß nicht, ob ich diese Wölfin sein kann.«

»Nein, ich brauche nur *dich* an meiner Seite«, betonte er.

»Darum sollten wir wirklich nicht jetzt darüber reden.« Langsam bekam ich Kopfschmerzen. »Sich mit mir zu paaren, ist nicht gut für deine Zukunft.«

Er knurrte frustriert. »Ich habe bereits darüber nachgedacht, aber ich lasse es für heute Abend sein. Ich verstehe, dass du nur das Beste für mich willst.«

Ich atmete erleichtert auf. Ich hatte so sehr gehofft, dass er es nicht so aufnehmen würde, als würde ich ihn ablehnen.

Auch wenn ich es nur ungern zugab, seine Gefährtin zu

werden, würde mir einen gewissen Schutz bieten. Nicht allumfassend – das Rudel würde mich weiterhin nicht als vollwertiges Mitglied ansehen und mich schikanieren –, aber immerhin nicht vor Theo. Trotzdem ... ich weigerte mich, mich nur aus diesem Grund mit jemandem zu paaren. Ich brauchte ihn nicht – oder irgendjemanden– ungeachtet dessen, was alle anderen dachten.

Ich gähnte und schloss erschöpft die Augen.

Er seufzte. »Ich sollte dich besser schlafen lassen. Du hast ziemlich anstrengende vierundzwanzig Stunden hinter dir.«

Es war kaum zu glauben, dass nur ein Tag vergangen war. Mein Leben hatte sich völlig verändert. Zum ersten Mal beschützte mich jemand vor meinem Rudel. »Ja, da hast du recht, und ich muss noch meine Eltern und Stevie anrufen.«

»Ja, tu das. Sie machen sich sicher schon Sorgen um dich.«

Daran zweifelte ich nicht. Stevie liebte mich – wir waren wie echte Schwestern –, aber Pearl genoss es wahrscheinlich in vollen Zügen, mich nicht in ihrer Nähe zu haben. Mom und Dad behandelten mich gut und sorgten für mich, aber ich war trotzdem nicht ihre leibliche Tochter und das war offensichtlich.

»Mach es dir bei Bodey nur nicht zu bequem«, fügte er hinzu.

Meine Schultern spannten sich an. Das klang wie eine Warnung. Normalerweise hielt Theo keinen Smalltalk. Hinter allem, was er sagte, steckte eine Absicht. »Keine Sorge. Das werde ich nicht.«

»Okay. Gute Nacht, Callie. Bis bald.« Dann legte er auf.

Das war ein ziemlich seltsames Gespräch gewesen. Ich starrte so angestrengt an die weiße Decke, dass meine Sicht verschwamm. Mein Leben wurde immer komplizierter. Theo wollte mich für sich beanspruchen, und ich war mir nicht sicher, wie ich das verhindern sollte. Ich wartete nicht gerade auf meinen Schicksalsgefährten, den viele von uns zwar hatten, aber der auch nicht einfach zu finden war. Die meisten begnügten sich einfach damit, sich einen Gefährten oder eine Gefährtin auszusuchen. Genau wie Theo. Ich hingegen wollte mehr als das, ich wollte Liebe.

Nach dem Telefonat mit Theo war ich psychisch nicht mehr dazu in der Lage, meine Eltern anzurufen, aber ich musste mich trotzdem dringend bei ihnen melden. Vor allem, nachdem ich so schnell verschwunden war.

Also erstellte ich einen Gruppenchat mit ihnen und Stevie und tippte eine Nachricht.

Ich: Tut mir leid, dass ich euch nicht früher geschrieben oder angerufen habe. Ich habe den ganzen Tag geschlafen und erhole mich nur langsam. Ich rufe euch morgen an. Hoffentlich ist bei euch alles in Ordnung.

Stevie: Danke für die Nachricht. Wir haben uns schon Sorgen gemacht. Es ist alles in Ordnung, und Zeke hält sein Versprechen. Ruh dich etwas aus. Wir vermissen dich. <3

Die schnelle Antwort meiner Schwester trieb mir die Tränen in die Augen. Ich schloss die Nachrichten-App und suchte dann nach einer Playlist, um mit meinen Lieblingsliedern im Ohr in einen tiefen Schlaf zu fallen.

***

LAUTES VOGELZWITSCHERN ÜBERTÖNTE MEINE MUSIK, und Sonnenlicht fiel auf mein Gesicht. Ich öffnete meine Augen und sah mich blinzelnd in dem unbekannten Raum um.

Als ich den Kopf schüttelte, um wieder klar denken zu können, begannen meine Rippen zu schmerzen und brachten mich in die Gegenwart zurück.

Ich warf einen Blick auf die kleine, sonnenbeschienene Terrasse, bis mir der Duft von Zimtschnecken, Würstchen und Eiern in die Nase stieg.

Zögernd griff ich nach meinem Handy und schaltete die Musik aus. Nun war auch das leise Klappern von Geschirr zu hören. Geräusche, die ich verschlafen hätte, wäre da nicht der Vogel gewesen, der mich mit seinem Ständchen geweckt hatte.

Mein Magen knurrte. In letzter Zeit war ich wirklich ständig hungrig.

Ich ließ mir Zeit beim Aufstehen und seufzte vor Erleichterung, als ich nach einer Weile ohne große Schmerzen vor dem Bett stand. Meinen Rippen schien es tatsächlich deutlich besser zu gehen, aber das Atmen fiel mir noch immer schwer.

Ich holte eine Jeans und einen blaugrünen Pullover aus meiner Tasche und zog mich an. Als ich fertig war, schrieb ich eine Nachricht an meine Arbeitsstelle und informierte sie über meine Verletzung. Ich konnte sie nicht länger im Ungewissen lassen – falls ich nicht schon gefeuert wurde. Dann schob ich das Handy in meine Gesäßtasche.

Im Erdgeschoss roch ich vier verschiedene Gerüche: Bodey, Samuels Geruch nach frischem Regen und zwei Düfte, die ich nicht kannte – würzige Vanille und Leder.

Am Fuß der Treppe blieb ich stehen und überlegte, ob ich in mein Zimmer zurückgehen sollte, als Bodey aus dem Esszimmer in den Flur trat. Er trug Jeans und einen hellblauen Pullover, der sich eng an seine muskulöse Brust schmiegte. Seine Haare hingen ihm über die Stirn und betonten seine dichten Wimpern und sein schönes Gesicht.

Als er mich anlächelte, machte mein Herz einen kleinen Hüpfer.

»Guten Morgen.« Er nickte in Richtung Küche. »Komm und setz dich zu uns. Mom macht gerade Frühstück, während

Dad Samuel über alles informiert, was er als zukünftiger König wissen muss.«

Obwohl ich hätte nein sagen wollen, konnte ich es nicht. Nicht zu ihm. Meine Füße bewegten sich wie von alleine, bevor ich es wollte, und folgten ihm.

»Hat sie wieder die Lampe dabei?«, rief Samuel aus dem Esszimmer und lachte.

Wie peinlich. Kurz dachte ich darüber nach, einfach wieder umzudrehen und die Treppe hinaufzugehen.

Bodey verdrehte jedoch nur genervt die Augen, trat vor und ergriff meine Hand, bevor ich entkommen konnte. Sanft strich er mir eine Haarsträhne hinters Ohr. »Ignoriere ihn einfach. Er neckt besonders gerne, besonders dann, wenn er von jemandem beeindruckt ist.«

Bodeys sanfte Berührung brachte meine Knie zum Zittern.

»Ja, und das ist nicht besonders königlich«, schimpfte Mr. Valor.

Wir traten in den Bereich zwischen der Küche und dem Esszimmer. Mr. Valor saß am Ende des Tisches und Samuel saß zu seiner Rechten. Der Stuhl gegenüber von Samuel war leer und ich vermutete, das dort Bodey gesessen hatte.

Mrs. Valor stand in der Küche am Herd und wendete mit einer Hand Pancakes, während sie mit der anderen Rührei machte. Sie lächelte mich freundlich an. »Guten Morgen, Callie. Ich bin Bodeys Mom.« Sie war wunderschön und trug einen schicken olivfarbenen Pullover und zerrissene Jeans.

Ihre Freundlichkeit überrumpelte mich. »Guten Morgen. Kann ich Ihnen irgendwie helfen?«

»Nein, und bitte nenn mich doch Janet.« Sie wandte ihre Aufmerksamkeit wieder dem Essen zu. »Ich bin fast fertig. Bitte, setz dich doch, bevor die drei anderen Berater kommen.«

Bodey zog mich sanft zum Tisch. »Komm. Sie ist in der Küche lieber allein. Selbst wenn Jasmine in ihren Semesterferien hier ist, scheucht sie sie hinaus. Du kannst dich zu mir setzen und mich t vor Jack retten.« Er zog den Stuhl neben seinem hervor.

»Jasmine?« Mir rutschte das Herz in die Hose. Hatte er etwa doch eine Freundin?

»Ja, meine Schwester.« Bodey zeigte auf das Familienfoto, das ich gestern Abend schon gesehen hatte.

»Oh, natürlich.« Ich zwang mich zu einem Lächeln und versuchte, nicht peinlich berührt auszusehen.

Als ich mich setzte, spürte ich Mr. Valors Blick auf mir. Er hatte die Arme vor der Brust verschränkt, sodass sein schwarzes Hemd zerknitterte. Ich bekam eine Gänsehaut. Wenn mir jemand so viel Aufmerksamkeit schenkte, nahm das normalerweise kein gutes Ende für mich.

Da ich Bodey vertraute, setzte ich mich trotzdem und biss mir auf die Unterlippe, fest entschlossen, keinen Laut von mir zu geben.

Mr. Valor wandte seinen Blick nicht von mir ab. Nach einer Weile reichte er mir die Hand. »Ich bin Michael.«

Ich erwiderte die Geste, wobei meine Rippen erneut schmerzten.

»Dad«, warnte Bodey.

Michael zuckte zusammen. »Tut mir leid, ich habe deine Verletzungen vollkommen vergessen.«

»Ist schon in Ordnung.« Erleichtert ließ ich meinen Arm sinken.

Als Bodey auch Platz nahm, verschränkte Michael seine Finger, stützte die Ellbogen auf den Tisch und sagte: »Es ist schön, dich hier bei uns zu haben, Callie, obwohl ich wünschte, es wäre unter besseren Umständen.«

Ich presste die Lippen aufeinander und nickte, unsicher, was ich antworten sollte.

Samuel zupfte am Kragen seines weißen Hemdes.

Wenigstens war ich nicht die Einzige, die sich unwohl fühlte.

»Hast du gestern Abend Gitarre gespielt?«, fragte mich Samuel.

Ich erstarrte, weil ich nicht wusste, warum er *mich* das gefragt hatte. »Ähm. Nein.«

»Bodey?« Janet keuchte. »Du hast letzte Nacht gespielt? Das hast du nicht mehr gemacht, seit ...« Sie brach den Satz ab.

Ich runzelte die Stirn. »Seit wann?«

Michael warf seiner Frau einen Blick zu, den ich nicht deuten konnte, und wandte sich dann an mich. »Seit er ein Teenager war«, antwortete er.

»Ich habe ihn in den vergangenen Jahren ein paar Mal auf der Terrasse vor seinem Zimmer spielen hören. Normalerweise übt er immer nur nachts, wenn die meisten Leute schon schlafen.« Samuel zuckte mit den Schultern. »Er ist in letzter Zeit viel besser geworden.«

»Du hast mich gehört?« Bodey starrte den jungen Mann ungläubig an.

»Falls du das geheim halten wolltest, hättest du dir wirklich mehr Mühe geben sollen.« Samuel rümpfte die Nase.

»Ich habe nicht versucht, es geheim zuhalten. Ich habe über die Jahre hinweg immer wieder gespielt. Was denkst du, warum ich die Gitarre im Arbeitszimmer aufbewahre?« Bodey zuckte mit den Schultern, als wäre es keine große Sache, und nahm einen Schluck von seinem Kaffee.

Seine beiden Eltern schienen immer noch angespannt zu sein, und sein Vater starrte mich immer wieder an. Ich musste dringend etwas tun, um mich abzulenken. Kaffee würde mir helfen und die Kopfschmerzen lindern, die schwach zwischen meinen Augen pulsierten.

Gerade als ich aufstehen wollte, berührte Bodey meinen Arm. »Was brauchst du?«

»Nur eine Tasse Kaffee.«

»Bleib sitzen.« Bodey schob seinen Stuhl zurück. »Ich werde dir eine Tasse holen.«

Bevor ich protestieren konnte, war er aufgestanden, in die Küche gegangen und fummelte an der Kaffeemaschine herum.

Plötzlich wurde ich nervös, und bevor ich merkte, was ich tat, hob ich mein Kinn und sah Michael direkt in die Augen ... fast herausfordernd.

Was zum Teufel war nur los mit mir?

Der ältere Mann zog jedoch nur die Augenbrauen hoch.

Zum Glück öffnete sich in diesem Moment die Haustür, und ich hörte Schritte von drei verschiedene Personen. Die ersten Schritte waren schnell und selbstbewusst, und ich wusste sofort, zu wem sie gehörten.

»Guten Morgen, meine Lieben. Ich weiß, dass ihr froh seid, mich nun *endlich* bei euch zu haben«, rief Jack, lauter als nötig, als sich die Haustür schloss.

Es folgten etwas zurückhaltendere Schritte, das musste Lucas sein, denn die letzten, fast lautlosen Schritte erinnerten mich an Miles.

»Alter, du weißt schon, dass dich alle sehr gut hören können, oder? Du brauchst nicht zu schreien«, grummelte Lucas.

»Ach hör doch auf, ich weiß, das nur ist meine Aura. Man kann sie gar nicht übersehen«, konterte Jack.

Kurz darauf tauchte Jack vor uns auf und schnupperte kräftig. »Hier riecht es ja himmlisch. Das macht mich und meinen leeren Magen sehr glücklich.«

Die drei schnappten sich je einen Stuhl und setzten sich zu uns anderen an den Tisch. Es war offensichtlich, dass sie sich hier wie zu Hause fühlten. Miles nahm den letzten Platz gegenüber von Michael ein, während Jack den freien Platz neben mir wählte und Lucas sich ihm gegenübersetzte. Miles legte ein in Leder gebundenes Buch vor sich auf den Tisch.

»Wie geht's dir? Heute schon jemanden mit einer Lampe verprügelt?«, fragte Jack, während er sich grinsend zu mir beugte.

Ich starrte den Mann mit offenem Mund an und schnaubte. »Bodey?« Ich konnte nicht glauben, dass er es ihnen erzählt hatte. Wie peinlich.

»Oh, er war es nicht.« Lucas lachte und zeigte auf Samuel. »Du kannst dich bei dem da bedanken.«

»Lasst das arme Mädchen in Ruhe, sonst bekommt ihr nichts zu essen«, schimpfte Janet, während sie einige Teller aus den Schränken holte und sie befüllte. »Sie hatte einfach Angst und hat sich gewehrt.«

Bodey schnappte sich meine Kaffeetasse und einige Teller und brachte alles zu uns herüber. Dann stellte er den Kaffee und einen Teller vor mich hin und setzte sich wieder.

Die anderen standen nun ebenfalls auf und holten sich ihre Teller, und bald saßen alle, auch Janet, am Tisch.

Nachdem er ein wenig von seinem Frühstück gegessen hatte, schlug Miles das Buch auf und begann, darin zu blättern. »Wir müssen alles durchgehen und sicherstellen, dass wir uns an die Traditionen halten.«

Jack beugte sich vor und starrte auf die Seiten. »Was ist das?«

»Das, mein lieber Jack, nennt man ein *Buch*. Es ist ein wenig wie ein iPad, nur dicker. Anstatt zu wischen, blättert man die Seiten um«, sagte Bodey mit einem Stück Pancake im Mund.

Ich presste meine Lippen zusammen und versuchte, nicht zu lachen, aber Lucas und Samuel konnten nicht an sich halten und prusteten los.

»Klugscheißer ...«, murmelte Jack und beugte sich vor, um Bodey einen finsteren Blick zuzuwerfen. »Ich wollte wissen, ob das das Buch ist, über das ihr gestern gesprochen habt? In meiner Vorstellung war es eher ein Notizblock.«

»Es ist ein gebundenes Buch voller Notizen.« Miles zuckte mit den Schultern. »Also hast du technisch gesehen nicht mal Unrecht.«

Samuel beugte sich zu Janet, den Blick auf das Buch gerichtet. »Was steht denn drin?«

»Es beginnt mit der Kleidung, die wir tragen sollen, und die Kristalle und Kräuter, die wir finden müssen. All das wird die Schmerzen lindern, die auftreten werden, wenn die Hexen ihre Magie einsetzen, um dich als König zu identifizieren und zu krönen.« Miles blätterte ein paar Seiten weiter. »Es ist ziemlich detailliert. Das Tuch sollte aus einem Material sein, das den Zauber nicht beeinträchtigt. Offenbar stoßen einige künstliche Stoffe die Magie der Tattoo-Tinte ab, wenn wir nicht aufpassen, und der Zauber funktioniert nicht.«

Mir blieb ein Stück Pancake im Hals stecken und ich räusperte mich. »Ich wusste gar nicht, dass die Hexen so sehr in die Krönung involviert sind.«

Nun sahen mich alle sieben Augenpaare an.

»So erneuern die Hexen und Wölfe ihren Treueschwur zueinander.« Michaels Kiefer zuckte. »Beide haben einen großen Anteil an der Zeremonie. Hat Zeke euch etwa nichts von unseren Traditionen beigebracht?«

Ich nahm einen Schluck Kaffee, um den Pancake herunterzuspülen, bevor ich mich verschluckte. »Mir zumindest nicht.«

Die anderen warfen sich alarmierte Blicke zu.

Bodey räusperte sich. »All das *ist* wichtig, aber wir müssen auch Späher an unsere Grenzen schicken und sicherstellen, dass Samuel fortan nicht mehr allein unterwegs ist. Königin Kel hat mehr als deutlich gemacht, dass sie das Territorium übernehmen und ihr Reich vergrößern will.«

Ich hätte Bodey dafür küssen können, dass er das Thema wechselte – natürlich nur metaphorisch gesprochen. Ich war nicht dumm, ich wusste genau, dass er absichtlich den Fokus von mir weg gelenkt hatte.

Das Gespräch ging weiter, und ich konzentrierte mich darauf, einen Bissen nach dem anderen zu nehmen. Ich wollte auf keinen Fall wieder die Aufmerksamkeit auf mich ziehen.

Als die Jungs mit dem Essen fertig waren, standen sie auf. Bodey nahm meinen Teller. »Wir müssen los und uns mit Zeke treffen, um alles zu besprechen. Ich bin zum Mittagessen wieder zurück.«

»Jap!« Jack strahlte. »Wir sind *alle* zum Mittagessen zurück.« Er richtete seinen Blick auf Bodey, und ich war mir nicht sicher, was ich verpasst hatte.

»Schreib mir eine Nachricht oder ruf mich an, wenn du mich brauchst.« Bodey brachte unsere schmutzigen Teller und das Besteck zur Spüle.

Dann folgten ihm die Männer in die Garage, und als sich die Tür hinter ihnen schloss, blieben Janet und ich alleine zurück.

Als ich den Geschirrspüler öffnete, um ihr beim Einräumen zu helfen, gab mir Janet einen leichten Klaps auf die Hand. »Geh in dein Zimmer und ruh dich noch ein bisschen aus.« Sie zeigte mit dem Finger auf mich. »Ich übernehme das hier, und dann gehe ich nach nebenan in das Haus von meinem Mann und mir. Mach dir keine Sorgen, ich schließe ab, wenn ich gehe.«

Aufgrund ihres strengen, aber auch mütterlichen Gesichtsausdrucks, wagte ich es nicht, zu widersprechen.

Ich folgte ihren Anweisungen, ging in mein Zimmer und kroch zurück ins Bett. Schlafen konnte ich jedoch nicht.

Nachdem ich drei Stunden einfach im Bett gelegen hatte, hatte ich das Gefühl, den Verstand zu verlieren. Zu Hause hatte ich immer etwas zu tun, und langsam wurde ich unruhig.

Wie versprochen, war Janet, kurz nachdem ich nach oben gegangen war, aufgebrochen, und so saß ich ganz alleine in einem fremden Haus fest. Ich stand aus dem Bett auf und richtete meine Kleidung und mein Haar. Da Bodey sicher bald zum Mittagessen zurück sein würde, ging ich nach unten.

Als ich den Fuß der Treppe erreicht hatte, klingelte es an der Tür. Ich hielt inne und wartete, bis mir einfiel, dass ich die Einzige war, die öffnen konnte.

Langsam näherte ich mich der Tür.

Als ich durch den Türspion schaute, konnte ich kaum glauben, wen ich sah.

Das musste eine Art übler Scherz sein, oder ich hatte Halluzinationen.

Auf der anderen Seite der Tür standen Theo, Charles und Pearl.

Theo hatte ja bereits angedroht zu kommen, aber warum zum Teufel waren die beiden anderen hier?

Sie gehörten nicht hierher, und ich war immer noch verwundet von dem, was die beiden anderen mit mir gemacht hatten.

Theo klopfte erneut an die Tür. »Callie, ich kann dich riechen. Ich weiß, dass du hinter der Tür stehst.«

Ich hätte einfach in meinem Zimmer bleiben sollen, wobei er dann wahrscheinlich angerufen und verlangt hätte, dass ich ihn hereinlasse, wodurch ich letztlich in derselben Situation gelandet wäre. Immerhin war er der Sohn des Alphas und mein Freund.

Mit vor Angst pochendem Herzen öffnete ich die Tür und hinderte sie am Eintreten. Ich schwieg und machte mir nicht einmal die Mühe zu lächeln. Stattdessen hob ich eine Augenbraue.

»Hey«, sagte Theo leise, obwohl sich in seinen Augen keinerlei Wärme zeigte. Als er meine Hand ergriff, musste ich gegen den Drang ankämpfen, mich zurückzuziehen. Ich mochte es nicht, wenn er mich berührte.

Bevor ich ihn verärgerte, musste ich jedoch wissen, warum er hier war.

»Geht es dir schon besser?«, fragte er, aber anstatt mich anzusehen, blickte er über meine Schulter ins Innere des Hauses.

Charles starrte mich finster an, während Pearl ihre Nase rümpfte.

Wunderbar. Das lief jetzt schon hervorragend.

»Ich bin erst einen Tag hier, so viel besser geht es mir also noch nicht.« Meine Kehle war wie zugeschnürt, so sehr versuchte ich, die Verachtung, die ich empfand, zu verbergen. »Seid ihr hier, um mich ... zurückzubringen?« Ich bekam die Worte *nach Hause* nicht über die Lippen. Nachdem ich hier war und mich sicher gefühlt hatte, wurde mir klar, dass sich Zekes Rudel für mich nie wie ein Zuhause angefühlt hatte.

»Bald.« Theos Kiefer lockerte sich. »Aber nicht heute, hat Dad gesagt. Wir müssen ein paar Tage warten, denn alle Berater, einschließlich Mr. Valor, sind dafür, dass du hierbleibst. Aber sobald du genesen bist, wirst du auf jeden Fall nach Hause kommen. Mach dir keine Sorgen.« Er drückte meine Hand.

Das Letzte, was ich tun wollte, war, zum Rudel zurückzukehren, und so bewirkten seine Worte das Gegenteil von dem, was sie erreichen sollten – sie entmutigten mich.

Meiner Meinung nach konnten die drei gerne wieder verschwinden.

Ich schaute die asphaltierte Straße auf und ab und wünschte, Bodeys Jeep würde auftauchen, aber alles, was ich sah, waren die Häuser auf der anderen Straßenseite.

Ich seufzte. Wahrscheinlich wäre es nicht besonders gut, wenn Bodey jetzt käme.

Pearl berührte Theos Arm. »Es könnte noch eine Weile dauern, bis sie vollständig geheilt ist.«

Sie wollte offenbar auch nicht, dass ich zurückkam. Ich konnte mich nicht daran erinnern, dass wir jemals zuvor einer Meinung gewesen waren.

Theo ließ meine Hand los und bewegte seinen Arm, damit Pearl ihn nicht mehr berühren konnte. Meine Schwester zuckte zusammen und starrte auf den Boden der weißen Holzveranda.

Als Theo kurz darauf meine Wange berührte, zuckte ich zusammen. Er tat so, als würde er es nicht bemerken, und sah mir tief in die Augen. »Deine Heilung hat für mich oberste Priorität. Ich bin froh, dass es dir schon besser geht.«

Ich trat einen Schritt zurück und zwang ihn, seine Hand fallen zu lassen. Seine Berührung fühlte sich weder gut noch tröstlich an – nicht so wie die von Bodey.

Ein finsterer Ausdruck huschte über sein Gesicht, bevor er mich wieder besorgt ansah.

»Ich sollte zurück ins Bett gehen.« Ich trat einen Schritt zurück und bereitete mich darauf vor, ihnen die Tür vor der Nase zuzuschlagen. Ich wollte, dass sie gingen, und zwar sofort. »Danke, dass ihr nach mir gesehen habt.«

»Warte«, sagte Theo, trat in den Türrahmen und verhinderte damit, dass sich die Tür schließen konnte. »Können wir für eine Minute hereinkommen?«

Ich spannte mich an, was ein Pochen in meinen Rippen verursachte. Diesen Schmerz konnte ich jedoch besser ertragen als die drei Leute, die hier vor mir standen. Ich biss mir auf die Unterlippe. »Das ist nicht mein Haus, also ...«

Charles schnaubte. »Du hast uns gezwungen, hierherzukommen, und jetzt weigert sie sich, dich hereinzulassen. War ja klar.«

Theo starrte mich erwartungsvoll an. »Du wohnst aktuell hier. Du kannst uns hereinbitten.«

Ich wollte ihm sagen, er solle sich verziehen, aber natürlich traute ich mich nicht. Unsicher, was ich sonst tun sollte, atmete ich tief durch. Er würde nicht nachgeben, und wenn ich mich weiter wehrte, würde sich das nur zukünftig schlecht auf mich auswirken. Ich biss wieder auf die Innenseite meiner Wange, der kupferne Geschmack von Blut erfüllte meinen Mund. Ich musste etwas tun, damit ich ihm keine patzige Antwort gab, aber selbst dann ließ der Drang nicht nach.

Mein Kinn hob sich wie von selbst, als ich Theo in die Augen schaute. »Aber wir bleiben im Wohnzimmer.«

Obwohl ich nicht wirklich glaubte, dass ich Todessehnsucht hatte, schien ein Teil von mir diese schon sehr wohl zu haben. Ich konnte einfach nicht mehr länger einfach nur gehorchen und mich unterordnen.

Theo richtete sich auf, seine Iris glühte, als sein Wolf versuchte, die Kontrolle zu übernehmen. Es gefiel ihm nicht, dass ich ihm die Stirn bot, aber anscheinend war ihm dennoch klar, dass das die einzige Möglichkeit war, um hereinzukommen. »Gut.«

Mein ganzer Körper wollte, dass ich an Ort und Stelle blieb und die Tür weiterhin blockierte, aber mein Selbsterhaltungstrieb erlaubte mir, zur Seite zu treten. Ich vermutete, dass es hauptsächlich daran lag, dass Theo zumindest einmal meine Grenzen akzeptiert hatte.

Theo trat ein, und Pearl folgte dicht hinter ihm. In Theos Nähe benahm sie sich wie eine läufige Wölfin, die verzweifelt nach Aufmerksamkeit verlangte, die er ihr jedoch nie gab. Stattdessen suchte er immer nur meine Gesellschaft, was ich noch nie verstanden hatte. Er und ich hatten kaum etwas gemeinsam.

Charles kam als Letzter, und als er an mir vorbeiging, rammte er mich so fest mit der Schulter, dass ich nach hinten stolperte. Ein stechender Schmerz durchzuckte mich. Das hatte er mit Absicht getan.

Grinsend beobachtete er mich, als ob er genau sehen wollte, wie heftig meine Schmerzen waren.

Da ich ihm diese Genugtuung nicht geben wollte, riss ich mich zusammen. Ich würde sogar lieber unter dem Vorwand, geheilt zu sein, zu meinem Rudel zurückkehren, als diesem Kerl irgendeine kranke Befriedigung zu geben.

Als ich nicht reagierte, verschwand sein Grinsen und er ging ins Wohnzimmer, wo Theo und Pearl vor dem Sofa standen und mich ansahen.

Obwohl ich wünschte, ich könnte sie einfach offen lassen, schloss ich die Vordertür. Irgendwann würde ich mich ihnen zwangsläufig stellen müssen, also konnte es genauso gut auf neutralem Boden sein.

Charles stellte sich so hin, dass er und Pearl Theo flankierten. Ich stand vor ihnen. Ich hatte mich in diesem Raum noch gar nicht richtig umgesehen, und mir fiel ein weiterer Kachelkamin auf, ähnlich dem im Arbeitszimmer. Direkt gegenüber dem Sofas befanden sich große Doppelfenster, durch die man nach draußen blicken konnte. Anstelle eines Fernsehers hing ein großes Bild an der Wand, auf dem Menschen zu sehen waren, die in einem blauen Kanu saßen. Im Hintergrund des Bildes befand sich ein majestätischer Berg. Plötzlich erinnerte ich mich daran, dass die Berater mit dem Kanu unterwegs gewesen waren, als sie mich gefunden hatten, und ich fragte mich, ob Bodey der Grund dafür war. Vielleicht war Gitarrespielen nicht sein einziges Hobby.

Meine Haut begann zu kribbeln, und ich wandte meine

Aufmerksamkeit von dem wunderschönen Bild auf Theo, dessen Blick auf mich gerichtet war.

»Warum seid ihr drei hier?« Ich hatte keine Energie mehr für ihre Spielchen.

»Ich habe getan, was du wolltest.« Theo strahlte, als ob das eine Erklärung für ihre Anwesenheit wäre.

Seine Antwort verwirrte mich jedoch nur noch mehr. »Was meinst du?«

»Du hast mich gebeten, über uns nachzudenken, und das habe ich getan.« Theo beugte sich vor und ergriff noch einmal meine Hand. »Ich bin sogar noch mehr als zuvor davon überzeugt, dass wir beide zusammengehören, also bin ich hier, um zu sehen, wie es dir geht und es dir so zu beweisen.«

Ich schluckte schwer, und Pearls Augen weiteten sich. Obwohl sie mit Charles zusammen war, wusste ich, dass sie es eigentlich auf Theo abgesehen hatte. Das würde zu weiteren Problemen zwischen uns führen, was traurig war, denn ich wollte einfach nur Theos Freundin bleiben und nicht seine Gefährtin werden.

»Du willst sie zu deiner Gefährtin machen?« Charles keuchte. »*Sie?* Hast du uns deshalb gezwungen, herzukommen?«

Je mehr Zeit verging, desto sehnlicher wünschte ich mir, nie zur Tür gegangen zu sein. Je mehr Leuten Theo seine Absichten mitteilte, desto schwieriger würde es werden, die Sache ohne viel Aufsehen zu regeln.

»*Du* bist hergekommen, um dich bei deinem Rudelmitglied zu entschuldigen, das du angegriffen hast, als es in menschlicher Gestalt und dir zahlenmäßig weit unterlegen war.« Theo drehte seinen Kopf und blickte die beiden anderen an. »Du warst der Anführer eurer kleinen Gruppe, und Pearl hat mitgemacht, obwohl sie ihre Schwester ist.«

»Adoptivschwester«, fügte Pearl verachtend hinzu.

Ob Theo es nun merkte oder nicht, er malte eine immer größere Zielscheibe auf meinen Rücken. Sobald sie mich allein erwischten, würden sie sich wieder auf mich stürzen.

»Wir werden die offizielle Ankündigung heute Abend vor dem gesamten Rudel machen, aber ich wollte, dass ihr drei es zuerst hört.« Theo blähte seine Brust auf. »In zwei Wochen werde ich der Alpha des Rudels *und* der neue königliche Berater werden und damit das Territorium von Oregon übernehmen.«

Mir stockte der Atem.

Das hatte ich nicht erwartet. Zeke war ein machthungriger Mistkerl. Das alles ergab überhaupt keinen Sinn, aber wenn er zugestimmt hatte, das Rudel heute Abend zu benachrichtigen, musste es wahr sein. Er hatte Theo noch nie einen Zeitrahmen genannt. »Zwei Wochen?« Ich legte den Kopf schief.

Er nickte. »Nach der Krönung. Deshalb hat Dad die Rolle des königlichen Beraters noch nicht auf mich übertragen – er will bei der Krönung des Königs dabei sein, weil die Königin seine beste Freundin war und Samuel ihr Sohn ist.«

Das war nur schwer zu glauben. Nach allem, was ich erfahren hatte, war die Königin eine wundervolle Person gewesen. Dass Zeke ihr bester Freund gewesen sein sollte, erschien mir unwahrscheinlich.

»Hey, das ist großartig«, sagte Pearl, während Charles Theo auf die Schulter klopfte. Obwohl Theo die beiden gezwungen hatte, herzukommen, hielten sie sich zurück, da er nun in absehbarer Zeit ihr Alpha sein würde. Dann würde ihre Kriecherei sicher nur noch schlimmer werden.

Ich lächelte, dieses Mal aufrichtig. »Herzlichen Glückwunsch.« Dass Zeke die Kontrolle abgab, war beruhigend, und auch wenn er seinem Sohn weiterhin beratend zur Seite stehen würde, wäre es nun Theo, der die endgültigen Entscheidungen treffen würde.

»Womit ich wieder bei dem Grund wäre, warum *ich* heute hergekommen bin.« Theo strich mir über die Wange. »Es wird langsam Zeit für mich, über meine Zukunft nachzudenken, und ich möchte sicherstellen, dass du ein Teil davon bist. Um meine Absichten zu beweisen, sind Charles und Pearl hier, um sich bei dir zu entschuldigen.«

Zum Glück verhinderte der Schock, dass mir eine bissige Bemerkung über die Lippen kam. Meine Worte steckten mir im Hals fest. Ich räusperte mich. »Das müssen sie nicht.« Was sollte es schon bringen, wenn sie es ohnehin nicht ernst meinten? Es würde nur ihren Groll schüren.

Theo strich mit dem Daumen über meine Wange. Er nickte. »Sie werden es tun. Ich habe ihnen bereits gesagt, dass sie es müssen.«

Er drehte sich um und stupste Charles an die Schulter.

Charles zuckte zusammen und räusperte sich. »Es tut mir leid, dass du schwach bist«, knurrte er.

Ich schnaubte und konnte es nicht unterdrücken, obwohl meine Rippen sich sofort schmerzhaft meldeten. »Tut es dir auch leid, dass ich Sauerstoff brauche?«

Charles lächelte säuerlich. »Ja, das auch.«

Ich schätzte seine Ehrlichkeit. Es hatte keinen Sinn, zu lügen; das wussten wir alle.

»Das ist nicht gut genug«, knurrte Theo und seine Augen leuchteten.

Ein bitterer Geschmack erfüllte meinen Mund. Hier ging es nicht um Wiedergutmachung. Nicht wirklich. Es ging darum, dass Theo als Alpha auftrat, um ihnen zu beweisen, dass sie ihm gehorchen mussten, und um mir zu beweisen, dass er ein guter Gefährte sein würde. Bodey und die anderen würden es von den Rudelmitgliedern aus den anliegenden

Häusern erfahren, und ich vermutete, dass das auch ein Teil von Theos Motiv war.

»Gut.« Charles verschränkte die Arme vor der Brust. »Wir hätten dich nicht *alle* angreifen sollen.«

Das war zwar immer noch keine Entschuldigung, aber Theo schien zufrieden. Er nickte Pearl zu.

Pearl schnappte nach Luft. »Es tut mir leid, dass ich nicht mehr getan habe. Immerhin bist du meine *Schwester*.« Das letzte Wort triefte vor Verurteilung.

Ihr tat es nur leid, dass sie mich nicht schlimmer verletzt hatte.

Dann nickte Theo mir tatsächlich zu, als sollte ich nun etwas sagen.

Ich schwieg. Ich weigerte mich zu sagen, dass jetzt alles in Ordnung sei oder dass ich ihnen verziehen hatte. So dumm war ich nicht. Die beiden hatten sich nicht wirklich entschuldigt, sondern nur gerade so viel gesagt, wie Theo hören wollte.

»Hast du denn gar nichts zu sagen?«, fragte er und sah mich herausfordernd an.

Sag nichts, meldete sich eine leise Stimme in meinem Kopf zu Wort. *Halte einfach deinen Mund.* Alles, was ich sagen konnte, würde Theo nur verärgern, weil es nicht das war, was er hören wollte, und ich weigerte mich, das Spiel, das Charles und Pearl spielten, mitzuspielen. »Denkst du nicht, dass es für euch drei Zeit ist, zu gehen?«

Ja, offenbar sehnte ich mich wirklich nach dem Tod.

Theos Kiefer verkrampfte sich, und Charles und Pearl grinsten. Sie wollten, dass er wütend auf mich war.

Plötzlich öffnete sich das Garagentor. Meine Knie begannen zu zittern. Bodey war zurück, und wenn Theo nicht gehen würde, würde die Sache eskalieren.

Theo stellte seine Füße schulterbreit auseinander, bewegte sich aber abgesehen davon kein Stück.

»Denkst du wirklich, dass es klug ist, hier zu sein?«, fragte ich, und seine Augen verengten sich.

Ich sagte wirklich immer die falschen Dinge. Was war nur los mit mir?

Die Tür zum Zwischenraum an der Küche öffnete sich und kurz darauf hörte ich schwere Schritte. Es gab keinen Zweifel daran, dass es Bodey und die anderen waren.

Sie marschierten den Flur entlang auf uns zu.

Mit versteinerter Miene stürmte Bodey ins Wohnzimmer. Es war erst das zweite Mal, dass ich ihn so sah. Es beunruhigte mich, nicht die Freundlichkeit und Wärme zu spüren, die er normalerweise ausstrahlte. Dies war nicht der unbeschwerte Mann, der mich beim Frühstück geneckt und am Abend zuvor für mich Gitarre gespielt hatte. Dies war ein mächtiger Alpha, mit dem man sich nicht anlegen sollte.

Theo sah ihm in die Augen, obwohl seine Unterlippe zitterte.

Bodey stellte sich beschützend neben mich und legte eine Hand auf meinen Rücken. Die Wärme seiner Berührung ließ die Schmetterlinge in meinem Bauch Loopings fliegen. Dennoch hätte ich seiner Berührung ausweichen sollen, vor allem, als ich sah, dass sich Theos Gesicht vor Wut verzog, aber ich wollte nicht, und so blieben meine Beine fest an ihrem Platz.

»Was zum Teufel ist hier los?«, zischte Bodey.

Schweißperlen standen Theo auf der Stirn. »Charles und Pearl hatten Callie etwas zu sagen, und ich wollte nur sehen, wie es ihr geht.«

Nun betraten auch die drei anderen Berater den Raum und blieben hinter uns stehen. Ich war nicht überrascht, als ich Jacks Stimme hörte. »Oh ... und was haben die beiden zu sagen?«

Bevor Theo auch nur den Mund öffnen konnte, antwortete ich. »Dass es ihnen leidtut, dass ich schwach bin und Sauerstoff brauche. Als Theo dann meinte, das sei nicht gut genug, sagte Charles, es täte ihm leid, dass sie mich *alle* angegriffen hätten, während meine Schwester sagte, es täte ihr leid, dass sie nicht *mehr* getan hat.«

Lucas schnaubte. »Das kann doch nicht euer verdammter Ernst sein.«

Theos Gesicht errötete. »Sie sind hier, um sich zu entschuldigen.«

»Dann haben sie beide versagt.« Bodeys Nasenlöcher blähten sich. »Sie haben sich für *nichts* entschuldigt.«

Jack trat an meine andere Seite und sah Theo von oben herab an. »Früher empfand ich es als seltsam, dass Zeke die Rolle des Beraters nicht an dich abgegeben hat, als unsere Eltern es getan haben, aber jetzt weiß ich, warum. Du bist ein Idiot.«

Ich hustete und musste mein Lachen unterdrücken. Das Atmen fiel mir plötzlich viel leichter, und ich spürte, wie ich mich langsam für Jack erwärmte. Er sagte immer genau das, was ihm gerade durch den Kopf ging, und das fand ich bewundernswert.

»Jack«, murmelte Miles warnend.

»Er hat recht.« Lucas zuckte mit den Schultern. »Theo sollte nicht hier sein, aber die Tatsache, dass er die beiden mitgebracht hat, macht mich einfach nur sprachlos.«

»Ihr vier habt euch in die Angelegenheiten unseres Rudels eingemischt.« Theo deutete auf die anderen Berater. »Ihr seid in unser Territorium gekommen, in unsere Siedlung, und habt dann eines unserer Rudelmitglieder entführt. Es ist nur fair, dass wir nach ihr sehen dürfen.«

Bodey drängte sich vor mich und drückte seinen Rücken sanft an meine Brust, sodass ein Teil von mir nicht zu sehen war. »Wir haben eines eurer Rudelmitglieder nur mitgenommen, weil ihr es misshandelt habt. Und da du angedeutet hast, dass du Gefühle für sie hast, sollte man meinen, dass du uns dankbar dafür wärst, dass wir sie beschützt haben. Vor allem, da du dich ja geweigert hast, es selbst zu tun.« Ich konnte spüren, wie er vor Wut kochte.

Als Theos rechte Schulter sich anspannte, wusste ich genau, was er vorhatte.

Er wollte Bodey schlagen.

Mein Atem stockte, als Theos Arm sich hob.

»Hey ...«, sagte ich und trat vor. Meine Rippen schrien, aber dann schlug Theo tatsächlich zu.

Bodey duckte sich, sodass Theo nur die Luft traf, und schlug ihm dann in den Bauch. Theo stöhnte, während er einen Meter zurück und gegen die Wand stolperte.

Mit geweiteten Augen sahen Charles und Pearl, wie ihr zukünftiger Alpha einen schweren Schlag einstecken musste. Keiner von ihnen rührte sich, um ihm zu helfen.

Jack gluckste hinter mir.

Ich wollte einen Blick über meine Schulter werfen, um zu sehen, was so lustig war, aber die Gefahr spielte sich vor mir ab, und etwas in mir weigerte sich, den Fokus zu verlieren.

Theo richtete sich auf, seine Nasenlöcher blähten sich auf und seine Augen glühten, als sein Wolf nach vorn stürmte.

Wenn nicht jemand diesen Streit zwischen ihm und Bodey beendete, würden die Dinge eskalieren. Ich schaute Charles an, in der Hoffnung, dass er etwas tun würde, um einzugreifen, aber er stand einfach nur da.

Das Glühen in Theos Augen wurde heller. Er würde wieder angreifen.

»Theo ...«, begann ich, aber ich hätte genauso gut schweigen können.

Theo senkte den Kopf und griff Bodey erneut an, der jedoch wieder auswich. Während Theo an ihm vorbei stürmte, stellte Bodey seine Füße breit auf und schlang einen Arm um Theos Taille, um ihn abzufangen.

Bodey knurrte, als er Theo nach hinten stieß. Theo verlor den Halt und stieß gegen Charles, der aufschrie, als er den Halt verlor und nun ebenfalls fiel. Er landete auf Theo, sein Kopf schlug gegen Theos Oberschenkel und verfehlte nur knapp seinen Schritt.

Für ein paar Sekunden war es vollkommen still. Dann brachen Jack und Lucas in lautes Gelächter aus. Bodeys Gesicht blieb wie versteinert, seine Schultern angespannt. Er ging auf Charles und Theo zu, und ich ergriff seinen Arm und ignorierte den stechenden Schmerz, der durch meine Brust schoss.

»Bitte nicht, es ist vorbei.« Ich verstand, was Bodey vorhatte – er wollte mich beschützen –, aber er und Theo machten meine Situation nur noch viel schlimmer. Theo verschlimmerte die Situation zwischen mir und den anderen Rudelmitgliedern, während Bodey die Spannungen zwischen Zeke, Theo und mir verstärkte. Zeke war wegen all dem bereits ausgerastet, was überhaupt erst dazu geführt hatte, dass Bodey mich mitgenommen hatte. Jetzt war Theo entschlossen, zu beweisen, dass er mich am besten beschützen konnte. Was für ein Chaos.

Wenigstens einer Sache war ich mir mittlerweile vollkommen sicher: Ich würde nie wieder im Hells Canyon spazieren gehen.

Bodeys Körper zitterte, als ob sein Wolf und meine Bitte

miteinander kämpften. Ich musste es noch einmal versuchen. »Tu es für mich.«

Augenblicklich beruhigte er sich. Während Charles und Theo sich aufrappelten, herrschte betretenes Schweigen. Pearl bewegte sich keinen Zentimeter, um zu helfen, stattdessen wanderte ihre Aufmerksamkeit zwischen Bodey, Theo und mir hin und her.

»Okay, wir müssen uns *alle* beruhigen«, sagte Lucas nach einer Weile und stellte sich zwischen Theo und Bodey. »Dieser Scheiß hilft niemandem weiter.«

»Oh, ich weiß nicht.« Jack schnaubte. »Nach einem verdammt langweiligen Morgen war das genau das, was ich brauchte. Ein kleiner schwanzloser Idiot, der den Arsch versohlt bekommt.«

Bodey verkrampfte sich wieder, und ich drückte beruhigend seinen Arm, um ihn daran zu erinnern, dass ich da war. Er entspannte sich sofort.

Eine riesige Gestalt trat neben mich, und ich war nicht überrascht, dass es Miles war. Er war der Ruhigste der Gruppe, er bewegte sich sogar vollkommen lautlos. Seine Aufmerksamkeit war nun auf mich gerichtet, die Augenbrauen leicht erhoben.

»Kleiner schwanzloser Idiot?«, zischte Theo und fokussierte sich nun auf Jack. »Ich werde es dir zeigen ...« Er stürzte sich auf ihn, aber Bodey stieß ihn zurück.

»Oh ja, bitte«, spottete Jack. »Wir würden alle gerne sehen, wie groß deine Eier sind.«

Lucas zuckte zusammen. »Seine Eier stehen definitiv nicht auf der Liste von Dingen, die ich gerne sehen will.«

»Haltet die Klappe«, knurrte Bodey. »Jetzt ist nicht der richtige Zeitpunkt für diesen Scheiß.«

Durch Jacks dumme Kommentare hatte sich die Situation jedoch ein wenig entspannt, was vermutlich auch der Sinn dahinter gewesen war. Ich versuchte, um Bodey herumzugehen, um näher an Theo heranzukommen, aber Bodey hielt mich zurück.

Natürlich bemerkte Theo das. »Wenn Callie zu mir kommen will, kann sie das tun. Es gibt keinen Grund, sie daran zu hindern.«

»Oh doch, den gibt es«, knurrte Bodey und sein Körper bebte. »Du bist irrational und sprunghaft. Wenn dir nicht gefällt, was sie sagt, könntest du sie genauso angreifen, wie du auch *mich* angegriffen hast.«

Pearl runzelte die Stirn. Charles blieb still wie eine Statue, entschlossen, sich nicht einzumischen.

»Du kannst mich nicht von meinen eigenen Rudelmitgliedern fernhalten«, sagte Theo, »und du kannst nicht so tun, als wärst du besser als ich. In zwei Wochen werde ich den gleichen Rang haben wie ihr vier.«

»Das kann schon sein, aber du wirst trotzdem niemals so sein wie wir.« Bodey rümpfte die Nase. »Du bist zu sehr auf dein Rudel und deinen Besitz fixiert, anstatt dich für dein Volk einzusetzen. Du und dein Vater seid erbärmlich.«

Miles zuckte zusammen. »Bodey ...«

Theos Augen glühten erneut und er fletschte die Zähne. »Wir sind nicht erbärmlich, und wir sind alle gleichrangig, also pass besser auf, was du sagst.«

»Du lässt zu, dass deine Rudelmitglieder und dein Alpha ein Mädchen schikanieren, für das du angeblich Gefühle hast. Dann, als du endlich beschließt, dass du ein Anführer sein willst, zwingst du die beiden, herzukommen, um sich zu entschuldigen, obwohl sie das gar nicht wollen, und zeichnest ihr damit nur eine noch größere Zielscheibe auf den Rücken. Also entweder bist du einfach nur dumm oder rachsüchtig. So oder so, du bist ein Arsch.« Jack schüttelte den Kopf. »Eine gute Tracht Prügel würde dir vermutlich nicht schaden.«

Miles kniff sich in den Nasenrücken, schwieg aber.

Diese Konfrontation drohte zu implodieren, und das alles geschah nur, weil ich hier war. Ich versuchte, mich nicht mit ›Was-wäre-wenn‹-Fragen zu beschäftigen, was mir in diesem Fall jedoch ziemlich schwerfiel.

Theo streckte einen Finger aus, seine Hand zitterte. »Ich? *Ich* habe ihr eine Zielscheibe auf den Rücken gezeichnet? Finde ich es gut, dass du dich einmischst und Callie hilfst? Ja. Aber du hast es versaut, als du am nächsten Morgen nach ihr sehen wolltest. Wir hatten alles im Griff.«

»Hört mal, Jungs, *bitte*.« Dieses Mal trat ich um Bodey herum und ließ ihn los. »Wir führen hier immer wieder das gleiche Gespräch. Wenn ihr beide aufhören würdet, einander an die Gurgel zu gehen, würde ich sicher viel schneller heilen. Je mehr ich mich ausruhe, desto schneller kann mein Körper heilen, und sich mit euch herumzuschlagen, ist *keine* Erholung.« Ich drehte mich zu Theo um und hob die Hände. »Ich habe es verstanden. Dir und Zeke gefällt es nicht, dass ich hier bin, aber so ist es nun mal. Zeke wurde überstimmt, also lass es bitte gut sein. Ich weiß deinen Versuch zu schätzen, Charles und Pearl dazu zu bringen, sich bei mir zu entschuldigen, aber sie meinen es beide nicht ernst. Hör einfach auf. Du bist vielleicht ihr zukünftiger Alpha, aber das bedeutet nicht, dass du ihnen vorschreiben kannst, wie sie sich fühlen sollen.«

Charles schnaubte, und Bodey warf ihm einen finsteren Blick zu.

»In zwei Wochen ...«, begann Theo.

»Jaja, in zwei Wochen bist du der Alpha«, sagte Jack scherzhaft. »Glaub mir. Das wissen wir mittlerweile. Du hast es schon mehrfach erwähnt, seit ich hier stehe.« Dann sah er mich an. »Wiederholt er sich immer so? Oder ist euer Rudel so dumm, dass er ständig beteuern muss, wie stark er ist?«

Das hatte ich mich tatsächlich auch schon oft gefragt. Ich hatte es satt, das immer wieder zu hören, aber gedacht, dass es vermutlich nur mir so ging.

»Dir ist schon klar, dass ihr ihm in zwei Wochen Respekt erweisen müsst.« Pearl hielt ihren Blick nach unten gerichtet, obwohl sie ihr Kinn anhob. »Wenn er euch ebenbürtig ist.«

Natürlich stellte sie sich auf Theos Seite. Sie wollte beweisen, dass sie mehr wert war als ich, und ich hoffte, dass es ihr ausnahmsweise gelang. Vielleicht konnte sie etwas von der Aufmerksamkeit von mir ablenken.

Bodey schnaubte. »Respekt muss man sich verdienen. Nur weil er den gleichen Titel hat, müssen wir ihn nicht anders behandeln. Aber das spielt keine Rolle, denn ich war derjenige, der deiner Schwester *geholfen* hat. Du solltest froh sein, dass sie hier ist.«

»*Adoptivschwester*«, murmelte sie wieder leise.

Die peinliche Stille, die folgte, löste in mir den Drang aus, einfach aus dem Zimmer zu rennen. Vielleicht würden sich alle beruhigen, wenn die Ursache des Problems nicht mehr hier wäre.

Um Theo zu beruhigen, ging ich auf ihn zu und berührte ihn vorsichtig an der Schulter. Hoffentlich würde Jack dieses Mal ruhig bleiben und meinen Versuch, die Spannung zu entschärfen, nicht zunichtemachen.

Theos Blick wandte sich mir zu und wurde weicher; plötzlich erinnerte er mich an den kleinen Jungen, der sich immer mit mir im Wald versteckt hatte. Damals war er mein einziger Freund gewesen. Derjenige, dem ich am meisten auf der Welt vertraute. Je älter wir wurden, desto weniger Zeit verbrachten wir miteinander.

»Es ist eine beschissene Situation für uns alle, und es tut mir leid.« Ich zwang mich zu einem Lächeln, und es war das

Schwerste, was ich je getan hatte. »Ich werde bald wieder zu Hause sein.«

Das schien ihn zu beruhigen, und keiner der Berater fügte etwas hinzu. Den Göttern sei Dank.

»Du hast recht. Das kann auch für dich nicht einfach sein.« Theo runzelte die Stirn. »So habe ich das noch gar nicht gesehen. Du bist diejenige, die gezwungen ist, hierzubleiben.«

Ich brauchte mich nicht umzudrehen, um den Unmut zu spüren, der von den Beratern ausging. Theo war offenbar entschlossen, jede Gelegenheit zu nutzen, sie zu beleidigen.

Ich konnte jedoch nicht hier stehen und zulassen, dass die Berater mich für undankbar hielten ... vor allem nicht Bodey.

»Alle hier sind sehr nett zu mir, aber ich vermisse meine Freunde und meine Familie.« Vor allem Stevie, aber das sagte ich besser nicht. Sie war das, was einer Familie am nächsten kam, kurz danach Mom und Dad. Sie kümmerten sich um mich und versuchten, mich genauso zu behandeln wie meine Geschwister, aber es war offensichtlich, dass ich nicht blutsverwandt war.

»Du solltest dich jetzt ausruhen, damit du bald nach Hause kommen kannst.« Theo biss sich auf die Unterlippe. Er wirkte nicht glücklich, aber es gab nichts, was er tun konnte. »Lasst uns gehen«, sagte er zu Pearl und Charles.

Ich ließ meine Hand von Theos Arm fallen. Ich hatte vermutet, dass meine Berührung ihn beruhigen würde, weil ich spürte, dass er meine Zustimmung wollte, aber ich war überrascht, dass diese kleine Geste auch Auswirkungen auf Bodey zu haben schien. Vielleicht hatte er Angst, dass Theo mich wegstoßen und noch mehr verletzen würde.

»Das ist eine ausgezeichnete Idee«, sagte Bodey, als er sich wieder neben mich stellte und eine Hand auf meinen Rücken legte. »Aber lass mich eines klarstellen – wenn du noch einmal herkommst, ohne vorher mit mir zu sprechen, und Callie einfach so überfällst, werde ich mehr tun, als dir nur in den Arsch zu treten.«

Theo schluckte und nickte, obwohl seine Aufmerksamkeit immer wieder zu der Stelle zurückfand, an der Bodey mich berührte. Er schlenderte zu mir hinüber und zog mich von Bodey weg und in seine Arme.

Ich stöhnte vor Schmerzen auf.

»Du tust ihr weh«, knurrte Bodey.

»Oh, Scheiße.« Theo ließ mich los und trat einen Schritt zurück. »Es tut mir *so* leid. Daran habe ich gar nicht gedacht.« Er streichelte meine Wange, und ich musste die Zähne zusammenbeißen. Gerade als ich dachte, es könnte nicht mehr schlimmer werden, beugte er sich herunter und küsste mich auf dieselbe Wange. Ich zuckte zusammen, unfähig, meine Gefühle unter Kontrolle zu halten.

Seine Lippen waren warm und rau, was, wie ich jetzt wusste, eine furchtbare Kombination war. Sobald er sich zurückzog, spürte ich eine kalte, feuchte Stelle auf meiner Wange. Der Drang zu würgen war überwältigend, also wischte ich den Speichel schnell mit meinem Ärmel weg.

Jack schnaubte hinter mir, sagte aber zum Glück nichts. »Ich rufe dich heute Abend an«, sagte Theo leise.

»Okay.« Ich lächelte. Wir mussten unbedingt über diese ganze Gefährten-Sache reden, auf die er immer noch so fixiert war. Ich wollte nicht bei meinem Rudel bleiben, auch wenn er die Rolle des Alphas übernehmen würde. Dafür war zu viel passiert, das nicht wieder ungeschehen gemacht werden konnte. Sie hatten mich die letzten siebzehn Jahren respektlos behandelt und ich war mir sicher, dass sich das auch in Zukunft nicht ändern würde.

»Lasst uns gehen«, sagte Theo an Charles und Pearl

gewandt. Er ging zuerst, Pearl folgte ihm und nickte mir nur zu. Charles beachtete mich nicht einmal.

Sobald die drei weg waren, knallte Bodey die Tür zu. Dann drehte er sich um, seinen Blick auf mich gerichtet.

Nervös strich ich mir eine Haarsträhne hinters Ohr.

Jack kicherte. »Das hat *Spaß* gemacht . Ich wünschte, er hätte mehr geredet, dann hätte ich mich auch mehr einmischen können.«

»Nein, das war echt *beschissen*. Theo ist noch unberechenbarer als Zeke.« Lucas knackte mit den Fingerknöcheln. »Wie sollen wir mit dem umgehen, was hier passiert ist? Du weißt, dass Zeke wahrscheinlich Bescheid wusste, dass er hierherkommen würde.«

»Nach dem, was im Buch über die letzte Krönung steht, hat sich Theo genauso verhalten wie Zeke damals: verzweifelt bemüht, seine Stärke und Dominanz zu beweisen.« Miles atmete tief durch. »Es ist das Beste, wenn wir ihn und sein Verhalten einfach ignorieren.«

Bodey rieb seine Hände aneinander und runzelte die Stirn. »Da stimme ich zu. Wir sollten kein Öl ins Feuer kippen. Geht ihr bitte zum Haus meiner Eltern und erzählt ihnen, was passiert ist. Mom muss die Augen offen halten, falls Theo zurückkommt.«

Sofort richtete ich meinen Rücken auf. Meine Rippen fanden das überhaupt nicht gut, aber das war mir egal. Bodey tat so, als könnte ich nicht auf mich selbst aufpassen. »Ich brauche keinen Babysitter.«

Bodeys Mundwinkel verzogen sich leicht, er versuchte, nicht zu lächeln. »Ich sage ja nicht, dass sie hier bei dir bleiben soll. Sie wird nur ein Auge auf dich haben. Immerhin hast du die Tür geöffnet, ohne mir vorher Bescheid zu geben.«

Glaubte er etwa, dass das so viel besser war?

»Verbinde dich einfach gedanklich mit deinen Eltern, so,

wie wir es mit unseren tun.« Jack tippte sich an den Kopf. »Dann kannst du es ihnen selbst sagen.«

»Du solltest besser aufpassen.« Ich hob mein Kinn und sah Bodey mit zusammengekniffenen Augen an. »Wenn du etwas sagst oder tust, was Bodey nicht gefällt, könnte er Janet einschalten, so wie er es bei mir macht.«

Lucas lachte, verstummt aber kurz darauf.

Bodey sah erst ihn und dann mich an. »Ich brauche einen Moment mit Callie. Allein.«

»Okay Jungs, lasst uns mit Janet reden.« Miles schlenderte an mir vorbei und klopfte Jack und Lucas auf die Schulter. »Sie hat wahrscheinlich ohnehin gerade ein tolles Mittagessen vorbereitet.«

»Ich bin dabei, du hast mich mit Mittagessen überzeugt.« Lucas rieb sich den Bauch. »Ich bin am Verhungern.« Er packte Jacks Arm und zog ihn zur Tür hinaus.

»Werdet ihr gleich nachkommen?«, fragte Miles.

»Nein. Callie muss sich dringend hinlegen, also bleiben wir hier. Ich werde uns etwas kochen«, antwortete Bodey, ließ mich jedoch nicht aus den Augen.

»Okay. Wir sind in dreißig Minuten wieder da, damit wir rechtzeitig zurück nach Grangeville fahren können.« Miles schlenderte zur Tür hinaus und ließ uns beide allein zurück.

Keiner von uns sagte etwas, und mein Puls pochte in meinen Ohren. Ich war immer noch wütend darüber, dass er wollte, dass seine Mutter auf mich aufpasste. Ich fühlte mich wie ein Kind, nicht wie eine zweiundzwanzigjährige Frau.

Schnaufend nahm er meine Hand in seine. Seine indigoblauen Augen strahlten Wärme aus, als er mich musterte. »Geht es dir gut?«

»Natürlich geht es mir gut.« Aus irgendeinem Grund konnte ich mich nicht dazu durchringen, meine Hand von seiner zu nehmen. Im Gegensatz zu Theos Berührung genoss ich Bodeys, und die Wärme beruhigte etwas in mir.

»Offen gestanden fällt es mir schwer, das zu glauben.« Er grinste. »Bist du verärgert über deine Besucher oder darüber, was ich bezüglich meiner Mutter gesagt habe?«

Meine Kehle schnürte sich zusammen. »Mit Theo kann ich umgehen ... aber du willst wirklich, dass deine Mutter auf mich aufpasst?«

Er zog eine Augenbraue hoch und trat einen Schritt näher, sodass sein himmlischer Duft mich einhüllte. »Du hättest mir eine Nachricht schicken können, dass er hier ist und es dir anscheinend nicht gefällt, wie er dich berührt und küsst. Ich versuche nur, dich zu beschützen.«

Er hatte recht. »Das verstehe ich, aber ich muss mit ihm reden und ihm sagen, dass er und ich nicht zusammenkommen werden. Ich wollte es nur nicht tun, während Pearl und Charles hier sind.« Wenn ich Theo vor allen Leuten abwies, würde sein Ruf darunter leiden. Und das wollte ich nicht.

»Er ist nicht sonderlich klug, deshalb bin ich mir ziemlich sicher, dass er zurückkommen wird. Was, wenn er wieder andere Rudelmitglieder mitbringt? Er weiß offensichtlich, dass du ihn vor den anderen nicht zurückweisen wirst.« Er hob eine Augenbraue.

Als ich zu ihm aufsah, verflog mein Ärger. Er wollte wirklich nur das Beste für mich und schien ernsthaft besorgt. »Dir ist schon klar, dass du nicht mehr da sein wirst, um mich zu beschützen, wenn ich zurückkehre, oder? Also ... kannst du mich auch jetzt herausfinden lassen, wie ich mit dieser Theo-Situation umgehen soll, während ich hier bin. Ich muss mit ihm reden. Er versucht nur, mich auf seine eigene fehlgeleitete Art zu beschützen.«

»Ist *dir* klar, dass du mich nicht loswirst, auch wenn du zu deinem Rudel zurückkehrst?« Er strich mir über die Wange und es kam mir so vor, als würde er mir direkt in die Seele sehen. »Ich werde immer noch für dich da sein. Du bist zu besonders und hast ein viel zu gutes Herz, als dass dich jemand ausnutzen sollte. Das werde ich nicht zulassen.«

Bei seinen Worten wurde mir ganz warm ums Herz.

Ich wusste nicht, was los war, aber meine Gefühle für ihn wurden immer intensiver, und dabei kannten wir uns doch kaum.

Dann legte er seine Stirn an meine. »Ich werde immer hier sein und dich beschützen. Wenn irgendetwas passiert, brauchst du nur nach mir zu rufen. Ich werde alles stehen und liegen lassen, um zu dir zu kommen.«

Meine Augen brannten, und mein Atem ging rasend schnell, trotz der Schmerzen, die mich durchströmten. Dennoch wollte ich nicht, dass er mich losließ.

Ich starrte in seine Augen, als sie zu meinen Lippen hinunterwanderten. Ohne darüber nachzudenken, leckte ich mir über die Unterlippe.

»Du bist innerlich wie äußerlich wunderschön«, murmelte er.

Ein Teil von mir sehnte sich nach einem Kuss von ihm, aber der andere Teil fürchtete sich auch davor.

KAPITEL ZWÖLF

Mit jeder Sekunde, in der Bodeys Lippen über meinen schwebten, krampfte sich mein Magen stärker zusammen, während Angst und Vorfreude in mir gegeneinander ankämpften.

Ich war wie erstarrt, versucht, den Abstand zwischen uns zu verringern, aber ich war nicht mutig genug, um es tatsächlich zu tun.

Bodey stieß einen frustrierten Atemzug aus und lehnte sich zurück. »Komm schon. Lass uns etwas essen und dich wieder ins Bett bringen.« Er nahm sanft meine Hand und führte mich in die Küche.

Auch wenn ich irgendwie erleichtert war, dass er mich nicht geküsst hatte, war der größere Teil in mir auch enttäuscht.

Ich war noch nie richtig geküsst worden. Niemand in meinem Rudel hatte mich je so gesehen, und Theo und ich waren nur Freunde gewesen, bis er sich vor Kurzem entschlossen hatte, mich zu seiner Gefährtin machen zu wollen. Abgesehen davon, dass meine Familie mich zu Hause unterrichtete, hatte ich kein Leben außerhalb des Rudels. Ich lebte in einer winzigen Welt.

Ich wollte, dass ich meinen ersten Kuss von jemandem bekam, den ich mochte und der mich gut behandelte, und das hatte, abgesehen von Bodey, noch niemand getan.

Trotzdem konnte ich die Angst nicht ignorieren, die in mir aufstieg. Wenn auch nur irgendetwas zwischen uns passieren würde, wäre es noch schwieriger, zu meinem Rudel zurückzukehren, und ich hatte bereits die Befürchtung, dass es schmerzlicher sein würde, ihn zu verlassen, als ich anfangs gedacht hätte. Obwohl er geschworen hatte, immer für mich da zu sein, würde es nicht dasselbe sein. Ich fürchtete mich bereits vor dem Ende der begrenzten Zeit, die wir noch zusammen hatten.

Ob ich es nun zugeben wollte oder nicht, er hatte etwas Besonderes an sich. Ich konnte nicht beschreiben, wie oder warum, aber es war, als ob ich ihn schon mein ganzes Leben lang kennen würde. Er war mir so vertraut, spendete mir Trost, und gab mir ein Gefühl der Sicherheit, wie ich es nie zuvor empfunden hatte.

Da ich keine andere Wahl hatte, folgte ich ihm in die Küche und ließ seine Hand nicht los, genoss die rauen Schwielen und den warmen Griff. Meine Hand kribbelte unter seiner Berührung, und ich versuchte, mir dieses Gefühl einzuprägen, genau wie seinen Geruch, denn Theo und Zeke waren fest entschlossen, mich von hier wegzubringen. Es war nicht abzusehen, wie viel Zeit mir noch blieb.

Bodey führte mich zu einem Barhocker und half mir, mich zu setzen. Von dort sah ich ihn zu, während er Sandwiches machte. Keiner von uns sagte ein Wort, aber aus irgendeinem Grund genoss ich die Stille. Ich konnte mit niemandem so gut schweigen wie mit ihm.

In den nächsten drei Tagen folgten wir einer ähnlichen Routine. Janet und Michael kamen vorbei, um das Frühstück zu machen, und die Berater und ihre Eltern gesellten sich zu uns.

Es war seltsam, zu sehen, wie all diese starken Männer miteinander auskamen, ohne dass sich einer vom anderen bedroht fühlte, aber genau das hatten diese vier Familien erreicht. Sie waren nicht nur Verbündete, sondern Freunde.

Jeden Morgen, wenn Bodey ging, musste ich ihm versprechen, ihm eine Nachricht zu schicken, falls etwas passierte. Jeden Tag stimmte ich aufs Neue zu, weil ich wusste, dass Bodey sich um mich sorgte.

Jeden Tag, kurz nachdem sie gegangen waren, rief Theo an – so als hätte er gewartet, bis sein Vater aufgebrochen war, um sich mit den anderen Beratern zu treffen, weil er dann wusste, dass ich allein sein würde. Ich versuchte, mit ihm über unsere gemeinsame Zukunft zu sprechen, oder eher gesagt darüber, dass es keine geben würde, aber er unterbrach mich jedes Mal und sagte, ich müsse ihm eine Chance geben, sich mir zu beweisen, wenn ich nach Hause käme.

Aber die Sache war die, dass ich *wusste,* dass ich diese Gefühle für Theo nie entwickeln würde, nicht wenn ich so für Bodey empfand, wie ich es nun tat. Mit jedem Tag, der verging, fühlte ich mich mehr zu ihm hingezogen. Es lag nicht nur an der Art, wie er sich um mich kümmerte, sondern auch daran, wie er seine Freunde und seine Familie behandelte. Der Gedanke, ihn zu verlassen, war schlimmer als der Schmerz, den ich durch meine gebrochenen Rippen erleiden musste.

Sie heilten zwar, aber sie schmerzten immer noch. In ein paar Tagen würde es mir sicherlich wieder gut gehen, was bedeutete, dass meine Zeit hier sich dem Ende zuneigte. Wahrscheinlich würde ich am Montag wieder bei meinem Rudel sein.

Der Gedanke daran machte mich nervös. Ich hatte mich ausgeruht und erholt, aber langsam fiel mir die Decke auf den Kopf.

Ich musste nach draußen und frische Luft schnappen.

Da ich Bodey nicht beunruhigen wollte, schrieb ich ihm eine Nachricht und informierte ihn über mein Vorhaben. Er antwortete sofort und bat mich, vorsichtig zu sein und ihn zu benachrichtigen, falls ich mich auch nur ein bisschen unwohl fühlte.

Ich konnte nicht anders, als über seine Bemerkung zu lächeln. So sehr sogar, dass meine Wangen wehtaten. Ja, das war nicht gut, aber ich fürchtete, dass der Schaden ihm bezüglich bereits angerichtet war.

Da ich keinen Schlüssel hatte und die Vordertür nicht unverschlossen lassen wollte, falls Theo wieder vorhatte mir einen Besuch abzustatten, ging ich durch die Hintertür, die auf eine Terrasse führte. Falls jemand versuchte, auf diese Weise einzudringen, war die Wahrscheinlichkeit größer, dass Bodeys Rudel es bemerken würde.

Ich ging durch seinen Garten, der Rasen war trotz des kühleren Wetters immer noch saftig und grün. Als ich zwischen Bodeys Haus und dem seiner Eltern hindurchging, trat gerade Samuel durch die Haustür.

»Hey, du.« Er lächelte. »Schön, dich hier draußen zu treffen.«

Ich konnte mir ein Kichern nicht verkneifen und betrachtete seine Jeans und sein lässiges olivfarbenes Sweatshirt. Ich hob meine Augenbrauen. »Ich vermute, Bodey hat dir gesagt, dass ich spazieren gehe?«

»Mir und dem Rest des Rudels.« Er kicherte erneut. »Ich

hatte gehofft, du hättest nichts gegen etwas Gesellschaft. Ich habe gerade meine Hausaufgaben für heute beendet und muss mich dringend ein bisschen bewegen.«

»Sicher.« Ich hatte sehr viel Zeit allein verbracht, während Bodey weg war, um alles für die Krönung vorzubereiten. Obwohl Samuel abends bei uns war, saß er meist auf der Terrasse, mit einem Buch in der Hand.

Gemeinsam gingen wir in Richtung der Straße, und ich warf einen Blick zurück auf Bodeys modernes weißes Kolonialhaus, das sich immer mehr wie ein Zuhause anfühlte.

Als die kühle Februarbrise meine Haut berührte, hob ich mein Gesicht zum Himmel. Ein paar große, weiße Wolken waren zu sehen und die Sonne war schon halb untergegangen. Bodey würde in ein oder zwei Stunden wieder zu Hause sein.

»Warum hilfst du nicht bei der Planung deiner Krönung?« Angesichts seiner zukünftigen Rolle als König hatte ich erwartet, dass er stark involviert sein würde.

»Na ja, ich habe meinen Abschluss noch nicht.« Samuel errötete. »Und es gibt Gerüchte, dass Königin Kel die Gegend auskundschaftet und versucht, mich ausfindig zu machen, also ist es das Beste, wenn ich zu Hause bleibe und mich darauf konzentriere, die Schule zu abzuschließen, bevor ich gekrönt werde.«

Ich sah nach vorn und beobachtete die Straße. »Tut mir leid, dass du zu Hause unterrichtet wirst, ich weiß, dass es nervig ist.« Ich war mein ganzes Leben lang zu Hause unterrichtet worden, ganz im Gegensatz zu meinen Geschwistern und dem Rest meines Rudels. Obwohl ich viel besser in eine menschliche Schule gepasst hätte, da ich keine Verbindung zu meiner Wölfin aufbauen konnte, hatte Zeke mir verboten, eine öffentliche Schule zu besuchen. Ich war mir sicher, dass es daran lag, dass er nicht wollte, dass die anderen Rudel unter seiner Führung erfuhren, dass eine so schwache Wölfin in seiner Siedlung lebte.

»Ich finde es nicht so schlimm.« Er tippte sich an den Kopf. »Außerdem halten sie mich auf dem Laufenden. Wenn ich nächste Woche König werde, werde ich mich stark an der Führung unseres Territoriums beteiligen, und hoffentlich werden sich die Dinge wieder beruhigen.«

»Das muss ziemlich nervenaufreibend für dich sein.« Ich konnte mir gar nicht vorstellen, plötzlich so viel Macht zu haben. Er konnte so ziemlich alles tun, was er wollte, während ich nicht einmal mehr einen Job in einem Café hatte.

Er runzelte die Stirn. »Ja, so kann man es auch ausdrücken.«

Das war nicht die Reaktion, die ich erwartet hatte.

Wir gingen schweigend durch die Siedlung. Die Häuser waren entlang einer langen Straße gebaut, die sich über mehrere Meilen hinwegzog, bis sie in einer Sackgasse endete. Es gab nur eine Zufahrt, sodass es unwahrscheinlich war, dass sich Menschen hier unbemerkt aufhalten konnten. Zudem standen alle Häuser mit dem Rücken zum Wald. Da sie alle ähnlich modern wirkten, war ich mir sicher, dass sie in den letzten zehn bis fünfzehn Jahren gebaut worden sein mussten. Der Unterschied zwischen dieser Siedlung und der, aus der ich kam, bestand darin, dass die Häuser hier trotzdem alle ein wenig anders aussahen – sie waren nicht alle einheitlich gestaltet wie bei uns. Vielleicht wollten sich die Wölfe hier mehr an die menschliche Nachbarschaften anpassen.

Da ich Samuel vertraute und noch viele Fragen hatte, beschloss ich, sie einfach zu stellen. »Wirst du automatisch Alpha dieses Rudels, wenn du König wirst?« Das schien nicht richtig zu sein, denn Bodey fungierte hier als Alpha.

»Im Moment ist Bodey mein Alpha.« Samuel zuckte mit den Schultern und schob die Hände in die Taschen seiner

Jeans. »Aber wenn ich durch die Magie der Hexen zum König ernannt werde, wird mein Wolf Alpha über die fünf Berater, was mich im Grunde zu einem Teil eines jeden Rudels macht. Ich werde in der Lage sein, mit jedem in diesem Rudel zu kommunizieren. Trotzdem wird meine Beziehung zu den einzelnen Rudeln nicht so sein, wie die Beziehungen zu ihren aktuellen Alphas. Die fünf Berater werden wie mein Hauptrudel sein, und sich weiterhin um ihre eigenen Rudel kümmern.«

Das hörte sich kompliziert an. »Du und ich könnten uns also gedanklich verbinden – falls ich dazu überhaupt jemals in der Lage sein werde?« Zu diesem Zeitpunkt hatte ich berechtigte Zweifel, dass das jemals der Fall sein würde.

»Ja, wenn ich mich mit dir verbinden würde.« Er seufzte. »Ich verstehe es noch nicht ganz, aber ich glaube, dass einzelne Rudelmitglieder, abgesehen von den Alphas, sich nicht mit mir verbinden können, ich mich aber mit ihnen, wenn es nötig ist. Ich kann auch ihre Emotionen spüren.«

Das ergab Sinn. Magie funktionierte nicht ohne Grund auf eine bestimmte Art und Weise. Wenn sich jeder nach Belieben mit ihm verbinden konnte, war nicht abzusehen, worin die anderen Wölfe ihn hineinziehen würden. »Aber die fünf Berater können sich mit dir verbinden, wann immer sie wollen?«

Er nickte. »Ja, genauso wie du dich theoretisch mit Zeke verbinden könntest, wenn es dir möglich wäre.«

»Ich verstehe weiterhin nicht, warum du nicht der Alpha von Bodeys Rudel bist.« Wenn er stärker wäre als Bodey, dann wäre er der Alpha. So funktionierte es in der Welt der Gestaltwandler.

Er rieb sich das Kinn. »Als ich dem Rudel beitrat, war ich erst ein Jahr alt. Zu diesem Zeitpunkt konnte ich unmöglich Alpha werden, und weil ich so jung war, habe ich mich ihnen natürlich untergeordnet, obwohl ich nicht verstand, was ich da tat. Ich konnte mich nicht verwandeln, bis ich sechs war.«

»Aber als Bodey vor vier Jahren Alpha wurde, konntest du es. Warum bist du dann nicht Alpha des Rudels geworden?«

Samuel gluckste. »Weil ich es nicht wollte. Ich wusste, dass meine Zukunft darin bestand, König zu werden, also gab es keinen Grund, die Alphaposition zu übernehmen, vor allem, weil Bodey sie am Ende ohnehin bekommen hätte. Außerdem war ich auch zu diesem Zeitpunkt erst vierzehn, und Bodey ist ein hervorragender Anführer.«

Mit vierzehn war man eindeutig zu jung, um ein Rudel anzuführen. Samuel schien ein wirklich guter und kluger Kerl zu sein. Er hatte die Rolle von Bodey nie übernehmen wollen, auch nicht vorübergehend. Dennoch spürte ich, dass Samuel trotz des Lächelns, das er aufsetzte, in seinen Gedanken versunken war.

Sein aufgesetztes Lächeln erinnerte mich daran, wie ich lächelte, um die Erwartungen der Leute zu erfüllen. »Willst du ... kein König sein?«

»Nein«, antwortete Samuel. Dann weiteten sich seine Augen. »Ich meine ... natürlich will ich König sein.«

Ich hob eine Augenbraue. »Bist du dir sicher? Ich verspreche, ich werde es niemandem erzählen.«

Er musterte mich und schnaubte. »Nein, ich bin mir nicht sicher. Nicht wirklich.«

Ich sah ihn verwundert an. »Ach nein? Alle scheinen so begeistert davon zu sein, dass du bald auf dem Thron sitzen wirst. Ich dachte, dass ...«

»Dieses Rudel hier hat mich aufgezogen und beschützt, deshalb durfte ich auch nie zur Schule gehen. Sie wollten sichergehen, dass mich niemand als Alleinerben und Kind ausnutzt, vor allem, da der Südwesten seit einigen Jahren versucht, ihr Territorium zu erweitern.« Er verlangsamte sein Tempo und sprach etwas leiser. »Ich hatte großes Glück. Dieses Rudel hat mich aufgenommen, obwohl sie es nicht mussten, besonders Janet, Michael und Bodey. Aber ... ich hatte nie eine Wahl. Seit ich ein Kind war, wurde von mir erwartet, König zu werden, und das Letzte, was ich tun möchte, ist, jemanden zu enttäuschen.«

Jetzt erst verstand ich die Ironie dieser Situation. In gewisser Weise waren Samuel und ich uns sehr ähnlich, wenn auch auf eine gegensätzliche Art und Weise.

Wir waren beide gefangen in dem, was unsere Rudel von uns wollten.

»Die Wahrheit ist, dass ich lieber kein Anführer wäre, aber ich werde es tun, weil es meine Pflicht ist.«

»Weißt du, es ist schon komisch. Ich habe ein fast identisches Leben geführt wie du, aber aus vollkommen anderen Gründen. Ich durfte nicht zur Schule gehen wie die anderen Kinder in meinem Rudel, weil Zeke wollte, dass ich mich zu Hause verstecke. Er hat mich immer wieder daran gehindert, die Siedlung zu verlassen, und es mir unmöglich gemacht, einen Job außerhalb des Rudels zu bekommen und zu halten.«

Samuel schürzte seine Lippen. »Wirklich? Warum?«

Nervös verschränkte ich meine Finger miteinander. »Ich nehme an, sie schämen sich für mich, weil ich so schwach bin. Ich kann mich weder verwandeln noch mich gedanklich mit den anderen verbinden.«

»Das sind Idioten«, sagte Samuel und berührte meinen Arm. »Auch wenn du diese Dinge nicht kannst, weiß ich, dass du nicht schwach bist. Verdammt, du hast mich mit einer Lampe angegriffen, als deine Rippen gebrochen waren. Das hätten sich nicht viele Wölfe getraut, auch nicht jene, die angeblich stärker sind als du.«

Kichernd schüttelte ich den Kopf. »Oder es liegt an meiner verdammten Dickköpfigkeit.«

Er grinste. »Ein zusätzlicher Hinweis darauf, dass du stark bist.«

Mein Herz machte einen Sprung. Es gefiel mir, dass der zukünftige *König* die erste Person war, die mich stark nannte. »Du wirst ein guter König sein, aber ich kann verstehen, dass du diese Verantwortung nicht tragen willst. Allerdings darfst du auch nicht vergessen, dass du dadurch in der Lage sein wirst, anderen zu helfen. Du kannst etwas bewirken. Und du weißt, dass Bodey, Janet, Michael und die anderen Berater da sein werden, um dich zu unterstützen. Auch wenn ich den Druck hassen würde, würde ich es dennoch lieben, anderen zu helfen. So mächtig zu sein ist sicher nicht einfach, aber zumindest könnte man Leute an die Spitze stellen, die es verdienen, dort zu sein, und diejenigen absetzen, die andere nicht mit Respekt behandeln.«

»Ja, Janet und Michael sind großartig.« Er trat gegen einen kleinen Kieselstein auf der Straße. »Und Bodey ... nun ja, er ist der geborene Alpha. Ganz im Gegensatz zu mir. Tatsächlich bin ich eigentlich nur ein Ersatz, das alles sollte mir gar nicht passieren.«

»Ersatz?« Ich ballte eine Hand zu einer Faust. Ich hasste es, wie wenig ich über unsere Anführer wusste, und mittlerweile war ich mir sicher, dass Zeke mich und das ganze Rudel absichtlich unwissend gehalten hatte. Wenn wir erfahren hätten, woran die Berater und der König glaubten, wären sicher nicht alle von uns mit seiner Führung einverstanden gewesen.

»Ich hatte eine Schwester.« Er presste die Lippen aufeinander, und wir versanken in Schweigen.

Ich ließ ihm einen Moment Zeit, seine Gedanken zu ordnen, und sah mich in der Zwischenzeit um. Ein paar Leute waren in ihren Gärten und lächelten und winkten, als wir vorbeigingen. Kinder waren nicht zu sehen, aber sie würden sicher bald von der Schule nach Hause kommen. Dann sah ich einen älteren Mann, der sich um seinen Garten kümmerte, und eine Mutter, die mit ihrem Kleinkind draußen Fangen spielte, etwas, das kleine Wölfe besonders gerne machten.

»Ich erinnere mich nicht wirklich an meine Familie«, sagte er, nachdem wir einige Minuten geschwiegen hatten. »Ich habe nur eine Handvoll Fotos gesehen, weil die meisten bei dem Feuer zerstört wurden, das ihnen das Leben gekostet hat.«

Auch in diesem Punkt ähnelte sich unsere Geschichten. Ich erinnerte mich auch nicht an meine Familie, sondern nur an einzelne Bilder, die ich nicht einordnen konnte. Alle glaubten, dass ich mich nicht erinnern konnte, weil ich das Trauma verdrängte. »Warst du während dieses Feuers nicht zu Hause?«

»Ich war in meinem Zimmer. Es war spät in der Nacht, und mein Vater bat Michael, in die Villa zurückzukehren.« Er schlang die Arme um seinen Körper, als ob die Erinnerung so leichter zu ertragen wäre. »Als Michael ankam, stand die Villa bereits in Flammen.«

Mir wurde übel, während mein Geist ebenfalls das Bild von lodernden Flammen heraufbeschwor. »Hätte man den Brand nicht früher bemerken müssen?«

»Es ging alles viel zu schnell. Im Kamin des Arbeitszimmers meines Vaters gab es ein Gasleck und kurz darauf eine Explosion. Meine Mutter und meine Schwester waren offenbar dort, denn als Michael zu dem Flügel der Villa rannte, in dem meine Schwester und ich schliefen, war sie nicht in ihrem Zimmer. Nur ich war noch in meinem Kinderbett. Michael schnappte mich und verband sich gedanklich mit dem Rudel, um die Feuerwehr zu rufen. Es gab keine weiteren Überlebenden.«

Mein Herz verkrampfte sich schmerzhaft und tat sogar mehr weh als meine Rippen, die sich aufgrund des langen Spaziergangs stechend Aufmerksamkeit verschafften. »Warte. Du hattest also eine *Schwester*? Aufgrund ihres Geschlechts wärst du in jedem Fall König geworden. Du bist also kein Ersatz.« In dieser Hinsicht war die Gestaltwandler-Gesellschaft deutlich zurückgeblieben. Zeke hatte mehr als einmal deutlich gemacht, dass niemand einer Wölfin folgen würde.

»Nein, Michael hat mir erzählt, dass sie meine Schwester bereits auf die Führung vorbereitet haben. Dad und Mom beabsichtigten, sie zur nächsten Herrscherin zu ernennen, und nach dem, was Michael sagte, war ihre Wölfin eine der stärksten, der er je begegnet war.« Samuels Gesicht verzerrte sich schmerzhaft. »Außerdem hatte sie ein Herz aus Gold. Jeder wusste, dass sie die Art von Anführerin sein würde, die man brauchte, um die zersplitterten Territorien wieder zu vereinen.«

Ich schluckte schwer. Ich hasste es, dass er allein gelassen worden und dieses junge Mädchen mit einer glänzenden Zukunft zusammen mit dem König und der Königin gestorben war. Aber das Schicksal hatte seine eigene Art, die Dinge zu regeln. Samuel *sollte* König werden, so viel war klar. »Was meinst du mit ›Territorien vereinen‹? Sind wir nicht alle voneinander getrennt? Oder ist es nur das von Zeke?«

»Nach allem, was ich gehört habe, stand Zeke meinen Eltern damals sehr nahe. Damals war er nicht so störrisch wie jetzt, aber nein, das habe ich nicht gemeint.« Er breitete die Arme aus. »Die anderen vier Territorien sind über die Vereinigten Staaten verstreut – Südwesten, Mittlerer Westen, Alaska und das kleine Rudel draußen in North Carolina. Durch die Ausbreitung der Menschen und dadurch, dass die

Rudel um ihr begrenztes Territorium kämpfen, haben wir uns alle zurückgezogen und helfen uns nicht mehr gegenseitig.«

Jetzt tat mir das kleine Mädchen noch mehr leid. In so jungen Jahren zu wissen, dass ihre Eltern und die Alphas auf sie zählten, um alle Wolfswandler zu vereinen, wäre schwieriger gewesen, als sich nur um ein Territorium zu kümmern. Jetzt stand Samuel vor dieser gewaltigen Aufgabe – und das ohne seine Familie. Ich zitterte.

»Hey, lass uns umdrehen und zurückgehen«, sagte er sanft, seine Augen auf mich gerichtet. »Wir spazieren schon eine ganze Weile. Vermutlich zu lang für dich und deine Verletzungen.«

Wir hatten das Ende der Siedlung fast erreicht. Es war das erste Mal, dass ich nach dem Angriff so weit gelaufen war. Ich hatte mich vollkommen in unserem Gespräch verloren und mich vermutlich überanstrengt. Ich nickte, wir drehten um und machten uns auf den Rückweg.

»Falls es dich tröstet, ich glaube, du wirst ein toller König sein.« Ich tätschelte seinen Arm. »Normalerweise sind die Leute, die solche Positionen nicht wollen, genau die Leute, die an der Macht sein sollten.«

Er gluckste. »Vielleicht. Ich denke immer noch, dass Bodey ein großartiger Anführer ist. Er hält sich strikt an die Regeln und besitzt ein gutes Empfinden für Recht und Unrecht. Auch wenn es ein wenig einschüchternd ist, besonders nachdem er Alpha wurde und wir gemeinsam in sein jetziges Haus gezogen sind. Ich dachte, er würde alles etwas lockerer angehen, wenn seine Eltern nicht ständig in der Nähe wären, aber wenn überhaupt, dann ist er in seinem Tun und Denken sogar noch gefestigter.«

»Warum bist du bei ihm eingezogen, anstatt bei Janet und Michael zu bleiben? Immerhin bist du ohnehin die meiste Zeit bei ihnen«, fragte ich neugierig.

Er zuckte mit den Schultern. »Sie ließen mir die Wahl, als Bodey Alpha wurde. Er und ich standen uns nahe. Es schien einfach richtig, dass ich bei ihm blieb und half, seine Rolle zu stärken – obwohl er die zusätzliche Hilfe nicht braucht. Alle lieben ihn. Zumindest diejenigen, die ihn nicht fürchten. Ich bin wirklich froh, mich gut mit ihm zu verstehen, denn zu seinen Feinden ist er kalt und rücksichtslos.«

Ja, mir war natürlich aufgefallen, wie er mit Zeke und Theo sprach, aber sobald er mich ansah, kam seine weiche Seite zum Vorschein.

»Genug von mir«, sagte Samuel und lächelte mich an. »Lass uns über dich reden.«

Und das taten wir, den ganzen Rückweg über. Ich erzählte ihm die Kurzversion meiner Lebensgeschichte, wie mein Rudel von mir dachte, dass Theo und Stevie meine einzige Rettung gewesen waren und ich mein Rudel unbedingt verlassen wollte, aber Zeke mich immer wieder zurückhielt. Ich war noch nie so ehrlich zu jemandem gewesen, aber bei ihm fühlte es sich richtig an – nicht, weil ich erwartete, dass er sich um meine Probleme kümmern würde, sondern weil ich eine fast familiäre Verbindung zu ihm spürte. Vielleicht lag es daran, dass wir in gewisser Weise mit ähnlichen Problemen aufgewachsen waren.

Als wir das Haus erreichten, war Bodey bereits in der Küche, zusammen mit den drei anderen Beratern und deren Eltern, wie es schien.

Sie starrten sie uns mit ernsten Mienen an.

KAPITEL DREIZEHN

Irgendetwas stimmte hier nicht. Ich konnte meinen Puls in meinen Ohren pochen hören. Ich schaute Samuel ein wenig verärgert an. Er hätte mich ruhig warnen können, dass etwas nicht stimmte, aber als ich seinen verwirrten Blick sah, erkannte ich, dass sie sich gedanklich nicht mit ihm verbunden hatten.

»Was ist hier los?«, fragte Samuel, als er die Gruppe, die sich um die Kücheninsel herum versammelt hatte, musterte. »Was macht ihr alle hier?«

Bodey sah erst mich an und dann Samuel. »Ich bin froh, dass ihr beide zurück seid. Ich wollte schon den Jeep holen, um euch zu suchen.« Dann stellte er mich allen vor. Es war leicht zu erkennen, wer mit ihm verwandt war. Sie sahen sich alle ähnlich.

Aber jetzt war nicht die Zeit für Höflichkeiten. »Es ist schön, euch alle kennenzulernen.« Ich wandte mich an Bodey. »Aber warum wolltest du uns abholen?« Ich musterte sein Gesicht. Er wirkte angespannt. Als ich mich umsah, bemerkte ich, dass alle Personen einen ähnlichen Gesichtsausdruck hatten.

»Man hat Späher aus dem Territorium von Königin Kel außerhalb von Reggies Siedlung erspäht.« Michael saß an der Bar, am weitesten von mir entfernt, und rieb sich erschöpft über das Gesicht.

Okay, das sagte mir nur, dass die Südwest-Königin Leute hatte, die dort spionierten, wo sie nicht sein sollten. »Und Reggie ist …?«

»Bodeys Onkel«, antwortete Janet und legte ihre Hand auf Michaels Schultern. »Michaels Bruder.«

»Sein Rudel lebt nur eine Stunde von hier entfernt«, fügte Bodey hinzu, berührte meinen unteren Rücken und führte mich in die Mitte der Küche, sodass ich den anderen gegenüberstand.

Samuel stellte sich neben mich und legte seine Handflächen auf die Arbeitsplatte. »Was soll das bedeuten? Warum sollten sie das tun?«

Jacks Vater, Carl, stand neben ihm am anderen Ende der Insel, die Arme um die Taille seiner Gefährtin gelegt. Sein Haar war eine Nuance dunkler als das seines Sohnes, wobei sich etwas Grau in die Strähnen mischte. »Das bedeutet, dass sie mutiger werden und tiefer in unser Territorium vordringen. Sie haben den Wunsch, uns wissen zu lassen, dass ihnen bekannt ist, dass Samuel bei Bodey wohnt. Sie werden wahrscheinlich noch weitereindringen, vielleicht sogar bis hierher, je näher wir der Krönung kommen. Sie möchten uns verunsichern, damit wir den Fokus verlieren oder die Krönung nach hinten verschieben.«

Jack verzog das Gesicht. »Was für ein beschissener Trick.«

»Jack, ich bitte dich«, sagte seine Mutter – Destiny – und sah ihn mit ihren kobaltblauen Augen warnend an. Das war das Einzige, was die beiden gemeinsam hatten. Sie hatte langes, hellbraunes Haar und ein herzförmiges Gesicht, auf das sicher viele andere Frauen neidisch waren.

Jack straffte die Schultern und schnaubte. »Ich bin dein Alpha. Ich kann sagen, was ich will.«

Sie gab ihm einen Klaps auf den Hinterkopf. »Das mag sein, aber ich bin immer noch deine Mutter und habe keine Angst davor, dich zurechtzuweisen.«

Ich kicherte leise.

Kein Wunder, dass Lucas ihm so oft einen Klaps auf den Hinterkopf verpasste und Jack nie wütend wurde. Vermutlich hatte er sich das einfach von Jacks Mutter abgeguckt.

»Sei froh, dass ich dich liebe.« Jack rümpfte die Nase über sie und grinste.

Sie beugte sich vor und küsste ihn auf die Wange. Diese Art von Beziehung hatte ich nie zu meinen Adoptiveltern gehabt.

Miles' Vater, Phil, räusperte sich und trat ein paar Schritte zurück. »Lasst uns bitte beim Thema bleiben.« Er rollte die Schultern zurück, als ob er eine Verspannung lösen wollte. Die untergehende Sonne drang durch die Jalousien im Esszimmer und brachte seinen bronzenen Teint zum Leuchten; seiner war etwas dunkler als der von Miles. Er fuhr sich mit der Hand über seinen rasierten Kopf. »Vielleicht ist es ein Test, um zu sehen, wie viel sie sich erlauben kann, bevor wir zurückschlagen.«

»Dann müssen wir ihr zeigen, dass sie mit diesem Scheiß nicht durchkommt.« Lucas hob den Kopf von seinem Platz am Rande der Insel zwischen seinen Eltern, Dan und Taylor. »Lasst uns der Königin in den Arsch treten.«

»Das ist genau das, was sie will, mein Sohn.« Dans Kiefer zuckte, als er seine Hände auf Lucas' Schultern legte. »Sie will, dass wir uns auf eine potenzielle Bedrohung konzentrieren, anstatt uns um unsere Zukunft zu kümmern. Wenn wir uns in irgendeiner Weise einmischen, gewinnt sie.« Dans braunes Haar war zerzaust, als ob er eben noch mit den Händen hindurchgefahren wäre, und er hatte dunkle Ringe unter den Augen.

»Was sollen wir tun, Babe?«, fragte Taylor und wandte sich an Dan. »Wenn sie noch dreister werden, müssen wir reagieren.« Ihr langes, dunkles Haar war so seidig, dass es so weich wie Kaschmir sein musste. Genau wie ihr Sohn und ihr Mann hatte sie einen gebräunten Teint, der ihre dunklen, tiefen Augen betonte.

»Ich würde gerne hören, was unsere Söhne zu sagen haben«, sagte Michael.

Bodey versteifte sich und trat näher an mich heran, sodass sein Arm den meinen streifte.

Ein Lächeln breitete sich auf Janets Gesicht aus, was mich überraschte. Sie schien glücklich darüber zu sein, nicht verärgert oder sogar abgestoßen.

»Wir greifen nur an, wenn sie unser Territorium betritt.« Bodey straffte die Schultern. »Unsere Rudel können allein mit ihren Spähern umgehen. Solange die Zahl der Späher gering bleibt, können die Rudel sie einfach verjagen. Natürlich sollten sie uns trotzdem auf dem Laufenden halten. Wenn unsere Rudel zusätzliche Leute brauchen, um das Problem zu lösen, werden wir die Situation neu bewerten und einen Angriff koordinieren, ähnlich wie es Reggie bereits getan hat. Die Späher sind weg, und das, ohne Blut zu vergießen.«

Miles stützte sich mit den Händen auf die Arbeitsplatte. »Ich stimme Bodey zu. Wir sollten uns nicht von der Königin provozieren lassen, sondern warten, bis wir ihren Plan durchschaut haben. Möglicherweise hofft sie darauf, dass wir unsere Ressourcen nutzen, um sie aufzuspüren, und Samuel dadurch anfälliger für ein Attentat oder Gefangennahme machen.«

»Großartig«, sagte Samuel scherzhaft. »Was bedeutet das für mich?«

Bodey seufzte und spannte sich an, als würde er sich auf einen Krieg vorbereiten. »Du musst im Haus bleiben, und wenn du hinausgehen *musst*, wirst du von mehreren Rudel-mitgliedern begleitet, die ich ausgewählt habe.«

»Fantastisch.« Samuel presste die Lippen fest aufeinan-der, als wolle er sicherstellen, dass seine Miene einigermaßen neutral blieb. Das erinnerte mich daran, wie ich mir auf die Wange oder die Zunge biss, um meinen Gesichtsausdruck zu beherrschen und niemanden zu verärgern.

Ich wusste genau, wie gefangen er sich fühlen musste.

Wir ähnelten uns wirklich sehr.

Vorsichtig berührte ich Samuels Arm, um ihn wissen zu lassen, dass ich da war ... dass ich ihn verstand.

Sein Kiefer entspannte sich bei meiner Berührung und ich war mir sicher, dass er wusste, was ich zu vermitteln versuchte. Er könnte jeden von ihnen herausfordern, sogar Bodey – er war stark genug –, aber er respektierte die Berater zu sehr, um das zu tun, und dafür bewunderte ich ihn.

»Das ist genau das, was ich dir raten würde.« Michael nickte, Zustimmung leuchtete in seinen Augen. »Ist irgendje-mand anderer Meinung?« Es war eine echte Frage und keine Herausforderung.

»Nein, aber wenn Stella und Mom herkommen, müssen wir dafür sorgen, dass noch ein paar Wölfe mit ihnen reisen. Ich möchte nicht, dass ihnen etwas passiert.« Miles tippte mit den Fingern auf die Arbeitsplatte.

Phil seufzte. »Da kann ich nicht widersprechen. Ich vermisse Alecia, und ich möchte, dass unsere Gefährtinnen gut beschützt werden.«

»Dann ist es abgemacht.« Lucas rieb sich die Hände. »Wir haben einen Plan. Wir sollten uns mit den anderen Alphas verbinden, um die Nachricht zu verbreiten.«

»Denkt daran, dass sie keine Vergeltung an uns üben können, da sie königliches Gebiet betreten. Sie müssen eine Erlaubnis einholen, bevor sie hierherkommen«, sagte Bodey und sah jeden Einzelnen noch einmal an. »So lautet das Gesetz.«

Einen Moment lang standen wir alle schweigend da, während jeder von uns den eigenen Gedanken nachhing.

»So sehr ich eure Gesellschaft auch genieße, ich glaube, ich habe für heute genug und möchte einfach nur noch nach Hause«, sagte Michael. »Nachdem ich mich mit Zekes Forderung auseinandersetzen musste, bin ich ziemlich erschöpft. Er will unbedingt derjenige sein, der für den Schutz der Kleidung und das Sammeln der Kräuter, die bei der Zeremonie verwendet werden sollen, verantwortlich ist.« Er trat von der Kücheninsel zurück.

Jack verzog das Gesicht. »Ich weiß nicht einmal, warum er überhaupt ein königlicher Berater ist. Ich verstehe, dass er stark ist, aber er ist dennoch der Schwächste in unserer Gruppe. Und ja, der frühere Berater hatte keinen Erben ... verdammt, jeder wäre besser gewesen als dieses Arschloch. Sag es ihnen, Callie.«

Ich zuckte zusammen.

»Zieh sie da nicht mit rein«, knurrte Bodey und trat einen Schritt vor, als würde er mich beschützen wollen.

»Was geschehen ist, ist geschehen.« Dan machte eine abwinkende Handbewegung. »Die verstorbene Königin hat ihn auserwählt, weil sie in seinem Rudel aufgewachsen ist. Die beiden standen sich nahe. Sie hat ihm vertraut.«

»Solange der neue König nicht gekrönt ist, müssen wir uns weiter mit ihm herumschlagen. Obwohl ich vermute, dass

Theo noch schlimmer sein wird, da er sich seinem Vater gegenüber beweisen will. Keiner von beiden sollte ein königlicher Berater sein«, fügte Miles hinzu.

Alle blickten erwartungsvoll auf Samuel, und obwohl ich nicht in seinen Schuhen steckte, beschleunigte sich mein Puls durch den Druck, der auf ihn ausgeübt wurde.

Samuel ließ sich jedoch nichts anmerken, sondern blieb gerade und mit herausgestreckter Brust stehen. Das musste man ihm hoch anrechnen.

»In Ordnung.« Janet klatschte in die Hände. »Wenn alle müde sind, sollten wir uns besser zurückziehen und uns ausruhen. Wir können die Diskussion morgen beim Frühstück fortsetzen.«

»Da bin ich ganz deiner Meinung.« Jack hob eine Faust. »Ich brauche sowieso ein Bier. Bodey hat nichts da.«

Jacks Eltern schüttelten den Kopf, lächelten aber, als alle zur Tür hinausgingen.

Obwohl Samuel sich lächelnd von allen verabschiedete, konnte ich sehen, dass er mit seinen Gedanken woanders war. Vermutlich machte er sich Sorgen um seine Zukunft. Und darüber, dass er bis zu seiner Krönung ein Gefangener in seinem eigenen Zuhause sein würde.

Sobald die Haustür geschlossen und verriegelt war, ging Bodey in den Flur. »Ich werde Pizza bestellen und dann schnell unter die Dusche springen.«

An der Art und Weise, wie er die Schultern hängen ließ, konnte ich erkennen, dass der Tag auch bei ihm seinen Tribut gefordert hatte. »Okay. Sag mir Bescheid, wenn ich etwas tun kann.«

»Das musst du wirklich nicht.« Er lächelte zärtlich, bevor er aus dem Blickfeld verschwand.

Als ich hörte, wie er die Treppe hinaufging, zog ich Samuel zum Sofa. »Na komm, wir sollten uns zur Entspannung einen Actionfilm ansehen.« Ich wollte etwas tun, um ihn in eine bessere Stimmung zu versetzen.

»Gut, aber nur, wenn ich mir den Film aussuchen darf.« Er hakte sich bei mir unter und zusammen ließen wir uns auf das Sofa fallen.

Ich lächelte. Zum ersten Mal in meinem Leben fühlte es sich an, als hätte ich eine echte Familie.

Ich wälzte mich unruhig in meinem Bett umher, ohne auch nur eine ansatzweise bequeme Position zu finden. Seufzend drehte ich mich nach einer Weile einfach auf den Rücken und starrte an die weiße Decke. Samuel war auf der Terrasse, und ich war versucht, ihm Gesellschaft zu leisten, aber konnte verstehen, dass er einfach seinen Freiraum wollte. Das hatte ich den ganzen Abend gespürt, selbst, als wir uns *Matrix* angesehen hatten. Er war distanziert gewesen, und ich wollte ihn nicht drängen, mir irgendetwas zu erzählen. Er würde sich mir sicher öffnen, wenn er dazu bereit war.

Im Gegensatz zu Bodey und den anderen hatte ich keinen schlimmen Tag hinter mir. Ich hatte viel Zeit allein verbracht, hatte mit Theo telefoniert und war mit Samuel durch die Siedlung spaziert. Jetzt war es zehn Uhr abends, und ich war unruhiger als je zuvor. Ich fühlte mich einfach nicht wohl in meiner Haut ... und ich wusste nicht, wie ich dieses Gefühl unterdrücken oder loswerden sollte.

Bald würde ich nach Hause zurückkehren müssen.

Das war das Letzte, was ich wollte.

Frustriert warf ich die Decke beiseite und stand auf. Vielleicht würden der Mond und die kühle Nachtluft mir helfen. Und da Samuel auf der anderen Terrasse war, konnte ich mich auf der Terrasse vor meinem Zimmer aufhalten.

Ich zog mir mein fuchsiafarbenes Lieblingssweatshirt über den Kopf, ohne mir die Mühe zu machen, meine Shorts zu wechseln oder Socken anzuziehen. Es machte mir nichts aus, zu frieren, aber da ich keinen BH trug, brauchte ich ein dickeres Shirt, falls ein paar Wölfe durch den Wald liefen und sie mich sehen würden.

So leise wie möglich griff ich nach dem Türknauf und drehte ihn langsam, um Bodey nicht zu stören. Vermutlich schlief er bereits oder war kurz davor. Ich schlich nach draußen, wobei ich darauf achtete, leise zu sein, und schloss dann die Tür.

Kaum war ich draußen, hörte ich ein tiefes Glucksen hinter mir.

Sofort schlug mir das Herz bis zum Hals und langsam drehte ich mich um. Bodey saß draußen auf der Hollywoodschaukel, die Gitarre in den Händen. Ich seufzte erleichtert. »Bei allen Göttern. Hast du mich erschreckt.«

Immerhin hatte er den Anstand, schuldbewusst auszusehen. »Tut mir leid. Ich wollte eigentlich etwas sagen, aber dann hast du so süß dabei ausgesehen, leise herumzuschleichen, dass ich es einfach nicht übers Herz gebracht habe.«

Ich spürte, wie meine Wangen sich erhitzten, bis mir klar wurde, dass Männer ihre Schwestern als *süß* bezeichneten, nicht Frauen, an denen sie interessiert waren. »Freut mich, dass du dich amüsiert hast.« Ich streckte ihm die Zunge raus und schlang dann meine Arme um mich. Hier draußen war es wesentlich kühler als gedacht.

Je länger ich ihn jedoch anschaute, desto wärmer wurde mir. Sein Haar war zerzaust und hing ihm ins Gesicht, und sein dünnes weißes Shirt schmiegte sich perfekt an seinen Körper. Die graue Jogginghose, die er trug, versteckte ebenfalls nicht viel und ließ meine Gedanken verrücktspielen. Ich war wirklich kurz davor, den Verstand zu verlieren.

Er klopfte auf den Platz neben sich auf der Schaukel. »Komm, setz dich zu mir.«

Es gab noch drei andere Sitzgelegenheiten, aber natürlich war ich ihm sonst nirgendwo so nah, wie auf der Schaukel. Meine Beine bewegten sich wie von selbst und brachten mich dazu, mich neben ihn zu setzen. Ich bewegte mich langsam, um nicht übereifrig zu wirken, zog meine Knie an die Brust und schlang meine Arme um sie, weil ich etwas brauchte, woran ich mich festhalten konnte. »Denkst du nur darüber nach, Gitarre zu spielen, oder hast du es wirklich vor?«

Er lachte, dann zuckte er mit den Schultern. »Ich wollte dich nicht stören. In letzter Zeit verspüre ich wieder viel öfter den Drang, zu spielen, was seltsam ist. Die letzten Jahre war eher das Gegenteil der Fall.«

»So seltsam klingt das für mich gar nicht.« Ich drehte meinen Kopf so, dass ich ihm ins Gesicht sehen konnte. »Manchmal muss man eine Pause einlegen, um zu sehen, ob man etwas wirklich liebt. Ich würde sagen, wenn du nach all der Zeit immer noch so spielen kannst und es gerne tust, dann ist das ein Zeichen dafür, dass du in dir selbst Inspiration finden oder die Blockade beseitigen musstest, die dich gehindert hat.«

»Vielleicht.« Er spielte ein paar Akkorde, und der Klang beruhigte mich sofort. »Stört es dich, wenn ich jetzt spiele, wo du wach bist?«

Ich lächelte. »Natürlich nicht. Ich liebe es, dir zuzuhören.« *Und dich dabei anzuschauen,* wobei ich das natürlich nicht laut sagte.

»Irgendwelche Wünsche?« Er zog eine Augenbraue hoch.

Ich schüttelte den Kopf. »Nein, ich überlasse dem Künstler die Wahl.«

»Na gut, wie du meinst.« Dann setzte er sich aufrecht hin und beugte sich leicht über die Gitarre.

Schon bei den ersten paar Akkorden erkannte ich das Lied. Es handelte sich um ›Can't Help Falling in Love‹, das durch Elvis Presley berühmt geworden war.

Innerlich schmolz ich dahin, als ich seine Finger an den Saitenzupfen sah. Konnte man eifersüchtig auf ein Instrument sein? Da ich nicht wollte, dass der Geruch meiner Erregung stärker wurde und seine Aufmerksamkeit auf sich zog, schloss ich meine Augen und lehnte meinen Kopf zurück, konzentrierte mich auf den Klang des Liedes und seine tiefe Stimme, die leise mitsang.

Die seltsame Flut des Verlangens verebbte zwar langsam, aber ich öffnete meine Augen trotzdem nicht. Stattdessen konzentrierte ich mich einfach auf das Lied, auf das leichte Wippen der Hollywoodschaukel und auf die Kälte, die mich umgab.

Während Bodey spielte, bewegte er sich etwas, wodurch sich unsere Beine nun berührten. Diese kurze Berührung reichte aus, um die Wärme wieder in mir aufsteigen zu lassen. Ich war mir nicht sicher, was zwischen uns geschah oder was ich für ihn empfand, aber meine Gefühle waren definitiv mehr als nur freundschaftlich.

Als er mich dann auch noch mit seinem Arm berührte, öffnete ich meine Augen und sah direkt in seine.

Er beobachtete mich.

Nachdem der letzte Akkord in der Nacht verklungen war, legte er seine Gitarre vor uns auf den Tisch. Als er sich zurücklehnte, berührte seine Hand mein Bein. Sofort stockte mir der Atem.

Unsere Blicke trafen sich erneut und mein Herz klopfte wie wild.

Er beugte sich zu mir und seine warme, raue Hand umfasste mein Gesicht. »Du fühlst dich kalt an.«

»Aber mit ist nicht kalt.« Wenn er mir so nah war, war Kälte das Letzte, was ich fühlen konnte.

Wie schon am Vortag lehnte er seine Stirn an meine. Sein Atem wärmte mein Gesicht.

»Ich liebe es, dir beim Spielen zuzuhören«, murmelte ich.

Er grinste, wobei er einen Mundwinkel etwas höher zog als den anderen. »Und ich liebe es, wenn du mir zuhörst.«

Mein Herz krampfte sich zusammen, und mir wurde klar, in was für Schwierigkeiten ich steckte. In diesem Moment wusste ich, dass ich alles dafür tun würde, dass er mich jeden Tag so anlächelte und berührte.

Dieses Mal, als sein Blick auf meinen Mund fiel, strich sein Daumen sanft über meine Unterlippe und zog sie leicht nach unten. Plötzlich hörte die Welt auf, sich zu drehen.

Ich keuchte, bevor ich mich zurückhalten konnte. Ich wollte unbedingt von ihm geküsst werden. Das Verlangen danach war sogar noch stärker als das letzte Mal.

»Du bist so schön«, flüsterte er und schloss den Abstand zwischen uns. Die Berührung seiner Lippen war so sanft wie die Berührung einer Feder. Sie waren weich, warm und einladend, und ich beugte mich vor, weil ich mehr wollte. Mehr brauchte.

Ich musste meine Chance nutzen. Da ich bald zu meinem Rudel zurückkehren musste, könnte dies die einzige Chance sein, die ich jemals haben würde, ihn zu küssen.

Er knurrte leise und knabberte an meiner Unterlippe, was mich stöhnen ließ. Sein Atem stockte, ich öffnete meine Lippen und ließ seine Zunge eindringen.

Der schwache Pfefferminzgeschmack auf seiner Zunge überwältigte mich. Fast instinktiv legten sich meine Hände um seinen Hals, glitten in sein Haar und zogen ihn näher an mich. Ich wollte keinen Abstand zwischen uns haben.

Er beugte sich vor, seine Hände umfassten meine Hüften

und zogen mich auf seinen Schoß. Ich schlang meine Beine um seine Taille, während unsere Küsse immer leidenschaftlicher und dringlicher wurden.

Nach einer Weile spürte ich seine Erektion unter mir und ich ließ meine Hände über seine Brust gleiten, um jeden Zentimeter von ihm zu genießen. Der süße Duft der Erregung schwirrte zwischen uns, als er seine Hände unter mein Oberteil und über meine Rippen gleiten ließ.

Als mich ein leichter Schmerz durchfuhr, erstarrte ich.

Bodey löste sich sofort von mir und sah mich schuldbewusst an. »Mist. Das tut mir leid. Ich habe nicht nachgedacht und dir wehgetan.«

»Nein, ist schon gut.« Ich wollte nicht, dass er aufhörte. Ich wollte ihn schmecken, ihn weiter berühren. »So schlimm war es nicht.« Ich beugte mich vor, weil ich keine Zeit mit Reden verschwenden wollte.

Aber er lehnte sich zurück und umfasste erneut mein Gesicht. Diesmal verzog sich sein Gesicht zu einem ganz anderen Ausdruck ... einem, den ich nicht lesen konnte.

»Es geht mir wirklich gut. Versprochen.« Ich biss mir auf die Unterlippe. »Es tut nicht mehr weh. Keine Sorge.«

Er ließ den Kopf hängen. »Nein, das ist es nicht.« Er blickte mich an, seine Augen verfinsterten sich. »Es ist nur ... das hätte nicht passieren dürfen. Es tut mir leid.«

Meine Augen brannten, und meine Kehle war wie zugeschnürt. »Äh ... ja. Du hast natürlich recht.« Ich schniefte und sprang auf die Füße, meine Rippen schmerzten. »Du bist *du*, und ich bin *ich*. Warum solltest du auch schon an *mir* interessiert sein?« Da mich selbst mein eigenes Rudel für schwach und wertlos hielt, war das nicht sonderlich überraschend. »Du hast mich einfach vergessen lassen, dass niemand wie du ...«

»Nein, hör auf damit. Beende diesen Gedanken bloß

nicht.« Er stand auf und ergriff meine Hände. »Das ist *definitiv* nicht das Problem. Du bist unglaublich, und ich wäre ein wirklich glücklicher Mann, wenn ich mit dir zusammen sein könnte.«

Ich schnaubte. Diesen Spruch kannte ich bereits aus Serien und Filmen, aber ich hätte nie gedacht, dass Leute dieses Klischee im echten Leben auch erfüllten. »Es liegt also nicht an mir, sondern an dir?«

»Irgendwie schon ... aber auch das trifft es nicht wirklich.« Er atmete aus und hielt meine Hände noch fester. »Ich empfinde schon sehr lange etwas für dich. Seit dem Tag, als du angegriffen wurdest. Ich habe jedoch gegen diese Anziehung, die ich zu dir fühle, angekämpft, denn wenn ich mir erlaube, sie auszuleben, wirst du verletzt werden.«

Ich blinzelte, entschlossen, nicht in Tränen auszubrechen.

Wir schwiegen eine ganze Weile, und obwohl wir uns körperlich so nahe waren, hätten wir gedanklich nicht weiter voneinander entfernt sein können.

Mein Herz pochte wie wild. Ich wollte – nein, ich *brauchte* eine Erklärung.

Bodey verzog das Gesicht, als ob er nach den richtigen Worten suchte und sie ihm nicht einfielen.

»Mach dir bitte keine Gedanken um Zeke. Seinen Zorn werde ich schon überleben.« Ich hasste es, dass ich das Schweigen gebrochen hatte, aber ich konnte einfach nicht länger still sein. Ich wollte dieses Gespräch hinter mich bringen und dort weitermachen, wo wir aufgehört hatten. Meine Lippen kribbelten noch immer von seinem Kuss.

Er verzog erneut das Gesicht. »Ich wünschte, das wäre das Problem. Dieser Idiot spielt bei dieser Sache jedoch überhaupt keine Rolle.« Er drückte meine Hände. »Wenn Zeke das Problem wäre, würde ich keine Sekunde zögern. Nichts würde mich davon abhalten, mit dir zusammen zu sein. Nicht nur, weil du mir so am Herzen liegst, sondern auch, weil es der einfachste Weg wäre, dich aus deinem beschissenen Rudel herauszuholen.«

Anstatt die Dinge klarer zu machen, verwirrte er mich mit diesen Worten nur noch mehr. »Wenn du auch nur im Entferntesten so empfindest, wie ich es für dich tue, wo liegt dann das Problem?«

»Ich ... ich weiß nicht, wie ich es erklären soll, ohne dumm zu klingen.« Er ließ meine Hände los und trat einen Schritt zurück, wobei er den Blick auf den Wald hinter seinem Haus richtete. »Obwohl ich ihr nie begegnet bin, weiß ich, dass meine Schicksalsgefährtin dort draußen ist.«

Mein Atem stockte, und meine Brust zog sich zusammen. »Was? Wie ist das möglich? Davon habe ich ja noch nie gehört.« Wenn das wirklich stimmte, wäre er gar nicht erst in Versuchung gekommen, mich zu küssen. In unserem Rudel gab es nur ein Paar, die Schicksalsgefährten waren, und sie sahen sich an, als wären sie die einzigen beiden Personen auf der ganzen, weiten Welt. Nicht einmal Gefährten, die sich gegenseitig ausgewählt haben, sahen sich auf diese Weise an, trotz ihrer aufrichtigen Liebe.

»Ich weiß. Es ergibt keinen Sinn, aber Callie, solange ich mich erinnern kann, habe ich sie da draußen *gespürt*.« Er klopfte auf seine Brust. »Mein Herz und mein Wolf gehören jemandem, dem ich noch nicht begegnet bin, und ich habe mir vor Jahren versprochen, dass ich sie finden werde ... dass ich auf *sie* warten werde.« Er ließ den Kopf sinken und wendet sich wieder mir zu. »Und ich habe diese Entscheidung nie infrage gestellt, bis ich *dich* traf.«

Plötzlich schien sich die Welt viel zu schnell zu drehen und es brachte mich aus dem Gleichgewicht. Ich musste mich festhalten, damit ich nicht umkippte, obwohl ich genau das wollte. Einfach nur im Erdboden verschwinden. »Und was, wenn du sie nicht findest? Wirst du dann dein ganzes Leben allein verbringen? Denn ich bin *hier*, ich bin direkt vor dir, und *sie* ist es nicht.«

»Glaub mir, das weiß ich sehr wohl.« Er biss die Zähne zusammen und zog sanft an seinen Haaren. »Ein Teil von mir würde das alles gern vergessen und einfach weitermachen, aber was, wenn wir das tun und ich sie *dann* finde? Das wäre nicht richtig und *dir* gegenüber nicht fair.«

»Aber was, wenn du sie nicht findest? Außerdem ... sollte ich an dieser Entscheidung nicht beteiligt sein?« Er konzentrierte sich zu sehr auf das ›Was-wäre-wenn‹, während ich diese gefährlichen Gedanken verdrängen musste, um zu überleben. Ich mochte es nicht, ständig zu hoffen, denn Hoffnung konnte einen zerstören, wenn sie nicht in Erfüllung ging. Dieses eine starke Gefühl konnte einen nur bis zu einem gewissen Punkt tragen.

Er schüttelte den Kopf. »Nein, diese Sache muss ich für dich entscheiden – für uns beide –, denn wenn ich sie finde, will ich dir nicht noch mehr wehtun, als ich es schon getan habe.«

Mein Magen drehte sich um. Er glaubte, dass er eine Schicksalsgefährtin hatte, und es wäre egoistisch von mir, ihn zu bitten, sie nicht zu finden und ... stattdessen mich zu wählen. Es fiel mir schwer, das zu begreifen. Ich hatte noch nie von jemandem gehört, der wusste, dass er einen Schicksalsgefährten hatte, bevor er ihn traf, aber er schien so überzeugt davon zu sein. Vielleicht konnte er sie spüren, weil er so stark war, oder seine Logik war durch seine fehlgeleitete Hoffnung verzerrt, an die er sich immer noch klammerte. Wie auch immer es war, es stand mir nicht zu, das infrage zu stellen.

Er hatte mich abgewiesen. Er wollte nicht mit mir zusammen sein. Was wäre ich für eine Person, wenn ich das einfach ignorieren würde? Wen ich es nicht hinnehmen würde? Die Art von Mensch, die ich nicht respektieren konnte.

Ich wich ein Stück zurück, der Schmerz in meiner Brust brachte mich zum Zittern. Das waren schlimmere Schmerzen, als die, die ich aufgrund meiner Verletzungen erlitten hatte. Ich weigerte mich zu darüber nachzudenken, was das für mich bedeutete, vor allem, da ich ihn erst seit einer Woche kannte.

Er ließ die Schultern hängen. »Das habe ich noch nie jemandem erzählt, selbst Jack und den anderen nicht, die mich ständig dafür aufziehen, dass ich keine Dates habe ... aber wenn es die perfekte Gefährtin für mich gibt, dann sollte ich mit ihr zusammen sein. Ich hoffe sehr, dass du das verstehst.«

Ein bitteres Lachen entwich mir. »Nein, ich verstehe es leider nicht, aber ich kann mich nicht mit meiner Wölfin verbinden, also was weiß ich schon? Ich weiß nur, was ich für dich empfinde.« Egal, wie er es erklärte, er wies mich ab, das blieb eine Tatsache.

Er kratzte sich im Nacken und seufzte. »Ich kann es einfach nicht riskieren. Was, wenn ich mich für dich entscheide und dadurch meine Bindung zu ihr zerstört wird und ihr etwas Schreckliches zustößt? Oder wenn ich mich für dich entscheide und sie mit jemandem zusammenkommt, der nicht gut für sie ist? Das Schicksal weiß alles besser als wir, und wir müssen ihm vertrauen und uns beugen.«

Ich lachte wieder, was meine Rippen zum Stechen brachte. »Ja. Natürlich weiß das Schicksal es besser als wir. Das muss der Grund sein, warum mein Leben so unglaublich perfekt ist. Es ist ja so *gerecht* und meint es nur gut mit mir.« Obwohl das Schicksal kein Mensch war, betrachteten die Gestaltwandler es wie ein himmlisches Wesen.

Er verzog das Gesicht. »So habe ich das natürlich nicht

gemeint. Mist, ich bin echt ein Idiot.«

Ich wollte dieses Gespräch einfach nur noch beenden. Bodey hatte mir nicht nur wehgetan, er machte mich auch noch wütend. Es war leicht, dem Schicksal zu vertrauen, wenn das Leben vom Tag der Geburt an einfach war. Aber mir schien das Schicksal eher unbeständig als vertrauenswürdig zu sein.

Ich zwang mich zu einem Gähnen, denn ich musste dringend hier weg, bevor ich etwas tun oder sagen konnte, was ich bereuen würde. »Ich bin wirklich müde und sollte ins Bett gehen.« Ich stand auf, aber meine Füße wollten sich nicht bewegen, sie wollten in seiner Nähe bleiben, und ich hasste es, dass meine Lippen immer noch kribbelten.

Am meisten hasste ich jedoch, wie sehr seine Ablehnung schmerzte.

Aber ich würde schon darüber hinwegkommen. Ich hatte mein ganzes Leben lang Ablehnung erfahren, selbst von denen, die ich am meisten liebte, und ich würde auch jetzt stark bleiben.

»Callie, bitte.« Bodey stand nun ebenfalls auf. »Geh nicht weg. Ich möchte nicht, dass unser gemeinsamer Abend so endet.«

Mittlerweile stand ich bereits an der Tür, die zu meinem Zimmer führte. »Ich auch nicht, aber ich muss dringend ins Bett.« Wenn ich hier draußen bliebe, würde ich nur versuchen, ihn umzustimmen – ihn anflehen, mich zu wählen, das Mädchen, das direkt vor ihm stand – und das wäre weder meiner noch seiner würdig. Ich konkurrierte mit einem Mädchen, das noch nicht einmal ein Gesicht oder einen Namen hatte.

Ich sollte nicht versuchen, seine Meinung zu ändern. Er hatte sich entschieden, und ich hatte gelernt, dass man jemanden nicht umstimmen konnte, wenn er sich erst einmal festgelegt hatte. Was auch immer man in so einer Situation zu sagen hatte, die andere Person würde sowieso nicht mehr zuhören. Jeder Mensch hatte seinen eigenen Moralkodex. Das war es, was uns alle unterschiedlich und besonders machte.

»Gute Nacht, Bodey.« Als ich ihm den Rücken zudrehte, wusste ich, dass dies das Schwierigste war, was ich je hatte tun müssen.

Ich wollte nicht das Mädchen sein, das jemandem hinterherlief, der sie nicht wollte. Ich wollte, dass mein Gefährte mich so umarmte, wie ich ihn umarmen wollte. Ich wollte meinen zukünftigen Partner nicht anflehen müssen, mich zu wählen – ich wollte alles sein, was er sich jemals gewünscht hatte.

Vielleicht träumte ich von einem Märchen. Vielleicht würde es nie passieren. Vielleicht war ich dumm, genau wie Bodey, der glaubte, dass er da draußen eine Schicksalsgefährtin hatte.

Ich öffnete die Tür zu meinem Zimmer, denn ich wusste, was ich tun musste, auch wenn es das Letzte war, was ich wollte. Wenn ich hierblieb, würde ich mich nur noch mehr in Bodey verlieben, und er würde mich noch mehr brechen. Er hatte die Macht, mich zu zerstören, so wie Zeke es niemals gekonnt hätte.

Als ich mich umdrehte, um die Tür zu schließen, hielt ich inne, weil ich noch etwas sagen wollte. »Ich danke dir für alles, Bodey. Ich hoffe wirklich, dass du findest, nach wem du suchst, und ich hoffe, dass du mit ihr glücklich wirst. Das hast du verdient.«

Er verengte die Augen und blickte mich fragend an. »Warum klingt das wie ein Abschied? Es wird noch ein paar Tage dauern, bis du geheilt bist.«

Ich nickte, denn das stimmte. Meine Rippen machten mir

immer noch zu schaffen, und eigentlich konnte ich noch mindestens zwei Tage hierbleiben. Aber nach dem, was geschehen war, musste meine Zeit hier enden. Mein Herz hatte bereits Risse, und ich konnte nicht riskieren, dass es zerbrach.

Aber ich war nicht bereit, ihm das zu sagen. Noch nicht.

Dieser Moment war schon schwer genug, ohne dass ein Abschied hinzukam.

»Gute Nacht. Ich hoffe, dass du endlich schlafen kannst.« Ich zwang mich, meinen Blick von ihm loszureißen, obwohl ich mir sein Aussehen einprägen wollte. Wer wusste schon, ob und wann ich ihn jemals wiedersehen würde. Deshalb wollte ich ihn für immer in Erinnerung halten.

Er machte einen Schritt auf mich zu, blieb aber stehen, als ich die Tür hinter mir schloss.

Ich wollte, dass er mir folgte, und das war der Kern des Problems und der einzige Grund, warum ich wegmusste. Zu bleiben, würde mir nur Hoffnung geben.

Genau dieses Gefühl würde ich nicht ertragen können.

Reiß dich zusammen, Callie. Er hatte seine Wahl getroffen, vor langer Zeit, und ich musste ihn gehen lassen.

Ich verriegelte die Tür, mehr für mich selbst als für ihn, und lehnte meinen Kopf dagegen. Das kühle Holz gab mir Halt. Als ich meine Arme um mich schlang, konnte ich die Tränen, die ich bis dahin zurückgehalten hatte, endlich fließen lassen.

Ich holte mehrmals tief Luft, aber mir war dennoch schwindelig, als ob ich nicht genug Sauerstoff bekäme. Bald würde ich die vollständige Kontrolle verlieren.

Ich stützte mich an der Wand ab, drehte mich und schnappte mir mein Handy vom Nachttisch. Dann stolperte ins Bett, während ich mit Tränen in den Augen versuchte, Theos Namen in meinem Handy zu finden.

Ich: Kannst du mich morgen früh abholen? Ich bin bereit, zurückzukehren.

Eine Weile schwebte mein Finger über ›Senden‹. Diese Nachricht sollte mich beschützen, aber ich wollte, dass sie eine Strafe war. Am Ende würde ich mit eingezogenem Schwanz zu Zekes Rudel zurückkehren ... zumindest metaphorisch gesprochen, da ich mich ja immer noch nicht verwandeln konnte.

Ich verschickte die Nachricht, und ein bitterer Geschmack erfüllte meinen Mund. *Es ist die richtige Entscheidung. Ich muss gehen,* wiederholte ich immer wieder in meinem Kopf, während mir Tränen über die Wangen liefen.

Dann piepte mein Handy.

Theo: Natürlich. Ich werde um acht Uhr da sein. Ich freue mich schon darauf, dich wieder bei uns zu haben.

Perfekt. Bodey und die anderen würden schon weg sein, wenn Theo ankam, was die ganze Sache erleichtern würde.

Ich: Klingt gut. Bis morgen.

Ein Schluchzen durchfuhr meinen Körper, und ich ließ das Handy neben mich aufs Bett fallen. Erneut schlang ich meine Arme um mich und wünschte, es wären die Arme eines anderen Menschen, was mein Herz nur noch mehr zerriss. Irgendwie weinte ich mich in den Schlaf.

ICH STARRTE an die weiße Decke und wartete darauf, dass alle aufwachten. Die roten Zahlen des Weckers neben mir zählten seit heute Morgen um vier Uhr langsam jede Minute herunter.

Da ich nicht länger ruhig liegen bleiben konnte, stand ich auf und packte meine Sachen. Wenigstens musste ich nicht mehr weinen. Trotz der Qualen, die mein Herz erdulden musste, schien ich keine Tränen mehr übrigzuhaben.

Nachdem ich meine wenigen Sachen zusammengesucht hatte, zog ich mir eine Jeans und einen Pullover an und lief im Zimmer umher, da ich Angst hatte, auf eine der beiden Terrassen hinauszugehen und jemandem über den Weg zu laufen.

Zum Glück ging es meinen Rippen mittlerweile wieder deutlich besser, und sie schmerzten nur, wenn ich mich zu plötzlich bewegte. Morgen wäre ich ohnehin nach Hause gefahren.

Um sieben Uhr wurde die Haustür geöffnet, und ich hörte Janet und Michael das Haus betreten. Janet kam immer noch jeden Morgen, um uns das Frühstück zu machen, was bis zu meiner Ankunft nicht die Regel gewesen war, das hatte mir Bodey erzählt.

Leise verließ ich das Zimmer und ging nach unten, um zu helfen. Ich musste mich irgendwie beschäftigen.

Als ich in die Küche schlenderte, stand Michael an der Kaffeemaschine und kochte sich eine Tasse Kaffee, während Janet Eier und Würstchen aus dem Kühlschrank holte. Sie schnappte sich ein paar Schüsseln aus dem Schrank und lächelte. »Ich habe gar nicht damit gerechnet, dass du schon wach bist.«

»Ich hatte gehofft, dass ich dir vielleicht helfen könnte.« Die anderen Berater und ihre Eltern würden in den nächsten zehn Minuten hier sein, und sie würden alle frühstücken wollen, bevor sie zu ihrem Treffen in der Stadt fuhren.

»Gerne. Aber nur, weil du nahezu geheilt bist. Warum kümmerst du dich nicht um die Würstchen?«

Michael nahm einen Schluck von seinem Kaffee. »Dann werde ich in der Zwischenzeit den Tisch decken.«

Sie legte die Würstchen auf ein Schneidebrett und trat

beiseite, damit ich sie in Scheiben schneiden konnte. Währenddessen holte sie eine Bratpfanne für mich heraus. Sie stellte sich neben mich und schlug Eier in eine Schüssel. »Wir haben Bodey gestern Abend spielen hören. Es ist so schön, dass wieder damit angefangen hat.« Sie schaute mich an.

Ich erstarrte für eine Sekunde, bevor ich meine Fassung wiedererlangte und die Wurststückchen in die Pfanne warf, wobei ich versuchte, meine Hände so ruhig wie möglich zu halten. »Ja, er ist wirklich gut.«

»Warum hast du dann geweint?«, fragte Janet und traf mich damit unvorbereitet. »Hattet ihr keinen schönen Abend?«

Bei dieser eindeutigen Anspielung wurde ich sofort wieder knallrot. Egal, wie oft ich ins Bad gegangen war und mir einen kalten Waschlappen auf die Augen gelegt hatte, sie waren immer noch rot und geschwollen. Natürlich hatte sie es bemerkt.

Michael räusperte sich, schnappte sich die Teller und eilte ins Esszimmer.

»Es ist kompliziert.« Ich biss mir auf die Unterlippe und bewegte die Wurstscheiben mit einem Pfannenwender, damit sie nicht anbrannten.

Janet verquirlte währenddessen die Eier. »Mein Sohn ist ein komplizierter Mann, der sich schon als kleiner Junge darauf vorbereiten musste, die Führung zu übernehmen. Er glaubt, dass Regeln aus einem bestimmten Grund aufgestellt werden, also musst du Geduld mit ihm haben. Ich bin nur froh, dass er wieder spielt und jemanden wie dich in seinem Leben hat.«

Ich versuchte, mir nichts anmerken zu lassen. Sie hatte mir gerade gewissermaßen gesagt, dass sie mich als Bodeys Partnerin akzeptieren würde, aber Bodey wollte nicht mit mir zusammen sein. Ich wollte ihr sagen, was das eigentliche Problem war, aber das hätte nichts geändert. Wenn er gewollt hätte, dass sie es wusste, hätte er es ihr selbst gesagt. »Danke«, murmelte ich, als mir erneut Tränen in die Augen stiegen. Ich blinzelte wieder und versuchte verzweifelt, sie zu unterdrücken.

»Gib ihm Zeit.« Sie tätschelte meinen Arm. »Er muss die Dinge auf seine Weise begreifen, denn mit dir zusammen zu sein, würde die Beziehung zwischen ihm und Zeke vermutlich vollends zerstören.«

Ich schwieg. Ich hatte nichts zu sagen. Ein Zerwürfnis mit Zeke war definitiv nicht das Problem, aber es war nicht meine Aufgabe, sie zu korrigieren.

Wir beide kochtenschweigend, als Michael wieder zu uns stieß. Ich war mir sicher, dass er extra lange den Tisch gedeckt hatte, um uns nicht zu stören.

Als ich eilige Schritte auf der Treppe hörte, wusste ich sofort, zu wem sie gehörten.

Bodey.

Mein verräterisches Herz schlug augenblicklich schneller.

Als er den Raum betrat, bekam ich eine Gänsehaut am ganzen Körper. Am liebsten wäre ich zu ihm gestürmt und hätte ihn geküsst, aber das konnte ich natürlich nicht tun.

»Guten Morgen«, murmelte er und klang ein wenig heiser.

Unfähig, mich zurückzuhalten, blickte ich ihn an. Er hatte Stoppeln am Kinn und leichte Augenringe. Als sich unsere Blicke trafen, verzog er das Gesicht.

»Guten Morgen, Schatz«, sagte Janet fröhlich und küsste Bodeys Wange. »Callie hat beschlossen, früher herunterzukommen und zu helfen.«

Bodey runzelte die Stirn. »Sie hat sich immer noch nicht vollständig erholt.«

»Es geht ihr deutlich besser.« Sie widmete sich wieder den Eiern. »Sie wird schon in absehbarer Zeit zu Zekes Rudel zurückkehren können.«

»Liebes«, warnte Michael, der zweifellos wusste, was sie vorhatte.

Sie holte eine große Schüssel aus dem Schrank und zuckte mit den Schultern. »Was? Das ist doch nur die Wahrheit.«

Glücklicherweise öffnete sich in diesem Moment die Haustür, und die anderen Berater samt ihrer Eltern traten ein.

Jack kicherte und führte die Gruppe an. »Mann, das ist doch keine große Sache. Du übertreibst wirklich maßlos.«

»Es *ist* eine große Sache, dich beim Kacken zu erwischen«, erwiderte Lucas, und die Haustür fiel zu.

Als er den Flur zwischen dem Esszimmer und der Küche betrat, tippte Jack sich an die Nase. »Ich kann doch nichts dafür, dass du es nicht gerochen hast. Vielleicht solltest du dir mehr Sorgen darüber machen, dass dein Wolf sich nicht mit dir in Verbindung setzt.«

»Wenn sechs Männer zusammen in einem Haus leben, stinkt einfach alles«, schnaubte Lucas. »Wenn ich nirgendwo hingehen wollen würde, wo es stinkt, müsste ich draußen bleiben.«

Ich musste kichern. Ich konnte mir sehr gut vorstellen, dass die drei unordentlich waren, aber ich nahm an, dass ihre Väter nicht so schlimm waren, oder zumindest ihre Gefährtinnen da waren, um hinter ihnen aufzuräumen. Bodey war definitiv nicht unordentlich, und ich war dankbar, dass ich bei ihm wohnen durfte.

»Ihr lebt schon eine Woche länger in diesem Haus als Destiny und ich.« Taylor stemmte die Hände in die Hüften. »Verzeiht uns, wenn es etwas länger dauert, bis wir alles nach euren Vorstellungen aufräumen. Jeden Abend, wenn ihr sechs nach Hause kommt, bringt ihr alles wieder durcheinander.«

Destiny legte einen Arm um Taylor. »Da stimme ich ihr zu. Wir werden jedem von euch eine Liste mit Aufgaben geben, damit wir dieses Gespräch nicht ständig wiederholen müssen.«

»Warte.« Miles lehnte sich zurück. »Wie oft hast du ihn schon beim Kacken erwischt? Kumpel, das ist echt seltsam.«

»Er war in *meinem* Badezimmer«, erklärte Lucas und tippte sich auf die Brust.

Jack sah Lucas an, als wäre es offensichtlich, warum er in seinem Bad gewesen war. »Na klar, ich will meins nicht vollstinken und mich dann darin zurechtmachen müssen.«

»Bei allen Göttern, haltet bitte endlich die Klappe«, sagte nun Dan und griff nach einem Stück Wurst. »Ich habe Kopfschmerzen, was für Gestaltwandler eigentlich unmöglich sein sollte.«

Ich schlug seine Hand weg, bevor er sich ein Stück schnappen konnte. »Hey, du musst genauso warten wie alle anderen auch.«

Seine Augen weiteten sich, und er sah Lucas an. »Ich dachte, du hättest gesagt, sie sei eine schwache Wölfin.«

»Ja, aber so benimmt sie sich nicht.« Lucas gluckste.

Jack stellte sich neben mich, legte einen Arm um meine Schultern und zwinkerte mir zu. »Deshalb habe ich auch beschlossen, dass wir sie behalten sollten.«

Der Schmerz in meinem Herzen ließ ein wenig nach. Jack hatte mich soeben als Freundin akzeptiert.

Er lehnte sich dicht an mich heran und flüsterte dann so laut in mein Ohr, dass es jeder hören konnte. »Weißt du, wenn es mit dir und Bodey nicht klappt, kannst du gerne zu mir kommen. Ich bin auch Single, weißt du.«

Bodey knurrte.

Jack gluckste nur.

Dann betrat Samuel die Küche. »Hey, was ist denn hier los?«

»Ich habe Callie nur gerade gesagt, dass ich sie für mich beanspruche, wenn Bodey es vermasselt«, antwortete Jack und gab mir einen Kuss auf die Wange.

Bodey erstarrte.

»Hey Kumpel, lass den Scheiß.« Lucas schüttelte den Kopf.

Als Jack an ihm vorbeiging, gab Miles ihm einen Klaps auf den Hinterkopf. »Hör endlich auf damit.«

»Also gut, lasst uns endlich frühstücken«, sagte Janet, die die ganze Situation offenbar ziemlich amüsant fand.

Ich griff nach dem Teller mit den Würstchen, und als ich an Bodey vorbeiging, folgte er mir und setzte sich dann direkt neben mich. Janet saß auf meiner anderen Seite, damit Jack einen gewissen Abstand einhielt, vermutete ich. Kurz darauf stürzten sich alle auf ihr Essen und redeten über alles Mögliche. Alle, außer mir.

Ich konnte keinen klaren Gedanken fassen. Stattdessen schob ich das Essen, das ich auf meinen Teller gelegt hatte, hin und her und konnte das bisschen Zeit, in denen ich noch mit ihnen zusammen war, nicht genießen.

Als mein Handy piepte, holte ich es aus der Tasche.

Theo: Ich bin da. Brauchst du Hilfe mit deinen Sachen?

Mir wurde flau im Magen. Er war dreißig Minuten zu früh.

Bodey sprang auf, sein Stuhl knallte gegen die Wand. »Ich kümmere mich darum.« Dann drehte er sich um und marschierte den Flur entlang zur Eingangstür.

Mist! Er hatte die Nachricht gelesen. Ich musste etwas tun, bevor er es aus der Haustür schaffte.

»Bodey, warte!« Ich eilte ihm hinterher.

Wenige Meter vor der Tür beschleunigte er seine Schritte. »Du wirst noch ein oder zwei Tage hierbleiben, bevor wir uns damit befassen müssen.«

Ich war mir nicht sicher, was das bedeuten sollte, aber das war auch egal. Er hatte die Tür erreicht. »Ich habe Theo gebeten, zu kommen«, sagte ich schnell.

Bodey erstarrte. »Was soll das heißen, du hast ihn gebeten, zu kommen?« Er klang wütend ... und verletzt. Das war neu. Er stand mit dem Rücken zu mir, eine Hand auf dem Türknauf.

Tränen stiegen in meine Augen, und ich spürte einen Kloß in meinem Hals. »Ich konnte nicht ...« Ein Schluchzen bildete sich in meiner Brust, sodass ich nicht weiterreden konnte. Wenn ich in seiner Nähe war, würde ich mich nur noch mehr in ihn verlieben, und das konnte ich nicht zulassen.

Ich musste weg.

Ich musste mich selbst schützen, weil es sonst niemand tat.

Das war schon mein ganzes Leben lang so, und ich konnte nicht zulassen, dass ich wegen jemandem wie ihm zusammenbrach. Seit letzter Nacht wusste ich genau, was ich für ihn empfand.

Ich trat ein paar Schritte näher an ihn heran und senkte meine Stimme, damit die anderen mich nicht hören konnten. Leider war es im Esszimmer bereits verdächtig still.

»Ich muss gehen. Ich kann hier nicht bleiben«, murmelte ich, während meine Hände zu zittern begannen.

Er drehte sich langsam um, seine Augen waren dunkel und fixierten mich. »Es geht dir noch nicht gut. Du solltest noch ein paar Tage hierbleiben. Darauf haben sich die anderen Berater und ich geeinigt.«

Die Situation war schwieriger, als ich erwartet hatte. Mein Herz verkrampfte sich schmerzhaft und meine Augen brannten. Am liebsten hätte ich mich einfach in seine Arme geworfen, aber genau das war das Problem. »Ich weiß, aber wenn ich bleibe, werde ich auf andere Weise noch schlimmer verletzt.« Ich strich mir eine Haarsträhne hinters Ohr und hielt seinem Blick stand. Ich durfte nicht zögern. Theo war hier, weil ich ihn gebeten hatte, zu kommen. »Ich will nicht gehen, aber ich muss es tun.«

»Du musst nicht gehen. *Niemals*«, raunte er und verringerte den Abstand zwischen uns. »Du kannst bleiben und Teil unseres Rudels werden.«

Mein Herz schrie *Ja*, aber mein Verstand war lauter. *Nein*. Auch wenn das ein verlockendes Angebot war, lebte ich lieber mit Personen zusammen, die mich offen hassten, als mit einem gebrochenen Herzen zu leben, während er seine Schicksalsgefährtin fand und sich verliebte.

Wenigstens würde ich mit meinem jetzigen Rudel einen klaren Kopf bewahren können und einen Weg finden, mit allem, was sie mir antun würden, umzugehen.

Ich leckte mir über die Lippen und suchte nach den richtigen Worten. Ich wollte ehrlich sein und nicht aus Schmerz oder Wut heraus sprechen und es später bereuen. »Das würde ich sehr gern. Wirklich. Aber ich kann nicht.«

»Aber ...«, begann er.

Ich hob eine Hand. »Lass mich bitte ausreden.« Ich musste alles offen darlegen, bevor ich es nicht mehr konnte.

Er nickte, sein Kiefer zuckte.

»Wenn ich bleiben würde, würde das nur noch mehr Probleme mit Zeke und später Theo verursachen, wenn er die Führung übernimmt.«

»Die beiden können mich mal«, knurrte er. »Das interessiert mich einen Scheißdreck.«

Schmetterlinge flatterten in meinem Bauch, aber ich verdrängte das Gefühl. Er wollte mich um jeden Preis beschützen – und das war sowohl das Problem als auch ein Grund, warum ich mich in ihn verliebt hatte.

Das musste ich ihm sagen. »Bodey, ich kann nicht hierbleiben und zusehen, wie du *sie* findest.« Meine Stimme brach, und eine Träne lief mir über die Wange. »Das würde ich nicht überleben. Es tut mir leid.«

Er ließ die Schultern hängen. »Ich möchte nicht, dass du gehst ... aus vielen Gründen.«

Wollte er mich in seiner Nähe behalten, falls er sie nie finden würde? »Du musst mich gehen lassen.« Ich sah ihm nun direkt in die Augen, wollte, dass er meinen Schmerz erkannte. »Ich kann hier nicht bleiben. Nicht nach letzter Nacht.«

Ein Klopfen an der Tür ließ Bodeys Gesicht erstarren. Mit verschränkten Armen stellte er sich vor die Tür und hinderte mich daran, sie zu erreichen.

Wenn er dachte, das würde mich davon abhalten, zu gehen, würde er bald eines Besseren belehrt werden. Es war mir scheißegal, ob er hier der Alpha war. Sogar mein eigener Alpha hatte Schwierigkeiten damit, mich zu kontrollieren, und jetzt würde ich ganz sicher nicht klein beigeben.

Ich ging also einfach an ihm vorbei, um die Tür zu öffnen, wenn auch nur einen Spalt.

»Callie«, warnte er.

Ich konnte dieses Gespräch jetzt nicht fortsetzen. Meine Entschlossenheit würde nur bröckeln und ich würde schließlich doch bleiben. Ich musste gehen ... und zwar *jetzt*.

Ich öffnete die Tür und hörte ihn frustriert seufzen.

Willkommen im Club. Er konnte mich nicht zurückweisen und dann verlangen, dass ich in seiner Nähe blieb. So funktionierte das Leben nicht, auch wenn er daran gewöhnt war, dass für ihn immer alles funktionierte.

Ich konnte die Tür zwar nur einen Spalt weit öffnen, weil Bodey sie immer noch blockierte, aber der Spalt war breit genug, dass ich Theos Gesicht sehen konnte.

Er lächelte. »Hey.« Sein Lächeln wurde schwächer, als ich die Tür nicht weiter öffnete.

Knurrend griff Bodey nach der Tür, riss sie auf und stellte sich zwischen Theo und mich. »Es geht ihr immer noch nicht besser. Sie kann noch nicht gehen«, knurrte er.

Meine Hände ballten sich zu Fäusten, und zum ersten Mal war ich wirklich wütend auf Bodey. Ich begrüßte dieses Gefühl. Zumindest betäubte es den Liebeskummer.

Theo hob sein Kinn. »Sie hat mich gebeten, sie heute abzuholen, also bin ich hier, um sie nach Hause zu bringen. Es ist ihre Entscheidung.«

Bodey schüttelte den Kopf und verschränkte erneut die Arme vor der Brust. »Daraus wird nichts.«

Ich knirschte mit den Zähnen. »Du bist nicht mein Alpha.«

»Nein, denn dann wäre es mir nicht egal, was dir

zustoßen könnte.« Er warf mir einen Blick über die Schulter zu, seine Nasenflügel blähten sich.

»Bodey«, rief Michael, während seine Schritte den Flur hinuntereilten. »Das reicht«, sagte er mit fester Stimme, als er an der Tür ankam.

Bodey warf seinem Vater einen finsteren Blick zu, rührte sich aber nicht. »Ich werde sie nicht gehen lassen.«

Seine Alphamacht war nun selbst für mich deutlich spürbar, und das obwohl ich hinter ihm stand. Ich konnte nur erahnen, wie Theo sich fühlte, wenn sie direkt auf ihn einströmte. Bodey war nicht sein Alpha, also musste er ihm nicht gehorchen, aber sein Wolf würde es dennoch intensiv spüren.

Ich war kurz davor, meinen Verstand zu verlieren. Er verhielt sich nicht besser als Zeke und versuchte, andere zu zwingen, sich seinem Willen zu beugen.

»Sohn«, fügte Michael hinzu, »wenn sie ihn gebeten hat zu kommen, können wir ihr nicht im Weg stehen. Sie ist ohnehin praktisch genesen. Es gibt keinen Grund für sie zu bleiben, wenn sie gehen möchte.«

»Keinen *Grund*?« Bodeys Körper bebte. »Ihr *eigenes Rudel* hat sie verletzt!«

»Das ändert nichts an der Tatsache, dass sie zurückkehren will«, sagte Michael, wobei sein Blick immer wieder zwischen seinem Sohn und Theo hin- und herflog.

Selbst, wenn ich meine Entscheidung rückgängig machen wollte, war es zu spät. Deshalb musste ich auch so schnell von hier verschwinden wie möglich. »Ich muss gehen. Ich habe meine Entscheidung getroffen.«

»Siehst du?« Michael legte eine Hand auf die Schultern seines Sohnes. »So war es abgemacht.«

Bodey versteifte sich noch mehr, als ob er nun auch bereit wäre, sich mit seinem Vater zu streiten. Ich erinnerte mich an die Bemerkung, die Samuel gestern über Bodey gemacht hatte. *Er hält sich strikt an die Regeln.*

»Ich werde schnell meine Tasche holen.« Ohne ein weiteres Wort drehte ich mich um und lief die Treppe hinauf.

Ich eilte in mein Zimmer und schnappte mir meine Tasche, aber plötzlich waren meine Beine wie erstarrt. Ich wollte nicht gehen. Hier war ich sicher gewesen, zum ersten Mal seit sehr langer Zeit. Aber zu welchem Preis?

Ich hörte leise Schritte auf dem Flur und kurz darauf betrat Janet den Raum. »Du weißt, dass du ihm sehr wichtig bist, oder?« Ihr Gesicht wurde sanfter. »Ich weiß nicht, was gestern Abend zwischen euch beiden vorgefallen ist, aber es ist klar, dass ihr beide sehr davon verletzt seid.«

Ich wischte mir die Tränen aus den Augen. »Er ist mir auch wichtig. Und das ist das eigentliche Problem, denn er hat gestern Abend deutlich gemacht, dass wir niemals zusammen sein können.« Ich atmete aus und versuchte, die Wut, die ich auf dem Weg ins Zimmer verspürt hatte, wieder zu entfachen.

Einen Moment lang schwiegen wir beide, und ich bereitete mich darauf vor, wieder nach unten zu gehen. Ich drehte mich zu Janet um und legte ihr eine Hand auf die Schulter. »Ich weiß es wirklich zu schätzen, was ihr für mich getan habt, aber es ist in Bodeys bestem Interesse, wenn ich gehe. Er muss sich darauf konzentrieren, diejenige zu finden, nach der er sucht. Ich verursache nur noch mehr Ärger, während sich die Alphas eigentlich auf Samuels Krönung und die Königin des Südwestens konzentrieren sollten. Ich muss zu meiner Familie zurückkehren.«

Den Teil, dass es mich zerstören würde, hierzubleiben, ließ ich bewusst aus.

Janet lächelte traurig. »Ich weiß, dass du nur das tust, was das Beste für meinen Sohn ist und dafür danke ich dir. Ich dachte nur, ihr zwei hättet eine besondere Verbindung, und vielleicht habt ihr die auch. Aber manchmal ist Liebe einfach nicht genug.«

Mein Mund wurde trocken, und ich versuchte zu schlucken. Wenn ich nicht aufpasste, würde ich wieder anfangen zu weinen.

Sie umarmte mich, und ich erwiderte die Umarmung. Normalerweise gab ich nicht viel auf körperliche Zuneigung, aber sie und die anderen waren mir ans Herz gewachsen.

Als sie sich zurückzog, strich sie mir mit dem Handrücken über die Wange. »Pass gut auf dich auf, und lass dich bloß nicht unterkriegen. Versuche, gefährliche Situationen zu vermeiden.«

»Das werde ich.« Das war keine Lüge. Ich war entschlossen, einen Ausweg aus der Hölle zu finden, die mein Leben war. Jetzt, da ich wusste, dass nicht alle Rudel ihre schwächsten Mitglieder misshandelten, würde ich mein Leben ändern. Allerdings musste ich erst zu meiner Familie zurückkehren und einen Weg finden, mich auf legitime Weise zu befreien, ohne andere in diesen Kampf hineinzuziehen.

Was auch immer Janet in meinem Gesicht zu sehen glaubte, es schien sie zu beruhigen, denn sie ließ ihre Hände sinken. »Wenn du etwas brauchst, musst du nur einen von uns anrufen oder eine Nachricht schreiben.« Sie nahm mir das Handy aus der Hand und tippte ein paar Nummern ein. Dann gab sie es mir zurück. »Jetzt hast du alle unsere Nummern. Auch wenn du kein offizielles Rudelmitglied bist, wirst du in meinem Herzen immer eine von uns sein.«

Lange würde ich meine Tränen nicht mehr zurückhalten können. Ich biss mir auf die Innenseite der Wange, um nicht zu schluchzen. »Danke.«

Auf der Treppe ertönten schwere Schritte und kurz darauf betrat Samuel das Zimmer. Er räusperte sich. »Seid ihr beide fertig? Ich würde gerne noch kurz mit Callie sprechen, bevor sie geht.«

»Ja, natürlich. Ich sollte nach unten zu Bodey und Michael gehen.« Sie küsste Samuel auf die Wange und ließ uns allein.

Mein Herz pochte wie verrückt. Wir waren beide adoptiert, aber meine Eltern hatten mir nie so viel Zuneigung entgegengebracht. Ich freute mich für ihn – Samuel hatte es verdient –, aber manchmal wünschte ich mir, das Schicksal wäre freundlicher zu mir gewesen.

Ich seufzte, ich musste dringend aufhören, mich im Selbstmitleid zu suhlen.

Samuel rieb sich den Nacken. »Ich werde dich wirklich vermissen. Von allen hier hast du mich am meisten verstanden.«

Ich presste meine Lippen aufeinander, um zu verhindern, dass sich noch mehr Tränen in meinen Augen sammelten. »Das liegt daran, dass wir irgendwie in der gleichen Situation feststecken, auch wenn unsere Zukunft jeweils ganz anders aussieht.« Ich legte meine Hände auf seine Schultern und lächelte. »Du wirst ein *großartiger* König sein.«

Er ergriff meine Hand und drückte sie fest. »Wenn ich König bin, werde ich alles für dich in Ordnung bringen. Das verspreche ich.«

Mein Herz schlug schneller. Ich war mir nicht sicher, was er damit meinte, aber die Geste rührte mich. »Du solltest dich darauf konzentrieren, die Territorien zu stärken und die Dinge mit der Königin zu regeln, nicht darauf, mir zu helfen. Mir wird es schon gut gehen. Dafür werde ich sorgen.«

Anstatt seine Antwort abzuwarten, zog ich ihn in eine kurze Umarmung und löste mich dann von ihm. Ich konnte mich kaum davon abhalten, zu bleiben.

»Pass auf dich auf.« Dann drückte ich ihm mein Handy in

die Hand. »Wie lautet deine Nummer? Dann können wir in Kontakt bleiben.«

Er grinste. »Das würde mich freuen.«

Nachdem er seine Nummer eingetippt hatte, gingen wir nach unten, wo Bodey und Theo einander gegenüberstanden und sich wütend anfunkelten. Jack, Lucas, Miles und Michael standen hinter Bodey. Es war offensichtlich, dass sie angespannt waren. Falls Bodey ausrasten würde, würden sie ihn jedoch stoppen können.

Als ich mich zur Haustür bewegte, griff Bodey nach meiner Tasche. »Ich kann deine Tasche zum Auto tragen.«

Theo schüttelte den Kopf. »Ich mache das schon.« Er griff danach und versuchte, sie Bodey wegzunehmen.

Bodey rührte sich nicht.

»Mann, ich will auch nicht, dass sie geht, aber dein Verhalten ist nicht gerade hilfreich«, schimpfte Jack.

Lucas schnaubte. »Wenn *er* schon mit dir schimpft, Mann, dann weißt du, wie ernst die Lage ist.«

Miles warf Theo einen bösen Blick zu, schwieg aber, wie man es von ihm gewohnt war.

Bodey ließ meine Tasche jedoch nicht los. Seine Augen waren auf mich gerichtet, sein Gesichtsausdruck vor Schmerz verzerrt.

Er wollte nicht, dass ich ging.

Ich schloss die Distanz zwischen uns und gab ihm einen flüchtigen Kuss auf die Wange. Meine Lippen kribbelten in der Erinnerung an die letzte Nacht, und ich ignorierte Theos leises Knurren hinter mir.

Dann beugte ich mich zu seinem Ohr. »Ich hoffe, du findest sie«, flüsterte ich, so leise ich konnte, bevor ich mich zurückzog.

Wenn ich dachte, Bodey wäre vorher schon niederge-schlagen gewesen, hatte ich mich geirrt. Er ließ seine Schultern hängen und sein Adamsapfel zuckte. Seine Augen blieben auf mich gerichtet, als er meine Tasche losließ. Er sah untröstlich aus.

Alles in mir schrie danach zu bleiben. »Danke für alles.«

Theo öffnete die Tür, und ich eilte hindurch, bevor ich es mir anders überlegen konnte.

Ich hatte gedacht, ich wüsste, wie sich Schmerz anfühlte.

Wie es sich anfühlte, Qualen zu erleiden.

Nichts hatte mich auf diesen Moment vorbereitet. Auf dem Weg zu Theos Auto, spürte ich Bodeys Blick auf mir, und ich wünschte, er würde mir hinterherlaufen und mir sagen, dass er sich geirrt hatte. Dass er sie nicht mehr finden wollte.

Aber das tat er nicht.

Also stieg ich in den Wagen, schaute nach vorn und ließ mein Herz zurück, als ich mich auf den Weg zurück in meine eigene persönliche Hölle machte.

***

Als der Eingang unserer Siedlung vor uns auftauchte, bildete sich ein großer Kloß in meinem Hals. Wir hatten nicht lang für den Rückweg gebraucht, und ich war geistig nicht auf das vorbereitet, was jetzt kam.

Nervös verschränkte ich meine Hände in meinem Schoß. Ich wollte wieder bei Bodey sein, in seinen Armen.

»Geht es dir gut?«, fragte Theo. Es begann zu regnen, was unter den gegebenen Umständen angemessen schien, und er schaltete die Scheibenwischer ein. Seine Gesichtszüge wurden weicher, als er mich musterte, aber sein Blick blieb hart. »Es scheint nicht leicht für dich zu sein, wieder hier zu sein. Du und Bodey habt euch sehr nahegestanden.«

Wenn ich mich nicht geschickt anstellte, würde er mich

wieder ausquetschen. Ich zuckte mit den Schultern. »Nein, so ist es nicht. Es ist nur so, dass keiner von ihnen mich dort schlecht behandelt hat. Sie waren nett und rücksichtsvoll – das habe ich einfach noch nie vorher erlebt.«

Theo nahm meine Hand in seine, als er in die Siedlung einbog.

Am liebsten hätte ich meine Hand weggerissen, aber ich hatte nicht die Kraft zu kämpfen. Nicht, während ich darum kämpfte, die Tränen zu unterdrücken.

»Du gehörst zu uns. Du wirst schon sehen.« Er nickte ernst. »Ich habe es mir zur Lebensaufgabe gemacht, dafür zu sorgen, dass man dich von nun an anders behandelt, sodass du dich bei uns wohlfühlen kannst.«

»Wir werden sehen, wie das funktioniert«, murmelte ich. Das kaufte ich ihm nicht ab. Er war entschlossen, etwas zu verändern, aber sein Vater hatte mir in den letzten siebzehn Jahren irreparablen Schaden zugefügt.

Wir fuhren an anderen Häusern vorbei, in die Richtung meines Hauses. Ich konnte es kaum erwarten, Stevie zu sehen. Sie war aktuell mein einziger Lichtblick. Wieder hier zu sein, fühlte sich surreal an.

Sobald das Haus meiner Familie in Sichtweite kam, krampfte sich mein Magen zusammen. Ein Mann stand auf der kleinen Veranda.

Zeke.

Theo fuhr in unsere Einfahrt und parkte den Wagen.

Bei allen Göttern. Was hatte Zeke hier zu suchen? Sollte er nicht bei den anderen Beratern sein?

Es gab nur einen Grund, der mir in den Sinn kam... Bodey hatte recht behalten. Ich hätte nie nach Hause kommen sollen.

Auf Zekes Gesicht lag zwar nicht sein üblicher grimmiger Gesichtsausdruck, aber freundlich sah er auch nicht gerade aus. Es war offensichtlich, dass er auf uns gewartet hatte.

»Wusstest du, dass er hier sein würde?«, fragte ich, wahrscheinlich lauter als nötig, aber so wie meine Ohren klingelten und der Regen auf das Auto prasselte, konnte ich mich selbst kaum hören. Ich konnte nicht glauben, dass ich so dumm gewesen war, zu glauben, dass ich sicher sein würde, bis Zeke vom Treffen der Berater nach Hause kommen würde.

Theo schüttelte den Kopf. »Ich wusste es nicht. Das schwöre ich. Ich weiß nicht, warum er hier ist.«

Da ich keinen Schwefel roch, hatte ich keinen Grund, ihm nicht zu glauben. Er schien die Wahrheit zu sagen.

Ich drehte mich in dem Moment zu ihm, als seine Iris aufleuchtete, was bedeutete, dass sein Wolf sich gedanklich mit dem seines Vaters verband.

Als ich meinen Blick von ihm auf Zeke lenkte, bemerkte

ich, dass Zekes Wolf zu antworten schien. Zeke runzelte die Stirn und schürzte die Lippen.

Mein ganzer Körper spannte sich an, und mein Mund wurde trocken. Was auch immer Theo sagte, würde die Sache nur noch schlimmer machen, und ich wollte, dass er dieses Gespräch auf der Stelle beendete.

Unsicher, was ich nun tun sollte, drückte ich seine Hand, um seine Aufmerksamkeit wieder auf mich zu lenken. »Es wird alles gut. Lass uns sehen, was er will.« Ich hoffte, dass es mir angerechnet werden würde, früher nach Hause gekommen zu sein. Auf diese Weise würde er wissen, dass ich einen seiner rivalisierenden Berater verärgert hatte.

»Keine Sorge«, murmelte Theo, hob meine Hand an seinen Mund und küsste sie sanft. »Ich werde immerzu an deiner Seite sein.«

Ich zuckte zurück, ich konnte einfach nicht anders. Seine Lippen auf meiner Haut fühlten sich weder natürlich noch richtig an. Verdammt, selbst seine Berührung war nicht so tröstlich wie die von – nein, ich musste aufhören, an *ihn* zu denken. Wir würden niemals zusammen sein können. Er war auf der Suche nach seiner Schicksalsgefährtin.

Ich versuchte, die negative Reaktion zu überspielen, und ließ meine Hand einen Moment lang in seiner, obwohl es mir nicht leichtfiel. »Bringen wir es hinter uns.« Ich zog meine Hand ein wenig zu eifrig weg.

Bereit, dem Unvermeidlichen ins Auge zu sehen, öffnete ich die Beifahrertür. Ich war mir sicher, dass meine Strafe eine Art von Gartenarbeit oder Toilettenreinigung sein würde. Alles, was mit schwerer körperlicher Arbeit, schrecklichem Wetter oder dem Umgang mit Scheiße zu tun hatte.

Obwohl es regnete und ich am liebsten ganz weit weggelaufen wäre, zwang ich mich, auf Zeke zuzugehen. Ich hatte schrecklichen Liebeskummer, und das Letzte, was ich wollte, war, mich mit diesem Mannauseinanderzusetzen. Vielleicht würde ich ausnahmsweise mal meinen Mund halten ... oder ich könnte die Situation noch schlimmer machen.

Es war nicht abzusehen, wie das kommende Gespräch sich abspielen würde.

Ich hörte, wie Theo ausstieg, aber ich wartete nicht auf ihn. Ich konnte mich nur darauf konzentrieren, gleich Zeke gegenüberzustehen.

Als ich bei ihm angekommen war, musterte er mich. »Du siehst besser aus.« Im Gegensatz zu seinem normalen Tonfall war in diesem Satz nur ein Hauch von Bosheit zu hören. Zum ersten Mal hörte er sich fast nett an, was alle Alarmglocken in meinem Kopf zum Klingeln brachte.

Ich musste vorsichtig sein. Das hier war unbekanntes Terrain. »Ja, es geht mir besser.«

Zwischen dem Schmerz darüber, dass ich Bodey verlassen hatte, und der Ungewissheit, was zur Hölle hier vor sich ging, hätte ich am liebsten meine Arme um mich geschlungen, aber ich weigerte mich. Das würde nur als unsicher oder ängstlich rüberkommen.

»Das ist einer der Gründe, warum ich beschlossen habe, nach Hause zu kommen.« Ich zuckte lässig mit den Schultern. »Ich bin weitestgehend geheilt, es gab also keinen Grund, länger zu bleiben.«

Er legte den Kopf schief und schnupperte, als ob er erwartete, mich bei einer Lüge zu ertappen.

Da musste ich ihn leider enttäuschen. Das war die Wahrheit, auch wenn es nicht der Hauptgrund war, warum ich hierher zurückgekehrt war. Den anderen Teil brauchte er nicht zu wissen.

Ich würde mein Geheimnis – die Liebe zu Bodey – mit ins Grab nehmen, wo sie hingehörte.

Die Autotür schloss sich, und kurz darauf hörte ich Theos Schritte in unsere Richtung kommen.

»Du hast recht.« Zeke nickte. »Ich bin froh, dass *du* dich entschlossen hast, nach Hause zu kommen und dass nicht diese *vier* die Entscheidung für dich getroffen haben.« Er knurrte frustriert. »Ich bin froh, dass du wieder hier, bei uns, bist.«

Ich starrte ihn überrascht an. Hätte ich nicht gesehen, wie sich seine Lippen bewegten, um die Worte zu formen, hätte ich geschworen, ich hätte ihn missverstanden oder es mir nur eingebildet, aber die Geräusche passten zu den Bewegungen.

»Warum bist du hier?«, fragte Theo, der nun neben mir stand.

Es regnete immer noch und Theo und ich wurden klatschnass, aber ich war nicht bereit, mich Zeke zu nähern. Ich traute ihm nicht. Bei seinem netten Auftreten würde es mich nicht wundern, wenn er mich plötzlich schlagen würde, nur um mir eine Art grausame Lektion zu erteilen, besonders nach Theos Frage.

Zeke kratzte sich im Nacken und sah mich an. »Ich habe die Berater angerufen, als Theo sich mit mir verbunden hat, um mir mitzuteilen, dass ihr auf dem Weg nach Hause seid, und ich habe ihnen gesagt, dass ich mich etwas verspäten werde, weil ich etwas Wichtiges zu erledigen habe.«

Natürlich. Meine Bestrafung. Doch ich schwieg und konzentrierte mich auf den Nieselregen, der meine Kleidung durchnässte, statt auf den Schmerz in meinem Herzen, weil ich Bodey vermisste, oder auf die Furcht vor dem, was Zeke mir antun würde.

Theos Brust berührte meinen Rücken. Ich war mir sicher, dass er mich beruhigen wollte, aber ich wollte einfach nur weg. Er und ich waren Freunde, seit ich hier angekommen war, und er tat sein Bestes, um sein Versprechen, mich zu beschützen, einzuhalten.

»Du kannst dich wieder beruhigen, mein Sohn.« Zeke verdrehte Augen. »Ich wollte Callie nur sagen, dass es mir leidtut.«

Diesmal hatte ich ihn auf keinen Fall missverstanden. Zeke hatte sich noch nie bei irgendjemandem entschuldigt ... *niemals.*

Auch Theo versteifte sich.

Zeke fuhr fort, als ob alles vollkommen normal wäre. »Diese ganze Situation hat mir klargemacht, dass ich Callie nicht fair behandelt habe.«

Theo holte tief Luft, während wir auf den Haken warteten, und hustete auf.

Glücklicherweise waren meine Emotionen ausgeglichener als seine, das hatte man davon, wenn man lernte, seinen Gesichtsausdruck zu beherrschen ... wenn ich nur gelernt hätte, auch meinen Mund zu beherrschen. Als ob mein Mund beweisen müsste, dass er immer noch der Alte war, öffnete er sich. »Ich nehme an, dass die Möglichkeit, dass Bodey und die anderen Berater nach mir sehen könnten, etwas mit deinem Sinneswandel zu tun hat?«

Ich glaubte einfach nicht, dass er aufrichtig war. Es musste einen Grund geben, der erklärte, warum er hier stand und all diese Dinge sagte. Den gab es bei Zeke immer. Sein Kiefer zuckte leicht, aber seine Miene blieb ruhig, fast gleichgültig. »Ich will ehrlich sein. Das hat mich dazu gebracht, alles neu zu überdenken. Ich hoffe also aufrichtig, dass wir beide neu anfangen können.«

Ich lachte so laut los, dass mir die Rippen weh taten. Das hätte ich vermutlich nicht tun sollen, aber entweder war das alles hier ein vollkommen verrückter Traum, oder irgendjemand erlaubte sich einen miserablen Scherz mit mir. Ich presste mir die Hände auf den Mund und wartete ab, was als Nächstes kommen würde.

Er hob die Hände. »Komm rein. Ich habe eine Überraschung für dich, damit du siehst, wie ernst ich die Sache meine.«

Meine Beine waren wie angewurzelt. Ich wollte mich nicht bewegen. Ich wusste nicht, was sich hinter der Haustür meiner Eltern befand.

Er öffnete sie und winkte mich hinein.

Mein Blick richtete sich sofort auf zwei Männer, die ich lieber nie wieder gesehen hätte. Charles und sein Vater Trevor, der zufällig Zekes Beta und bester Freund war. Beide trugen Anzüge. Sie arbeiteten in der Immobilienfirma, die Trevor gehörte. Charles würde nicht nur die Firma von seinem Vater erben, sondern auch die Beta-Position, was ein Grund dafür war, dass er sich mir gegenüber so grausam verhielt – um sich bei Zeke und seinem Vater beliebt zu machen. Die beiden hätten Zwillinge sein können, nur dass Trevor eindeutig älter und seine Augen einen härteren Ausdruck hatten. Sogar die Art, wie sie standen, war identisch, bis auf die eine Hand, die Trevor hinter seinem Rücken hielt.

Theo legte eine Hand an die Mitte meines Rückens und versuchte, mich hineinzuschieben. Seine Berührung war nicht gerade beruhigend und brachte mich dazu, Bodey noch mehr zu vermissen. Ich bewegte mich vorwärts, nur um seiner Berührung zu entkommen, ohne es wirklich zu wollen.

Als ich eintrat, sah ich Pearl auf dem Sofa neben Charles, während meine Eltern auf dem Sofa ihnen gegenüber saßen. Pearl blickte finster drein. Sie trug die marineblaue Uniform, die sie bei ihrer Arbeit in einem Restaurant tragen musste. Mom und Dad trugen ihre übliche Kleidung.

»Dieser Mann hat sich wirklich gut um dich gekümmert.«

Moms Augen wurden weicher. »Du siehst aus wie ein neuer Mensch.«

Meine Aufmerksamkeit richtete sich wieder auf die beiden Männer, die sich nicht die Mühe machten, zu verbergen, dass sie nicht hier sein wollten.

»Was ist hier los?«, fragte Theo, als er sich neben mich stellte, nahe genug, dass sein Arm meinen berührte.

Zeke ging zu den beiden Männern hinüber und legte eine Hand auf Trevors Arm. »Callie wünscht sich schon seit geraumer Zeit einen Job, und wir haben sie zurückgehalten und ihre Fähigkeiten nicht ausreichend genutzt.«

»Ja, meine erstaunlichen Talente wurden beim Toilettenputzen und bei der Gartenarbeit wirklich verschwendet«, scherzte ich, unfähig, meine Klappe zu halten.

Grunzend starrte Charles mich an. Aber wenn Blicke töten könnten, wäre ich schon mit fünf Jahren tot umgefallen.

»Callie«, warnte Dad, während er sich in den Nasenrücken kniff.

Zeke fuhr fort, als hätte ich gar nichts gesagt. »Ich wollte es wiedergutmachen und habe das Café, in dem sie gearbeitet hat, besucht, und man hat mir mitgeteilt, dass sie entlassen wurde.«

Das hatte ich mir schon gedacht. Immerhin hatte ich fünf der zehn Nächte, an denen ich hätte arbeiten sollen, abgesagt und ihnen dann mitgeteilt, dass ich krank sei und eine Woche lang nicht kommen könne. Sie hatten nicht gezögert, mich zu entlassen, und das zu Recht.

Lächelnd deutete Zeke auf Charles und Trevor. »Gestern Abend erzählte mir Trevor, dass sie eine Teilzeit-Empfangsdame suchen, die in der Mittagspause und abends arbeitet, und das brachte mich auf eine Idee. Das wäre der perfekte Job für dich.«

Ich erstarrte. Ich wollte nicht für diese Leute arbeiten. Es gab so viele Dinge, die ich lieber tun würde, zum Beispiel mir die Augen ausstechen ... andererseits wäre das eine Möglichkeit, hier herauszukommen, vor allem, wenn Zeke mich nicht am Gehen hindern würde. Nach den menschlichen Gesetzen müsste mich die Firma bezahlen. Mein Stolz sagte Nein, aber mit Stolz konnte man keine Rechnungen bezahlen. Außerdem würde es nach hinten losgehen, wenn ich jetzt ablehnte.

Vielleicht hofften Charles und Trevor sogar darauf.

Zekes Augen leuchteten leicht auf, und einen Moment später runzelte Trevor die Stirn und räusperte sich. »Ja, Callie. Wir haben uns gefragt, ob dir dieser Job gefallen würde.«

Mein Blut kochte, aber ich kämpfte darum, ruhig zu bleiben. Dieser Job war nur dazu da, um mich zu kontrollieren. Sie wollten ein Auge auf mich haben, auch wenn ich mir nicht sicher war, warum.

Na ja, Geld war Geld, und ich wäre dumm, mir diese Gelegenheit entgehen zu lassen. »Wann soll ich anfangen?«

Trevor warf mir einen finsteren Blick zu. »Wie wäre es mit morgen?«

Ich war mir sicher, dass er gehofft hatte, ich würde den Job ablehnen. Aber wenn Zeke so tun würde, als wäre er nachsichtig mit mir, wenn auch nur vorübergehend, würde ich das ausnutzen, solange ich konnte. »Klingt gut. Gibt es irgendetwas, das ich im Vorfeld tun muss, um mich vorzubereiten?«

Der Mann rollte die Schultern zurück und ließ seinen Nacken knacken. »Ich werde das Menschenmädchen veranlassen, dir heute noch den Papierkram zukommen zu lassen, damit du startklar bist. Damit erhältst du Zugang zu unserem Online-Portal, wo du alles hochladen kannst, was du brauchst und um verifiziert und auf die Gehaltsliste gesetzt zu werden.

Schreib mir einfach deine E-Mail-Adresse auf.« Hinter seinem Rücken holte er eine Mappe und einen Stift hervor.

Pearl lehnte sich schmollend zu Charles. »Gibt es dort noch einen anderen Job, den ein anderes Rudelmitglied übernehmen könnte?«

»Nein«, antwortete Charles, dessen Tonfall vor Verachtung triefte. »Es gibt nur eine Stelle, und die ist für *Callie*.«

Während ich meine E-Mail-Adresse aufschrieb, wurde es still im Raum. Als ich ihm die Mappe zurückgab, nickte Trevor. »Es ist fast neun Uhr, Charles und ich sollten gehen. Wir haben heute Morgen bereits ein Meeting verlegt, damit wir dieses Gespräch mit Callie führen können.«

Ja, das war eindeutig Zekes Werk, aber Trevor konnte seinem Alpha einfach keinen Gefallen abschlagen. Jetzt fragte ich mich, worin zum Teufel ich da hineingeraten war. Von allen Leuten im Rudel war *das* der Wolf, für den Zeke mich arbeiten lassen wollte?

Er ging zur Tür, während Charles zu Pearl lief, um sie schnell auf die Wange zu küssen. Ihr Körper entspannte sich ein wenig mit seiner Aufmerksamkeit.

»Wir sehen uns später, ja?«, murmelte Pearl, die jedoch immer noch schmollte.

»Ja, ich hole dich von der Arbeit ab.« Charles nickte meinen Eltern zu, drehte sich um und ging an mir vorbei, ohne mich auch nur eines weiteren Blickes zu würdigen. Bei Theo hielt er kurz inne und klopfte ihm auf den Rücken. »Bis später, Mann.«

Ich war die einzige Person, die er nicht einmal angesehen hatte. Das konnte ja heiter werden.

Bevor die beiden jedoch endgültig gingen, wandte sich Trevor noch einmal an mich. »Oh, Callie. Kleide dich bitte dem Job entsprechend, wir bevorzugen Business-Casual, und sei morgen Mittag pünktlich da.«

Als die beiden die Tür öffneten, um zu gehen, starrte mich Pearl noch hasserfüllter an als zuvor. Sobald die Tür zu war, sprang sie auf. »Wir sehen uns später, Leute. Ich muss ins Restaurant, um mich auf den Mittagsansturm vorzubereiten, denn ich muss für meinen Job noch wirklich arbeiten, nicht wie einige andere Leute hier.« Sie schnaubte und marschierte in die Garage, während meine Eltern, Zeke, Theo und ich im Wohnzimmer zurückblieben.

Ich ließ den Kopf hängen. »Vielleicht sollte Pearl den Job an meiner Stelleannehmen.« Ich wollte nicht, dass sie mich noch mehr hasste, als sie es ohnehin schon tat.

»Auf keinen Fall.« Zeke schüttelte den Kopf. »Wir haben schon darüber gesprochen, dass du die Stelle bekommen sollst. Du bist diejenige, die gerade keinen Job hat.« Er kam zu mir herüber und legte beide Hände auf meine Schultern.

Es beunruhigte mich, Theo hinter mir und Zeke vor mir zu spüren. Ich wollte, dass sie sofort aufhörten, mich zu berühren, also biss ich mir wieder auf die Innenseite der Wange.

»Entspann dich. Füll den Papierkram aus. Werde wieder gesund.« Er ließ die Hände sinken und lächelte, obwohl das Lächeln seine Augen nicht ganz erreichte. »Sag mir oder Theo Bescheid, wenn du etwas brauchst. Ich muss mich jetzt auf den Weg machen. Durch die bald anstehende Krönung gibt es viel zu tun. Ich hoffe, dass du dich nun endlich diesem Rudel zugehörig fühlst. Theo hat mir von seinen Hoffnungen für eure Zukunft erzählt, und das hat mir bestätigt, dass ich es zu einer Priorität machen muss, die Dinge zwischen uns beiden in Ordnung zu bringen.«

Konnte dieser Tag noch schlimmer werden? Theo musste seinem Vater gesagt haben, dass er mich zu seiner Gefährtin machen wollte. Am liebsten wäre ich auf der Stelle im

Erdboden versunken. »Danke«, flüsterte ich, unfähig, lauter zu sprechen.

Sobald Zeke weg war, standen meine Eltern auf und lächelten. »Wir sind froh, dass du wieder zu Hause bist.«

Theo trat einen Schritt zurück und räusperte sich. »Ich lasse euch drei einen Moment allein, während ich deine Sachen reinbringe.« Er folgte seinem Vater zur Tür hinaus und ließ mich mit meinen Eltern allein.

Mom lächelte noch immer. »Ich bin so froh, dass für dich nun endlich alles besser wird. Wir haben uns die letzten Tage natürlich schreckliche Sorgen gemacht, aber anscheinend war es ein Weckruf für Zeke. Er hat sich sogar bei unserer Familie entschuldigt.«

Auch wenn niemand in meiner Familie so schlecht behandelt worden war wie ich, waren sie dennoch nicht besonders angesehen, weil ich in ihrem Haushalt lebte.

»Dafür bin ich wirklich dankbar.« Dad klopfte mir unbeholfen auf die Schulter. »Wir müssen wieder an die Arbeit, aber wenn du etwas brauchst, ruf uns einfach. Und wenn du dich besser fühlst, wären wir dankbar, wenn du dich um die Wäsche und die Küche kümmern könntest.«

Ich warf einen Blick in die Küche und biss mir auf die Innenseite der Wange. Niemand hatte hier geputzt, während ich weg gewesen war. Ich zwang mich, das Lächeln zu erwidern. »Sicher.«

»Danke, Schatz«, sagte Mom, bevor die beiden in ihrem Arbeitszimmer verschwanden.

Der kupferne Geschmack von Blut erfüllte meinen Mund. Mist, ich hatte wieder zu fest zugebissen. Ich fuhr mit meiner Zunge sanft über die verletzte Stelle, gerade als Theo wieder hereinkam.

Ohne zu fragen, ging er in mein Zimmer. Er hatte die Angewohnheit, sich hier wie zu Hause zu fühlen. Ich folgte ihm und sah zu, wie er meine Sachen mitten in dem überfüllten Zimmer abstellte, das Stevie in meiner Abwesenheit vollkommen in Beschlag genommen hatte.

Große Götter, ich liebte dieses Mädchen, aber sie war unordentlicher als alle anderen in diesem Haus zusammen.

»Ich bin so froh, dass du wieder da bist.« Theo seufzte, nahm meine Hände und zog mich ins Zimmer.

Was würde ich nicht dafür geben, dasselbe zu fühlen, und wie sehr wünschte ich mir, dass es mir gefiel, wenn er mich berührte. Obwohl ich mich wirklich bemühte, wurden meine Gefühle zu ihm einfach nicht stärker.

»Wie wäre es, wenn wir zur Feier des Tages heute Abend essen gehen?« Er strahlte. »Nur du und ich.«

Ein Date. Wir hatten noch nie zusammen zu Abend gegessen.

»Theo, es tut mir leid, aber ich bin schrecklich müde. Können wir das Essen auf einen anderen Abend verschieben?«

Er küsste mich auf die Wange und lehnte sich zurück. »Na gut. Dann werde ich dich jetzt in Ruhe lassen, damit du dich ausruhen kannst. Ich werde aber später nach dir sehen.«

So einfach würde er mich nicht in Ruhe lassen. Obwohl wir Freunde waren, trafen wir uns nicht oft, aber er war offensichtlich entschlossen, das zu ändern. »Okay. Klingt gut.« Ich konnte ihn nicht verletzen oder verärgern. Sehr bald würde er der neue Alpha sein und ich würde seinen Schutz brauchen.

»Ich kann es kaum erwarten«, murmelte er und sein Blick wanderte zu meinen Lippen.

Oh nein, auf keinen Fall!

Stattdessen umarmte ich ihn schnell und ließ mich dann auf mein Bett plumpsen. »Bevor ich irgendetwas anderes tue, werde ich ein Nickerchen machen.«

»Klingt nach einer hervorragenden Idee.« Er zwinkerte und schlenderte hinaus.

Ich hielt den Atem an, obwohl meine Lunge sich wehrte, bis ich hörte, wie sich die Haustür öffnete und schloss und sein Wagen aus der Einfahrt fuhr.

Sobald ich allein war, versuchte ich mich auszuruhen, aber jedes Mal, wenn ich die Augen schloss, sah ich Bodeys Gesicht. Der verletzte Ausdruck in seinen wunderschönen Augen, als ich zur Tür hinausging, schien mich zu verfolgen.

Ich kuschelte mich in mein Bett und starrte an die Decke. Dieses Bett war leider ganz und gar nicht mehr bequem ... ich fühlte mich nicht mehr geborgen.

Die bittere Wahrheit schien mich zu erdrücken. Bis ich in Bodeys Haus gewesen war, hatte ich nicht bemerkt, dass sich dieser Ort nie wie ein Zuhause angefühlt hatte.

Meine Augen brannten, als sie sich erneut mit Tränen füllten. In den vergangenen zwölf Stunden hatte ich mehr geweint als in den letzten zweiundzwanzig Jahren meines Lebens zusammen. Ich wollte nicht nur mit Bodey zusammen sein, ihn berühren und küssen, ich vermisste auch die anderen. Jacks unangebrachte Witze und sein unausstehliches Lachen, Lucas' amüsiertes Zurechtweisen, Miles' stille Aufmerksamkeit und Samuels Freundschaft hatten mir das Gefühl gegeben, nicht ganz so allein auf der Welt zu sein.

In diesem Moment vibrierte mein Handy. Mit zitternder Hand griff ich danach.

Bodey: Geht es dir gut? Soll ich dich abholen? Ich hasse es, dass wir so auseinandergegangen sind.

Am liebsten hätte ich Bodey einfach ignoriert, aber ich wollte auf keinen Fall, dass er hier auftauchte und alles wieder zerstörte.

Ich: Bald wird es mir sicher wieder gut gehen und du hast viel zu tun. Wir hatten nie wirklich eine Chance, Bodey. Ich brauche Abstand von dir, um mein Herz zu heilen. Ich danke dir für alles. Pass auf dich auf.

Da ich nicht sehen wollte, ob und wie er reagierte, kletterte ich aus dem Bett und ließ mein Handy zurück, als ich in die Küche ging, um mir Beschäftigung zu suchen. Ich brauchte einen Weg, um nicht ständig an ihn denken zu müssen.

BODEY ANTWORTETE NICHT. Ich war mir nicht sicher, ob ich deswegen verletzt oder erleichtert sein sollte. Vielleicht eine Kombination aus beidem. Das war es, was ich gewollt hatte, oder zumindest redete ich mir das ein.

Als Theo abends kam, hatte ich mich schon ins Bett verzogen. Es war erbärmlich, aber ich hatte den ganzen Tag nur an Bodey denken können. Egal, wie viel ich putzte oder wie viel Musik ich hörte. Jeder verdammte Text drehte sich um ihn.

Ich aß nicht einmal mit der Familie zu Abend, sondern nahm das Essen unter dem Vorwand, müde zu sein, mit in mein Zimmer. Stevie brachte mich dazu, mit ihr *The Last Kingdom* anzuschauen, aber selbst dabei musste ich immer wieder an *ihn* denken.

»Was ist denn los mit dir?«, fragte Stevie am nächsten Tag, als sie auf die Straße zu Trevors Immobilienbüro einbog, das etwa vierzig Minuten entfernt in Halfway, Oregon, lag. Da es in Oxbow keine Stadt gab und wir in einem Naturschutzgebiet lebten, mussten wir hier Arbeit finden, wenn wir nicht von zu Hause aus arbeiten konnten.

Trevor hatte am Stadtrand, der direkt am Wald lag, ein Haus gekauft und es in ein Bürogebäude umgebaut. Im Falle eines Rudelnotfalls konnten sie sich direkt hier verwandeln, ohne viel Aufmerksamkeit auf sich zu lenken.

»Du verhältst dich wirklich seltsam, seit du zurück bist«, murmelte Stevie, die anscheinend nicht vorhatte, locker zu lassen.

Das Letzte, was ich jedoch tun wollte, war, mit ihr über Bodey zu diskutieren. Ich strich mit den Händen über meine schwarze Hose und glättete meine fließende, langärmelige Business-Bluse und bewunderte mal wieder die Farbe. »Es war einfach seltsam, wegzugehen und dann zurückzukommen. Dort waren alle sehr nett zu mir.«

»Der eine Typ, der verlangt hat, dass du mit ihm gehst, war echt heiß.« Sie wackelte mit den Augenbrauen. »Ich habe das Gefühl, dass deine Stimmung etwas damit zu tun haben könnte.«

»Er hat eine Schicksalsgefährtin da draußen.«

Sie verzog das Gesicht. »So ein Mist.«

Zum Glück kamen wir in diesem Moment an, sodass ich aus dem Auto steigen konnte. »Danke, dass du mich abgesetzt hast.« Ich war mehr als bereit, dieses Gespräch zu beenden.

»Kein Problem. Wir können unser Gespräch ja immer noch auf der Heimfahrt weiterführen, Schwesterherz.« Sie streckte ihre Zunge heraus. »Ich hole dich ab, sobald ich Feierabend habe.«

»Alles klar, bis dann.« Ich eilte die fünf Stufen zur Tür hinauf und betrat das, was früher das Wohnzimmer gewesen sein musste und jetzt der Empfangsbereich war.

Links befand sich ein großer, leerer Holzschreibtisch, direkt gegenüber einem identischen Schreibtisch, an dem eine brünette menschliche Frau in den Dreißigern saß. Sie telefonierte, ihre Nägel tippten gegen das Holz. Der leere Schreibtisch war sicher für mich.

Ich eilte hinüber, stellte meine schwarze Handtasche ab

und betrachtete die hellblauen Wände. Jemand ging den Flur entlang und betrat den Raum.

Charles.

»Wenigstens bist du pünktlich, immerhin etwas.« Er grinste und packte mich am Arm. »Suzy hat Schreibtischdienst. Für dich habe ich etwas anderes geplant.«

Sein Griff war zu fest. Auch wenn er einen grauen Anzug trug und so aussah, als hätte er das Sagen, musste er mich immer noch dominieren.

Er führte mich den Flur entlang zu einer Küche auf der rechten Seite. Sie war klein, aber modern, mit einer senfgelben Spüle. Allerdings hielt er dort ebenfalls nicht inne, sondern ging weiter zur Hintertür.

Es nieselte immer noch. Vermutlich hatte er sich eine Aufgabe überlegt, die ich draußen erledigen musste. »Was soll ich tun?«

Er öffnete die Hintertür, und wir traten auf eine kleine betonierte Fläche, die nach wenigen Metern in Gras überging. Der alte Pick-up von Charles' Familie war neben dem Wald geparkt.

»Dieses Wochenende findet Theos Alphaparty statt, und wir brauchen Feuerholz. Wir können es nicht riskieren, in der Nähe des Rudelgeländes Holz zu sammeln und zu hacken, weil er es sicher bemerken würde, und wir wollen doch, dass es eine Überraschung bleibt. Dazu gehört natürlich auch ein ordentliches Lagerfeuer.«

Ich blickte auf meine schönen schwarzen Stiefel hinunter. Zum Glück hatte ich keine hohen Schuhe angezogen. Andererseits trug ich auch keine Arbeitsstiefel. Vermutlich würde ich sie mir, genau wie den Rest des Outfits, ruinieren.

»Du musst etwa vierhundert Meter in den Wald gehen, um dort Holz zu hacken und zu sammeln, damit die Menschen dich nicht hören können, und dann das Holz auf die Ladefläche meines Trucks stapeln. Ich will, dass er am Ende des Arbeitstages voll ist, und dann werden wir eine Plane darüberlegen, damit es nicht nass wird.« Charles grinste selbstgefällig.

Dieses Grundstück war riesig, es würde also kein Problem sein, Holz zu finden. Ich wünschte nur, Trevor hätte mir nicht gesagt, ich solle mich schick anziehen. Der einzige Vorteil war, dass sie mich normalerweise dazu zwangen, ohne Bezahlung für das Rudel zu arbeiten. Wenigstens würde ich dieses Mal Geld bekommen.

»Gut.« Ich nickte. »Ich kümmere mich darum.«

Wir gingen zur Ladefläche des Trucks. Er öffnete die Heckklappe und reichte mir eine Axt. »Hervorragend. Sieh zu, dass du es richtig machst. Ich möchte nicht, dass du alles noch einmal machen musst.«

Ich lächelte und klimperte mit den Wimpern. »Keine Angst, das werde ich nicht.«

»Ich kann es kaum erwarten, dich in deine Schranken zu weisen«, knurrte er, bevor er sich umdrehte und zurück zum Gebäude stapfte.

Gott sei Dank würde ich den Tag nicht in seiner Nähe verbringen müssen.

Ich holte tief Luft und ging in den Wald. Meine Schuhe versanken im Gras, und der Regen hatte mich bereits nach kurzer Zeit völlig durchnässt. Ich hatte keine Jacke mitgenommen, weil ich nicht damit gerechnet hatte, den Tag draußen zu verbringen, aber das war wohl Teil von Charles' Plan gewesen.

Ein paar Eichhörnchen liefen an mir vorbei, ein Zeichen dafür, dass der Frühling nahte, aber ansonsten schien es, als wäre ich allein.

Schließlich machte ich mich an die Arbeit.

Ich verlor vollkommen das Zeitgefühl, während ich Holz

hackte und es zum Truck zurückbrachte. Ich schätzte, dass ich etwa zwei Stunden hier draußen war. Mittlerweile hatte ich Blasen an den Händen. Trotzdem wollte ich den Truck heute noch fertig beladen, denn für morgen war noch mehr Regen angesagt. Ich wollte auf keinen Fall auch den nächsten Tag hier draußen verbringen.

Dann hörte ich das Geräusch von Pfoten hinter mir.

Ich erstarrte, mein Herz schlug wie wild. Vielleicht war das der Grund, warum Charles mich in den Wald geschickt hatte – er wollte mir eine Lektion erteilen.

KAPITEL SIEBZEHN

Ich stützte mich auf die Axt, als würde ich mich ausruhen, und lauschte, wie sich die Wölfe näherten. Ich würde mich auf keinen Fall umdrehen und zeigen, dass ich sie bemerkt hatte. Das würde sie sicher noch schneller zum Angriff veranlassen. Ich hatte keine Ahnung, wie viele es waren, nur dass es mehr als einer war.

Sie blieben ruhig. Wenn ich nicht weiterarbeitete oder ins Büro zurückkehrte, würden sie wissen, dass etwas nicht stimmte.

Jede Zelle drängte mich, zu fliehen, aber stattdessen hob ich meine Axt und hackte weiter Holz. Jedoch tat ich nur so, als ob ich mich vollkommen auf meine Aufgabe konzentrierte, und lauschte aufmerksam weiter.

Sobald ich die Axt schwang, kamen die Pfotenschritte etwas näher, aber nichts deutete darauf hin, dass ein Angriff unmittelbar bevorstand.

Ich versuchte, so leise wie möglich zu sein, aber durch die Angst und die Anstrengung wurde meine Atmung unregelmäßig, was das Zuhören erschwerte.

Die Haare in meinem Nacken stellten sich auf.

Ich konnte spüren, dass sie mich beobachteten.

Mein Herz machte einen Sprung. War es möglicherweise Bodey? Eine tiefe Sehnsucht pochte in meinem Herzen

Mein Gehirn übernahm die Kontrolle. Bodeys Anwesenheit hier ergab keinen Sinn. Die Berater trafen sich irgendwo südlich von Grangeville, Idaho, um Samuels Krönung und die damit verbundenen Sicherheitsvorkehrungen zu besprechen, also konnte er es nicht sein.

Es war ebenso unwahrscheinlich, dass es jemand aus meinem Rudel war, es sei denn, Zeke vermutete, dass ich mit Bodey in Kontakt treten könnte. Aber warum sollte er mich ausgerechnet hier beobachten lassen? Wenn ich Bodey kontaktieren wollte, hätte ich es sofort getan, nachdem ich mich von Charles befreit hatte.

Es gab keine plausible Erklärung ... es sei denn, es waren Späher aus dem Südwest-Territorium, die auf Befehl von Königin Kel hier waren. Aber warum sollten sie ausgerechnet *mich* beobachten?

Ein Schauer lief mir über den Rücken, und ich setzte meine Arbeit fort. Da die Wölfe nicht näherkamen, machte ich eine Pause. Ich holte mein Handy aus der Gesäßtasche und schickte Stevie und Theo eine Nachricht.

Ich: Ich werde im Wald hinter Trevors Immobilienbüro beobachtet.

Seufzend stützte ich mich auf die Axt und wischte mir den Schweiß von der Stirn. Ich atmete tief durch und wartete ab, ob sie sich bewegten. Ich hasste es, mit dem Rücken zu ihnen zu stehen, aber ich hatte Angst davor, was passieren könnte, wenn ich mich umdrehte. Hier war ich vollkommen allein, niemand würde mir rechtzeitig zur Hilfe kommen können. Kurzzeitig dachte ich darüber nach, das Immobilienbüro anzurufen, aber das hätte nur die Menschen alarmiert, und die würden mir ohnehin nicht helfen können.

Mein Handy blieb stumm. Zweifellos war Stevie im Café beschäftigt, und Theo kümmerte sich in Abwesenheit seines Vaters um Rudelangelegenheiten. Ich ging in die Hocke und hob einen Arm voller Holzscheite auf, weil ich unbedingt schnell wegwollte. Ich würde den Truck heute nicht so vollmachen können, wie ich gehofft hatte, aber mein Leben zu bewahren war eindeutig wichtiger. Um das Sammeln des Holzes würde ich mich später kümmern müssen ... hoffentlich irgendwo anders als hier.

Meine Hände zitterten und machten das Holzsammeln zu einer echten Herausforderung. Der Drang zu fliehen war überwältigend, aber je ängstlicher oder verstörter ich wirkte, desto mehr würden sie mich als Beute betrachten. Sie würden versucht sein, mich anzugreifen, auch wenn sie es bisher nicht vorgehabt hatten.

Ich zwang meine Lungen, sich langsam zu füllen und zu entleeren, um mich zu beruhigen, nahm ein paar Holzscheite in die Arme und griff nach der Axt. Dieses Mal hatte ich eine bessere Waffe als ein Messer.

Während ich meinen Griff um die Axt verstärkte, schlenderte ich zurück zum Haus. Obwohl es nur knapp vierhundert Meter waren, fühlte es sich in diesem Moment an, als würde ich einen Marathon laufen.

Obwohl ich es nicht vorgehabt hatte, lief ich immer schneller ... und die Wölfe folgten mir.

Ich schnaufte und ärgerte mich darüber, dass meine Angst die Kontrolle übernahm, während die Wölfe immer noch hinter mir waren. Ich musste die Kontrolle behalten, auch wennsich meine Brust zusammenzog.

Meine Arme zitterten, und ein Holzscheit fiel herunter, traf mich am Zeh und landete dann auf dem schlammigen Weg. Der Vorteil daran, dass ich mit meinen für das Wetter unpassenden Stiefeln zu lange im kalten Regen gestanden hatte, war, dass meine Füße eingefroren schienen, sodass ich nicht viel Schmerz verspürte.

Plötzlich hörte ich das Knurren eines Wolfes hinter mir.

Ich bewegte mich nicht, weil ich nicht auf das Geräusch reagieren wollte, aber sie kamen immer näher. Tatsächlich versuchten sie nicht einmal, leise zu sein. Sie *rannten* auf mich zu.

Das Büro war noch ein ganzes Stück entfernt.

Ich umklammerte die verbleibenden Holzscheite und drehte mich um, um den Wölfen nicht den Rücken zuzudrehen, die nun deutlich aggressiver schienen.

Meine Augen suchten die Gegend ab, aber alles, was ich sah, waren Regen und Bäume. Ich konnte sie noch nicht sehen, aber ich konnte sie hören. Sie würden in wenigen Sekunden bei mir sein. Wie sehr ich mir doch wünschte, mich mit meiner Wölfin verbinden zu können. Mein Sehvermögen war zwar ausgezeichnet, vor allem nach menschlichen Maßstäben, aber das war nichts im Vergleich zum normalen Sehvermögen eines Gestaltwandlers. Das wusste ich, weil Stevie oft über die Unterschiede zwischen ihrer menschlichen Form und ihrer Wolfsgestalt sprach.

Wie immer war ich im Nachteil. »Ich will wirklich nicht mit euch kämpfen. Ich bin nur hier, um Feuerholz zu sammeln.«

Sie antworteten mit dem typischen würgenden Geräusch, das Wölfe beim Lachen von sich gaben.

Genauso klang Charles, wenn er mich schikanierte. »Charles, bist du das?«

Drei Wölfe traten in mein Blickfeld. Ein dunkelbrauner Wolf stellte sich direkt vor mich, während eine beigefarbene Wölfin zwischen einer Douglasie und einem Mammutbaum zu meiner Linken und ein schokoladenbrauner Wolf zu meiner Rechten auftauchte.

Keiner von ihnen kam mir bekannt vor, und auch ihr moschusartiger Geruch war mir fremd.

Es hatte keinen Sinn, Tapferkeit vorzutäuschen, aber irgendetwas in mir weigerte sich trotzdem, sich kleinzumachen. Also hob ich die Axt und hoffte, dass ich wenigstens ein bisschen bedrohlich wirkte. »Zwingt mich nicht, mit euch zu kämpfen. Geht einfach weg.« *Oder lauft weg.* Zu diesem Zeitpunkt war ich nicht wählerisch.

Anstatt mir den Gefallen zu tun, stürzten sich die drei jedoch in meine Richtung.

»Ich denke, das heißt nein«, murmelte ich zerknirscht und stolperte zurück.

Die beiden Wölfe links und rechts von mir prallten dort aufeinander, wo ich kurz zuvor noch gestanden hatte, während der dunkelbraune Wolf seinen Angriff anpasste. Ich schwang die Axt, gerade als sich seine Krallen in meine linke Schulter bohrten, sodass ich ihn seitlich am Kopf traf. Die Augen des Wolfes rollten in seinen Schädel zurück, und er brach vor mir zusammen. Mittlerweile hatten sich die anderen beiden Wölfe wieder aufgerichtet und sahen mich an.

Ich hob die Axt, als sie sich auf mich stürzten. Mein Herz pochte laut in meinen Ohren, aber ich durfte meiner Angst jetzt nicht nachgeben.

Jeder von ihnen zielte auf eine Seite meines Körpers. Unsicher, was ich nun tun sollte, handelte ich instinktiv. Sobald sie sprangen und auf meinen Hals zielten, duckte ich mich. Zum Glück befanden sie sich bereits in der Luft und konnten ihren Schwung nicht mehr abschwächen. Sie flogen über meinen Kopf und versuchten, mich stattdessen mit ihren Krallen zu greifen, aber schafften es nicht. Als ihre Bäuche über meinem Kopf waren, riss ich den Stiel der Axt hoch und traf die beigefarbene Wölfin. Sie überschlug sich und landete mit einem dumpfen Aufprall.

Als ich mich umdrehte, lag die Wölfin auf dem Rücken, aber der andere Wolf war bereits dabei, seine Krallen nach mir auszufahren. Ich schwenkte meine Axt rechtzeitig, um die eine Pfote abzuwehren, aber die Krallen der anderen Pfote schnitten in die Haut meines rechten Beins.

Der Schmerz schoss mein Bein hinauf und entfaltete sich in meinem Magen, und auch meine linke Schulter begann zu schmerzen. Aus den Augenwinkeln sah ich, wie sich die beigefarbene Wölfin aufrappelte.

Nun waren sie wieder in der Überzahl.

Der hellbraune Wolf schnappte wieder nach mir, und ich stolperte zurück, wobei mein linkes Bein aufschmerzte, als ich es belastete. Schnell verpasste ich ihm einen Tritt in den Magen, der ihn einige Meter zurück gegen einen Baumstumpf schleuderte.

Kurz darauf stürzte sich die Wölfin auf mich, ihre Pfote zielte auf meine bereits verletzte Schulter, während ihr Maul meinen Hals anvisierte.

Sie versuchten, mich kampfunfähig zu machen. Ich biss mir auf die Innenseite der Wange, während ich mich schnell zur Seite bewegte, um der Wölfin auszuweichen. In diesem Moment wurde ich von einem unbändigen Überlebenswillen gepackt.

Das Geräusch des schnappenden Kiefers der Wölfin drehte mir den Magen um, aber zum Glück duckte ich mich tief genug, sodass sie sich über meinen Rücken abrollte. Leider schaffte sie es, mir dabei ein Büschel Haare vom Kopf zu reißen.

Tränen brannten in meinen Augen, als ich mich zu ihr drehte und sie sich wieder auf den Bauch rollte, um besser aufstehen zu können. Mit einer schnellen Bewegung hob ich meine Axt, schlug zu und traf ihren Nacken.

Die Wölfin wimmerte, als das Leben aus ihr wich und mir wurde übel.

Ich hatte noch nie ein Lebewesen getötet. Das hatte ich bisher nie gewollt. Aber hier ging es um Leben und Tod. Ich oder *sie*.

Der hellbraune Wolf humpelte knurrend auf mich zu. Die Verletzung, die er sich beim Aufprall gegen den Baumstamm zugezogen hatte, bremste ihn, aber das würde nicht lange anhalten. Bald würde seine Gestaltwandler-Heilung einsetzen.

Ich musste etwas tun, und zwar schnell.

Ich wollte nicht schreien, da ganz in der Nähe Menschen wohnten und ich nicht riskieren wollte, dass sie mich hörten. Wenn die Menschen sich einmischten, würden sie sicher anfangen, Fragen zu stellen, und möglicherweise anfangen, uns Wölfe zu jagen. Die Menschen durften nie etwas über uns erfahren.

»Verschwinde einfach«, flüsterte ich mit zitternder Stimme.

Ich hob meine Axt, von der das Blut der beigefarbenen Wölfin tropfte.

Der hellbraune Wolf blieb stehen und beobachtete mich.

Meine gesamte linke Seite war blutverschmiert und pochte so stark, dass ich Mühe hatte, auch nur einen klaren Gedanken zu fassen ... wobei das möglicherweise auch am Blutverlust lag.

Mein rechtes Bein konnte ich mittlerweile gar nicht mehr belasten.

Ich wünschte, ich wäre aufs Kämpfen vorbereitet worden. Ich wusste nicht, was ich tun sollte, also würde mich auf meine Wölfin verlassen müssen, um zu überleben.

Da ich so stark blutete, würde ich nicht mehr lange aufrecht stehen können. Ich musste das hier beenden. Also trat ich einen Schritt nach vorn, als würde ich angreifen, wobei ich eher stolperte.

Der Wolf knurrte, bewegte sich aber nicht auf mich zu.

Verdammt. Das musste funktionieren. Ich hatte keine Kraft, um ihn anzugreifen.

Und das wusste er.

Ich machte einen weiteren Schritt auf ihn zu und hob meine Axt, bereit sie erneut zu schwingen. Dieser Schlag musste sitzen. Was, wenn ich nicht die Kraft hatte, sie noch einmal zu heben?

Ich musste den Wolf provozieren, damit er etwas Dummes tat.

»Es ist wirklich traurig, dass du dich vor einem Mädchen in Menschengestalt fürchtest«, spottete ich, während mir schwindlig wurde. Ich stolperte einen weiteren Schritt auf ihn zu, unfähig, mein Gleichgewicht zu halten.

Das schien auf ihn einzuwirken.

Der Wolf senkte seinen Kopf und griff an.

In letzter Sekunde sprang ich nach rechts und landete auf meinem linken Bein. Ich richtete meinen Griff um die Axt neu aus und schlug ihm mit dem Stiel auf den Hinterkopf.

Er ließ sich nach vorn fallen, und bohrte dabei seine Zähne in mein linkes Bein.

Ich fiel mit ihm zu Boden und rollte mich auf den Rücken, die Arme ausgebreitet.

Meine Sicht verschwamm, als er auf mich sprang. Ein ekelhaftes Wolfslächeln huschte über sein Gesicht, und in meiner Brust bildete sich ein harter Knoten.

Es war so weit. Das war meine letzte Chance.

Mit aller Kraft, die ich noch in mir hatte, schwang ich meinen rechten Arm erst nach oben und dann nach vorn. Vor mir drehte sich alles, aber ich spürte, wie die Axt auf etwas Festes traf. Der braune Wolf jaulte und sein Gewicht ließ von mir ab.

Ich konnte nichts sehen. Ich musste einfach hoffen, dass der Schlag ausgereicht hatte ... dass ich nicht hier sterben würde.

Dann verschlang mich die Dunkelheit.

ICH KAM LANGSAM WIEDER zu Bewusstsein, während die Kälte in meine Glieder kroch. Ich hatte nicht die Kraft, meine Augen zu öffnen. Alles, was ich wahrnehmen konnte, war der Regen, der auf mich herab prasselte.

»Callie«, rief jemand.

Der Wind heulte durch die Bäume und ließ die Äste rascheln. Vermutlich hatte ich mir nur eingebildet, dass jemand meinen Namen gerufen hatte.

Die Schmerzen waren genauso schlimm wie damals, als meine Rudelmitglieder mich angegriffen hatten, aber dieses Mal konzentrierten sie sich nicht auf eine Stelle, sondern zogen durch meinen ganzen Körper.

Die Erinnerung an das, was geschehen war, überflutete mich.

Ich war immer noch im Wald, und es war nicht abzusehen, wer mich finden würde. Der dunkelbraune Wolf könnte jeden Moment wieder zu sich kommen, oder der hellbraune Wolf könnte beenden, was er angefangen hat.

Ich zischte durch meine Zähne und versuchte, genug Kraft aufzubringen, um etwas zu tun, *irgendetwas*. Meine Augen zu öffnen, eine Hand zu bewegen, irgendetwas, das mir eine Chance geben würde, von hier wegzukommen. Aber mir wurde nur übel.

»Callie«, rief jemand, dieses Mal war die Stimme lauter und deutlicher. War das Stevie?

Was hatte sie hier draußen zu suchen? Sie sollte nicht hier draußen sein. Hier war es nicht sicher.

Sie sollte zu Hause sein. Ich stöhnte laut auf, meine Kraft hatte mich komplett verlassen.

»Hör auf, ihrem Geruch zu folgen. Es klingt, als wäre sie hier drüben«, befahl Stevie, und Schritte eilten in meine Richtung.

»Verdammt, wir sollten ihrer Fährte folgen, nur für den Fall. Es könnte eine Falle sein«, grummelte Charles.

Stevie schnaubte. »Gut. Tu das. *Ich* werde in der Zwischenzeit meiner Schwester helfen.«

Charles muss meiner Fährte gefolgt sein, als ich in den Wald gegangen war. Ich hatte einen etwas anderen Weg zurückgenommen.

Je näher sie kamen, desto mehr verlor ich mein Bewusstsein. Ich war so müde, aber ich musste wach bleiben, um sie zu warnen.

Es wäre wirklich praktisch gewesen, wenn ich mich gedanklich mit meinem Rudel hätte verbinden können.

»Bei allen Göttern ...« Stevie keuchte, und ich hörte, wie sie in meine Richtung rannte. »Callie!«

»Was ist ...?« Charles brach ab. »Sind das *drei* tote Wölfe neben ihr?«, fragte er dann ungläubig.

Ich beruhigte mich ein wenig. Die Wölfe waren immer noch da. Es war unklar, wie lange ich hier gelegen hatte.

Ich hatte mindestens einen von ihnen getötet.

Meine Augen brannten bei dem Gedanken, und mein Herz verkrampfte sich schmerzhaft.

Als Stevies kleine Hände meinen Arm berührten, wimmerte ich.

»Sie ist schwer verletzt.« Ihre Stimme zitterte. »Mach dir

keine Sorgen, Callie. Ich verbinde mich gerade gedanklich mit Zeke und Theo.«

»*Natürlich* ist sie verletzt«, brummte Charles. Er klang eher genervt als besorgt, und ich fragte mich, ob er die drei angestiftet hatte. »Moment mal. Einer von ihnen ist noch am Leben.«

Ich hatte nicht nur einen, sondern sogar zwei Wölfe getötet. Ein Kloß bildete sich in meinem Hals, und ich hatte Mühe zu atmen.

»Theo ist auf dem Weg«, informierte mich Stevie und nahm meine Hand. »Er hat sein Handy nicht gehört, aber ich habe mich bereits auf dem Weg hierher mit ihm verbunden.«

»Verdammt.« Charles stöhnte. »Wir müssen zurück, damit ich den Truck verstecken kann, bevor Theo das Holz sieht, das sie für seine Überraschungsparty am Wochenende gehackt hat.«

Es schockierte mich kein bisschen, dass er sich mehr Sorgen um die Geheimhaltung der Party als um mein Leben und Wohlbefinden machte.

»Du hast sie hier draußen *Holz* hacken lassen?«, fauchte Stevie. »Ich dachte, ihr hättet sie als Empfangsdame eingestellt!«

»Sie hat etwas für ihren zukünftigen Alpha getan, also halte besser deinen vorlauten Mund«, schnauzte er sie an.

Jetzt hasste ich Charles noch mehr als je zuvor.

»Wie auch immer. Wir müssen uns um den Wolf kümmern, der noch lebt. Wenn er aufwacht, könnten wir in Gefahr sein.« Stevies Hand legte sich fester um meine. »Wir müssen sie reinbringen und ihre Wunden versorgen. Theo wird nicht glücklich über all das hiersein.«

»Du hast recht.« Charles schnaubte. »Kannst du den verletzten Wolf ziehen, damit ich sie tragen kann?«

Das Letzte, was ich wollte, war, dass Charles mich

anfasste, aber wenn das nötig war, um aus dem Wald zu kommen, würde ich es wohl ertragen müssen.

»Ja, das schaffe ich sicher«, sagte Stevie entschlossen. »Wir sind nicht mehr weit von eurem Büro entfernt.«

Starke Arme glitten unter mich, die sich hart, kalt und ungewohnt anfühlten. Ein Schauer durchlief mich, und ich wollte zurückweichen, aber ich hatte kaum die Kraft zu atmen.

Als er mich hochhob, überwältigte mich der Schmerz und die Welt um mich herum wurde wieder schwarz.

Eine Tür knarrte. Meine Schulter und meine Beine pochten, aber ich lag auf etwas Weichem, nicht auf dem harten Boden. Ich bewegte meine Finger ein wenig und fühlte Laken und etwas, das eine Matratze sein musste.

Irgendetwas roch jedoch nicht richtig. Ich war definitiv nicht in Bodeys Gästezimmer oder in seinem Haus.

Die Angst erschwerte mir das Atmen, und als ich die Augen öffnete, befand ich mich an einem mir unbekannten Ort.

Wo zum Teufel war ich?

Ich versuchte, mich zu bewegen, aber mein Körper wollte nicht gehorchen. Auch wenn ich immer noch starke Schmerzen hatte, waren sie nicht der Grund, warum ich gelähmt war.

Es war die Angst.

Hier konnte ich mich nicht selbst beschützen. Hatte ich Stevie und Charles wirklich gehört, oder war das nur ein Traum gewesen?

Oh.

In meinem ganzen Leben hätte ich nie gedacht, dass die Worte *Charles* und *Traum* mal für mich in einem Satz vorkommen würden.

Meine Gedanken schweiften ab.

Als ich den Kopf drehte, schien sich auch der Raum zu drehen, was mich noch mehr verwirrte.

»Callie«, sagte Theo neben mir. Etwas fiel klappernd zu Boden. Dann beugte er sich über mich und strich mit einer Hand über mein Haar. »Es wird alles gut werden.«

Meine Augen brannten, denn sein Gesicht war nicht das, nach dem ich mich sehnte. »Wo ...?«, begann ich, aber meine

Zunge war so geschwollen, dass ich Mühe hatte, Worte zu bilden.

Er setzte sich neben mich und nahm meine Hand. »Du bist im Gästezimmer gegenüber dem Zimmer meiner Eltern.«

Ich schluckte schwer und blinzelte ein paar Mal, um besser sehen zu können. Kurz darauf bestätigte der Geruch, wo ich war.

Ich war in Zekes Haus.

Deshalb war der Geruch nicht ungewohnt, nur der Raum. Auch wenn die blaugrauen Wände Standard waren, war dieser Raum gefüllt mit ... »Kisten?« Ich schaffte es nicht, mehr als nur ein Wort auf einmal herauszubekommen.

»Hier«, sagte Theo, während er sich über mich beugte und ein Glas Wasser von einem schwarzen Nachttisch nahm. »Trink einen Schluck. Das wird dir sicher helfen.«

Vorsichtig hob er meinen Kopf und drückte das Glas an meine Lippen. Gierig öffnete ich meinen Mund und nahm einen großen Schluck. Das Wasser schmerzte in meiner Kehle wie der Schnitt eines Messers. Ich zuckte zusammen, zwang mich aber, einen weiteren Schluck zu trinken. Nach allem, was ich durchgemacht hatte, brauchte ich Flüssigkeit.

Theo runzelte die Stirn, aber er half mir, einen weiteren Schluck zu nehmen. »Nicht zu viel auf einmal. Lass uns eine Minute warten. Wir wollen doch deinen Magen nicht überlasten.«

Er hatte recht. Mir war bereits wieder übel.

»Was die Kisten angeht ... mein Dad hat dieses Zimmer letzte Woche aufgeräumt, sehr zum Leidwesen von Mom.« Theo gluckste und schüttelte den Kopf. »Ich glaube, sie dachte, dass er jetzt vollkommen verrückt geworden wäre, aber ich vermute, dass er einfach unruhig war, weil du weg und bei den anderen Beratern warst. Er hat viel darüber nachgedacht, wie er dich behandelt hat.«

Zum Glück erwartete er nicht, dass ich antwortete – das konnte ich auch gar nicht –, denn ich hatte viel zu sagen. Aus irgendeinem Grund benahm sich Zeke plötzlich vollkommen anders. Er war *nett*, aber das konnte nicht von Dauer sein. Ich war mir sicher, dass dies nur darauf zurückzuführen war, dass Bodey und die anderen Berater auf mich und darauf, wie Zeke sein Rudel behandelte, aufmerksam geworden waren. Wenn es mich davor bewahrte, Kisten wer weiß wohin zu schleppen, würde wenigstens etwas Gutes dabei herauskommen.

»Dad gibt sich große Mühe, und du wirst sehen, dass Mom es auch tut. Sie ist diejenige, die sich um deine Wunden gekümmert hat.« Er führte meine Hand an seine Lippen und küsste sie.

Es gefiel mir weder, dass Tina sich um mich gekümmert hatte, noch, dass Theo mir Zuneigung schenkte ... das war nicht gut... ich musste unbedingt hier weg.

»Deine Mom?« Das war alles, was ich herausbekam. Ich wollte genau wissen, was sie mit mir gemacht hatte. Sie war Krankenschwester und arbeitete Teilzeit in einer Klinik in Halfway.

»Sie hat uns in Trevors Büro getroffen und dich zusammengeflickt. Du hast stark geblutet.« Theo ließ den Kopf hängen. »Du wurdest angegriffen und hast mir nur eine *Nachricht* geschickt. Ich war mit Bob, dem Alpha von Halfway, unterwegs. Wir haben darüber gesprochen, was passieren könnte, wenn Samuel gekrönt wird. Ich habe mein Handy einfach nicht gehört.«

»Wolf?« Ich hasste es, dass ich nicht mehr auf einmal herausbekam, aber mein verwirrter Kopf machte es mir schwer, mich zu konzentrieren.

»Wir haben den überlebenden Wolf in unseren Keller gesperrt.« Theo verzog das Gesicht. »Charles und Trevor haben die beiden anderen begraben, damit die Menschen sie nicht finden. Was hast du überhaupt da draußen gemacht?«

»Charles ... brauchte ... Feuerholz.« Ich richtete mich auf. Ein stechender Schmerz flammte in meiner Schulter auf, und die Welt begann sich wieder zu drehen. Sofort wurde mir wieder übel.

»Er hätte auch selbst Feuerholz hacken können«, murmelte Theo, während er mit den Fingerspitzen über meine Wange strich. »Ich werde ihn später darauf ansprechen.« Er gluckste, und sein Blick wurde warm. »Ich muss sagen, dass Charles und Trevor ziemlich geschockt davon waren, dass du allein drei Wölfe zur Strecke gebracht hast. Sie haben sich in ihre Wölfe verwandelt, um nach weiteren Spuren zu suchen. Sie waren sich sicher, dass dir jemand geholfen hatte.«

Natürlich waren sie das. Arschlöcher. Dabei hätte Charles nicht überrascht sein sollen. Als er, Pearl und die anderen Wölfe mich im Hells Canyon angegriffen hatten, hatte ich mich ebenfalls gut gewehrt. Sie hatten es nicht geschafft, mich sofort zu erledigen, und dabei war ich vollkommen allein gewesen. Zumindest am Anfang.

»Sie haben mich beobachtet.« Langsam fiel mir das Sprechen leichter, auch wenn sich der Raum immer noch um sich selbst drehte. Ich atmete scharf ein und konzentrierte mich. Theo musste es wissen. »Ich habe sie gespürt, aber ich habe so getan, als ob ich es nicht tue. Ich habe so getan, als würde ich eine Pause machen und habe dir und Stevie geschrieben.« Ich hielt inne, um mich zu konzentrieren.

Theo runzelte die Stirn. »Und sie sind trotzdem geblieben? Sie müssen doch gemerkt haben, dass du sie wahrgenommen hast.«

Jetzt, wo ich darüber nachdachte, hatten sie das wahrscheinlich. Auf dem Land von Bodeys Onkel waren bereits

Späher erwischt worden, also waren sie nicht besonders vorsichtig. Vielleicht wollten sie, dass ich wusste, dass sie da waren.

»Vielleicht haben sie es gewusst, aber sie sind trotzdem immer nähergekommen.« Ich schloss meine Augen, aber da der Schwindel nur noch schlimmer wurde, öffnete ich sie wieder. »Vielleicht wollten sie wissen, wie nah sie kommen konnten, bevor ich es merkte, da sie meine Kraft nicht spüren konnten. Ich weiß es nicht.«

»Hey, wir müssen nicht darüber reden«, antwortete Theo und drückte meine Hand. »Du bist immer noch schwer verletzt.«

Ich wollte lieber reden, als einfach nur still in diesem Haus zu liegen. Ich atmete aus, dankbar, dass es nicht zur Qual wurde. »Das ist schon in Ordnung. Ich möchte mich auf etwas anderes konzentrieren als auf meine Verletzungen.«

Er biss sich auf die Unterlippe. »Warum glaubst du, haben sie dich angegriffen?«

Ich hielt inne und versuchte, meinen Kopf zu klären, um die Frage zu beantworten. Bis zu diesem Moment hatte ich nie verstanden, was die Leute meinten, wenn sie von Gehirnnebel sprachen. »Irgendwann habe ich beschlossen, umzukehren. Ich habe gehofft, dass sie nur neugierig waren und wieder gehen würden, also habe ich mir das Holz geschnappt, das ich gehackt hatte, und bin gegangen. Vermutlich war ich zu schnell unterwegs. Spätestens dann mussten sie gewusst haben, dass ich sie wahrgenommen hatte.«

Theo versteifte sich und kratzte sich mit der freien Hand im Nacken. »Es tut mir so leid, dass dir das passiert ist.«

Diesen Satz hatte ich als Kind hunderte Male von ihm gehört.

Die Schlafzimmertür öffnete sich, sodass Zekes Geruch noch stärker wurde.

Als ob das nicht schon schlimm genug wäre, folgte gleich danach Tinas typischer Geruch nach Zuckerwatte und Moschus. Die Kombination brachte mich zum Würgen. Ich konnte nicht verstehen, wie sie den Geruch wirklich mögen konnte.

»Du bist wach.« Tina ging an Theo vorbei auf die andere Seite des Bettes. Ihr karottenrotes Haar hing ihr ins Gesicht, was den Blick in ihren onyxfarbenen Augen noch bösartiger machte. »Wir haben uns solche Sorgen gemacht. Zum Glück habe ich dich gerade noch rechtzeitig zusammengenäht. Wäre ich später gekommen, hättest du zu viel Blut verloren.« Obwohl ihre Worte freundlich waren, strahlte ihr Blick keine Wärme aus. Ihre Augen sahen fast tot aus.

Aus welchem Grund auch immer, tat sie so, als wäre es ihr wichtig, wie es mir ging. Momentan zog ich vorgetäuschte Nettigkeit der Grausamkeit auf jeden Fall vor.

Dann erblickte ich Zeke, der mit verschränkten Armen im Türrahmen stand. »Du wirst nicht noch einmal angegriffen. Ich habe den Wolf bereits befragt.«

Ich konzentrierte mich auf sein Gesicht, damit die Welt nicht wieder aus den Fugen geriet. »Hast du etwas aus ihm herausbekommen? Wer hat sie geschickt?« Ich vermutete, dass es entweder Späher von Königin Kel waren oder Leute, die Charles angeheuert hatte, aber natürlich war ich klug genug, um meine Vermutungen nicht zu äußern. Zeke würde nur noch mehr Fragen stellen, wenn er merkte, dass Bodey und die anderen in meiner Gegenwart über so wichtige Dinge geredet hatten.

»Der Wolf ist ein Späher. Von Königin Kel.« Zeke schürzte seine Lippen.

Theo schnappte nach Luft. »Was soll das bedeuten? Sie sind jetzt schon hier oben bei uns?«

Aus seiner Antwort ging hervor, dass Zeke ihn über den

Vorfall mit dem Rudel eine Stunde südlich von Bodeys Haus informiert hatte.

»Offensichtlich.« Zeke runzelte die Stirn.

»Was sollen wir jetzt tun?«, fragte Tina und schlang die Arme um ihre Taille. Sie trug immer noch ihren blauen Krankenpflegekittel, der mit meinem Blut befleckt war.

Zeke blinzelte und atmete aus. »Haltet die Augen offen und sorgt dafür, dass jeder die Bedrohung ernst nimmt. Keiner geht mehr allein raus. Wir müssen in kleinen Gruppen zusammenbleiben.«

Diese Späher näherten sich den Häusern der Berater und machten dazu noch eine Show daraus. Anscheinend hatten die Alphas recht – Königin Kel wollte sie von der Krönung ablenken und sie mit den Späherangriffen weiter schwächen. Auf diese Weise wäre es einfacher, Samuel anzugreifen, bevor er gekrönt werden konnte. Die Aufmerksamkeit lag nicht ausschließlich auf einem Ziel.

»Was ist mit dem Wolf im Keller?«, fragte ich. »Wird er der Königin nicht seinen Aufenthaltsort verraten?« Vielleicht würde sie sogar mehr Gestaltwandler herschicken, um den Mann zu befreien.

Zeke schüttelte den Kopf. »Um solche Dinge werden sich die Männer kümmern. Darüber brauchen du und Tina sich nicht den Kopf zu zerbrechen.«

Wie nett. *Arschloch.* »Ich bin sicher, dass du und die anderen Berater eine Lösung finden werden.«

Da Zeke nicht antwortete, wusste ich, dass er es ihnen nicht gesagt hatte.

Ich musste von hier verschwinden. Ich versuchte, mich aufzusetzen, aber stöhnte, als es sich anfühlte, als würde meine Schulter an den Muskeln zerreißen.

»Du musst dich ausruhen«, sagte Tina, während sie sich über mich beugte. »Vor allem, weil du so viel Blut verloren hast. Du solltest frühestens morgen erst versuchen, aufzustehen.«

Wenn sie dachten, ich würde hier übernachten, lagen sie falsch. »Ich muss nach Hause, damit Stevie und meine Eltern sich keine Sorgen machen.«

Zeke schenkte mir ein kaltes Lächeln. »Sie machen sich keine Sorgen. Ich habe ihnen bereits gesagt, was vorgefallen ist. Du wirst eine Weile hierbleiben.«

Ich starrte den Mann ungläubig an, während mir ein kalter Schauer über den Rücken lief. »Was soll das heißen? Nein, ich brauche mein Zimmer.«

Mit zuckendem Kiefer hob Zeke sein Kinn an. »Die Späher haben dich angegriffen, und jetzt weiß Königin Kel, wer du bist. Der Wolf, der überlebt hat, hat sich bereits gedanklich mit ihr verbunden. Sie könnten dich und deine Familie angreifen. Es ist besser, wenn du hierbleibst, damit wir dich beschützen können.«

Das war mein schlimmster Albtraum. Jetzt war ich eine Gefangene in Zekes Haus. »Ich habe drei von ihnen abgewehrt. Ich denke, ich komme auch allein zurecht.«

»Das können wir nicht riskieren.« Zeke schüttelte den Kopf, und sein Körper spannte sich an. Die Bösartigkeit, die normalerweise in seinem Tonfall mitschwang, wenn er mit mir sprach, war wieder da. »Das ist keine Bitte. Das ist ein *Befehl*.«

Ich wollte fluchen und mich wehren, aber das würde nichts bringen. Ich konnte nicht einfach so aufstehen und gehen. Wenn ich es versuchen würde und sie mich aufhielten, würde ich einfach zusammenbrechen. Und nicht nur das, meine Augen brannten vor Müdigkeit.

»Ich denke, Callie sollte sich jetzt ausruhen.« Theo ließ meine Hand los und sah seinen Vater an.

Zeke rollte die Schultern zurück. »Das ist eine gute Idee.«

Jetzt klang er wieder freundlicher, so wie er seit meiner Rückkehr mit mir sprach. Ich wusste jedoch, dass das nur eine Fassade war. »Tina, du solltest Abendessen machen, damit sie ihre Medizin nehmen kann. Sie hat Schmerzen.«

Meine Kehle war wie zugeschnürt. »Aspirin reicht aus.« Ich brauchte keine starken Medikamente, die möglicherweise nur meinen Geist vernebelten und meine Zunge lösten. Da würde ich lieber den Schmerz ertragen.

Tina ging um das Bett herum zum Fenster. »Schätzchen, du brauchst etwas Stärkeres als das. Das sind keine Kopfschmerzen.«

Draußen war es mittlerweile dunkel, ich musste eine ganze Weile bewusstlos gewesen sein. »Bei meinen letzten Verletzungen habe ich auch keine starken Schmerzmittel bekommen.« Verletzungen, die sie sich *nicht* angesehen hatte.

»Du musst wirklich nicht die Heldin spielen.« Sie runzelte die Stirn und verließ den Raum.

Zeke sah seiner Gefährtin nach. »Nimm die Medizin. Mach ihr keinen Kummer.« Dann wandte er seinen Blick zu mir. »Ruh dich aus, damit du wieder gesund wirst. Wir brauchen dich.«

Er schlurfte zur Tür und hielt inne. »Oh, und du brauchst dir keine Sorgen um deinen neuen Job zu machen. Da alle wissen, was passiert ist, wirst du nicht gefeuert werden.« Er lächelte herablassend. »Das sind die Vorteile, wenn man für andere Gestaltwandler arbeitet.«

Fast hätte ich gelacht, aber ich überdeckte das Geräusch mit einem Husten. Die Ironie ließ sich nicht leugnen. Charles war der Grund, warum ich dort draußen gewesen war. Wenn ich den Schreibtischjob gemacht hätte, den Trevor mir versprochen hatte, wäre das alles nicht passiert.

»Siehst du? Es wird alles wieder gut werden. Du hast immer noch deinen Job, du bist in Sicherheit, und dieser

Wolfswandler wird nicht entkommen«, versicherte mir Theo und drückte noch einmal meine Hand.

Darüber machte ich mir keine Sorgen. Es war die Tatsache, dass ich hier in diesem Haus mit Zeke, Tina und Theo festsaß, die mir Angst machte.

Obwohl sich die Panik in mir ausbreitete und mir das Blut in den Adern gefror, wurden meine Augenlider schwer. Bevor ich merkte, was geschah, war ich schon eingeschlafen.

JEMAND RÜTTELTE MICH WACH. Ich versuchte, meine Augen zu öffnen, aber es gelang mir nicht ganz. Der Raum drehte sich wie bei dem einen Mal, als ich Wolfseisenhut getrunken und mich davon übergeben hatte.

Von Tinas zu süßem Duft wurde mir ganz übel. »Hier. Nimm diese Tablette.«

»Sie kann so eine Tablette nicht auf leeren Magen nehmen, Mom. Ich kann ihren Magen grummeln hören.« Theo seufzte. »Ich hole ihr einen Proteindrink, damit sie wenigstens etwas im Magen hat.«

»Schokolade«, sagte ich, bevor er durch die Tür verschwand. Alle anderen Proteindrinks schmeckten furchtbar.

Eine kleine Hand zog den Ausschnitt meines Hemdes an der Seite meiner verletzten Schulter herunter.

Mir stockte der Atem, und ich schaffte es gerade so, meine Augen zu öffnen und an mir herunterzusehen. Ich trug ein riesiges Hemd ... eines, das definitiv nicht mir gehörte. »Wer hat mich umgezogen?«

Tina schob das Hemd zurück an seinen Platz, dann warf sie die braunen Decken von meinen Beinen und begann, sie zu untersuchen. »Das war ich.«

Ich ließ den Atem heraus, den ich angehalten hatte.

Als Schritte im Flur ertönten, zog Tina mir die Decke über die Beine. »Deine Verletzungen heilen bereits, und deine Haut ist nicht mehr so blass. Morgen früh solltest du dich schon viel besser fühlen.«

Den Göttern sei Dank. Sobald ich konnte, würde ich nach Hause gehen.

Theo trat ein und setzte sich neben mich aufs Bett. Er half mir dabei, meinen Kopf zu heben und bot mir ein paar Schlucke des Getränks an.

Es lag mir schwer im Magen, aber ich brauchte Proteine, um so schnell wie möglich zu heilen.

»Okay, das sollte reichen.« Tina hielt mir wieder die Tablette hin, eine, die definitiv nicht Aspirin war.

Ich biss mir auf die Innenseite der Wange und kämpfte dagegen an, etwas zu sagen. Sie wollten unbedingt, dass ich die Medizin nahm, und ein Protest würde sie nur misstrauisch machen.

Widerwillig öffnete ich meinen Mund, und Tina legte die Tablette auf meine Zunge. Sie lächelte. »So.«

Theo hielt mir den Proteindrink an die Lippen, und ich nahm einen Schluck, während ich die Tablette unter die Zunge schob und schluckte.

Die Tablette begann zu schmelzen und schmeckte furchtbar bitter. Ich zwang mich, nicht darauf zu reagieren und öffnete meinen Mund, damit sie sehen konnten, dass ich sie geschluckt hatte.

»Braves Mädchen«, brummte Theo und tätschelte meinen Kopf, als wäre ich ein Hund.

Ich kämpfte darum, nicht das Gesicht zu verziehen, aber es war so verdammt schwer. Ich wollte, dass er wegging und mich einfach in Ruhe ließ.

Tina seufzte. »Jetzt, wo sie versorgt ist, sollten wir auch etwas essen.«

Er zögerte. »Soll ich bleiben und dir helfen, auszutrinken?« Er hielt den Proteindrink hoch.

»Danke, aber das schaffe ich schon.« Ich zwang mich, mich auf meine rechte Seite und meinen guten Arm zu stützen. »Ich kann den Rest allein trinken. Geh essen, solange dein Essen noch warm ist.«

Mit zusammengekniffenen Augen musterte Theo mich. Ich versuchte, meinen Gesichtsausdruck neutral und meinen Herzschlag ruhig zu halten, während sich der Schweiß in meinen Achselhöhlen sammelte. Wusste er, dass ich die Tablette nicht geschluckt hatte?

»Okay.« Er reichte mir das Getränk. »Ruf mich einfach, wenn du mich brauchst. Ich werde noch einmal nach dir sehen, bevor ich gehe.«

Natürlich würde er das.

Sobald die beiden die Tür hinter sich geschlossen hatten, spuckte ich die Tablette in meine Hand. Dann trank ich noch ein paar große Schlucke von dem Proteindrink, damit Theo wusste, dass ich genug getrunken hatte, ließ den Rest der Tablette hineinfallen und wirbelte sie herum. Hoffentlich würde sie sich auflösen und hoffentlich würden sie nicht so genau hinsehen, wenn sie den Rest der Flüssigkeit ausschütteten.

Dann legte ich mich hin und schlief sofort wieder ein.

Ich wurde vom Kreischen eines Habichts geweckt. Ich blinzelte gegen das helle Sonnenlicht an, das durch das Fenster direkt auf mein Gesicht fiel.

Als ich meine linke Seite belastete, zuckte ich kurz zusammen, da meine Schulter schmerzte, wobei es nicht mehr ganz so schlimm war wie gestern.

Ich spannte mich an und wartete darauf, dass sich der Raum zu drehen begann, aber überraschenderweise tat er es nicht.

Gott sei Dank, ich fühlte mich schon viel besser.

Eine Sache machte mir allerdings zu schaffen: meine volle Blase.

Vorsichtig beugte ich mich vor und schob mit dem rechten Arm die Decke beiseite. Langsam bewegte ich meine Beine, deren Steifheit mir etwas Unbehagen bereitete. Ich setzte meine Füße auf den Boden und begutachtete meine Wunden. Die Nähte waren bereits verkrustet, aber sie schmerzte noch immer. Allerdings würde ich meine volle Blase nicht einfach ignorieren können. Wenn die Natur rief, konnte man nichts dagegen tun.

Ich ließ mir Zeit und stand ganz langsam auf. Obwohl meine Beine vor Schmerz pochten, konnte ich sie bereits wieder belasten. Ich hatte Glück gehabt – meine Muskeln hatten wohl keinen größeren Schaden erlitten.

Mit langsamen Schritten ging ich ins Badezimmer, das direkt vor meiner Tür und auf der rechten Seite lag, und erleichterte mich. Die Toilette befand sich zwischen der Badewanne und dem Waschbecken, sodass ich mich abstützen konnte, um mich hinzusetzen und wieder aufzustehen.

Während ich mir die Hände wusch, starrte ich in den Spiegel. Mein Gesicht war blass, und meine Augen waren eingefallen. Ich sah aus wie tot, aber mein Puls zeugte davon, dass ich noch am Leben war.

Nachdem ich die Wassertropfen vom dunkelbraunen Granitwaschbecken gewischt hatte, beschloss ich, nicht ins

Bett zurückzukehren. Stattdessen ging ich langsam in Richtung Küche, denn ich brauchte etwas zu essen.

Als ich den Flur hinunterging, sah ich, dass die Schlafzimmertür von Zeke und Tina einen Spalt offen stand. Auf dem Bett stand eine Kiste, und am Fußende des Bettes lag ein Foto. Die Kiste ähnelte einer der älteren Boxen in dem Zimmer, in dem ich schlief, also musste der Inhalt wichtig genug für Zeke gewesen sein, um ihn aufzuheben.

Da ich Zeke und Tina in der Küche hören konnte, traute ich mich, bis zum Türrahmen zu gehen. Ich kniff die Augen zusammen, um die Personen auf dem Foto zu erkennen.

Mir stockte der Atem. Das Foto zeigte einen Mann und eine Frau und zwei kleine Kinder; eines davon schien ein Baby zu sein. Waren das der König, die Königin und die verstorbene Tochter?

Zekes schwere Schritte eilten aus der Küche auf mich zu.

Verdammt, so wie er sich beeilte, ahnte ich, dass diese Begegnung nicht gut ausgehen würde.

Mit einem finsteren Gesichtsausdruck tauchte er wenige Sekunden später vor mir auf. »Was zum Teufel machst du da?«

Ich hatte gerade genug Zeit, um mich zu sammeln, und stieß die Tür ganz auf. »Die Kiste auf dem Bett hat meine Aufmerksamkeit erregt. Ich wollte nur nachsehen, was ich heute Morgen noch aufräumen könnte.« Obwohl Zeke angeblich wollte, dass ich mich ausruhe, war ich mir sicher, dass ›ausruhen‹ auch bedeutete, sein Haus zu putzen.

Mein Alpha schob sich in den Türrahmen und versperrte mir so die Sicht. »Darüber brauchst du dir keine Gedanken zu machen. Du bist verletzt und wir haben dir schon gesagt, dass du dich ausruhen sollst«, sagte er, packte mein linkes Handgelenk und zog mich ins Wohnzimmer.

Die Nähte an meiner Schulter drohten aufzureißen. Ein Wimmern entwich mir, bevor ich es unterdrücken konnte.

»Oh, tut mir leid«, sagte er, als er meinen Arm losließ. Auf seinem Gesicht war keine Spur von Reue zu sehen. Ich hätte sogar schwören können, dass sich einer seiner Mundwinkel nach oben neigte.

Es schien ihm wirklich *sehr* leidzutun.

»Warum bist du aufgestanden?«, fragte er, während er

mein anderes Handgelenk nahm und mich weiter in Richtung Wohnzimmer führte.

Sobald wir das Zimmer betraten, ließ er mein Handgelenk los und ging ein paar Schritte in Richtung der Küche, die mit dem Wohnzimmer verbunden war.

»Ich musste mich ein wenig frisch machen, und ich habe Hunger. Darf ich das Gästezimmer etwa nicht verlassen?« Ich hob eine Augenbraue und sah mich in diesem seltsamen Haus um. Vermutlich wäre es besser, wenn ich ihn nicht provozierte. Dieses Zimmer hier gefiel mir im ganzen Haus am wenigsten, und das sollte schon etwas heißen. Die Möbel und die Einrichtung waren viel zu pompös für den kleinen Raum. Ein weißes Sofa stand an derselben Stelle wie das Sofa zu Hause, aber dieses war mit Plastik überzogen. Statt eines Fernsehers hing ihm gegenüber ein Foto von Zeke in einem Anzug. Er saß auf einem Holzstuhl und starrte direkt in die Kamera. Es war so übertrieben und abstoßend, dass es mir jedes Mal Angst machte, wenn ich hierherkam.

»Natürlich nicht.« Er lachte ein wenig zu laut.

Unwillkürlich wanderte mein Blick zur Haustür. Ich war versucht, dorthin zu rennen, aber ich war mir sicher, dass Zeke mich aufhalten würde, und das würde alles noch schlimmer machen.

Er räusperte sich. »Tina wollte dir gerade das Frühstück bringen, aber wenn du nicht im Bett essen willst, kannst du auch mit uns frühstücken.«

Er wollte offenbar nicht, dass ich allein in mein Zimmer zurückkehrte. Wunderbar. Ich wollte nicht mit ihnen in der Küche essen; in ihrem Haus zu sein, war schon schlimm genug.

Neben dem übertriebenen Porträt von Zeke befanden sich in dem Raum auch einige normalere Bilder. Theo und Zeke beim Angeln am Snake River, ein paar Bilder von Theo beim Fußballspielen in seiner Highschool-Mannschaft und ein Familienfoto, auf dem alle drei zu sehen waren.

Mir lief ein Schauer über den Rücken, und ich sah Zeke an, der immer noch darauf wartete, dass ich ihm folgte.

Er hob sein Kinn. »Du hast doch gesagt, du hättest Hunger.«

Ich schüttelte den Kopf und versuchte, meine Unbehaglichkeit herunterzuspielen. »Ja. Tut mir leid. Ich bin immer noch nicht ganz auf der Höhe.«

»Das müssen Spätfolgen des Blutverlustes sein.« Er lehnte sich auf seinen Fersen zurück. »Willst du nun etwas essen oder nicht?«

Da ich nicht wollte, dass er noch misstrauischer wurde, musste ich in die Küche gehen und ihnen Gesellschaft leisten. Zum Glück grummelte in diesem Moment mein Magen. »Ich glaube, da hast du meine Antwort.«

Ich wandte meinen Blick von ihm ab und ging an ihm vorbei in die Küche. Tina stand an der Spüle, schaute aus dem hinteren Fenster und spülte gerade eine Bratpfanne aus Edelstahl. Wasser war auf die weiße Granitarbeitsplatte gespritzt und hatte sie um einige Nuancen dunkler gefärbt als die hellgrauen Schränke um sie herum.

Ich blieb vor dem runden Esstisch aus Glas auf der rechten Seite des Raumes stehen. Der Holzfußboden war hier wärmer und ich genoss das Gefühl unter meinen kalten Füßen.

»Guten Morgen«, sagte Tina kalt. Sie sah mich jedoch an und deutete auf das Ende der Arbeitsplatte, wo ein Teller stand, auf dem ein einzelner Keks lag. »Ich dachte mir, das ist am sichersten, bis sich dein Magen wieder beruhigt hat.«

Der Geruch von Speck hing noch in der Küche und verspottete mich. Vermutlich wäre es ohnehin nicht klug, etwas Fettiges zu essen, aber trotzdem lief mir bei dem Gedanken das Wasser im Mund zusammen.

»Danke.« Ich erwartete fast, dass Zeke sich den Keks schnappen und ihn vor meinen Augen essen würde. Ihre Freundlichkeit ergab keinen Sinn. Irgendetwas stimmte hier nicht. Es musste mehr dahinterstecken, als dass Zeke die Augen geöffnet worden waren, aber jedes Mal, wenn ich versuchte, an eine Alternative zu denken, kam ich auf die vier anderen Berater zurück.

Ich nahm mir den Teller und brach mir ein Stück des Kekses ab. Er war nicht trocken, sondern eher buttrig. Ich schniefte, um damit die Tatsache zu verbergen, dass ich tatsächlich an dem Keks roch, bevor ich einen Bissen nahm, um herauszufinden, ob sie ihn vergiftet hatten.

Zeke runzelte die Stirn. »Setz dich hin und iss. Du machst mich nervös, wenn du so herumstehst.«

Wäre da nicht der köstliche Buttergeschmack gewesen, der sich in meinem Mund ausbreitete, hätte ich ihn angeschnauzt – ich hasste es, wenn er so mit mir sprach. Anstatt etwas zu erwidern, nahm ich noch einen Bissen und ließ ich mich auf einen der hellen Stühle aus Ahornholz am Tisch nieder.

»Wenn du damit fertig bist, kannst du noch eine Tablette nehmen«, fügte Tina hinzu, die immer noch die Pfanne spülte.

»Mir geht es schon viel besser. Ich brauche die Tablette nicht mehr.« Ich nahm einen weiteren Bissen. Bis jetzt hatte ich gar nicht bemerkt, wie hungrig ich war.

»Du fühlst dich zwar besser, aber du wurdest sehr schwer verletzt.« Tina schrubbte die Innenseite der Pfanne mit einer Spülbürste. »Du bewegst dich noch ziemlich steif. Eine Tablette wird dir helfen, dich zu beruhigen und dann kannst du dich wieder ausruhen.«

Mit anderen Worten, ich hätte nicht aufstehen dürfen. Sie wusste nicht, dass ich die Tablette letzte Nacht nicht genommen hatte, und trotz der Schmerzen hatte ich gut geschlafen.

»Okay, danke.« Ich würde einfach wieder vorgeben, als würde ich sie nehmen, genau wie letzte Nacht.

Sobald ich zugestimmt hatte, verzog sich Zekes Gesicht zu einer Maske der Gleichgültigkeit. »Meine Damen, ich muss los.« Er schob die Hände in die Taschen seiner hellbraunen Hose. »Ich habe anderthalb Stunden Fahrt vor mir, um mich mit den anderen Alphas zu treffen.«

Tina verdrehte die Augen. »Ich weiß wirklich nicht, warum sie nicht einfach hierherkommen können.«

Ihre Einstellung ging mir langsam wirklich auf die Nerven. »Bodey wohnt drei Stunden entfernt, und Lucas, Jack und Miles wohnen sogar noch weiter weg. Sie treffen sich in der Mitte.«

Zeke ließ seinen Nacken knacken und sah mich an. Innerlich bereitete ich mich bereits darauf vor, zurechtgewiesen zu werden.

»Callie hat *recht*.« Das letzte Wort triefte vor Verachtung, bevor sich sein Tonfall wieder änderte. »Außerdem wird es nicht mehr viele von diesen Treffen geben. In vier Tagen ist die Krönung, und dann sind wir alle wieder für unsere einzelnen Staaten verantwortlich. Im Gegensatz zu den anderen Beratern kann ich mich nicht zu weit entfernen. Ich nehme meine Aufgabe sehr ernst und habe ein ganzes Territorium zu verwalten.«

Zeke konnte die Wahrheit verdrehen, wie er wollte, aber mich konnte er nicht täuschen. Er musste sicherstellen, dass seine Leute nichts taten, was seiner Meinung nach gegen die Regeln verstieß. Er traute niemandem außer sich selbst. Aus den Gesprächen, die ich bei jedem Frühstück, Mittag- und

Abendessen mit den anderen Alphas gehört hatte, wusste ich, dass sie ebenfalls im Kontakt mit ihren Territorien blieben.

Zeke schnappte sich seine Schlüssel vom Tresen und sah mich an. »Du isst jetzt, nimmst deine Medizin und gehst wieder ins Bett. Okay?«

Was er mir eigentlich damit sagen wollte, war, dass ich nichts in seinem Zimmer zu suchen hatte. Ich kämpfte dagegen an, die Augen zu verdrehen. »Ja.«

»Gut.« Er schlenderte aus der Küche und ging in Richtung seines Zimmers. »Tina, behalte sie im Auge.«

Ich knirschte so fest mit den Zähnen, dass mein Kiefer knackte.

Tina sagte nichts, was darauf schließen ließ, dass sie sich gedanklich verbunden hatten. Aber das war in Ordnung. Es war mir ohnehin egal, was sie zu sagen hatte.

Aus seinem Zimmer ertönten ein paar dumpfe Geräusche. Wahrscheinlich war er mit dem Foto und der Kiste beschäftigt. Ein paar Sekunden später öffnete und schloss sich das Garagentor. Tina warf weiteres Geschirr in die Spüle, was ein lautes Klirren verursachte. Es war mir ein Rätsel, dass die Teller nicht zu Bruch gingen, aber sie spülte einfach stirnrunzelnd weiter. Normalerweise räumte ich morgens hinter ihnen auf.

Mit dem letzten Bissen des Kekses wurde mein Mund trocken. Ich stand auf und ging zu dem schwarzen Kühlschrank hinter Tina. Ich nahm eine Flasche Wasser heraus, hielt aber inne. Ich brauchte etwas, in dem ich die Tablette auflösen konnte, also schnappte ich mir auch den Orangensaft.

Tina warf einen Blick über ihre Schulter und beobachtete mich. Befürchtete sie etwa, dass ich sie von hinten angreifen könnte?

Daran hatte ich bisher noch nicht gedacht, aber der

Gedanke war durchaus berechtigt. Wobei ich mich lieber nicht mit Zekes Zorn und den Folgen einer solchen Aktion auseinandersetzen wollte.

Ich zwang mich, mich nicht zu verkrampfen, öffnete den Schrank zu ihrer Rechten, nahm mir ein großes Glas und füllte es mit Saft. Dann stellte ich den Saft wieder in den Kühlschrank und nahm das Glas und die Flasche Wasser zurück zum Tisch.

Sobald ich fertig war, brachte sie mir eine weitere weiße Tablette.

Ich nahm sie wie gestern Abend in den Mund und tat so, als würde ich sie schlucken. Die Kombination aus der Bitterkeit der Tablette und der Säure des Saftes war widerlich, und ich musste fast würgen. »Danke. Ich lege mich wieder hin, es sei denn, du brauchst mich noch für irgendetwas.«

Ihr Gesicht wirkte angespannt. »Nein. Ruh dich einfach aus«, antwortete sie, in einem viel zu netten Ton.

Wenn sie glaubte, ich würde mehr drängen, hatte sie sich getäuscht.

Ich nahm meinen Saft und das Wasser und eilte zurück ins Schlafzimmer und widerstand der Versuchung, noch einen Blick in Zekes Schlafzimmer zu werfen. Ich konnte es nicht riskieren; sie würde nach mir sehen, wenn ich nicht in das richtige Zimmer ging.

Sobald ich die Tür hinter mir geschlossen hatte, spuckte ich die Tablette aus. Der bittere Geschmack blieb auf meiner Zunge zurück, und ich trank die Hälfte des Orangensaftes, um den Geschmack zu überdecken. Es funktionierte nicht, aber mehr konnte ich nicht trinken. Ich musste genug Saft übrig lassen, um die Tablette darin aufzulösen.

Wie gestern Abend ließ ich sie in den Saft fallen, schwenkte das Glas umher und stellte es dann auf den Nachttisch. In diesem Moment bemerkte ich mein Handy, das an einem Ladegerät angeschlossen war.

Jemand hatte es mir gebracht.

Mein Herz krampfte sich zusammen, als ich es mit zitternden Händen nahm. Ein Teil von mir hoffte, eine Nachricht von Bodey bekommen zu haben.

Allerdings hatten mir nur Stevie und Mom geschrieben.

Ein heftiges Stechen schmerzte in meiner Brust, genau dort, wo mein Herz war. Inzwischen würde Zeke den anderen Beratern von dem Angriff berichtet haben. Daran bestand kein Zweifel, da andere Rudel offenbar versuchten, unser Land zu übernehmen. Bodey war so entschlossen gewesen, mich zu beschützen, und jetzt schrieb er nicht einmal eine Nachricht, um zu fragen, wie es mir ging.

Offenbar bedeutete ich ihm doch nicht so viel, wie ich vielleicht gedacht hatte. Zum ersten Mal in meinem Leben hatte mir jemand das Gefühl gegeben, wichtig zu sein und geschätzt zu werden, und dass er mich nur zwei Tage später behandelte, als würde ich nicht existieren, war mehr, als ich ertragen konnte.

Da ich nicht in der Lage war, auf die Nachrichten meiner Familie zu antworten, und ich wusste, dass Zeke und Theo sie auf dem Laufenden halten würden, öffnete ich meine Musik-App, suchte nach dem perfekten Lied und entschied mich für ›Stay With Me‹ von Sam Smith. Aber als ich auf Play drückte und versuchte, mich in der Musik zu verlieren, konnte ich nur Bodey auf der Terrasse sehen, der für mich auf seiner Gitarre spielte. Da es sich anfühlte, als würde mein Herz in tausend Stücke zerbrechen, schaltete ich schnell die Musik aus und warf mein Handy aufs Bett.

Offenbar half mir noch nicht einmal mehr das *Einzige*, was mir früher immer Trost gespendet hatte.

Tränen kullerten über meine Wangen und das Atmen fiel

mir schwer. Das Pochen meines angeschlagenen Herzens war so schmerzhaft, dass ich es vorgezogen hätte, Krallen in meinem Bein zu spüren.

Die Leere, mit der ich mein ganzes Leben lang gelebt hatte, schien nun endlos.

Ich legte mich ins Bett, rollte mich in die Fötusstellung zusammen und betete, dass ich schnell einschlafen würde.

DAS GERÄUSCH von splitterndem Glas weckte mich. Ich war eingeschlafen, nachdem ich mich die halbe Nacht hin und her gewälzt hatte. Die letzten zweieinhalb Tage hatten vollkommen gleich ausgesehen. Ich war in meinem Zimmer geblieben, während Tina im Haus herumlief, um zu putzen und auf mich aufzupassen. Ich hatte angefangen, Serien zu streamen, da Musik nur schmerzhafte Erinnerungen weckte, aber dennoch kehrten meine Gedanken immer wieder zu Bodey zurück.

»Tina, bei allen Göttern«, knurrte Zeke. »Mach das sauber.«

»Lass es, Mom«, antwortete Theo. »Ich mache das schon, du kümmerst dich ja bereits um die Eier und die Wurst.«

Da ich keine Lust mehr auf Kekse zum Frühstück hatte, warf ich die Decke weg und stand auf. In der Nähe von Zeke und Tina zu sein, würde mich immerhin von Bodey ablenken.

Stevie hatte mich in den letzten beiden Nächten besucht und ein paar meiner Anziehsachen vorbeigebracht. Heute konnte ich endlich ohne jegliche Beschwerden stehen, was bedeutete, dass ich fast genesen war.

Theo hatte mich wissen lassen, dass sie den Wolfswandler im Keller weiter befragt hatten, er aber keine anderen Informationen preisgeben wollte. Wir wussten also

nur, dass Königin Kel ihn und die beiden anderen herge-
schickt hatte.

Ich zog mir eine Jeans und einen dünnen hellblauen Pullover an und bürstete mir im Bad mein Haar. Dann eilte ich in
die Küche, denn ich wollte nicht, dass Zeke wieder auf die
Jagd nach mir ging. Jedes Mal, wenn ich mein Zimmer verließ
und nicht sofort in der Küche auftauchte, materialisierten sich
Tina und Zeke wie aus dem Nichts.

Der Geruch von Speck und Eiern brachte meinen Magen
zum Knurren. In den vergangenen Tagen hatte ich mich mit
Kohlenhydraten vollgestopft, da diese leicht zu verdauen
waren, aber ich brauchte etwas Nahrhafteres.

Als ich in die Küche schlenderte, war Theo gerade dabei,
die Scherben eines zerbrochenen Tellers wegzuwerfen. Er
lächelte. »Hey, du. Schön, dich heute Morgen hier zu
sehen.«

Ich lächelte zurück. Theo war in den vergangenen Tagen
mein Fels in der Brandung gewesen. Obwohl die Dinge
zwischen uns seit dem Wolfsangriff seltsam und unangenehm
geworden waren, war er doch immer noch der Freund, den
ich so dringend brauchte.

Er hatte sich immer wieder zu mir ans Bett gesetzt und
sich Kriegsfilme mit mir angeschaut. Wir hatten uns Popcorn
geteilt und meist war er erst gegen Mitternacht in sein Haus
nebenan geschlichen, um zu schlafen. Jetzt, wo er nicht mehr
versuchte, mich zu seiner Gefährtin zu machen, fühlte ich
mich wieder wohl in seiner Gegenwart.

»Du solltest im Bett sein.« Zeke schüttelte den Kopf. »Du
musst heilen.«

»Ich habe gar keine Schmerzen mehr.« Ich hob mein
Hemd, um ihm zu zeigen, dass meine Wunde verschorft war.
»Tina hat gestern die Fäden gezogen.«

»Es geht ihr gut«, fügte Tina hinzu, während sie zwei

Teller mit Eiern und Würstchen herüberbrachte. Die Kekse lagen bereits in der Mitte des Tisches.

»Möchtest du einen Kaffee?«, fragte Theo, als er zur Kaffeekanne ging.

Kaffee klang tatsächlich himmlisch. »Ja, bitte.«

Ich versuchte, geduldig zu sein und zu warten, bis sie ihr Essen geholt und sich hingesetzt hatten, auch wenn ich vollkommen ausgehungert war.

»Gib mir auch eine Tasse«, sagte Zeke, während er seinen Teller füllte.

Sobald er fertig war, schnappte ich mir ebenfalls einen Teller und füllte ihn mit Eiern und Wurst. Als ich einen großen Bissen nahm, setzte sich Theo neben mich und stellte eine Tasse Kaffee vor mich hin.

Er gluckste. »Du bist wohl ziemlich hungrig, was?«

Ich nickte, griff nach dem Kaffee und trank einen Schluck. Er war perfekt. Theo wusste, dass ich einen Esslöffel Zucker, einen Spritzer Milch und einen Spritzer Kaffeesahne nahm.

Tina saß neben mir, da Zeke mir gegenübersaß. Ein paar Minuten lang aßen wir alle schweigend. »Ich nehme an, es geht dir gut genug, um deine Aufgaben hier zu erledigen«, sagte Tina nach einer Weile.

Zeke runzelte die Stirn. »Heute? Nein, sie braucht mindestens noch einen Tag Ruhe.«

Tinas Gesicht verzog verärgert das Gesicht, bevor sie wieder ihre Maske des Gleichmuts aufsetzte. »Ich kann mich heute nicht um das Haus kümmern. Ich muss eine Schicht in der Klinik übernehmen.«

Zekes Kiefer zuckte. »Du solltest doch die ganze Woche zu Hause bleiben.«

»Das geht nicht.« Sie legte ihre Hände auf den Tisch. »Wir haben zu wenig Personal, ich muss gehen. Jemand hat sich krankgemeldet, und ich kann nicht riskieren, diesen Job zu verlieren. Das weißt du doch.«

Theo biss sich auf die Unterlippe, und eine unangenehme Stille erfüllte den Raum. Die Augen von Zeke und Tina leuchteten, als sie sich gedanklich miteinander verbanden.

»Das ist schon okay, ich habe keine Schmerzen mehr. Ich kann das Haus putzen.« Wenn die beiden weg waren, konnte ich immerhin in Ruhe nach der Kiste suchen. Ich musste wissen, was Zeke so verzweifelt vor mir verbergen wollte.

Sofort wurde Zeke knallrot. »Nein. Jemand muss hier sein, um dich zu beschützen.«

»Ja, wir sollten sie nicht allein hierlassen.« Theo legte eine Hand auf meine Stuhllehne. »Ich muss später bei Lynerds Rudel vorbeischauen. Callie kann mich begleiten, wenn sie will.«

Ich starrte ihn mit offenem Mund an. Bisher hatten sie immer darauf geachtet, dass ich keine Wölfe aus anderen Rudeln kennenlernte.

Zeke entspannte sich ein wenig, obwohl sein Gesicht immer noch gerötet war. »Das ist eine ausgezeichnete Idee.«

Das *musste* ein Traum sein ... möglicherweise ein Albtraum. Ich war mir nicht sicher, wie ich das einordnen sollte. »Wirklich?« Ich konnte es kaum erwarten, dieses Haus endlich zu verlassen.

»Aber nur, wenn du möchtest.« Theo schürzte seine Lippen.

Zeke spannte sich wieder an. Es gefiel ihm nicht, dass Theo mir die Wahl ließ.

»Klar.« Ich wollte unbedingt sehen, wie die anderen Rudel miteinander umgingen ... sehen, ob ihre Anführer sich mehr wie Zeke oder Bodey verhielten.

Wir aßen schweigend zu Ende, und bald darauf verließen Theo und ich das Haus und stiegen in sein Auto. Ich war mehr als erleichtert, aus diesem Haus herauszukommen, das sich wie ein Gefängnis anfühlte. Ich hatte nicht einmal auf die Toilette gehen können, ohne dass mich einer von ihnen beobachtet hatte.

Theo verließ unsere Siedlung und konzentrierte sich auf die Straße. Nach ein paar Minuten sah er mich an. »Möchtest du das Radio einschalten?«

Das tat ich normalerweise immer, wenn ich in einem Auto saß. »Nein. Ich habe gerade keine Lust auf Musik.« Seit ich Bodey verlassen hatte, brachte ich jegliche Musik mit ihm in Verbindung.

Theo runzelte die Stirn. »Vielleicht sollte ich dich doch zurückbringen. Anscheinend geht es dir immer noch nicht gut.«

»Nein, bitte nicht.« Ich lehnte meinen Kopf zurück an die Kopfstütze. »Ich fühle mich langsam wie eine Gefangene, und aus irgendeinem Grund will dein Vater nicht, dass ich alleine in ihrem Haus bin.«

»Aus *irgendeinem* Grund.« Theo schnaubte. »Dir ist schon klar, dass einer der Wölfe, die dich angegriffen haben, sich im Keller dieses Hauses befindet, oder? Was, wenn er sich befreit?«

Ich hob eine Augenbraue. »Und du denkst wirklich, deine Mutter könnte mich beschützen?«

»Sie kann sich zumindest gedanklich mit dem Rudel verbinden und Hilfe holen. Das kannst du nicht. Du bist immer auf dein Handy angewiesen.«

Ich zuckte zusammen. Theo hatte sicher nicht grausam klingen wollen, aber es war dennoch eine weitere Erinnerung daran, dass ich anders war als die anderen. Dass ich schwach war.

»Scheiße.« Theo griff über die Mittelkonsole und nahm meine Hand. »Tut mir leid. So habe ich es nicht gemeint.«

»Ich weiß. Es ist nur manchmal schwer, zu hören.« Natürlich hatte er es so gemeint, ich war nicht dumm.

Theo leckte sich über die Unterlippe. »Das kam härter rüber, als ich beabsichtigt hatte. Du bist die einzige Person, dir mir nicht alles durchgehen lässt, abgesehen von Dad.«

Das ließ meine Wut abebben. »Willst du damit sagen, dass dir das nicht gefällt?«

»Nicht wirklich.« Er zwinkerte. »Aber ich mag dich trotzdem.« Er drückte meine Hand.

Plötzlich veränderte sich etwas zwischen uns ... und ich wünschte, ich hätte ihn nicht begleitet.

Ich schaute aus dem Fenster und sah die majestätischen Berge der Canyons vorbeiziehen. Der Drang wieder raus in die Natur zu gehen war stark. Dort fand ich einfach immer Frieden. Hoffentlich hatte Bodey mir wenigstens das nicht genommen, nicht wie meine Musik.

»Dad hat mir heute Morgen gesagt, dass es morgen Abend ein großes Abendessen gibt, und er möchte, dass ich daran teilnehme, da ich bald Alpha werde.« Theo konzentrierte sich wieder auf die Straße. »Es findet vier Stunden von hier entfernt statt.«

»Oh, das ist toll.« Obwohl mir der Gedanke, eine ganze Nacht lang mit Tina allein zu sein, überhaupt nicht behagte. Vielleicht würde sie mich ja nach Hause gehen lassen. »Ich bin sicher, du und dein Vater werdet es genießen.«

»Wir können jeder noch jemanden mitbringen.« Seine Hand schloss sich fester um meine. »Und ... ich hatte gehofft, du würdest mich begleiten.«

Ich sah ihn erschrocken an. »Ich?« Ein unangenehmer Schauer lief mir über den Rücken.

»Ja, wir sind Freunde, und du kennst die Berater doch schon.« Theo zuckte mit den Schultern. »Ich dachte, das ergibt nur Sinn.«

»Es werden also nur die Berater, Samuel und wir da sein?« Das waren nicht besonders viele Leute. Bei diesem Essen würde ich Bodey niemals aus dem Weg gehen können.

Mein Herz machte einen Sprung bei dem Gedanken, ihn zu sehen ... bis mir klar wurde, dass er auch ein Date haben würde. Was, wenn er *sie* gefunden hätte?

»Oh, nein. Es werden etwa hundert Leute da sein. Alle hochrangigen Alphas aus jedem Staat sind anwesend, um den neuen König zu begrüßen, und ich hätte gerne einen Freund an meiner Seite.«

Hundert Leute. Das bedeutete, dass ich einfach in der Menge untergehen könnte. Außerdem bat mich Theo, ihn als Freund zu begleiten, nicht als echtes Date. Offenbar hatte er verstanden, dass ich ihn nicht auf dieses Weise sah. Ich wollte ihn nur ungern enttäuschen. »Ich komme gerne mit. Dann brauche ich nur noch ein Kleid.«

»Wir fahren nach Ontario.« Er grinste. »Dort können wir dir ein neues Kleid kaufen.«

Das war die größte Stadt in der Gegend und vermutlich gab es dort auch eine Menge Geschäfte. »Klingt gut.«

Ein Teil von mir wollte mich davon abbringen, zu diesem Essen zu gehen. Wollte mir weismachen, dass es mich zerstören würde, Bodey zu sehen. Aber wenn Samuel die Dynamik der Rudel veränderte, musste ich mich vielleicht zwangsläufig daran gewöhnen, ihn zu sehen. Wenn ich mich jetzt damit abfand, ihn zu verlieren, konnte ich vielleicht schneller weitermachen.

Obwohl ich das bezweifelte.

Ich schloss die Augen, weil ich keine Lust mehr hatte, zu reden. Die Nervosität vor dem morgigen Abend lastete schwer auf mir. Ich tat so, als würde ich schlafen, und Theo ließ mich in Ruhe.

———

BALD BEFANDEN wir uns etwa fünfzig Kilometer südlich von Ontario, Oregon, und fuhren in die Siedlung des örtlichen Rudels, die aus massiven Backsteinhäusern bestand. Sie waren alle einstöckig, aber doppelt so groß wie die Häuser bei uns. Dieses Rudel schien eine Menge Geld zu haben, was keinen Sinn ergab. Zeke war der reichste Alpha in diesem Staat.

Als wir das erste Haus ansteuerten und parkten, kam ein großer Mann aus der Tür gestürmt. Er verzog wütend das Gesicht, als er auf uns zueilte.

Theo tätschelte mein Bein. »Bleib einfach hier.«

Bevor Theo aussteigen konnte, riss der Mann jedoch schon seine Tür auf. »Was willst du hier?«, knurrte er.

Der Mann, der nun direkt vor Theo stand, strahlte eine unbändige Macht aus. Dieser Gestaltwandler war fast so stark wie Bodey und definitiv auf einer Stufe mit Jack, Lucas und Miles. Er war auf jeden Fall stärker als Zeke und Theo. Schweißtropfen bildete sich auf Theos Stirn.

Ich war mir nicht sicher, warum dieser Mann nicht der Berater in Oregon war oder warum er Zeke nicht um diese Position herausgefordert hatte. Er starrte Theo immer noch feindselig an. Sein lockiges dunkelblondes Haar hing ihm ins Gesicht, und seine cognacfarbenen Augen hatten einen Alpha-Glanz. Sein etwas mehr als 1,80 m großer Körper war angespannt, als wäre er bereit, anzugreifen.

Theo richtete sich auf. »Ich bin hier, um über morgen Abend zu reden.«

Der Mann rümpfte die Nase. »Du fragst dich wohl, ob ich mich benehmen werde.« Er lachte bedrohlich. »König Richard hat nach dem Tod meines Onkels Zeke zum Berater gemacht. Auch wenn es mir nicht gefällt oder ich es nicht verstehe ... aber er war mein König, und ich werde seinen

Willen respektieren, auch wenn ich Zeke nicht mag – oder dich.«

Mein Herz krampfte sich zusammen. Zeke war stolz darauf, dass der König ihn für würdig befunden hatte, den Platz des Beraters einzunehmen, aber er hatte diese Geschichte seit Jahren nicht mehr erwähnt. Ich hatte sie vollkommen vergessen, bis Bodey und die anderen darüber gesprochen hatten. Offenbar war der Alpha dieses Rudels bis vor fünfundzwanzig Jahren der Berater gewesen. Scheinbar hatte dieser Mann gehofft, die Position seines verstorbenen Onkels übernehmen zu können. Da seine Macht so deutlich spürbar war, verwirrte es mich, warum der König sie ihm nicht gegeben hatte.

Theo hob sein Kinn. »Du musst mich nicht *mögen*, du musst mir nur gehorchen.«

Der Mann gluckste. »Zeke ist schon schlimm genug. Lass uns nicht um den heißen Brei herum reden. Ich weiß, dass du nur auf *seinen* Wunsch hierher gekommen bist.«

Jetzt wunderte es mich nicht mehr, dass Theo gewollt hatte, dass ich im Truck blieb. Dieser Typ respektierte *weder* ihn noch Zeke, und Theo wollte nicht, dass ich das sah.

Als Theo seine Brust herausstreckte, erinnerte er mich an einen Kugelfisch. »In drei Tagen werde ich Alpha sein, du wirst also noch früh genug auf mich hören müssen.« Er wollte aus dem Auto aussteigen, aber der Mann blockierte die Tür.

»Ich sagte doch, dass ich mich benehmen werde, du kannst also einfach wieder abhauen.« Er zeigte auf die Straße. »Du solltest ohnehin nicht hier sein. Du hast uns nicht informiert, dass du kommst.«

Theos Nasenflügel blähten sich auf. »Das muss ich auch nicht. Wir befinden uns immer noch in *meinem* Territorium. Ich kann kommen und gehen, wann immer ich will.«

Jetzt wünschte ich mir wirklich, ich wäre einfach in Zekes

Haus geblieben. Ich wollte auf keinen Fall mitansehen, wie zwei Alphas miteinander kämpften. Obwohl ich auf dem Beifahrersitz saß, könnte ich als unschuldige Zuschauerin in diese Konfrontation hineingezogen werden. Was sollte ich jetzt tun? Wenn sie weitermachten, war ein Kampf unvermeidlich. Und wenn sie kämpften, vermutete ich, dass der ältere Mann gewinnen würde.

Ich nahm an, dass dies Lynerd war. Ein Kampf hätte große Auswirkungen auf ihn, Theo und Zeke, und könnte zusätzlich Samuels Krönung negativ beeinflussen. Das konnte ich nicht zulassen. »Wir sind auf dem Weg in die Stadt, um mir ein Kleid für morgen zu kaufen. Das hier ist nur ein kleiner Zwischenstopp.«

Lynerds Augen huschten zu mir und musterten mich. »Und wer bist du?«

Ich lächelte, beugte mich über Theo und streckte meine Hand aus, während ich meine wahren Gefühle im Zaum hielt. »Ich bin Callie. Ich gehöre zum Rudel von Zeke und Theo.«

Der Mann runzelte die Stirn. »Tut mir leid für dich. Dort aufzuwachsen kann nicht sehr angenehm gewesen sein, besonders für eine Frau.« Er ergriff meine Hand und schüttelte sie fest.

Ich zuckte zusammen, als ich meine Hand zurückzog. Wenn er davon ausging, dass sie mich schlecht behandelten, musste Zeke auch die anderen Frauen im ganzen Territorium schlecht behandeln. Auch wenn ich vermutlich das Meiste von Zekes Boshaftigkeit zu spüren bekam, hatte ich bereits gesehen, wie er mit den anderen Frauen im Rudel umging. Sie waren zwar nicht ganz so schlimm dran wie ich, aber er überging regelmäßig ihre Meinungen und erkannte ihre Fähigkeiten nicht an.

Theo drehte sich zu mir um und hob die Augenbrauen,

als wolle er mir sagen, ich solle nicht antworten. Das würde jedoch nur alles bestätigen, was Lynerd angedeutet hatte, und die Situation noch unangenehmer machen.

»Es war nicht immer einfach.« Ich zuckte mit den Schultern und tat so, als wäre es keine große Sache.

Theo starrte mich finster an. Wenn Blicke töten könnten, wäre ich auf der Stelle in ein Häufchen Asche zerfallen.

»Aber seit die Späher von Königin Kel mich angegriffen haben, sind Zeke und Theo sehr freundlich und aufmerksam zu mir. Sie haben sich gut um mich gekümmert und dafür gesorgt, dass immer jemand auf mich aufpasst.« *Wahrscheinlich, um mich davon abzuhalten, in Zekes Zimmer herumzuwühlen.* »Vielleicht hat Zeke sich ja verändert?« Da ich mir nicht sicher war, ob das wirklich stimmte, hatte ich es als Frage formuliert. Ich hoffte, das würde reichen, um die Spannung abzubauen.

Lynerds Aufmerksamkeit richtete sich auf Theo. Beide Männer starrten sich an, und das bisschen Spannung, das ich abgebaut hatte, kehrte augenblicklich zurück.

Eines wusste ich mit Sicherheit: Theo war entschlossen, ins Haus des Mannes zu kommen, und wir würden nicht eher gehen, bis er das geschafft hatte. Ich fragte mich, ob Zeke ihm gesagt hatte, er solle es tun. Vielleicht als eine Art Test. Vielleicht dachte ich das aber auch nur, weil ich keine besonders hohe Meinung über seinen Vater hatte.

»Du hast ein wunderschönes Haus.« Ich starrte auf das Backsteinhaus und ließ meinen Blick dann über den Rest der Siedlung schweifen, den ich sehen konnte. Ähnlich wie bei uns schienen ihre Häuser alle den gleichen Grundriss zu haben, aber dieses war etwas größer.

»Danke.« Lynerd schnaubte, blinzelte und schien über etwas nachzudenken. Sein Gesicht zuckte, als sein Blick den meinen traf. »Ihr seid eine Weile gefahren. Ich weiß, das ist hart für uns Wölfe. Möchtet ihr hereinkommen und eine kurze Pause einlegen?«

Es war eindeutig, dass er mich fragte und nicht Theo. Trotzdem war es ein kleines Friedensangebot. Am liebsten hätte ich abgelehnt, ich wollte diesen Mann nicht bedrängen, aber wenn ich das täte, könnte es tatsächlich zu einem Kampf kommen.

»Natürlich kommen wir rein.« Theo ballte die Hände in seinem Schoß. »Das habe *ich* doch schon gesagt.«

Ein finsterer Blick kehrte auf Lynerds Gesicht zurück, und er schnaubte. Vermutlich bereute er sein Angebot bereits. Anstatt freundlich zu sein, erinnerte mich Theo an seinen arroganten Vater.

Um den Fortschritt, den ich gemacht hatte, nicht zu zerstören, kletterte ich aus dem Wagen und eilte um die Motorhaube herum. Ich streckte mich, um zu betonen, dass ich eine Pause gut gebrauchen konnte. Als Theo aus dem Auto ausstieg, kam der andere Mann auf mich zu. »Ich bin übrigens Lynerd. Der Alpha dieses Rudels.«

Meine Vermutung war also richtig gewesen. »Es ist wirklich schön, dich kennenzulernen.«

Lynerd ignorierte Theo und gab mir ein Zeichen, ihm zu folgen. Wir gingen zur Haustür, wobei Lynerd direkt am Rand des betonierten Weges ging und Theo somit zwang, entweder im Gras oder auf meiner anderen Seite zu gehen.

Das war wahrscheinlich das Beste, denn wenn sie wieder einen Streit anfangen würden, wäre ich das Einzige, was zwischen ihnen stand. Glücklicherweise sagte niemand ein Wort, während wir die fünfzehn Stufen zur Eingangstür hinaufgingen.

Lynerd öffnete sie und winkte uns hinein.

Sobald ich den langen Flur betrat, roch ich drei verschiedene Düfte. Der Erste war der von Lynerd, ein herber Kiefergeruch, aber ich roch auch frisches Gras und Rosmarin. Ich nahm jeden Zentimeter des Hauses in Augenschein. Die Wände waren braun gestrichen und mit Zierleisten geschmückt. Der dunkle Holzboden bestätigte mir, dass dieses Haus viel schöner war als die Häuser in unserer Siedlung. Das musste zu den Streitigkeiten zwischen diesem Rudel und unserem beitragen.

Lynerd schloss die Tür und führte uns ins Wohnzimmer. Auf einem riesigen hellbraunen Sofa an der linken Wand saßen zwei Personen. Der Geruch von frischem Gras kam von einem männlichen Wolfswandler, der an dem uns näheren Ende saß. Sein Haar war kurz geschnitten, und er hatte einen struppigen, kupferfarbenen Bart. Die Frau am anderen Ende des Sofas musste eine Hexe sein. Ich beäugte sie neugierig. Bisher hatte ich nur von Hexen gehört, aber noch nie eine gesehen.

Langsam wurde mir klar, dass es ungewöhnlich war, dass unser Rudel nichts mit Hexen zu tun hatte. Zeke hatte uns immer wieder vor ihnen gewarnt, weil eine Hexe seinen besten Freund, unseren früheren Beta, getötet hatte. Ich hatte keinen Grund, an ihm zu zweifeln; ich hatte gehört, wie er die Geschichte erzählt hatte, und keine Lüge gerochen. Vielleicht hatte es sich aber auch um die Tat einer extremistischen Hexe gehandelt, die nicht die gesamte Hexen-Bevölkerung reprä-sentierte.

Die Frau neigte den Kopf, und ihr langes dunkelblaues Haar fiel über die nackte, dunkelbraune Haut ihrer Schulter. Ihre wunderschönen smaragdgrünen Augen musterten mich. »Hallo«, sagte sie, und ihre Stimme erinnerte mich an ein Lied.

Ihre Blicke ließen mir einen Schauer über den Rücken laufen. Theo musste etwas Ähnliches gespürt haben, denn auch er versteifte sich.

»Hi.« Ich strich mir eine Haarsträhne hinters Ohr. »Tut mir leid, dass wir hier so hereinplatzen.« Ich hatte das Gefühl, als ob wir bei etwas stören würden. Nervös sah ich mich um und betrachtete die Bilder der Küste, die an den Wänden hingen.

Seufzend ging Lynerd in die Mitte des Raumes und stellte sich vor das Sofa neben dem hölzernen Tisch. »Ist schon in Ordnung. Wir planen nur, wer sich während meiner Abwesenheit um alles kümmern wird, wenn Sybil und ich zur Krönung fahren.«

»Brauchst du ein paar *meiner* Wölfe, um dein Rudel zu beschützen, während du weg bist?« Theo richtete sich auf und hob sein Kinn. »Wir haben gerade drei von Königin Kels Spähern ausgeschaltet.«

Fast hätte ich laut gelacht. *Ich* hatte die drei Späher ausgeschaltet, aber er ließ es so klingen, als hätte er etwas damit zu tun gehabt. Ich wollte ihn zurechtweisen, aber stattdessen konzentrierte ich mich auf das Wichtigste. »Wurdet ihr ebenfalls angegriffen?« Bei Bodey hatte man mich über die Geschehnisse im Territorium auf dem Laufenden gehalten, aber seit ich zurück in meinem Rudel war, hatte ich nichts mehr davon mitbekommen.

»Ja, erst gestern.« Lynerd räusperte sich, bevor er sich Theo zuwandte. »Und nein, wir brauchen die Hilfe deines Rudels nicht. Mein Beta ist gut ausgerüstet, um das Rudel in meiner Abwesenheit zu beschützen. Außerdem werden du *und* Zeke ebenfalls abreisen. Ihr werdet eure Wölfe in eurem Rudel brauchen. Sie werden morgen Nacht angreifen, wenn die Alphas alle an einem Ort sind.«

Ich erstarrte. Er hatte recht, und daran hatte ich gar nicht gedacht. Morgen wäre der perfekte Zeitpunkt, um anzugreifen, aber wenn wir die Krönung und die damit verbundenen Feierlichkeiten verschieben würden, würden wir Königin Kel zeigen, dass ihr Plan aufging sie und ihre Angriffe Einfluss auf uns hatten. So oder so, sie würde gewinnen.

»Ich schlage vor, du ermutigst die anderen Rudel, ihre Hexen um Hilfe zu bitten.« Lynerd hob eine Braue, ein schwaches Grinsen geisterte über seinen Mund. Er kannte die Haltung unseres Rudels zu Hexen. »Das ist der beste Weg, um das Rudel zu schützen, bis wir zurückkehren.«

»Ja, wir haben bereits alle unsere Rudel, die Hexen vor Ort haben, instruiert.« Theo verschränkte die Arme. »Schade, dass ihr die Späher nicht einfangen konntet, um mehr Informationen zu bekommen.«

»Du meinst, weil euer Rudel so *wertvolle* Informationen herausgefunden hat?« Der Beta schnaubte von seinem Platz auf dem Sofa aus.

Ich rang die Hände, während ich die Informationen verarbeitete. »Wurde jemand verletzt?«

Lynerds Blick wurde weicher, als er mich ansah. »Nein, obwohl meine Leute sie verfolgt haben, wurde niemand verletzt.«

Bisher war ich die Einzige, die angegriffen worden war, wahrscheinlich, weil ich ein leichtes Ziel war – allein und weiblich. Obwohl aktuell eine Königin die Fäden in der Hand hielt, dachten die meisten Gestaltwandler immer noch, dass Frauen schwach waren. »Gut. Es ist schon zu viel passiert.«

»Das ist wahr.« Sybil nickte. »Und zu viel wurde vor uns verborgen.«

Theo rollte die Schultern zurück und räusperte sich. »Wenn ihr gerade Pläne macht, sollten Callie und ich nicht weiter stören. Wenn du jedoch deine Meinung änderst und ihr doch mehr Verstärkung braucht, sag einfach Bescheid.«

Unsere Anwesenheit hatte Lynerd schon genug gereizt, und ich war mir sicher, dass nicht mehr viel nötig war, bis der Mann ausrastete. Verdammt, diese Leute hatten sich nicht einmal vorgestellt – ein sicheres Zeichen dafür, dass sie uns hier nicht haben wollten.

»Vielen Dank. Das ist wirklich sehr großzügig«, murmelte der Beta sarkastisch. »Wir wissen die Sorge zu schätzen.«

»Kein Problem.« Theo rieb sich die Fingerknöchel an seinem Hemd und ignorierte die Stichelei. »Es ist von größter Wichtigkeit, dass die Krönung reibungslos über die Bühne geht.«

Lynerd warf ihm einen finsteren Blick zu. »Das brauchst du uns nicht zu sagen. Dessen sind wir uns *alle* bewusst.«

Wenn es Theo darum gegangen war, seine Dominanz zu zeigen, dann war er erfolgreich gewesen, aber zu welchem Preis? Wenn überhaupt hatte er Lynerd nur mehr verärgert, und der einzige Grund, warum Lynerd Zeke die Rolle des Beraters nicht streitig gemacht hatte, war der Respekt vor dem verstorbenen König. Dieser Respekt bedeutete, dass er dazu beitragen würde, dass die Krönung trotz unseres unwillkommenen Besuchs ein Erfolg wurde.

Bevor Theo wieder den Mund öffnen konnte, nahm ich seine Hand und lächelte. »Danke, dass wir eine kleine Pause bei euch einlegen durften. Eure Siedlung und dieses Haus sind wirklich wunderschön.«

»Brauchst du noch etwas, bevor ihr weiterfahrt?« Lynerds Blick ruhte wieder auf mir. »Wasser?«

Dieses Rudel war genauso rücksichtsvoll, wie das von Bodey. Zeke wäre niemals so freundlich zu anderen gewesen. Jetzt verstand ich noch weniger, warum König Richard Zeke die Verantwortung übertragen hatte. »Nein, vielen Dank.«

»*Wir* brauchen nichts.« Theo verschränkte seine Finger mit meinen. »Wir werden nun gehen. Gebt uns Bescheid, falls ihr Hilfe braucht.«

Sybil neigte den Kopf weiter, aber ihr Blick blieb auf mir.

Der Beta presste die Lippen zusammen und versuchte, nicht zu lachen, und ich konnte es ihm nicht verdenken.

Lynerd hingegen blieb höflich. »Danke, aber wir schaffen das schon.«

»Nochmals vielen Dank«, sagte ich und zog Theo aus dem Zimmer. Ich wollte unbedingt gehen, denn Sybils Blicke machten mich nervös.

Lynerd brachte uns noch zur Tür.

Draußen berührte der Mann kurz meine Schulter. »Sei vorsichtig«, murmelte er und biss sich dann auf die Unterlippe. Er wirkte besorgt, und seltsamerweise schien diese Sorge mir zu gelten, was mich irgendwie berührte.

»Wir kommen schon zurecht«, antwortete Theo und zerrte mich zum Auto.

Ich ließ mir nichts anmerken, weil ich nicht wollte, dass Theo etwas von diesem kleinen Austausch mitbekam. »Du auch. Hier draußen ist es für keinen von uns sicher.«

Bald waren Theo und ich wieder in seinem Wagen. Als wir losfahren, bemerkte ich, dass Sybil sich zu Lynerd an die Tür gesellt hatte. Sybil sagte etwas zu dem Mann, aber ihre Augen blieben auf mich gerichtet.

Selbst als wir außer Sichtweite waren, spürte ich noch ihren Blick auf mir und erschauderte.

»Tut mir wirklich leid.« Theo lächelte, als er auf die Hauptstraße einbog. »Ich weiß, die Begegnung hat dich verunsichert. Die Situation war ziemlich angespannt, aber ich hatte alles im Griff.«

Sicher. Ich musste ja überhaupt nicht nachhelfen.

Dennoch korrigierte ich ihn nicht. Ich ließ ihn lieber glauben, dass ich wegen der Konfrontation verunsichert war und nicht wegen der Hexe und der Art, wie sie mich beobachtet hatte.

Immerhin hatte sie mich dazu gebracht, für eine Weile nicht an Bodey zu denken.

———

Ich starrte die Fremde im Badezimmerspiegel an. Ein schwarzes Spitzencocktailkleid schmiegte sich an meine Haut. Es reichte mir bis zu den Knien und besaß einen tiefen V-Ausschnitt, der mein Dekolleté zur Geltung brachte. Perlen ließen das Kleid glitzern, wenn das Licht den Stoff im richtigen Winkel traf, und mit den zehn Zentimeter hohen Absätzen war ich in etwa so groß wie Theo. Wenigstens hatte das Kleid lange Ärmel, sodass ich mich nicht ganz so entblößt fühlte.

»Nur noch eine Sache«, sagte Stevie und beugte sich vor. »Da deine Augen einen Hauch von Grau haben, werden wir deinen Lippen einen kleinen Farbklecks verpassen.« Vorsichtig schminkte sie meine Lippen rot, wobei sie darauf achtete, den Lippenbogen oben zu akzentuieren.

Ich hatte mich noch nie geschminkt oder besonders schick angezogen, und ich war mir nicht sicher, wie ich mir gefiel.

Sie lehnte sich zurück. »Was denkst du?«

»Ich hätte es nicht halb so gut hinbekommen.« Und das meinte ich auch so. Sie hatte mein hellblondes Haar zu einer eleganten Frisur hochgesteckt und vorn ein paar Strähnen herausgezogen, die nun mein Gesicht umrahmten. Das Make-up, das sie ausgesucht hatte, ließ meine blauen Augen heller strahlen, als ich sie je zuvor gesehen hatte.

»Du siehst umwerfend aus.« Stevie strahlte. »Ich bin so froh, dass du zu diesem Abendessen gehen darfst. Du hast dir einen schönen Abend verdient.«

Im Gegensatz zu meiner Schwester war ich nicht besonders

froh darüber. Ich wünschte, ich könnte einfach hierbleiben. Wenn man ein Date mitbringen konnte, dann würde Bodey mit jemandem dort sein, und ich war mir sicher, dass ich damit nicht zurechtkommen würde, besonders wenn er *sie* gefunden hatte. Nach allem, was ich gehört hatte, war es Liebe auf den ersten Blick, wenn man seinen Schicksalsgefährten traf. Ich würde für ihn nicht einmal mehr existieren – falls ich überhaupt noch für ihn existierte. Er hatte sich immer noch nicht bei mir gemeldet, nicht einmal nach dem Angriff. Genauso wenig wie Samuel.

Ich konnte mich nicht selbst belügen – es tat weh. Ich dachte, ich hätte mich mit ihnen angefreundet, besonders mit Bodey und Samuel, aber niemand hatte sich auch nur einmal nach mir erkundigt. Offensichtlich hatte ich mich mit ihnen mehr verbunden gefühlt als sie sich mit mir, was irgendwie ironisch war, denn schließlich hatte Bodey mich praktisch gezwungen, bei ihm zu bleiben.

»Callie«, rief Zeke aus dem Wohnzimmer. »Wir müssen los. Wir können nicht länger auf dich warten.« In seinem Tonfall lag eine eindeutige Warnung.

»Ich komme«, antwortete ich. »Wir sind gerade fertig geworden.«

Stevie verdrehte die Augen, wusste aber, dass sie besser den Mund hielt. »Es hätte noch länger gedauert, wenn ich nicht so eine makellose Leinwand gehabt hätte.«

Dann hakte sie sich bei mir unter und wir gingen ins Wohnzimmer. Theos starrte mich mit offenem Mund an, während Zeke mich einfach nur wütend ansah.

»Du siehst wunderschön aus«, sagte Theo, als er auf mich zukam. »Ich meine, du warst schon immer hübsch. Aber *das* ...«

»Nicht wahr?« Stevie strahlte. »Sie ist umwerfend.«

Tina stand neben Zeke. Ihr champagnerfarbenes Kleid

war hochgeschlossen und lang und passte zu Zekes schwarzem Anzug und der hellen Krawatte.

»Du siehst aber auch nicht schlecht aus.« Ich zwang mich zu einem Lächeln und betrachtete Theo in seinem schwarzen Anzug. Theo war attraktiv, aber ich sah ihn immer noch eher wie einen Bruder. Ich war einfach nur dankbar, dass ich meinen besten Freund an meiner Seite hatte, wenn ich das erste Mal so schick ausging.

»Ihr könnt auch im Auto noch weiterreden.« Zeke ging zur Tür und riss sie auf. »Stevie, du solltest gehen.«

»Viel Spaß, Schwesterherz«, sagte Stevie. Sie gab mir einen Kuss auf die Wange und zwinkerte mir noch einmal zu. »Tu nichts, was ich nicht auch tun würde.«

Sobald Stevie weg war, schlug Zeke die Haustür zu, verriegelte sie und führte uns in seine Garage. Er kletterte in seinen weißen Mercedes-Benz. Ich rutschte auf den Platz hinter ihn, damit Theo hinter seiner Mutter mehr Beinfreiheit hatte. Der schwarze Ledersitz war kühl, was angenehm war. Mein Herz klopfte mittlerweile wie wild.

Wir fuhren los, und bei dem Gedanken an die vierstündige Fahrt, die vor uns lag, erschauderte ich. Wir waren auf dem Weg zu einem Weingut in Lewiston, Idaho.

Zum Glück schaltete Zeke einen klassischen Rocksender ein, was mir nur recht war. Ich lieber wieder durch die Musik an Bodey erinnert und vermisste ihn, anstatt die ganze Fahrt in unangenehmer Stille verbringen zu müssen.

Also lehnte ich mich zurück und schloss die Augen.

Zum Glück schien auch niemand anderes reden zu wollen. Alle wirkten angespannt, selbst Theo, der aus dem Fenster starrte. Dieser Abend war sein Debüt als zukünftiger königlicher Berater, also überließ ich ihn seinen Gedanken. Wären wir nur zu zweit gewesen, hätte ich mit ihm geredet und ihn beruhigt, aber das konnte ich auf keinen Fall tun, wenn Zeke im Auto saß.

Als wir schließlich in Lewiston ankamen, bogen wir auf Nebenstraßen ab, die uns aus der Stadt herausführten. Das GPS zeigte uns an, dass wir links abbiegen sollten, und dann hatten wir unser Ziel erreicht. Zeke stellte die Musik leiser und sah Theo und mich im Rückspiegel an. »Denkt daran, euch heute von eurer besten Seite zu zeigen.«

»Ja, daran sollten wir *alle* denken«, antwortete ich und ärgerte mich mal wieder über mein vorlautes Mundwerk.

Zeke warf mir noch einen bösen Blick zu, sagte aber nichts, als wir die Straße hinauffuhren. Die Einfahrt zum Weingut war wunderschön. Die Weinberge erstreckten sich malerisch über mehrere Hektar. Zeke folgte der Straße zu einem weißen Metallgebäude mit riesigen Fenstern. Auf einer Terrasse, über der mehrere Lichterketten gespannt waren, standen etwa fünfzig Tische mit weißen Tischdecken und je sechs Stühlen.

Es war wirklich hinreißend gestaltet und schien geeignet, um einen neuen Wolfswandlerkönig zu feiern. Die Dekorationen waren klassisch elegant, aber dennoch naturverbunden.

Wir hielten vor der Eingangstür, wo bereits Bedienstete auf uns warteten. Zeke und Theo halfen Tina und mir aus dem Auto. Ich wollte sofort nach *ihm* suchen, aber ich zwang mich, es nicht zu tun.

Wir gingen den Gang hinunter zur Terrasse. Der Geruch von Steak, Schweinefleisch und Lammfleisch ließ mir das Wasser im Mund zusammenlaufen. Es waren bereits eine Menge Leute da, die ähnlich gekleidet waren wie wir, aber zum Glück keine Spur von Bodey.

Lynerd, der ebenfalls schon unter den Gästen war, warf uns einen schnellen Blick zu und rümpfte die Nase, als er Sybils Arm ergriff und sie auf die andere Seite der Terrasse führte, weit weg von uns. Konnte ich gut nachvollziehen. Kurz darauf verschwand Zeke mit einigen anderen Alphas und ließ Tina, Theo und mich zurück.

»Ich bin gleich wieder da. Ich werde uns ein Glas Wein holen«, flüsterte Theo mir ins Ohr.

Bevor ich protestieren konnte, war er schon im Gebäude verschwunden.

»Wenigstens haben wir noch uns.« Tina lächelte mich an, obwohl es nicht besonders herzlich war.

»Ja, was für ein Glück.« Am liebsten wäre ich gar nicht erst hier. So ein Mist

Der Drang, mich einfach zwischen den Rebstöcken zu verstecken, war überwältigend. Meine Brust wurde eng, und ich hatte das Gefühl, keine Luft mehr zu bekommen. Ich brauchte etwas, das mir half, das hier durchzustehen, oder der Abend würde böse enden.

Glücklicherweise kam Theo schnell mit drei Gläsern Rotwein zurück. Er reichte mir eines, und ich trank es in einem großen Zug aus. Als er sich umdrehte, nachdem er seiner Mutter ihr Glas gereicht hatte, sah er verwundert auf mein leeres Glas.

»Äh ... willst du noch ein Glas?« Er zog eine Augenbraue nach oben, anscheinend unsicher, ob er mir noch mehr holen sollte.

»Auf jeden Fall.« Ich schnappte mir sein Glas und trank einen weiteren großen Schluck.

Dann ließ mich ein nur allzu bekanntes Lachen zu Stein erstarren.

Bei allen Göttern, bitte nicht.

*L*ass es *bitte nur Einbildung sein*, wiederholte ich innerlich und schickte ein Gebet an das Schicksal – falls es überhaupt zuhörte. Ich vermutete immer noch, dass es ein echtes Miststück war, das mich nicht mochte, aber vielleicht fühlte es sich auch schon schlecht genug, angesichts meines Leids, um mir zumindest diesen einen Wunsch zu erfüllen. *Lass ihn mich nicht bemerken. Ich bitte dich.*

Ich musste meine Lungen zwingen, zu kooperieren und mich atmen zu lassen, bevor mir schwindelig wurde, und wünschte mir, ich hätte ein volles Glas Wein in der Hand. Noch nie zuvor hatte ich mich so sehr nach Alkohol gesehnt.

»Warum hast du nichts getrunken, als du noch mit uns abgehangen hast?«, fragte Jack von hinten.

Es bestand kein Zweifel, dass er mit mir sprach. Jetzt war ich geliefert.

Scheiße. Das Schicksal musste mich wirklich hassen.

Wenn Jack hier war, bedeutete das, dass auch die anderen bald auf mich aufmerksam werden würden, falls sie mich bisher nicht bemerkt hatten.

Obwohl Tina und ich uns ganz an den Rand der Veranstaltung in eine Ecke der Terrasse gestellt hatten, hatte mich doch einer von ihnen innerhalb weniger Minuten nach meiner Ankunft entdeckt.

Theo hob eine Augenbraue. »Jack.«

Jack ignorierte Theo, aber klopfte mir freundschaftlich auf die Schulter.

»Sei doch nicht so unhöflich, Kleine«, sagte Jack, als ich mich zu ihm umdrehte. »Wir haben dich vermisst. Hätte ich gewusst, dass du weißt, wie man Party macht, hättest du ruhig länger bleiben können. Dann wäre Bodey vielleicht auch ein wenig lockerer geworden. Das hat er nämlich dringend nötig.«

Normalerweise fiel Jack durch seine laute Art auf, aber in seinem marineblauen Anzug mit dem kobaltblauen Hemd, das seine Augen zum Funkeln brachte, stach er auf jeden Fall aus der Menge heraus. Sein Wolf schien direkt unter der Oberfläche zu lauern, und wenn er sein schiefes Lächeln aufsetzte, erinnerte er mich an einen verschmitzten kleinen Jungen. Das machte ihn nur noch charmanter.

Ich weigerte mich jedoch, auf seine Masche hereinzufallen. »Tut mir leid, ich musste zurück zu meinem eigenen Rudel. Außerdem stehe ich nicht so auf Partys.« Meine Hände sehnten sich nach etwas zum Festhalten. Wie zum Beispiel einem Glas. Warum gab es hier draußen keine Kellner mit Getränken?

Er runzelte die Stirn. »Ich hätte definitiv mehr bei Bodey abhängen sollen. Ich wollte dir Freiraum geben, damit du dich ausruhen kannst, aber jetzt wünschte ich, ich hätte mehr Zeit mit dir verbracht, um dich kennenzulernen.«

Theo räusperte sich. Es war offensichtlich, dass er nicht sonderlich erfreut über Jacks Anwesenheit war.

Aber Jack kümmerte sich gar nicht um ihn, und ich

vermutete, dass er mit Absicht diese Dinge sagte, um Theo zu ärgern.

»Du siehst gut aus.« Jack strahlte und musterte mich von oben bis unten. »Und es ist eine angenehme Überraschung, dass du aufgetaucht bist. Ich hatte schon befürchtet, dass du nicht anwesend sein würdest.«

Ich rieb mir mit einer Hand über den Bauch, um das unbehagliche Gefühl zu lösen. Mein Magen war gerade dabei, sich umzudrehen. »Dann hätte mich wohl einer von euch einladen sollen, meinst du nicht?«

»Bei allen Göttern, Callie.« Er legte einen Arm um meine Schulter. »Du bist *immer* überall eingeladen, wo wir hingehen. Hast du in deiner Zeit bei uns denn gar nichts gelernt? Du bist doch unsere Kleine.«

»Hörst du endlich mit diesem Spitznamen auf? Der ist ja schrecklich.« Ich versuchte, ihn böse anzusehen, aber konnte nichts dagegen tun, dass sich meine Mundwinkel nach oben zogen. Ich hasste und bewunderte Jacks Wirkung auf mich gleichermaßen. Er war liebenswert und nervtötend zugleich. Das war sein besonderes Talent.

Tina nahm einen großen Schluck von ihrem Wein, und wandte sich dann an Jack. »Und wer bist du?« Vermutlich hatte sie sich vor dieser Frage erst ein wenig Mut antrinken müssen.

»Oh nein! Mein Ruf lässt mich im Stich.« Jack lachte und zog mich näher zu sich. »Jack Landry, der königliche Berater für Washington.«

Tinas Augen weiteten sich. »Oh, und du bist *tatsächlich* mit Callie befreundet?« Ihre Überraschung war offensichtlich. Wie nett.

»Na klar, immerhin haben wir ein wenig Zeit zusammen verbracht. Man muss sie einfach lieb haben, nicht wahr?« Er zwinkerte. »Sie ist nett *und* witzig.«

Ich schnaubte. »Wann habe ich dich jemals zum Lachen gebracht? Du warst zu sehr damit beschäftigt, zu reden, über deine eigenen Witze zu lachen und den ganzen Sauerstoff im Raum zu verbrauchen.«

»Genau das meine ich.« Er lachte. »So witzig. Als ob sie es nicht lieben würde, mich reden zu hören. Und die Art und Weise, wie sie uns in die Schranken weist – es ist selten, dass man jemanden findet, der das kann.«

»Callie.« Tinas Gesicht wurde rot. »So kannst du doch nicht mit ihm reden. Das gehört sich nicht für eine Frau. Es ist unschicklich.«

»Oh, bitte.« Jack hob seine andere Hand, in der er ein fast volles Glas Wein hielt. »Das ist eine ihrer besten Eigenschaften.« Er wackelte mit den Augenbrauen und hielt mir das Glas hin. »Willst du den Rest?« Seine blauen Augen blitzten mich fröhlich an.

Vermutlich hätte ich ablehnen sollen, aber die Situation wurde von Sekunde zu Sekunde unangenehmer, also nahm ich das Glas und trank es auch dieses in einem Zug leer.

»Ich denke, langsam hast du genug.« Theo runzelte die Stirn und versuchte, mich von Jack wegzuziehen.

»Wir sind hier, um zu feiern, also sollten wir alle ein bisschen Spaß haben.« Jack grinste. »Außerdem wird sie den ganzen Alkohol brauchen, bevor die Veranstaltung zu Ende ist, vermute ich. Das wird ein lustiger Abend ... zumindest für mich.«

Sofort überkam mich ein unbehagliches Gefühl. Ich wusste zwar nicht genau, was er damit meinte, aber ich nahm an, dass es damit zu tun hatte, dass Bodey und ich beide hier waren.

»Bist du sonst noch jemandem begegnet, den du kennst?«, fragte Jack dann, als ob er meinen Verdacht bestätigen wollte.

Ich schüttelte den Kopf. »Wir sind gerade erst angekommen.«

»Oh, *gut*.« Jack zog mich tiefer in die Menge. »Dann lass uns zu den anderen gehen!«

Theo griff nach meiner Hand. Er wollte nicht, dass ich mit Jack ging, und dieses Mal war ich ganz seiner Meinung.

»Danke, aber ich sollte hierbleiben.«

»Die Jungs werden dich sehen wollen, vor allem Samuel.« Jack nickte mit dem Kopf in Richtung seiner Leute.

Meine Kehle schnürte sich zu. Sosehr ich Samuel auch sehen wollte, er hatte mir nicht ein einziges Mal geschrieben. Keiner von ihnen hatte das, Jack war zwar nett, aber ich wette, er war der Einzige, der mich hier haben wollte. Außerdem wollte ich Bodey wirklich nicht sehen, vor allem nicht, wenn er mit jemandem hier war. Das würde ich nicht ertragen, »Ich bleibe hier, danke. Vielleicht sehe ich ihn ja noch, bevor ich gehe.«

»Ach komm schon.« Jack nahm meine leeren Gläser und drehte sich um, als ein Kellner mit einem Tablett voller Vorspeisen vorbeikam. Er stellte sie auf das Tablett, ohne sich darum zu kümmern, dass das Tablett nicht für schmutziges Geschirr gedacht war.

Manchmal wünschte ich mir, ich wäre ein bisschen mehr wie er.

»Sir«, sagte der Kellner.

»Oh, ja. Wo sind nur meine Manieren?« Er strahlte. »Danke.« Dann zerrte er an meiner Hand, sodass ich über meine eigenen Füße stolperte und fast hinfiel. Sein fester Griff hielt mich jedoch aufrecht, bis ich wieder sicher auf meinen zehn Zentimeter hohen Absätzen stand.

Ich konnte hören, wie Theos wütende Schritte uns folgten. Er würde nicht zulassen, dass Jack mich ihm einfach mitnahm. Seine Anwesenheit hätte mich eigentlich trösten sollen, aber seine und Bodeys Feindseligkeit gegeneinander könnte eine ohnehin schon unangenehme Situation noch weiter eskalieren lassen.

Schlimmer noch, nachdem er gesehen hatte, wie freundlich Jack zu mir war, würde Theo mich später sicher deswegen ausfragen. Ich war mir sicher, dass er nicht wusste, wie oft die Berater bei Bodey abgehangen und mich in ihre Gespräche einbezogen hatten.

Ich sah mich auf der Terrasse um. Es waren so viele Leute hier, die Männer in Anzügen oder schicken Jacken und Hosen und die Frauen in Cocktailkleidern. Ich war von den wichtigsten Alphas der Gegend umgeben. Jeder hier war wohlhabend, und die Macht, die von ihnen ausging, machte mir klar, wie schwach ich wirklich war. Kein Wunder, dass Tina sich lieber am Rand der Party aufhielt. Dort gehörte ich ebenfalls hin.

Aus den Augenwinkeln sah ich Miles und Samuel. Bodey war nicht bei ihnen, Gott sei Dank.

Je näher wir ihnen kamen, desto schneller schlug mein Herz. Ich musste von hier verschwinden. Ich duckte mich und versuchte, mich von Jacks Arm zu befreien. Als ich mich umdrehte, rannte ich jedoch fast direkt in Theo hinein.

Theos Augen weiteten sich angesichts meines plötzlichen Richtungswechsels, als Jack mein Handgelenk erneut packte.

»Wo willst du denn hin?«, fragte er und sah mich mit erhobener Augenbraue an.

»Wenn sie nicht mit Samuel reden will, muss sie das auch nicht«, knurrte Theo und blähte seine Brust auf.

Wunderbar. Genau das hatte ich vermeiden wollen. Ich musste die Situation deeskalieren, bevor wir das Abendessen für alle ruinierten. Außerdem *musste* Jack wissen, warum ich versuchte zu fliehen. Ich weigerte mich, ihn einfach weiter bei Laune halten zu wollen. »Heute ist Samuels Tag, und er ist eindeutig beschäftigt.«

»Genau deshalb solltest du ihn begrüßen.« Jacks übliche Fröhlichkeit verschwand und wurde durch einen ernsten Ausdruck ersetzt. »Er hat dich vermisst. Eigentlich wollte er dich selbst anrufen und hierher einladen.«

Meine Kehle schnürte sich zusammen. »Aber das hat er nicht. Er hat nie angerufen.«

»Jack, was zum Teufel machst du da?«, rief plötzlich eine *viel* zu vertraute Stimme.

Ich konnte mich weder bewegen noch atmen. Als sich Bodey neben Jack stellte, hörte meine Welt auf, sich zu drehen.

»Callie«, hauchte er und es klang wie der schönste Text eines Liedes, den ich je gehört hatte.

Er sah sogar noch besser aus, als ich ihn in Erinnerung hatte, was eigentlich nicht möglich sein sollte. Ich hatte das Sprichwort ›Durch die Ferne wächst die Liebe‹ zwar schon einmal gehört, aber erst jetzt verstand ich es wirklich.

Ich hatte gehofft, dass die Zeit der Trennung mein Herz ein wenig geheilt hätte, aber plötzlich war der Schmerz über seine Zurückweisung wieder zurück, in voller Stärke.

Sein schwarzer Anzug passte ihm wie angegossen. Er trug ein weißes Hemd und eine schwarze Fliege, die verdammt sexy an ihm aussah.

Wir starrten uns an, und der Rest der Welt verschwand um mich herum. Ich wollte ihn küssen, aber das wäre sicher keine gute Idee gewesen. Meine Augen brannten, und obwohl ich es eigentlich nicht wollte, machte ich einen Schritt auf ihn zu. »Wie geht es dir?«

Ein stechender Schmerz durchfuhr mein Herz und

zwang mich, tief einzuatmen. Das war schlimmer, als ich es mir vorgestellt hatte.

In diesem Moment legte jemand seine Hand auf meinen Rücken. Theo. Alles in mir wollte die Hand abschütteln, aber das wäre Theo gegenüber nicht fair gewesen. Ich war mit ihm hierhergekommen, und was noch wichtiger war: Bodey hatte mich gehen lassen.

Bodeys Kopf ruckte zurück, und seine indigoblauen Augen verdunkelten sich, aber als sein Blick auf mir landete, lächelte er traurig. »Es ging mir schon mal besser.« Er lehnte sich zu mir herunter. »Du siehst umwerfend aus«, murmelte er.

»Danke.« Ich wusste nicht, warum, aber dass Theo mich berührte, fühlte sich irgendwie falsch an. Seine Hand war zu warm, und er war nicht derjenige, nach dessen Berührung ich mich sehnte.

Ich musste mich selbst daran erinnern, dass ich nichts Falsches getan hatte. Theo wusste, dass wir nur Freunde waren.

Dennoch machten sich Schuldgefühle in meinem Magen breit.

Eine umwerfende Frau, die ohne hohe Schuhe ungefähr so groß war wie ich, schlenderte zu Bodey hinüber. Sie war in jeder Hinsicht das Gegenteil von mir. Sie hatte langes, dunkles, gewelltes Haar, dunkelviolette Augen, die mich an wilde Iris erinnerten, und Kurven, für die ich töten würde, die sie in einem engen, roten Kleid zur Schau stellte.

Als sie Bodeys Arm berührte, hätte ich sie am liebsten geohrfeigt. Stattdessen atmete ich tief durch. Vielleicht war das seine Schicksalsgefährtin und er hatte sie endlich gefunden. Sie sahen umwerfend zusammen aus und würden sicher wunderschöne Babys bekommen.

Mein Herz zerbrach noch mehr, und ich fragte mich, ob,

sobald feststand, wer sie war, noch etwas von meinem Herzen übrig sein würde.

»Hey, die anderen suchen schon nach euch beiden.« Sie deutete auf die Stelle, an der ich Miles und Samuel vorhin gesehen hatte. Ich folgte ihrem Blick und sah die anderen königlichen Berater, ihre Eltern, Samuel ... und Zeke.

Direkt neben ihnen befand sich eine Gruppe von Frauen, die eine ganz andere Art von Macht ausstrahlten.

Eine der Frauen warf mir einen interessierten Blick zu, wobei sie den Kopf so neigte, wie Sybil es am Tag zuvor getan hatte. Sie hatte lockiges, kastanienbraunes Haar. Ihr Lächeln verschwand, während sie mich musterte. Unfähig, sie noch länger anzusehen, wich ich ihrem Blick aus. Das war nicht normal für mich. Aber hier ging es nicht um Unterwerfung. Ich spürte, dass sie etwas in mir sah, und das beunruhigte mich.

»Wir sind gleich da«, sagte Jack, und ich warf einen Blick auf Bodey.

Die Frau, die bei ihm war, hatte ihre Hand fallen lassen und lächelte mich nun an.

Offenbar war sie auch noch nett. Nur ein weiterer Punkt auf ihrer immer länger werdenden Liste wunderbarer Eigenschaften. Andererseits verdiente Bodey genau so jemanden.

Dann streckte sie eine Hand nach mir aus. »Ich bin Stella.«

Stella. Miles' Schicksalsgefährtin. Ich atmete aus.

»Theo.« Er nahm stattdessen ihre Hand und schüttelte sie. »Das ist mein *Date*, Callie.«

Ich versteifte mich. Theo hatte mich gerade vor allen beansprucht. Sobald Theo ihre Hand losließ, trat ich vor und schüttelte sie ebenfalls. »Du bist Miles' Schicksalsgefährtin, oder?« *Bitte sag ja.*

»Ja.« Sie strahlte. »Und du musst Bodeys besonderer Gast

von neulich sein. Ich habe schon *viel* über dich gehört. Warum ...« Sie hielt inne und schaute Theo an. »Kommt ihr nicht zu uns?«

»Callie und ich sollten zurück zu meiner Mutter. Wir haben sie völlig allein gelassen.« Theo ergriff meine Hand und verschränkte seine Finger mit meinen. »Aber danke.«

»Deine Mutter ist erwachsen.« Jack zuckte mit den Schultern. »Ich bin mir sicher, dass es ihr gut geht. Am besten gehst du zu ihr zurück, und Callie kommt mit uns.«

Theo spannte sich an. Ihm gefiel die Idee nicht, und ich wollte auch nicht in der Nähe von Bodey und seinem Date sein, wenn sie auftauchte. »Danke, aber ich bleibe lieber bei Theo.«

Bodey presste die Lippen aufeinander und nickte. »Ja, natürlich. Ich hoffe, ihr habt einen schönen Abend.«

Für eine Sekunde glaubte ich, Schmerz in seinen Augen aufblitzen zu sehen. Aber dann drehte er sich um und ging weg.

»Du bist erst mal aus dem Schneider.« Jack tippte mir auf die Nase. »Aber ich komme wieder.« Seine Terminator-Imitation war grauenhaft.

Stella lachte. »Mach das bloß nie wieder.« Sie packte ihn am Arm und zerrte ihn in Richtung ihrer Gruppe.

Ich sah ihnen nach. Als Bodey einen Blick über seine Schulter warf, trafen sich unsere Augen ein weiteres Mal.

»Ich wusste gar nicht, dass du dich mit ihnen angefreundet hast«, sagte Theo. Er drängte mich zurück an den Rand der Terrasse, wo Tina immer noch vollkommen allein stand.

Ich zuckte mit den Schultern. »Sie waren alle sympathisch und sehr nett zu mir. Die anderen Berater kamen zum Frühstück und Abendessen immer zu Bodey.« Verdammt, meistens sogar zum Mittagessen. »Wir haben also ein wenig Zeit zusammen verbracht.«

Ich fragte mich immer noch, warum mir keiner von ihnen eine Nachricht geschickt hatte, nachdem sie von dem Angriff erfahren hatten ... besonders Samuel. Die einzige Person, mit der ich mich gestritten hatte, war Bodey.

Mein Blick blieb an Bodey hängen. Unter seinem Anzug konnte ich die Umrisse seiner Muskeln sehen, und ich erinnerte mich daran, wie es sich anfühlte, sie zu berühren.

»Mom flippt wahrscheinlich schon aus. Lass uns schnell zurückgehen.«

Ich zwang mich, Theo zu folgen. Bodey hatte seine Wahl getroffen, und ich meine. Wenn ich mein Glück finden wollte, musste ich ihn gehen lassen. Ich musste mein eigenes Schicksal in die Hand nehmen und aufhören, der Vergangenheit nachzutrauern.

Als wir bei Tina ankamen, bedauerte ich es fast, dass wir sie allein gelassen hatten. Sie stand immer noch allein in der Ecke und hatte die Arme um den Bauch geschlungen. Ihr Glas war mittlerweile leer und sie beobachtete die Leute um sich herum, als gehöre sie nicht dazu.

Sie so zu sehen, war seltsam. Sie war keine schwache Wölfin, nicht im Geringsten, deshalb beunruhigte mich ihr Anblick auch so sehr.

Als sie uns bemerkte, entspannte sie sich, ließ die Arme sinken und stellte sich aufrecht hin. »Ich wollte euch beide gerade suchen gehen.«

Uns *beide*, nicht Zeke.

Ein weiterer Kellner kam vorbei, dieses Mal mit einem Tablett voller Weingläser. Ich schnappte mir gleich zwei, denn ich brauchte dringend mehr zu trinken. Bodey zu sehen war schwieriger, als ich erwartet hatte, auch ohne sein Date.

Theo runzelte die Stirn. »Bist du sicher, dass du so viel trinken solltest?«

Großartig. Ausgerechnet heute Nacht hatte er sich also dazu entschieden, mein Aufpasser zu sein. »Ich trinke ab jetzt langsamer, versprochen. Wer weiß, wann der nächste Kellner vorbeikommt.«

Er hob die Augenbrauen. »Okay.« Aber sein Tonfall verriet, dass er es in Wirklichkeit nicht okay fand.

»Ich fühle mich hier einfach unwohl.« Ich hasste es, mich so verletzlich zu zeigen, aber es war die Wahrheit. Vielleicht hatte er dann mehr Verständnis für mich.

Tina folgte meinem Beispiel und nahm sich selbst zwei Gläser. »Ich auch.«

»Na gut.« Theo runzelte erneut die Stirn und schnappte sich ebenfalls ein Glas. Ich fragte mich, ob er keine zwei genommen hatte, für den Fall, dass ich versuchen würde, mir eins davon zu nehmen.

Dann tranken wir drei schweigend.

ALS ICH MEIN zweites Glas geleert hatte, legte Theo einen Arm um meine Taille und zog mich an seine Seite. Ich hatte ihm bereits mehrfach klargemacht, dass wir nur Freunde waren, und das war das zweite Mal, dass er sich heute Abend so besitzergreifend verhielt. Das gefiel mir nicht.

»Theo ...«, begann ich.

»Callie«, sagte plötzlich Samuel von hinten.

Vermutlich war er der Grund für Theos Verhalten. Ich drehte mich um.

Samuel trug einen königsblauen Anzug mit einem goldenen Pfotenabdruck auf der linken Brust. Natürlich bemerkte er die beiden leeren Weingläser in meinen Händen und lächelte. »Hast du einen schönen Abend?«

Ich zuckte zusammen. Wenn das nur mein Ziel gewesen wäre.

Augenblicklich verfinsterte sich seine Miene.

»Ich bin Theo, wie du sicher weißt, und das ist meine Mutter Tina«, warf Theo ein und reichte ihm die Hand.

Samuel zögerte, als ob er Theos Hand nicht nehmen wollte, aber dann schüttelte er sie, ohne eine Miene zu verziehen. »Hallo.« Dann wandte er sich wieder an mich. »Kann ich dich für eine Minute entführen?«

»Du kannst gerne mit uns reden.« Theo richtete sich auf, um größer zu wirken.

»Nein, nur Callie.« Samuel hob sein Kinn. »Ich möchte nur mit ihr reden. Allein.«

Theo konnte nicht nein sagen, aber ich sah, wie seine Augen aufblitzten, als er darüber nachdachte, es trotzdem zu tun.

Samuel hielt mir seinen Arm entgegen und hob eine Augenbraue. Ich wollte mich gerade bei ihm einhaken, hielt dann aber inne, als ich auf die Gläser in meinen Händen blickte.

Er lachte und nahm mir ein Glas aus der Hand. »So. Problem gelöst.«

Ich lächelte. Es war schön, in seiner Nähe zu sein. Ich hakte mich bei ihm unter und wir verschwanden in der Menge. Anders als bei Theo machten die Gäste ihm Platz.

Als wir uns in sicherer Entfernung von Theo befanden, seufzte Samuel. »Ich habe mir Sorgen um dich gemacht.«

»Ach wirklich?« Ich beobachtete ihn skeptisch. Trotz meiner hohen Absätze war er immer noch größer als ich. Außerdem schien seine Wolfsmagie stärker zu sein als sonst. »Du hast mir nicht einmal geschrieben.«

Er zuckte zusammen. »Das wollte ich, aber wir waren mit der Planung beschäftigt, und Königin Kel hat mittlerweile *überall* Späher. Zudem sagte Bodey, du bräuchtest deinen Freiraum, und das wollte ich nicht missachten. Ich weiß, dass zwischen euch beiden etwas vorgefallen ist.«

»Zeke ist netter zu mir, seit ich zurück bin.« Ich war mir allerdings nicht sicher, wie lange das anhalten würde, also wechselte ich schnell das Thema. »Wird dein Date wütend auf dich sein, weil ich hier bei dir bin?«

»Mein Date?« Samuel lachte. »So etwas habe ich nicht. Die einzigen königlichen Berater, die ein Date haben, sind Miles und Zeke, und Zeke hat seine Frau offenbar allein gelassen.«

Ich starrte ihn überrascht an. »Ich dachte, jeder bringt eine Begleitperson mit.«

Samuel verdrehte die Augen. »Ich nehme an, so hat Theo dich dazu gebracht, ihn zu begleiten?«

Ich errötete, was Antwort genug war. Doch alles, woran ich denken konnte, war, dass Bodey allein hier war.

Er hatte sie nicht gefunden.

Noch nicht.

»Wir haben uns Sorgen um dich gemacht.« Samuel blieb am Rande des Innenhofs stehen. Von hier aus hatte man einen wunderbaren Blick auf die Weinberge. »Wir *alle*.« Dann leuchteten seine Augen auf, und er blickte hinter mich.

Ich drehte mich um und sah die Frau mit dem kastanienfarbenen Haar, die mich schon zuvor beobachtet hatte, direkt auf uns zukommen. Ihre kohlefarbenen Augen sahen mich entweder mit Misstrauen oder Boshaftigkeit an. Schlimmer noch, Bodey war ihr auf den Fersen.

Als sie uns erreichte, stieg mir ihr Kräuterduft in die Nase.

»Dina«, sagte Bodey und ergriff ihren Arm. »Das ist eine Freundin von uns.«

Freundin.

Ich zuckte zusammen. Das Wort schmerzte mehr als alles andere.

Sie sah mir direkt in die Augen und hob dann die Hände. »Verschwinde *sofort* ... oder ich werde dich dazu zwingen.«

Ich blinzelte und wusste nicht, was ich tun sollte. Ein Teil meines Gehirns schrie, ich solle gehen, aber ein größerer Teil war fassungslos. Dina behandelte mich wie eine Bedrohung.

Sie hob die Hände, um ihren Worten Geltung zu verleihen, aber Bodey drückte sie herunter. »Ich sagte doch, sie ist eine Freundin. Was ist dein Problem?«, knurrte er.

Die Hexe wandte ihren Blick von mir zu Bodey. »Kannst du es nicht spüren? Sybil hat vor nicht allzu langer Zeit erwähnt, etwas Ähnliches gespürt zu haben. Das muss an ihr liegen.«

Er runzelte die Stirn, Samuel räusperte sich und stellte sich vor mich.

Jetzt wurde ich wirklich panisch. Wenn sie zauberte, würde er getroffen werden.

Samuel hob seine Hände. »Wir spüren nichts, und wie Bodey schon mehrfach gesagt hat, sie ist unsere Freundin. Wenn du ihr etwas antust, wirst du damit eine Kluft zwischen uns allen schaffen.«

Trotz der Wärme, die mich angesichts ihrer Loyalität

durchströmte, wollte ich keine Probleme verursachen. Jedes Mal, wenn ich in ihrer Nähe war, mussten sie sich irgendeiner Konfrontation stellen. Egal, ob mit Zeke, Theo oder jetzt Dina. Irgendwann würden sie merken, dass ich es nicht wert war, in ihrer Nähe zu sein.

»Ich weiß, dass Wolfswandler keine Hexenmagie spüren können, aber bei der Menge, die von ihr ausgeht, verstehe ich nicht, wie ihr es *nicht* einmal ansatzweise spüren könnt.« Dina starrte mich an und rümpfte die Nase. »Es ist nicht sicher, so jemanden in unserer Nähe zu haben, der so nach Hexenmagie stinkt.«

Ich zuckte zusammen. *Hexenmagie?* Als ob sie Antworten geben könnten, starrte ich auf meine Hände. Ich wusste nicht, was ich erwartete – dass mir Farben aus den Fingerspitzen schossen oder Nebel um mich herumwirbelten – aber da war *nichts.* »Ich hatte noch nie auch nur den Hauch von magischen Fähigkeiten. Ich weiß nicht, wovon du sprichst.« Zugegeben, ich kannte meine leibliche Familie nicht, also hatte ich vielleicht etwas geerbt, aber diese Magie hätte sich sicher bereits manifestiert.

»Du bist keine Hexe.« Sie schüttelte den Kopf und verschränkte die Arme vor der Brust. »Aber du arbeitest mit jemandem zusammen, der eine ist.«

Mir wurde schwindelig, als bekäme ich nicht genug Sauerstoff. Ich mochte es nicht, wenn man mir etwas vorwarf, das gar nicht stimmte, aber dieses Mal war es schlimmer als sonst, weil ich die möglichen Folgen nicht abwägen konnte. Wenn es um eine Rudelangelegenheit ging, wartete in der Regel irgendeine Art von körperlicher Bestrafung auf mich. »Ich arbeite mit *niemandem* zusammen.«

»Unmöglich.« Ihre Hände ballten sich zu Fäusten. »Du lügst.«

»Sie lügt *nicht*«, sagte Samuel laut. »Wir würden den

Gestank ihrer Lügen riechen, wenn sie es täte. Außerdem rast ihr Herz vor Panik und nicht, weil sie uns täuschen will. Sie weiß nicht, was los ist, also warum sagst du es uns nicht?«

Dina hielt inne, musterte mich noch einmal und neigte den Kopf, als wäre ich ihr ein großes Rätsel.

Ich hatte es satt, dass Hexen mich so ansahen. Sie sollte mir besser ein paar Antworten geben.

Sie schüttelte Bodeys Hände ab und er knurrte warnend.

»Ich werde ihr nichts tun«, zischte sie, bevor sie sich wieder auf mich konzentrierte und grinste. »Sie stinkt nach Blutmagie, jeder einzelne Zentimeter ihres Körpers.«

Blutmagie? Ich wusste zwar nicht, was das war, aber ich ahnte, dass es nichts Gutes sein konnte. »Ich habe niemandem mein Blut gegeben.«

»Dein Blut wäre für etwas so Starkes nicht ausreichend.« Sie wölbte eine Augenbraue und beobachtete meine Reaktion.

Ein Schauer lief mir über den Rücken, und obwohl ich die Antwort nicht wissen wollte, fragte ich trotzdem. »Woher kommt dann diese Blutmagie?« Wenn ich verzaubert worden war, musste ich verstehen, wie das passiert war.

»Ein Zauber wie dieser erfordert den Tod der Person, die du am meisten liebst, durch die Hand einer anderen Person. Dieses Blut muss der Hexe, die den Zauber ausspricht, zur Verfügung gestellt werden.«

Mir wurde übel. Es gab nur eine Handvoll von Personen, die mir etwas bedeuteten, und die, die ich am liebsten hatte, waren Stevie, Bodey und Theo, wobei Samuel auch recht weit oben auf der Liste stand. Ich hatte nur nicht so viel Zeit mit ihm verbracht. »Ich habe *niemanden* geopfert«, sagte ich ein wenig zu laut. Ein paar Leute in der Nähe unterbrachen ihr Gespräch und sahen uns an.

Bodey schob sich zwischen Dina und Samuel und stellte

sich neben mich. Er legte einen Arm um meine Taille und zog mich dicht an sich heran.

Seine Berührung ließ mein Herz höherschlagen. Selbst durch mein Kleid hindurch war seine Hand warm, und die Wärme drang in meine Haut ein. Ich wollte mich an ihn lehnen und vergessen, wie es zwischen uns zu Ende gegangen war.

Die Hexe runzelte die Stirn. Sie beobachtete Bodey und Samuel. Ihre Körpersprache war eindeutig – sie wollten mich beschützen. Sie seufzte. »Wenn sie einen so starken Zauber in sich trägt, *muss* sie etwas verheimlichen.«

Tränen brannten in meinen Augen, während sich meine Wangen erwärmten. Wenn diese Hexe mit Bodeys Rudel zusammenarbeitete, dann wusste ich, dass sie einander respektierten. Ich fürchtete mich davor, was passieren würde, wenn sie ihn davon überzeugen könnte, dass ich eine Verräterin war. Es war eine Sache, wenn Bodey und ich nicht zusammen waren, aber es wäre eine ganz andere Sache, wenn wir Feinde werden würden. »Ich weiß nicht, wovon du redest. Ich verheimliche nichts. Ich kann mich nicht einmal mit meiner Wölfin verbinden. Wenn ich Magie für *irgendetwas* einsetzen würde, dann, um meine Wolfsmagie zu stärken.«

Jetzt schien sie fast überrascht. »Du kannst dich nicht mit deiner Wölfin verbinden?«

Ich nickte. »Ich kann mich weder gedanklich mit anderen Wölfen verbinden, noch mich verwandeln.«

»Das ergibt absolut *keinen* Sinn«, sagte sie und wollte um Samuel herumgehen, aber er stellte sich ihr in den Weg, während Bodey mich hinter sich zog.

Jetzt waren sie überfürsorglich. Wenn ich verzaubert worden war, musste ich herausfinden, warum. Das könnte meine einzige Chance sein, Antworten zu bekommen.

»Ich werde ihr nicht wehtun.« Dina straffte die Schultern. »Lass mich vorbei.«

Samuel bewegte sich kein Stück.

Ich legte eine Hand auf seine Schulter. »Ist schon gut.«

Er drehte sich um und musterte mich. Dann schnaufte er und bewegte sich ein Stück, sodass er und Bodey mich flankierten.

Dina verdrehte die Augen und legte ihre Hände auf meine Schultern. Bodey verkrampfte sich, und einen Moment lang dachte ich, er würde mich loslassen. Aber er tat es nicht. Stattdessen spannte er sich an, bereit zuzuschlagen, falls es nötig war.

»Deine Wölfin ist stark. Eine der Stärksten, denen ich je begegnet bin.« Dina sah mir nun direkt in die Augen. »Ich kann sie in dir spüren.«

Ihre Berührung brachte meinen Körper zum Kribbeln. »Wie ist das möglich? Ich kann mich nicht verwandeln oder mein Gedanken mit denen der anderen verbinden. Ich kann nichts tun, was andere Gestaltwandler tun können.«

»Der Zauber muss dir aufgezwungen worden sein, um dich daran zu hindern, auf deine Magie zugreifen zu können«, murmelte Bodey, sein Gesichtsausdruck wirkte angespannt. »Das ergibt Sinn, denn du benimmst dich nicht wie ein Omega.«

Mir stockte der Atem. »Warum sollte jemand so etwas tun? Und warum kann ich mich nicht daran erinnern?«

Dina hob ihre Hände. »Wenn eine Hexe dich verzaubert hat, hat sie wahrscheinlich auch deine Erinnerungen manipuliert. Was ist deine erste Erinnerung?«

Ich versuchte mich auf die Vergangenheit zu konzentrieren, aber alle Bilder, die ich in meinem Kopf hervorrief, waren verschwommen. Ich erinnerte mich an eine schöne, sanfte Stimme, die sang, aber ich konnte die Worte nicht verstehen.

Ich hörte nur die Melodie, und ich fühlte mich von der Sängerin geliebt. Wegen dieser Erinnerung liebte ich Musik, vor allem die Texte, denn ich hatte immer wissen wollen, was sie gesungen hatte. »Ich ...« Ich blinzelte ein paar Mal. »Ich kann mich nicht an viel erinnern, bevor ich zu Zekes Rudel und meinen Adoptiveltern gekommen bin.«

»Zeke?« Dina verzog verächtlich das Gesicht. »Mit ihm würde keine Hexe freiwillig arbeiten.«

»Das muss ein Grund dafür gewesen sein, dass man dich zurückgelassen hat.« Bodey blickte finster drein. Er drückte sich noch fester an mich.

»Wie kann sie den Zauber brechen?«, fragte Samuel stirnrunzelnd. »Das könnte die Probleme mit ihrem Rudel lindern.«

Wenn ich stärker wäre, würde mich das Rudel nicht wie Dreck behandeln. Obwohl ich bezweifelte, dass es viel ändern würde. Immerhin war ich auch dann immer noch eine Frau.

»Ich weiß es nicht.« Dina biss sich auf die Unterlippe. »Ich habe den Spruch nicht erschaffen.«

»Kann er denn überhaupt gebrochen werden?« Bodeys Körper bebte, und ich war mir nicht sicher, ob aus Angst oder Wut.

Sie nickte. »Magie ist nicht grenzenlos – es gibt immer einen Weg, sie zu beenden. Allerdings weiß ich nicht, wie. Nur die Hexe, die sie verzaubert hat, kann diese Information preisgeben.«

Vielleicht würde ich mein ganzes Leben lang keine Verbindung zu meiner Wölfin aufbauen können. Wenigstens wusste ich jetzt, dass es einen Grund dafür gab, wobei ich mir nicht sicher war, ob dieses Wissen meine Situation verbesserte. In gewisser Weise machte das Wissen, dass ich in der Lage sein sollte, mich zu verwandeln, meine Unfähigkeit noch viel schwerer zu ertragen. Vorher hatte ich gedacht, dass es an mir lag. Jetzt wusste ich, dass man mir meine Fähigkeiten gestohlen hatte.

»Was ist denn hier los?«, ertönte plötzlich Zekes Stimme hinter Dina.

Ich versteifte mich. Ich war so sehr auf dieses Gespräch konzentriert gewesen, dass ich gar nicht bemerkt hatte, dass er nähergekommen war. Ich wollte nicht, dass er erfuhr, dass eine Hexe mich verzaubert hatte. Er hasste Hexen, und es war nicht unwahrscheinlich, dass er mich deswegen aus dem Rudel verstoßen würde. Auch wenn ich gehen wollte, wollte ich nicht obdachlos sein.

»Wir unterhalten uns nur«, sagte Bodey leichthin. »Dina hat uns auf den neuesten Stand gebracht und Callie kennengelernt.«

Zeke konzentrierte sich auf Bodeys Arm, der immer noch um mich geschlungen war. Er zupfte an seinem Kragen. »Callie sollte zu ihrem *Date* zurückkehren und nicht ihre Zeit damit verschwenden, mit *Hexen zu* reden.«

Diese Reaktion hatte ich erwartet. Eine Hexe hatte ihn verraten und seinen besten Freund verletzt. Ich wollte hier bei Samuel und Bodey bleiben und mehr über Zaubersprüche lernen, aber Zeke würde vermutlich so lange hierbleiben, bis ich zurück zu Theo ging. Es war also das Beste, ihm zu gehorchen und zu hoffen, dass ich Dina später finden und noch ein paar Fragen stellen konnte.

Ich wollte gerade einen Schritt nach vorn machen, als Bodeys Hand meine Taille festergriff, sodass ich mich nicht so einfach wegbewegen konnte.

»Sie bleibt bei mir.«

Mein Herz verkrampfte sich.

»Sie ist mit Theo hier. Nicht mit *dir*.« Zeke richtete sich nun zu seiner vollen Größe auf. »Und sie ist mein Rudelmitglied. Ich möchte nicht, dass sie mit Hexen spricht. Sie wird jetzt gehen. *Und zwar sofort.*«

Samuel hob sein Kinn. »Ab morgen bin ich *König*, und ich sage, wenn sie hierbleiben und das Gespräch fortsetzen will, kann sie das tun.«

Zekes Hände ballten sich zu Fäusten. »Das ist inakzeptabel. In solche Angelegenheiten sollte sich ein König gar nicht erst einmischen.«

Die Stille, die folgte, war angespannt. Zeke stritt sich mit Samuel, obwohl dieser in weniger als zwölf Stunden gekrönt werden würde. Jeder andere würde es besser wissen, als sich jetzt noch mit dem zukünftigen König anzulegen.

»Ein König wird tun, was er für notwendig und gerecht hält, wenn ein Alpha seine Macht missbraucht.« Samuel stemmte die Hände in die Hüften und blieb standhaft, sein starker Wolf lauerte direkt unter der Oberfläche.

Dafür, dass Samuel kein Anführer sein wollte, machte er das alles ziemlich gut. Ich war wirklich stolz auf ihn.

Zeke starrte mich an, und sein Hass auf mich war wieder zurück, als wäre er nie verschwunden. Die Botschaft in seinen Augen war klar: Diese Konfrontation war *meine* Schuld.

Wenn ich die Situation nicht wieder in den Griff bekam, könnten weitere Qualen auf mich warten. »Ist schon gut. Ich gehe zurück zu Theo und Tina.«

»Siehst du?«, sagte Zeke triumphierend. »Sie *will* gehen. Willst du ihr jetzt etwa sagen, dass sie das nicht kann?«

Zögernd wandte sich Samuel an mich.

Ich hatte seine Autorität untergraben, obwohl das nicht meine Absicht gewesen war. Ich hatte gesprochen, ohne an die Folgen für ihn zu denken, aber statt wütend zu werden, wurde sein Blick nur sanfter. Darin lag kein Urteil, keine Bosheit, kein Hass. Er verstand, warum ich es getan hatte.

Ich bereitete mich psychisch schon mal darauf vor, mich

aus Bodeys tröstender Umarmung zu lösen, und lächelte. »Es war schön, dich kennenzulernen, Dina.« Gleich würde der Arm, der mir Sicherheit und Schutz bot, wegfallen. Seufzend machte ich einen Schritt nach vorn.

Zu meiner Überraschung tat Bodey dasselbe und ließ seinen Arm, wo er war.

»Was machst du da?«, murmelte ich. Mein Herz raste, und mein Verstand hatte Mühe, es zu beruhigen.

»Ich werde dir nicht von der Seite weichen«, knurrte er. »Ich weiß, du willst deinen Freiraum, aber den bekommst du ab jetzt nicht mehr.«

Da ich mich so lang nach diesen Worten von ihm gesehnt hatte, antwortete ich nicht. Meine Kehle war wie zugeschnürt und all die Gefühle, die in mir aufstiegen, ließen mich keinen klaren Gedanken fassen.

Auf dem Weg zu Theo nahm Bodey meine Hand. »Ich habe dich vermisst«, flüsterte er.

»Ich habe dich auch vermisst«, krächzte ich. »Aber ...«

»Kein Aber.« Bodey verzog das Gesicht. »Wir müssen reden, aber nicht hier.« Er nickte und zwang mich, zur Kenntnis zu nehmen, dass Theo und Tina weniger als drei Meter entfernt waren.

Theos Aufmerksamkeit war bereits auf mich gerichtet, und sein finsterer Blick verstärkte sich nur, als er bemerkte, dass Bodey seinen Arm um mich gelegt hatte. Sein Blick ließ mich erkennen, dass ich während unseres kurzen privaten Gesprächs noch enger an Bodey herangerückt war.

»Was machst du mit meinem *Date*?«, fauchte Theo.

Strahlend lehnte Bodey seinen Kopf an den meinen. »Ich begleite sie zurück zu dir. Hast du etwa ein Problem damit?«

»*Danke*.« Theo nahm meine Hand aus Bodeys. »Da du das jetzt getan hast, kannst du gerne wieder gehen.«

Bodey jedoch ließ seinen Griff um meine Taille nicht los.

Seine Finger gruben sich in meine Seite und hielten mich an ihn gedrückt. »Das ist wirklich nett von dir, aber ich habe es nicht eilig.«

Von seinem überwältigenden Duft wurde mir ganz schwindelig. Ich hätte ihn ermutigen sollen, zu gehen, aber ich fürchtete, dass ich seine Berührung nie wieder spüren würde, wenn ich das täte.

Tina räusperte sich und streckte ihre Hand aus. »Ich bin Tina.«

»Bodey«, antwortete er und nutzte die Gelegenheit, Theos Hand aus meiner zu schlagen, während er Tina die Hand schüttelte. Dann richtete er seine Aufmerksamkeit wieder auf Theo. »Habt ihr noch mehr Späher in der Nähe eurer Siedlung entdeckt? Und habt ihr mehr Informationen aus eurem Gefangenen herausbekommen?«

Er wechselte das Thema auf das Rudel, damit Theo ihn nicht abwimmeln konnte, ohne den Eindruck zu erwecken, dass er etwas zu verbergen hätte.

Doch Theo schwieg. Sein Adamsapfel zuckte.

Beide starrten sich finster an. Ich musste mich einfach einmischen. Auch die anderen Berater hatten ein Recht darauf, alles zu erfahren. »Ein anderes Rudel außerhalb von Ontario, Oregon, ist neulich auf einen Späher gestoßen und hat ihn verjagt, und soweit ich weiß, hat der überlebende Wolf der drei Wölfe, die mich angegriffen haben, keine weiteren Informationen preisgegeben.«

Bodey erstarrte. »Was meinst du damit, *die drei Wölfe, die dich angegriffen haben*?« Ich konnte seine Wut spüren.

Ich schluckte schwer.

»Nein, wir haben noch keine zusätzlichen Informationen von ihm erhalten«, mischte sich Theo ein.

»Das ist es nicht, worüber ich mir Sorgen mache.« Bodey

drehte sich zu mir und sah mir direkt in die Augen. Er räusperte sich. »Was für ein Angriff, Callie?«

Ich hatte ihn noch nie zuvor wütend auf mich gesehen. Wir kannten uns noch nicht lange, aber der Schmerz und die Wut, die von ihm ausgingen, waren deutlich zu spüren. »Der in Halfway.«

»Du wurdest angegriffen?« Sein Kiefer krampfte sich zusammen.

Ich atmete tief durch. Sie hatten ihm nicht gesagt, dass die Wölfe mich angegriffen hatten. Ich warf einen Blick auf Theo, der die Augen geschlossen hatte und sich offenbar schon darauf vorbereitete, was als Nächstes passieren würde.

In diesem Moment richtete sich Bodeys ganze Wut auf ihn. »Warum hat Zeke uns nicht gesagt, dass Callie angegriffen wurde?«, zischte er. Er umfasste mein Gesicht mit seinen rauen, starken Händen. »Wurdest du verletzt?«

Seine Zärtlichkeit ließ meine ganze Entschlossenheit schwinden. Vielleicht wäre es gar nicht so schlecht, mit ihm zusammen zu sein, bis er seine Schicksalsgefährtin gefunden hat. Vielleicht würde ich ein paar Jahre glücklich sein. »Es geht mir wieder gut.«

»Du *wurdest* also verletzt.« Er musterte mich, um mich nach Anzeichen von Verletzungen abzusuchen.

Zum Glück war der rosa Kratzer an meiner Schulter nicht zu sehen, aber seine Hände ballten sich zu Fäusten, als er die Spuren an meinem Bein sah.

Ich war erleichtert, dass er es nicht gewusst hatte, denn das war der Grund, warum er nicht angerufen hatte, um sich nach mir zu erkundigen. Und ich hatte gedacht, die anderen hätten mich vergessen. Sie hatten gar nicht daran gedacht, mich zu fragen, ob ich angegriffen worden war, da der Angriff in Halfway stattgefunden hatte. Alle wussten, dass Zeke es nicht mochte, wenn ich unsere Siedlung verließ.

»Haben sie dich noch woanders verletzt?« Er klang innerlich gebrochen.

Ich wollte ihn nicht anlügen, er würde es merken, wenn ich es täte, aber ich wollte es ihm auch nicht sagen.

Er knurrte, seine Augen glühten, während sein Wolf versuchte, die Kontrolle zu übernehmen.

»Wir haben euch über die generelle Angelegenheit informiert. Da der Angriff in erster Linie unser Rudel betrifft, musstet ihr nicht in alle Details eingeweiht werden. Sie gehen euch nichts an«, sagte Theo und trat auf mich zu. Er packte mich fester am Arm und versuchte, mich von Bodey wegzuziehen. »Sie ist zu uns nach Hause gekommen, und wir haben uns um sie gekümmert. Sie wohnt jetzt sogar bei meinen Eltern.«

Meine Beine wurden schwächer. Theo war wirklich dumm, wenn er glaubte, dass *das* gut ankommen würde.

Bodey trat vor mich, nahm Theos Hand von meinem Arm und drehte ihm den Rücken zu. Er strich mir eine Haarsträhne aus dem Gesicht. »Du lebst mit Zeke zusammen, verdammt?«, hauchte er.

Ich versuchte, einen neutralen Gesichtsausdruck zu behalten. Wenn er merkte, wie sehr ich es hasste, dort zu leben, könnte diese Situation eskalieren. »Er wollte mich beschützen, nachdem ich in den Wäldern von Halfway angegriffen wurde.«

Als Theo einen Schritt auf uns zukam, um an dem Gespräch teilzunehmen, schwirrte mir der Kopf. Bodeys Berührung und sein Duft ließen mein Herz flattern, und es war, als wären nur wir beide hier, hätte ich nicht Theos schweren Atem im Ohr.

Bodey ignorierte ihn jedoch vollkommen. »Warum warst du in Halfway?«

»Das geht dich nichts an«, knurrte Theo. »Und jetzt lass

mein Date in Ruhe. Du hast sie lange genug angefasst, meine Geduld ist am Ende.«

Schritte kamen in unsere Richtung, und ich hörte ein paar wütende Flüche, als ob jemand in Menschen hineinlief und sich nicht entschuldigte. Ich brauchte mich nicht umzudrehen, um zu wissen, wer da kam – Zeke.

Ich hatte schon befürchtet, dass es eine schreckliche Idee war, heute Abend zu kommen, aber es wurde noch viel schlimmer, als ich es mir vorgestellt hatte. Je mehr Bodey erfuhr, desto wütender wurde er.

»Callie, warum warst du in Halfway?« Er ignorierte alle um uns herum, während er auf meine Antwort wartete. Mit jeder Sekunde, die verstrich, wurde sein Gesicht röter. Er war kurz davor, zu explodieren.

»Ich arbeite jetzt für Charles und Trevor.«

»*Charles*? Das Arschloch, das dich in der Nacht, in der wir uns kennengelernt haben, angegriffen hat?« Seine Worte waren so leise, dass ich sie fast nicht hörte. Er zog mich an seine Brust, sodass nicht mal mehr ein Blatt Papier zwischen uns gepasst hätte.

Ich erschauderte, nicht weil ich Angst hatte, verletzt oder wütend war, sondern wegen der Wut, die immer noch von ihm ausging.

Er drückte mich so fest an sich, dass ich Mühe hatte zu atmen, aber ich liebte es. Ich hatte seine Berührung so sehr vermisst.

»Was zum Teufel ist hier los?«, fragte Zeke.

Bodey wirbelte herum und schob mich zwischen sich und die nahegelegene Wand. Obwohl ich sein Gesicht nicht sehen konnte, hatte ich keinen Zweifel daran, dass sein Gesichtsausdruck geradezu furchterregend war, als ich sah, wie sich sein Rücken anspannte.

Ich schob mich hinter ihm hervor, um Zeke sehen zu

können.

»Du hast gar nicht erwähnt, dass die Späher Callie angegriffen haben«, knurrte er.

»Das war irrelevant. Ich habe dich und die anderen über
den Vorfall informiert.« Zeke hob sein Kinn. »Oregon ist mein
Territorium. Idaho deins.«

Plötzlich tauchte Michael, gefolgt von Samuel, Jack,
Miles und Lucas neben uns auf. Alle trugen unterschiedliche
Ausdrücke des Entsetzens auf ihren Gesichtern.

Langsam verstummten auch die anderen Gespräche um
uns herum, während sich die Leute in unsere Richtung
drehten.

»Alles, was mit Callie passiert, geht mich sehr wohl etwas
an.« Bodey griff hinter sich und nahm meine Hand.

»Das denke ich nicht. Seit ich sie aufgenommen habe,
gehört sie zu meinem Rudel. Ich habe sie *gerettet*. Ich habe
dafür gesorgt, dass sie alles hat, was sie brauchte, um glücklich
aufzuwachsen.« Zekes Atmung beschleunigte sich. »Du hast
sie erst vor eineinhalb Wochen kennengelernt. Sie gehört
nicht zu deinem Rudel. Sie gehört *mir*.«

Die Sache geriet langsam außer Kontrolle, und da ich
diejenige war, die mit Zeke zurückfahren und die Konsequenzen tragen musste, mischte ich mich ein. »Bodey, es ist
alles in Ordnung.«

»Du hast sie gehört«, warf Theo ein, der nun neben
seinen Vater trat.

»Sohn, das ist weder der richtige Zeitpunkt noch der richtige Ort für dieses *Gespräch*«, warnte Michael, doch als er
mich ansah, verzog sich sein Gesicht vor Sorge.

Jack lachte. »Vergiss es, Michael. Bodey hat recht, man
hätte uns informieren müssen, vor allem nachdem, wie wir sie
kennengelernt haben.«

Das war schlimmer, als ich es mir je vorgestellt hatte. Die

Berater forderten Zeke vor den stärksten Alphas in unserem Territorium heraus. Er würde später sicherlich einen Tobsuchtsanfall bekommen.

»Entferne dich von ihm, Callie«, warnte Zeke mich mit finsterem Blick. »Er ist zu weit gegangen.«

Bodey jedoch hielt mich weiterhin fest. »Oh, ich bin noch nicht weit genug gegangen«, erwiderte er.

»Willst du mich etwa herausfordern?« Zeke zog seine Jacke aus und warf sie auf einen Tisch, der in der Nähe stand. »Beabsichtigst du, zwei Staaten anzuführen?«

»*Sohn*, das ist nicht die richtige Art, mit der Situation umzugehen«, mahnte Michael erneut.

Bodey wurde still. Er stieß einen Atemzug aus. »Nein, ich will nicht mit dir kämpfen. Aber Callie wird mit zu mir kommen.«

Spucke sammelte sich in Zekes Mundwinkel, als er knurrte. »Du hast kein Recht auf sie.«

»Oh doch, das habe ich.« Bodey hob sein Kinn und blickte mich an. »Denn sie ist die Frau, die ich liebe.«

Ich starrte Bodey mit offenem Mund an und mein Herz begann zu rasen. Hatte er gerade wirklich das gestanden, woran ich dachte? War das ein Traum?

Niemand sagte ein Wort. Es war totenstill.

Bodey drehte sich zu mir um und drückte seine Stirn an meine. »Ich liebe dich«, murmelte er.

Ich wollte es erwidern – die Worte lagen mir auf der Zunge –, aber plötzlich ertönte aus Richtung des Weinbergs, der keine hundert Meter entfernt war, ein lautes Heulen. Sofort drehten sich alle in diese Richtung.

»Die Wölfe, die uns bewachen, werden angegriffen, und mehr als hundertfünfzig fremde Wölfe sind auf dem Weg hierher«, knurrte Lucas.

Ich schnappte nach Luft. Die Königin war hier.

Am liebsten hätte ich trotz der nahenden Bedrohung gelacht, was nur bewies, wie verwirrt ich wegen all dem hier war. Das Schicksal musste mich wirklich hassen.

Miststück.

Seit ich Bodey kennengelernt hatte, hatte ich davon geträumt, genau diese Worte aus seinem Mund zu hören, und sobald ich sie hörte, wurden wir von Wölfen angegriffen.

Bodey knurrte, als er sich wieder zu ihnen umdrehte, sein Körper vibrierte, während er sich an meine Brust presste. »Wir alle wissen, wer dahintersteckt«, zischte er.

Alle nickten.

»Wir müssen Samuel in Sicherheit bringen«, sagte Miles und blickte Stella an.

»Wir sollten uns aufteilen. Einige von uns können Samuel zum Auto bringen, und der Rest kann unsere Leute hier beschützen«, schlug Michael vor.

Ich warf einen Blick nach links. Wir befanden uns in der Nähe des Ausgangs, und ich bezweifelte, dass unsere Angreifer damit gerechnet hatten, da Samuel der Ehrengast war. Wenigstens war dieses Drama für eine Sache gut gewesen.

Bodey warf Samuel seine Schlüssel zu. »Du und Callie, ihr geht zu meinem Jeep. Ich kann später in meiner Wolfsgestalt hinten reinspringen. Falls ich nicht rechtzeitig da bin, müsst ihr beide von hier verschwinden. Dann treffe ich euch am Haus.«

»Nein.« Ich schüttelte den Kopf. Alles in mir schrie danach, nicht von seiner Seite zu weichen, vor allem nicht, nachdem er allen gesagt hatte, dass er mich liebte. »Ich will bleiben und helfen.«

»*Theo* und *ich* werden dafür sorgen, dass Samuel es bis zum Jeep schafft, und Callie wird mit uns nach Hause fahren, wo sie hingehört«, räusperte sich Zeke.

Jack ballte die Hände zu Fäusten. »Wollt ihr etwa nicht hierbleiben und helfen, unsere Rudelkameraden zu verteidigen, die sich dem Kampf anschließen werden, um Samuel zu beschützen?«

»Ich nütze niemandem etwas, wenn ich tot bin«, schnauzte Zeke, als er nach meinem Arm griff.

Bodey schubste ihn zurück und knurrte. »Sie kommt mit mir.«

»Auf keinen Fall«, zischte Zeke.

Sie starrten einander an.

»Vielleicht würde uns Zeke tot doch mehr nützen. Dann wäre er immerhin nicht hier und würde sich streiten, während wir alle angegriffen werden.« Lucas hob sein Kinn, er war wütend.

Er hatte recht. Wir verschwendeten hier nur Zeit.

Die Leute auf der Terrasse verwandelten sich, während Bodey und Zeke sich weiterhin herausfordernd anstarrten.

»Sie sind hier«, schrie jemand.

Als ich über die Terrasse hinwegblickte, sah ich etwa hundert Wölfe auf uns zu rennen.

Knurrend stellten sich ihnen unsere Wölfe entgegen. Wir mussten hier weg.

Samuel trat zwischen Zeke und Bodey und nahm meine Hand. »Sie kommt mit *mir*, und als euer zukünftiger König solltet ihr mir besser gehorchen«, befahl er. Seine Augen glühten und er musterte sowohl Zeke als auch Bodey.

Sie wussten offenbar nicht, was sie tun sollten, aber ich war fertig mit diesem dummen Streit. Samuels Leben und das Leben der anderen war in Gefahr, und sie mussten sich endlich wieder wie Berater verhalten und aufhören, sich aufzuspielen.

»Geht und kämpft gegen den wahren Feind«, knurrte ich. »Wir stehen hier herum und streiten uns, anstatt das eigentliche Problem zu lösen.« Ich wollte Bodey nicht verlassen, aber ich würde ihn nur ablenken. »Beeilt euch.« Ich schnippte mit den Fingern und rannte in Richtung Ausgang, wobei ich Samuel mit mir zog.

Jacks Lachen klang in meinen Ohren. »Zu schade, dass Bodey sie für sich beansprucht hat. Ich glaube, ich habe mich gerade verliebt.«

»Verwandle dich einfach«, schnauzte Michael, als ich einen Schrei von der hintersten Ecke der Terrasse hörte.

Das Knacken von Knochen ertönte, als sie sich verwandelten.

Ich stolperte, als wir von der Terrasse auf den Kiesweg liefen. Zum Glück packte Samuel schnell meinen Oberarm und hielt mich fest. »Danke«, sagte ich und hob die Nase, um nach Gerüchen zu suchen, die darauf hindeuteten, wo das Personal die Autos geparkt hatte.

»Sie sind dort drüben.« Samuel zeigte nach links, wo ein Kiesweg um dicke Douglasien herumführte.

Natürlich war der Parkplatz versteckt. Die Besitzer taten offenbar alles, damit das Ambiente gewahrt wurde.

Als ich einen weiteren Schritt machte, wäre mein Knöchel fast erneut umgeknickt. Warum trugen Frauen überhaupt hohe Schuhe? Es gefiel mir zwar, ein Stück größer zu sein, aber in solchen Schuhen zu rennen, war absolut unpraktisch. Da ich wusste, dass ich ohne Schuhe schneller sein würde, blieb ich stehen. »Lauf weiter. Ich bin direkt hinter dir.«

Samuel drehte sich um und runzelte die Stirn. »Wenn du denkst ...«

Ich bückte mich und zog meine Schuhe aus, während ich die Augen verdrehte. »Ich musste nur diese Dinger hier loswerden.« Wenn ich etwas Dummes tat, würde ich Bodey nur ablenken. Deshalb hatte ich auch nicht versucht, an seiner Seite zu kämpfen.

Samuel nickte. »Das sehe ich jetzt.«

Anstatt die Schuhe jedoch fallen zu lassen, nahm ich einen in jede Hand, falls ich eine Waffe brauchte. Ich hatte mein Messer im Kampf mit den Spähern verloren, also brauchte ich etwas, mit dem ich mich sicherer fühlen konnte. »Los geht's!«

»Callie, warte!«, rief Theo hinter uns.

Ich warf einen Blick über meine Schulter und sah, wie Theo, der immer noch in seiner Menschengestalt war, den Abstand zwischen uns verringerte.

Warum zum Teufel konnten Zeke und Theo das Ganze nicht auf sich beruhen lassen? Zumindest bis nach dem Angriff?

Samuels Kiefer spannte sich an. »Wir haben jetzt wirklich keine Zeit dafür. Ich habe bereits gesagt ...«

Theo hob beschwichtigend die Hände und schüttelte den

Kopf. »Ich bin nicht hier, um zu streiten. Ich will sie nur beschützen.«

Er wollte *mich* beschützen. Nicht Samuel. Ein Teil meiner Wut auf ihn verschwand. Er versuchte immer noch, ein guter Freund zu sein, selbst nachdem ein anderer Mann mir seine Liebe gestanden hatte, und das, obwohl ich als Theos Date hergekommen war.

»Okay, solange du nur deswegen hier bist ...« Samuel winkte uns weiter. »Lasst uns zum Jeep gehen.«

Als ob das Schicksal es genoss, mich in Schwierigkeiten geraten zu lassen, tauchten auf der linken Seite des Gebäudes plötzlich drei Wölfe auf und kamen direkt auf uns zu. Wenn ich jemals Königin Kel treffen würde, würde ich ihr auf jeden Fall gehörig die Meinung sagen.

Zu unserer Rechten hörte ich nun ebenfalls Schritte. Auf der Terrasse mussten etwa zwanzig Wölfe sein. Diese zwanzig waren sehr viel näher als die ersten drei.

Samuels Schritte gerieten ins Stocken. »Lauft.«

Das ließ ich mir nicht zweimal sagen. Ich rannte los. Der Kies riss meine Füße auf, aber ich ignorierte den Schmerz. Diese Wunden würden heilen – der Tod war dauerhaft.

Da ich barfuß war, war ich nicht schnell genug. Samuel und Theo liefen absichtlich langsamer, um mich zu flankieren.

Ich öffnete gerade den Mund, um Samuel zu sagen, er solle vorauslaufen – schließlich war *er* ihr Ziel –, als er zu sprechen begann. »Ich habe die anderen gewarnt.«

»Und ich habe Dad informiert«, fügte Theo hinzu und legte eine Hand auf meinen Arm.

Wir würden also Verstärkung bekommen. Dennoch hasste ich es, dass andere ihr Leben für mich in Gefahr bringen würden. Die stärkeren Wölfe mussten gerettet werden. Sie waren unsere Zukunft und das, was unsere Rudel ausmachte. Nicht *ich*.

»So geht es schneller«, sagte Theo, hob mich an der Taille hoch und warf mich über seine Schulter.

In dieser Position hatte ich freie Sicht auf seinen Hintern. Dann rannte Theo los und bewies, dass ich eine noch größere Belastung dargestellt hatte, als mir bewusst gewesen war.

Die Wölfe rannten auf uns zu, und bei jedem Schritt, den Theo machte, wurde mein Körper durchgeschüttelt. Gott sei Dank waren meine Rippen verheilt, sonst wäre ich vermutlich vor Schmerzen ohnmächtig geworden und wäre noch hinderlicher gewesen. Obwohl ich meinen Kopf kaum heben konnte, um zu sehen, was um mich herum passierte, wusste ich ohne Zweifel, dass die Wölfe immer näherkamen. Gestaltwandler waren in ihrer menschlichen Form deutlich langsamer.

Die Pfotengeräusche folgten so dicht aufeinander, dass sie wie Kriegstrommeln klangen. »Theo!«, rief ich und umklammerte meine Schuhe fester.

Obwohl ich sie nicht sehen konnte, spürte ich zwei Wölfe auf uns zukommen – die Luft veränderte sich, als sie sich auf mich stürzten.

Theo drehte sich um. Dann roch ich Blut und hörte ein Wimmern. Eine Sekunde später setzte Theo mich ab. Meine Beine gaben fast unter mir nach.

Die Welt drehte sich, aber nicht so sehr, dass ich den Angriff nicht hätte wahrnehmen können. Die Wölfe von der Terrasse hatten uns eingeholt, und mein Blick blieb auf einem großen, dunklen Wolf hängen, den ich sofort erkannte.

Bodey.

Er riss gerade die Kehle eines dunkelgrauen Wolfes auf. Dann richteten sich seine wunderschönen Augen auf mich, und er lief auf mich zu.

Mein Blick huschte zurück zu den anderen Wölfen, die uns verteidigten – Jack, Lucas, Zeke und zehn andere, die ich nicht erkannte.

Bis auf fünf von ihnen waren alle Angreifer noch auf den Beinen.

Eine Hand berührte meinen Arm, und ich wirbelte herum, bereit, meinen Schuh als Waffe zu benutzen. Als ich realisierte, dass es Samuel war, der nach mir gegriffen hatte, hielt ich inne. Natürlich, es hätten nur er oder Theo gewesen sein können. Sie waren die Einzigen, die sich noch nicht verwandelt hatten, abgesehen natürlich von mir.

»Jeep«, krächzte er und zerrte mich in Richtung der sechs Meter entfernten Baumgrenze. Offenbar war Theo in nur kurzer Zeit sehr schnell gelaufen.

Ich warf einen Blick zurück. Bodey und die anderen kümmerten sich um die verbliebenen Südwest-Wölfe, was bedeutete, dass Samuel dringend von hier verschwinden musste. Der Gedanke, Bodey zurückzulassen, war unerträglich. Ich wollte ihn nicht verlassen, aber ich konnte sehen, dass er alles im Griff hatte.

Samuel und ich liefen los. Dann bemerkte ich die Blutspritzer auf seinem königsblauen Jackett. Ich vermutete, dass er sich nur nicht verwandelte, damit er noch mit mir kommunizieren konnte. Wieder einmal bereitete meine Schwäche nur Probleme für alle.

Theos karamellfarbener Wolf lief neben mir her. Er musste sich verwandelt haben, während ich von Bodey abgelenkt gewesen war.

Als wir die Kurve erreichten, fiel etwas Stress von mir ab. Wir brauchten uns keine Sorge mehr um die Wölfe hinter uns machen; Bodey und die anderen würden sie nicht vorbeilassen.

Aber als der Parkplatz mit über fünfundsiebzig Autos vor

uns auftauchte, drehte sich mir der Magen um. Etwa fünfzig Wolfswandler waren auf dem Parkplatz verteilt. Bodeys Auto war nicht weit weg, aber zwischen uns und dem Fahrzeug standen zehn Wölfe.

Wir blieben stehen und betrachteten unseren Feind.

»Das war ihr Plan«, flüsterte ich.

Die Wölfe beobachteten uns mit aufgestellten Nackenhaaren. Sie wussten, dass wir ihre Verbündeten verletzen würden, aber sie hatten ihre Positionen gehalten.

»Bleib hier, bis die Berater kommen«, sagte Samuel und legte eine Hand auf meinen Arm.

Ich war mir nicht sicher, ob er mich beruhigen oder sicherstellen wollte, dass ich mich nicht kopfüber in den Kampf stürzte, aber ich würde sicher nicht einfach danebenstehen und zulassen, dass jemand verletzt wurde, den ich liebte.

Ich trat vor, und ein scharfer Schmerz schoss durch meine Füße. Ein großer anthrazitfarbener Wolf vor dem Jeep wandte seinen Kopf zu mir.

Ja, ich trug ein Kleid, war barfuß und hatte meine hohen Schuhe in den Händen. Vermutlich sah ich nicht besonders einschüchternd aus, aber ich wollte wenigstens ein paar von ihnen verletzen, bevor ich selbst zu Boden ging.

»Bodey ist auf dem Weg«, informierte mich Samuel, als Theo vor mich trat.

Es war offensichtlich, dass die beiden mich nicht weit kommen lassen würden, also blieb mir nichts anderes übrig, als abzuwarten.

Die vierzig Wölfe, die Bodeys Auto umgaben, kamen näher.

»Hast du dein Messer?«, fragte ich und griff nach meinen Schuhen.

Samuel bückte sich und zog ein Messer aus seinem Schuh. »Vielleicht sollte ich mich verwandeln.«

Da er ein unglaublich starker Wolf war, wäre das von großem Vorteil. »Ja, das musst du sogar. Gib mir die Schlüssel, dann bringe ich den Jeep in Position, damit alle einsteigen können.«

»Hier, nimm beides«, sagte er und reichte mir das Messer und die Schlüssel.

Erleichtert darüber, zumindest eine anständige Waffe zu haben, ließ ich einen Schuh fallen und nahm ihm Messer und Schlüssel ab. Ich behielt das Messer in der Hand und verstaute die Schlüssel in meinem BH, damit ich sie nicht fallen ließ.

Bodey und mehrere unserer Wölfe rannten an uns vorbei und auf die fremden Wölfe zu, als Samuel sich verwandelte und seine Kleidung zerriss. Die vierzig Wölfe waren nun fast bei uns angekommen. Samuel brauchte noch ein paar Sekunden, um sich vollständig zu verwandeln. Sie würden ihn angreifen wollen, solange er verwundbar war, also rannte ich hinter den anderen her, Theo an meiner Seite.

Theo knurrte und schien nicht gerade erfreut über meine Entscheidung, aber das war mir völlig egal. Wenn irgendjemand diesen Angriff überleben sollte, dann musste es Samuel sein. Ich würde sicher zumindest einen Wolf ausschalten können.

Ich konzentrierte mich auf die zehn Wölfe, die immer noch den Jeep umgaben. Derjenige vor der Fahrerseite musste sich bewegen, damit ich einsteigen konnte. Dann könnte ich den Rest der Arschlöcher überfahren. Dafür brauchte ich mich nicht zu verwandeln.

Theos karamellfarbener Wolf blieb permanent neben mir. Als ich mich von den anderen absetzte, stupste er mich mit dem Kopf an, um mich dazu zu bringen, meine Richtung zu ändern.

Bodeys und Zekes Wölfe liefen nun ebenfalls auf den Jeep zu. Es bestand kein Zweifel daran, dass Samuel und Theo den anderen meinen Plan verraten hatten, aber ich war dankbar dafür. Die vierzig Wölfe würden sich auf die zwölf anderen konzentrieren, die Bodey und Zeke zurückgelassen hatten, sodass wir das Auto erreichen konnten.

Theo lief voraus, und er und die beiden anderen stürzten sich auf unsere Gegner. Je zwei der Wölfe der Königin griffen Theo, Zeke und Bodey an, während die übrigen vier ihre Aufmerksamkeit auf Samuel und mich richteten.

Als ich etwa vier Meter entfernt war, stürzten sich zwei der vier auf mich – eine schiefergraue Wölfin und ein aschgrauer Wolf. Ich verstärkte meinen Griff um das fremde Messer. Aus irgendeinem Grund fühlte sich der Schuh in meinen Händen normaler an, was bedeutete, dass ich definitiv trainieren musste.

Als sie sich auf mich stürzten, verwarf ich all meine Gedanken und reagierte einfach.

Ich schlug der Wölfin den Absatz auf die Schnauze, während meine andere Hand das Messer in die Schulter des aschgrauen Wolfes stieß. Die schiefergraue Wölfin jaulte auf und wich zurück, während der Wolf einfach zu Boden sackte. Ich zog kräftig an Samuels Messer und entfernte die Klinge aus seiner Schulter, gerade als die Wölfin wieder auf die Beine kam.

Mein Herz verkrampfte sich schmerzhaft, als ich das Knurren und die Kampfgeräusche um mich herum hörte, und ich konnte nur beten, dass es Bodey und den anderen gut ging.

Nun standen beide Wölfe wieder auf und bewegten sich

langsam, um mich einzukreisen. Ich bewegte mich mit ihnen und weigerte mich, sie direkt in meinem Rücken zu haben.

Ich bemerkte jedoch, dass sich der aschgraue Wolf langsamer bewegte und Blut an seinem Bein herunterlief. Beide musterten mich und schienen zu überlegen, wie sie angreifen sollten. Der verletzte Wolf stürzte sich zuerst auf mich, was mich überraschte. Er rannte gegen meine Beine und warf mich auf den Rücken.

Ich schlang meine Beine um seine Mitte und mein Kleid rutschte hoch, als ich mich an ihm festhielt. Als er mir seinen Schwanz ins Gesicht schlug, sodass ich kaum noch etwas sehen konnte, wusste ich, dass die Wölfin nun angreifen würde.

Mit all der Kraft, die ich aufbringen konnte, stach ich dem aschgrauen Wolf ins Bein. Er landete mit dem Rücken auf dem Boden und jaulte. Mir lief ein Schauer über den Rücken, als ich versuchte, mich zu befreien.

Es war zu spät.

Die Wölfin landete auf meinem Rücken, ihre Zähne bohrten sich in meine Schulter. Angst und Schmerz durchfuhren mich, und ich schrie auf, unfähig, das Geräusch zu unterdrücken.

Durch seine Verletzungen, meinem Gewicht und dem der Wölfin brach der aschgraue Wolf nun vollkommen zusammen. Ich biss die Zähne zusammen, als sich die Zähne der Wölfin immer tiefer in mich bohrten. Da ich mein Messer nicht befreien konnte, nahm ich den Schuh in die andere Hand und schlug den Absatz über meine rechte Schulter direkt in das Gesicht meiner Angreiferin.

Jaulend ließ sie von mir ab, und ich rollte von dem aschgrauen Wolf hinunter, um mich der Wölfin zu stellen.

Der Absatz meines Schuhs steckte in ihrem Auge. Sie

versuchte, den Schuh zu entfernen und knurrte, während ihr Speichel von den Zähnen tropfte.

Ich griff nach meinem Messer und wollte es gerade aus dem Bein des Wolfes ziehen, als dieser sich wieder aufrappelte.

Scheiße. Ich war verletzt und hatte nun keine Waffe mehr.

Jetzt würde ich sterben.

Das war das Ende.

Jetzt hatte ich keine Gelegenheit mehr, Bodey zu sagen, dass ich ihn ebenfalls liebte.

Mein Herz pochte wie wild, während ich aufrecht vor meinen beiden Angreifern stand. Ich weigerte mich, vor diesen beiden Arschlöchern klein beizugeben und kämpfte mich durch den Schmerz, der meine Schulter durchzog.

Ich war nur noch vier Meter vom Jeep entfernt, und doch schien er so weit weg zu sein. Ich musste das Auto zuerst erreichen, weil ich diejenige war, die die verdammten Schlüssel in ihrem BH hatte.

Blut floss über meine Schulter, meine Brust und meinen Rücken, und die warme Flüssigkeit beunruhigte mich, genau wie der starke metallische Gestank, der mich umgab. Selbst das Atmen fiel mir schwer, und ich versuchte vergeblich, mich auf die beiden Wölfe vor mir zu konzentrieren.

Das war natürlich der Moment, in dem sie sich auf mich stürzten und koordiniert und schnell angriffen.

Etwas Dunkelbraunes sauste an mir vorbei und traf den aschgrauen Wolf, während die schiefergraue Wölfin weiter auf meine Kehle zusteuerte. Ich wich schnell genug aus, damit sie es nicht schaffen würde, mich tödlich zu verletzen.

Während ich mich auf den Schmerz vorbereitete, fiel die Wölfin kaum dreißig Zentimeter vor mir zu Boden. Ein starker Wind rauschte an mir vorbei und hielt meine Angreiferin am Boden. Ich keuchte und verstand nicht, was zum Teufel hier los war.

Die Wölfin wimmerte, als sie versuchte, mit ihren Krallen nach meinen Beinen zu schlagen, aber ich sprang schnell außer Reichweite. Dann griff ich nach unten und zog meinen Schuhabsatz aus ihrem Auge. Das ekelhafte Geräusch, das dabei entstand, drehte mir den Magen um. Ich biss mir auf die Innenseite meiner Wange und nutzte meinen üblichen Bewältigungsmechanismus, um mich zu beruhigen.

Entweder sie oder ich. Mit diesem Gedanken stach ich den Absatz in ihr anders Auge.

Sie knurrte und versuchte, in meine Hand zu beißen, verfehlte sie aber nur um Millimeter.

Ich stolperte zurück, als Dina an meiner Seite erschien. Ihr Haar wirbelte um sie herum, während sie die Wölfin mit gerunzelter Stirn anstarrte. Diese stand auf, schnupperte und versuchte, mich zu orten, aber Dina hob bereits die Hände. »Zwing den Angreifer zu Boden«, rief sie mit lauter Stimme.

Der Wind nahm erneut zu, sodass die Beine der Wölfin unter dem Druck nachgaben. Ich blinzelte und traute meinen Augen kaum. Ich wusste zwar, dass die meisten Hexen mit einem Element verbunden waren, und die stärksten von ihnen sogar in der Lage waren zu heilen und den Geist zu manipulieren, aber ich hatte es noch selbst nie gesehen.

Dina streckte ihre Hand aus und kanalisierte den Wind, um ihn zu verstärken.

»Hast du eine Waffe?«, fragte ich, da wir den Kampf unbedingt beenden mussten.

Sie schüttelte den Kopf und konzentrierte sich ganz auf die Wölfin.

Wunderbar. Dennoch gab es eine Sache, die ich tun *konnte*, obwohl mir allein bei dem Gedanken daran übel wurde.

Ich ging auf die Wölfin zu, bereit, ihr das Genick zu brechen. Sie schnappte nach mir. Durch ihr verzweifeltes Beißen und den Wind gab es keine Möglichkeit, sie zu töten, ohne selbst verletzt zu werden.

Auf der rechten Seite kämpfte Bodey mit dem aschgrauen Wolf. Er stand über ihm, seine Zähne bohrten sich in seine Kehle. Samuel war dabei, seinen zweiten Angreifer zu erledigen.

Wir mussten verschwinden. Wenn wir Samuel von hier wegbrachten, würde der Kampf vielleicht aufhören. Das war vermutlich der beste Weg, um weitere Leben zu retten.

Zeke, Michael und Theo kämpften immer noch gegen ihre Gegner, aber sie schienen sich gut zu schlagen. Sie waren stärker als die Wölfe aus dem Südwesten ... aber unsere Feinde könnten jeden Moment Verstärkung bekommen.

Ein Schauer lief mir über den Rücken. Zögernd zog ich die Schlüssel aus meinem BH und drückte den Knopf, um das Fahrzeug zu entriegeln. Bodey und Samuel sprangen sofort zum Jeep, ich trat über den aschgrauen Wolf, den Bodey gerade getötet hatte, und öffnete die Hintertür.

Samuel kletterte auf den Rücksitz, während Bodey in der Tür stand und auf mich wartete. Er nickte zum Fahrersitz, um mir zu zeigen, dass ich einsteigen sollte.

»Ich muss die Tür schließen«, sagte ich verwirrt. Ich verstand zwar, dass er mich beschützen wollte, aber mit geöffneter Tür zu fahren, war vermutlich keine besonders gute Idee.

»Ich kümmere mich darum«, sagte Dina und lief in Richtung des Autos, während sie die nun blinde Wölfin immer noch durch den Wind in Schach hielt. Offenbar wollte sie mit uns kommen. Das war mir mehr als recht.

Ein lautes Knurren erregte meine Aufmerksamkeit. Ein Wolf ließ von Theo, Zeke und Michael ab und kam auf uns zu.

Verdammt. Bodey und ich sprangen ins Auto, und Dinas Wind bewegte sich vom Körper der schiefergrauen Wölfin zu unseren Türen und schlug sie zu. Dina lief zur Beifahrerseite, während ich den Wagen startete.

Kurz darauf sprangen drei Wölfe gegen den Jeep. Als er schwankte, bekam ich es mit der Angst zu tun. Wenn wir nicht schnell abhauen würden, würden sie ihn sicher umwerfen.

Dina stieg ein, schlug die Tür hinter sich zu, und ich trat aufs Gas. Der Kies flog überall hin, traf alle Fahrzeuge und Wölfe in der Nähe und erzeugte eine riesige Staubwolke.

Bevor der Staub mir jegliche Sicht raubte, sah ich die anderen Wölfe, die unsere Leute angriffen, und mein Körper spannte sich an. Zwanzig weitere Gestaltwandler hatten die Terrasse verlassen, um Samuel zu verteidigen, sodass wir nicht so stark in der Unterzahl waren, aber der Boden war bereits mit toten Wölfen übersät. Es bestand kein Zweifel daran, dass auf beiden Seiten Leben verloren gegangen waren.

Die feindlichen Wölfe folgten unserem Jeep. Meine Schulter pochte, aber ich behielt beide Hände fest am Lenkrad und versuchte, die Kontrolle zu wahren. Ich konnte zwar nicht so schnell fahren, wie ich wollte, aber die Wölfe schafften es trotzdem nicht, uns einzuholen. Als wir um die Bäume herumfuhren, kamen zwanzig weitere Wölfe auf uns zu. Alle paar Sekunden wurden es mehr.

Ich drückte auf das Gaspedal und erhöhte die Geschwindigkeit, um direkt auf den Ansturm der Wölfe zuzusteuern.

Sie wichen nicht aus. Entweder hatten sie Todessehnsucht oder dachten, ich würde noch anhalten.

Dina beugte sich vor und stützte ihre Hände auf das Armaturenbrett. »Wenn du meine Hilfe brauchst, lass es mich wissen. Ich muss nur so viel von meiner Magie wie möglich für Samuels Krönung aufsparen.«

Ich nickte und konzentrierte mich darauf, den Jeep gerade zu halten. Leider war ich noch nicht besonders oft Auto gefahren.

Bodey streckte seinen großen Wolfskopf zwischen meinen und Dinas Sitz und starrte durch die Windschutzscheibe.

Um zu beweisen, dass ich nicht vollkommen nutzlos war, trat ich fester aufs Gas. Das Auto schwankte ein wenig, aber ich behielt trotzdem die Kontrolle. Mein Blick war immer noch auf unsere Angreifer gerichtet. Diese Arschlöcher würden nicht sehen, dass ich zurückwich oder auch nur einen Moment zögerte. Ich würde jeden Einzelnen von ihnen ausschalten, wenn das bedeutete, die Personen zu retten, die ich liebte.

Ich biss die Zähne zusammen und bereitete mich auf den unvermeidlichen Aufprall vor. »Macht euch bereit«, rief ich den anderen zu. Wir waren nur noch fünfzehn Meter von den Wölfen entfernt und sie rannten immer noch.

Sie würden nicht ausweichen.

Das ist ihre Entscheidung, versicherte ich mir selbst, während wir auf sie zurasten. Die ersten Zusammenstöße waren die schlimmsten. Die Wölfe direkt hinter den ersten fünf, die ich getroffen hatte, sprangen hoch und prallten gegen die Windschutzscheibe. Das Glas zersplitterte, zerbrach aber nicht völlig, obwohl Blut daran herunterlief. Alle paar Sekunden wurden weitere Wölfe vom Auto erwischt, und ein grässliches Wimmern und Heulen erfüllte die Nacht.

Ich spürte etwas Nasses und Warmes auf meiner Brust, aber ich wagte nicht, nach unten zu schauen. Ich hatte Mühe, das Auto gerade zu halten. Damit hatte ich nicht gerechnet. Bis kurz vor dem ersten Aufprall war ich fest davon ausgegangen, dass sie uns ausweichen würden, aber stattdessen versuchten sie immer noch, uns aufzuhalten.

»Wirf sie ab«, befahl Dina mit brüchiger Stimme. Der Wind schüttelte den Jeep, sodass die Wölfe von der Motorhaube rutschten.

Das Blut blieb auf der Windschutzscheibe, und erinnerte mich weiter daran, was ich getan hatte.

Die Auffahrt zur Fernstraße kam in Sicht, und ein Teil meiner Anspannung fiel von mir ab. Wenn wir den Asphalt erreichten, konnte ich schneller fahren, um uns von diesem höllischen Ort wegzubringen. Als ich ausatmete, schoss ein schrecklicher Schmerz durch meinen rechten Arm, aber ich konnte mich nicht darauf konzentrieren.

Ich nahm die scharfe Kurve auf die Straße, ohne jedoch langsamer zu werden. Für ein paar Sekunden kippte der Jeep und fuhr nur auf den beiden linken Rädern. *Mist.* Ich stöhnte auf, weil ich befürchtete, meine Geschwindigkeit unterschätzt zu haben, aber als der Wagen kurz darauf wieder auf allen vier Rädern landete, atmete ich erleichtert auf.

»Die Göttin scheint uns beizustehen«, flüsterte Dina und drückte ihre Hände auf ihre Brust. Ein paar Tränen kullerten aus ihren Augenwinkeln.

Wenn uns jemand half, dann musste es diese Göttin sein, denn das Schicksal war es ganz sicher nicht. Dessen war ich mir mittlerweile sehr sicher. »Danke, dass du mir dabei geholfen hast, die ...« Der Druck in meiner Brust stieg, und ich hörte auf zu sprechen, weil ich nicht schluchzen wollte.

»Ich hätte es schon früher getan.« Dina ließ den Kopf hängen. »Ich habe nur nicht erwartet, dass sie ...« Sie brach ab.

Eines war sicher, diese Nacht würde uns beide noch lange verfolgen.

Ich zuckte zusammen und ließ meine rechte Hand auf meinen Schoß sinken, um meine Schulter und meinen Arm zu entlasten. Frisches, warmes Blut lief an meiner Hand hinunter, und ich fragte mich, wie viel ich schon verloren hatte.

Als ich ein Geräusch hinter mir hörte, warf ich einen Blick in den Rückspiegel. Bodey war auf die Ladefläche gesprungen. Samuel hob den Kopf und sah zu, wie Bodey sich wieder in seine menschliche Gestalt verwandelte.

Dann hörte ich Reißverschlüsse. »Dina, kannst du sie heilen?«, rief er wenige Sekunden später.

Sie erstarrte und drehte sich dann um.

Ein leiser, tiefer Laut, den ich nie zuvor von mir gegeben hatte, drang über meine Lippen. Der Gedanke, dass sie ihn nackt sehen könnte, beunruhigte mich. Ich warf einen Blick in den Rückspiegel, aber sah nur Bodeys Gesicht und nicht seinen potenziell nackten Körper.

»Natürlich kann ich das. Aber nicht, während sie fährt.« Dina deutete auf die Straße. »Um zu heilen, muss meine Magie mit ihrer verschmelzen, und gerade jetzt wäre es besser, wenn sie sich ganz auf die Straße konzentriert.«

Ich warf immer wieder einen Blick in den Rückspiegel, um zu sehen, wie er sich ein Hemd über den Kopf zog und dann trotz seiner Größe recht anmutig über den Rücksitz kletterte. Er beugte sich vor und berührte sanft meinen Arm, während er meine Wunde untersuchte.

Selbst seine schwache Berührung ließ mich zusammenzucken.

»Du wurdest ziemlich schwer verletzt«, knurrte er. »Ich weiß nicht einmal, wie es sein kann, dass du noch bei Bewusstsein bist.«

»Ihre Wölfin ist unglaublich stark«, murmelte Dina. »Das habe ich dir schon gesagt.«

Sobald uns ein paar Autos entgegenkamen, fiel die Anspannung von mir ab. Wir waren in der Nähe von Menschen, was bedeutete, dass Königin Kels Wölfe darauf achten mussten, nicht gesehen zu werden.

Langsam wurden meine Augenlider schwer. »Ich bin mir nicht sicher, wie lange ich noch fahren kann.«

»Einer der Wölfe hat eine Arterie durchtrennt.« Dina beugte sich näher zu mir und untersuchte meine Wunde. »Wir müssen rechts ranfahren. Wenn dir schwindelig ist oder du müde wirst, verlierst du zu viel Blut.«

»Noch nicht.« Ich schüttelte den Kopf und zwang mich, die Augen offenzuhalten. »Wir sind noch nicht weit genug weg.«

»Doch, das sind wir«, versicherte mir Bodey. »Wenn wir jetzt einen Unfall bauen, helfen wir niemandem damit.«

Vor uns tauchte eine Tankstelle auf, auf deren Parkplatz mehrere Autos parkten. Da unsere Windschutzscheibe jedoch voller Blut war und wir einen Wolf im Auto hatten, konnte ich schlecht dort parken. Also fuhr ich langsam an den Straßenrand. Sobald der Jeep stand, lehnte sich Dina zu mir herüber. »Beweg dich, wenn du willst, dass ich ihr helfe«, sagte sie zu Bodey.

»Du hast doch gesagt, du musst deine Magie für die Krönung morgen aufsparen«, murmelte ich, kurz bevor sie mich berührte. Das war nicht meine einzige Sorge ... immerhin war ich dazu erzogen worden, Hexen nicht zu vertrauen. Ihre Hände so nah bei mir zu haben, ließ mich so panisch werden, dass es mir den Atem raubte.

»Wenn ich nur genug benutze, um dich am Leben zu erhalten, werde ich morgen wieder fit sein. Ich kann dich nur nicht vollständig heilen.« Ein sanftes Lächeln huschte über ihr Gesicht, dann berührte sie meine Wunde.

Ich zuckte zusammen, als ich ihre kühlen Hände auf mir spürte. Plötzlich durchströmte mich ein warmes und tröstliches Gefühl, und der Schmerz ließ nach.

Ich hatte immer gedacht, dass sich die Magie einer Hexe unheimlich anfühlen würde, aber das hier fühlte sich angenehm und vor allem vollkommen sicher an.

Nach einer Weile ließ sie ihre Hände sinken. Die Wärme verschwand, aber der Schmerz kehrte nicht zurück. »Das ist alles, was ich im Moment tun kann. Tut mir leid«, sagte sie leise.

Ich blickte nach unten ... und war positiv überrascht. Die Wunde war besser verheilt, als ich es erwartet hatte. In ein oder zwei Tagen würde sie vermutlich vollständig verheilt sein. Als ich meine Schulter zurückrollte, spürte ich nur ein schwaches Stechen. »Danke«, sagte ich lächelnd.

Ein Ausdruck, den ich nicht deuten konnte, huschte über ihr Gesicht. »Es war mir eine Ehre.«

Obwohl ich geheilt war, hatte ich so viel Blut verloren, dass ich nicht riskieren wollte, weiterzufahren. »Kann einer von euch meinen Platz einnehmen?« Meine Stimme klang selbst für meine Ohren zu leise.

Sofort sprang Bodey aus dem Auto und Dina kletterte auf den Rücksitz und nahm den Platz neben Samuel ein. Ich verstand nicht wirklich, was vor sich ging, bis Bodey meine Tür öffnete, mich hochhob, um das Auto herumging und mich auf den Beifahrersitz setzte. Dort angekommen lehnte ich mein Gesicht an die kühle Scheibe und genoss das Gefühl, während Bodey sich auf den Fahrersitz setzte.

Dann legte er den Gang ein, und wir fuhren los.

»Das alles tut mir wirklich leid.« Ich schloss die Augen.

»Was meinst du?«, murmelte Bodey.

Ich lachte leise. »Na ja, ich habe deinen Jeep ruiniert, und du sitzt in meinem Blut.«

Die darauffolgende Stille war so unangenehm, dass ich die Augen öffnete. Bodey war erstarrt und seine Hände hatten sich um das Lenkrad verkrampft. Seine Miene war angespannt, und die Muskeln in seinem Kiefer zuckten. Schließlich räusperte er sich. »Du musst dich für *nichts* entschuldigen.«

Meine Augen schlossen sich von selbst, und ich hatte nicht die Kraft, darauf zu reagieren.

»Sie ist nicht das, was ich erwartet habe«, sagte Dina von ihrem Platz hinter mir. »Als ich die Magie in ihr spürte, dachte ich das Schlimmste. Aber zu sehen, wie sie Samuel beschützt ... uns alle beschützt ...«

Ich hörte Samuel winseln, und dann ein dumpfes Geräusch, als hätte er aufgegeben und sich hingelegt.

»Einzigartig.« Bodey räusperte sich. »Sie ist einzigartig, loyal und lässt nicht zu, dass ihre Schwäche sie definiert. Etwas, das diese Welt dringend braucht.«

Wärme durchflutete mich. Die Art, wie er mich beschrieben hatte, bedeutete mir mehr, als wenn er mich als schön bezeichnet hätte. Diese Eigenschaften würden immer bleiben, während Schönheit vergänglich war.

»Was ist mit den anderen?«, fragte Dina. »Haben wir sie ihrem Tod überlassen?«

»Nein. Wie wir erwartet haben, haben sich die Wölfe von Königin Kel zerstreut, sobald Samuel außer Reichweite war.«

»Sie wird es morgen wieder versuchen«, murmelte Dina. »Wie viele Leute haben wir verloren?«

»Zehn Alphas. Die andere Seite hat jedoch viermal so viele Wölfe verloren. Und sie wissen nicht, wo die Krönung stattfinden wird.« Bodey atmete aus. »Also lasst uns einfach vorsichtig sein und hoffen, dass alles gut wird.«

Ich wollte dem Gespräch weiter zuhören, aber stattdessen schlief ich ein.

ALS DER MOTOR VERSTUMMTE, erwachte ich aus meinem tiefen Schlaf. Ich öffnete meine Augen und suchte automatisch nach einer Bedrohung, aber fand mich stattdessen an einem vertrauten Ort wieder.

Bodeys Garage.

Ich hob gerade den Kopf, als Bodey und Dina ihre Türen öffneten. Samuel sprang hinter Dina her und blieb vor der Tür stehen, die ins Haus führte, während ich mich mühsam aufsetzte. Zum Glück war mir nicht mehr schwindelig und tatsächlich fühlte ich mich ein wenig ausgeruht.

Als ich meine Hand nach dem Griff ausstreckte, öffnete sich meine Tür und gab den Blick auf Bodey frei. Er beugte sich vor, um mich hochzuheben, aber ich schüttelte den Kopf. »Ich schaffe das schon.« Aus irgendeinem Grund war es mir wichtig, allein zu gehen. Vielleicht, weil er mir seine Liebe gestanden hatte, und ich nicht wollte, dass er mich für schwach hielt.

Mein Blut klebte bereits auf seiner Kleidung. Ich zuckte zusammen, aber da ich mich daran erinnerte, wie er vorhin auf meine Entschuldigung reagiert hatte, hielt ich meinen Mund.

Scheinbar unbeeindruckt von meinem Zustand legte er eine Hand auf meinen Rücken, auf dem das Blut mittlerweile getrocknet war, und führte mich zur Tür.

»Ich gehe auch nach Hause, es sei denn, du willst, dass ich bleibe.« Dina stand in der Garageneinfahrt.

Es fiel mir schwer, mich zu konzentrieren, aber ich erinnerte mich daran, dass die Hexen am anderen Ende der Siedlung wohnten. Manchmal vergaß ich immer noch, dass Zekes Rudel die Ausnahme war. Für mich war es immer normal gewesen, keine Hexen in der Nähe zu haben.

»Geh.« Bodey nickte. »Wir kommen hier schon zurecht. Wir müssen nur früher zur Zeremonie aufbrechen, weil wir nicht damit gerechnet haben, wieder nach Hause zu kommen.«

»Ich bin um neun hier.« Sie lächelte mich an, bevor sie sich umdrehte und wegging.

Nachdem er auf den Knopf gedrückt hatte, um die Garage zu schließen, öffnete Bodey die Tür zum Haus. Samuel rannte hinein und direkt in sein Zimmer. Als wir das Haus betraten, überkam mich ein Gefühl des Friedens. So wohl hatte ich mich nicht mehr gefühlt, seit ich Bodeys Zuhause hinter mir gelassen hatte.

Gemeinsam gingen Bodey und ich durch die Küche und bogen rechts zur Treppe ab. Ich freute mich schon darauf, wieder in dem Schlafzimmer schlafen zu können, in dem ich zuvor gewohnt hatte und das direkt neben Bodeys Zimmer lag. Allein das Wissen, ihm so nah zu sein, beruhigte mich.

Ich konnte hören, wie Samuel sich in seinem Zimmer verwandelte, während Bodey mich ins Bad führte. »Ich hole dir ein paar Klamotten. Mach schon mal die Dusche an und nimm dir ein Handtuch.«

Eine Dusche wäre wirklich toll. Ich musste dringend das Blut abwaschen, das an mir klebte.

Bodey verschwand, und ich drehte das Wasser auf. Als ich mir ein Handtuch zurechtlegte, war er schon mit einem seiner schwarzen Shirts und Boxershorts zurück. »Tut mir leid, dass ich nichts Besseres da habe.«

Mein Herz macht einen Sprung bei dem Gedanken, seine Kleidung zu tragen. »Das ist schon in Ordnung.«

Als er sich umdrehte, um zu gehen, verzog ich das Gesicht. »Ich frage nur ungern, aber kannst du mir helfen?«, fragte ich leise. Dann drehte ich mich so, dass er den Reißverschluss meines Kleides sehen konnte. »Ich komme nicht ran.« Nicht mit meinem verletzten Arm, der immer noch steif war.

Ich hörte, wie Bodey schluckte.

Seine Fingerspitzen strichen zwischen meine Schulterblätter und verursachten ein Kribbeln in meinem Nacken. Als er den Reißverschluss meines Kleides öffnete, breitete sich etwas Warmes in meinem Bauch aus. Seine sanfte Berührung und die ruhige Art, mit der er sich bewegte, brachten mein Herz zum Klopfen.

Als er fertig war, räusperte er sich. »Brauchst du Hilfe mit deinem ...« Er hielt inne. »BH?« Seine Stimme klang plötzlich noch tiefer.

Ich konnte nicht anders und presste meine Beine fester zusammen, aus Angst, ich könnte mich auf ihn stürzen. »Bitte.«

Genau wie zuvor beim Reißverschluss bewegten sich seine Finger entschlossen, aber langsam. Ich hoffte, dass er das, was hier zwischen uns war, ebenfalls spürte.

Geistesgegenwärtig drückte ich den Stoff an meine Brüste, damit er nicht zu Boden fiel und ich plötzlich nackt dastand.

»Okay, erledigt.« Ich hörte, wie er sich von mir entfernte. »Sag Bescheid, wenn du noch etwas brauchst«, sagte er und schloss dann schnell die Tür.

Der Verlust seiner Anwesenheit traf mich hart, aber der Drang, mich zu waschen, war dringender. Ich stieg unter die Dusche und wusch mir die Haare, das Gesicht und den Körper. Ich stellte das Wasser sehr heiß ein, um jegliche Erinnerung an diese schreckliche Nacht abzuwaschen. Ich wusste nicht, wie viele Personen ich getötet hatte, und wollte es auch gar nicht wissen. Vielleicht würde mich dieses Wissen verändern. Auf jeden Fall würde mich die Erinnerung nicht so leicht loslassen.

Ich schüttelte den Kopf, um meine Gedanken zu klären, stieg aus der Dusche, zog mich an und ging in Richtung meines Schlafzimmers.

Als hätte er mich gehört, kam in diesem Moment Samuel aus seinem Zimmer und stellte sich mir in den Weg. Er hatte frische Kleidung in den Händen und wollte vermutlich ebenfalls duschen, aber anstatt ins Bad zu gehen, hielt er inne und sah mir direkt in die Augen.

»Geht es dir gut?«, fragte er und musterte mich.

»Nachdem Dina mich geheilt hat, ging es mir sofort viel besser.« Ich legte ihm eine Hand auf die Schulter. »Wie geht es *dir*?«

»Ich bin bereit für morgen.« Er fuhr sich mit der freien Hand durch die Haare. »Ich muss mich meiner Verantwortung stellen und die Lage beruhigen. Königin Kel wird mich so lange angreifen, bis meine Herrschaft gesichert ist.«

Ich schenkte ihm ein stolzes Lächeln. »Du wirst ein toller König sein.«

»Und du wirst an meiner Seite sein«, schwor er. »Du gehst auf keinen Fall zurück zu Zekes Rudel.«

Ich erstarrte und mein Herz klopfte mir bis zum Hals. Warum glaubten eigentlich alle Männer, ich müsse mich mit ihnen paaren, damit sie mich beschützen konnten? »Ich kann *nicht* deine Gefährtin werden.«

Ich verschränkte die Arme vor der Brust und ignorierte das unangenehme Stechen in meiner Schulter. Ich bereute nicht, was ich gesagt hatte. Auf keinen Fall würde ich mich mit jemandem paaren, damit er mich beschützte – ich würde einen Weg finden, allein zurechtzukommen und nur die Gefährtin von jemandem werden, der mich liebte.

Plötzlich wurde Bodeys Tür geöffnet und Schritte polterten den Flur entlang auf uns zu.

Mit großen Augen hob Samuel seine Hände und ließ dabei seine Kleidung fallen. »Nein, nein ...« Er schüttelte vehement den Kopf, als Bodey knurrend um die Ecke bog. »*Nein*«, wiederholte Samuel beharrlich, wobei sein Blick zwischen Bodey und mir hin- und herflog. »So habe ich das *nicht* gemeint.«

Einen Moment lang war ich abgelenkt. Bodey stand da und trug ein graues Shirt, das auf seiner feuchten Haut klebte. Sein Haar war dunkler als sonst, weil es nass war, und seine schwarze Jogginghose überließ nicht viel meiner Fantasie. Obwohl ich es nicht sollte, konnte ich nicht anders, als die Beule in seiner Hose zu bewundern.

»Es klang aber genauso.« Bodey verschränkte seine Arme und blieb neben mir stehen. »Ich habe dich klar und deutlich gehört.«

Ach ja, richtig. Samuel hatte angedeutet, dass er sich mit mir paaren wollte. Für einen kurzen Moment hatte ich vergessen, worum es in dem ganzen Gespräch ging. Bei Bodeys Reaktion flatterten mir Schmetterlinge im Bauch herum.

»Ich meinte doch nur, dass sie für mich arbeiten könnte.« Samuel kratzte sich mit beiden Händen am Kopf. »Natürlich nicht als Beraterin – alle diese Positionen sind besetzt – aber ... als *irgendetwas* anderes. Nicht als meine *Gefährtin*. Ganz sicher nicht!« Er zuckte zusammen. »Nicht, dass du nicht ein toller Mensch wärst oder nicht hübsch genug. Denn das bist du. Du bist eine der nettesten und hübschesten Frauen, die ich je getroffen habe.«

Bodey knurrte und drängte sich vor mich.

»Aber absolut nicht mein Typ.« Samuel trat zurück und ließ den Kopf hängen, als er merkte, dass er sich immer noch sein eigenes Grab schaufelte.

»Ach, wirklich?«, neckte ich und presste meine Lippen aufeinander, wobei ich versuchte, nicht zu lächeln. Jetzt, wo ich wusste, dass er nicht von mir verlangte, mich mit ihm zu paaren, war für mich wieder alles gut. Da er jedoch morgen unser neuer König sein würde, wollte ich ihn noch so lange ärgern, wie es ging. »Was magst du denn nicht an mir?«

Bodey ballte die Hände zu Fäusten. »Es gibt absolut nichts, was man nicht an ihr mögen könnte. Sie ist unglaublich.«

Samuel kniff sich in den Nasenrücken und schnaufte. »Bodey, hör mir zu. Ja, sie ist stark, klug und wunderschön, aber ich empfinde nicht *diese* Art von Gefühlen für sie.« Er hob den Kopf und sah mich an. »Ich weiß, es ist seltsam, aber in der kurzen Zeit, in der wir uns kennen, bist du eine gute

Freundin geworden, und das ist alles, was ich mir für uns wünsche. *Freundschaft*.«

»Ich wollte dich doch nur ein wenig ärgern.« Ich trat einen Schritt vor und umarmte ihn. »Obwohl ich wirklich zuerst dachte, dass du versuchen wolltest, dich mit mir zu paaren.«

Als ich mich zurückzog, war Bodey vor Ärger am Zittern.

Okay, ich musste die Situation dringend entschärfen, also ging ich auf Bodey zu. »Theo fängt immer wieder damit an, dass ich seine Gefährtin werden soll, aber ich möchte mich nicht mit jemandem paaren, der mich nur beschützen will.« Ich drückte noch einmal Samuels Arm und lächelte ihn an. »Ich werde schon einen Ausweg finden.« Ein Kloß bildete sich in meiner Kehle.

Bodey zuckte zusammen, seine Nasenlöcher blähten sich auf. »Er will dich also immer noch?«

Ich nickte. »Aber ich habe deutlich gemacht, dass das auf keinen Fall passieren wird.« Ich hasste es, dass ich diesen letzten Teil hinzugefügt hatte, weil das irgendwie verzweifelt klang und keine anderen Möglichkeiten hatte. Auch wenn Bodey mir seine Liebe gestanden hatte, änderte das nichts. Er glaubte immer noch, dass seine Schicksalsgefährtin da draußen war.

Wenn Samuel mir einen Job anbieten würde, würde ich ihn annehmen. Das könnte meine Chance sein, aus Zekes Rudel zu fliehen und dem damit einhergehenden Missbrauch ein Ende zu setzen. Ich hatte gesehen, wie Zeke mich heute Abend angeschaut hatte – sein Hass war immer noch stark. Er war nur wegen der anderen Berater nett zu mir gewesen. Verdammt, er hatte Theo wahrscheinlich dazu gezwungen, mich zum Essen einzuladen, damit die Berater sahen, dass er mich gut behandelt hatte.

»Nichts an dieser Situation ergibt einen Sinn.« Samuel

schürzte seine Lippen. »Dieses Rudel hat dich so lange wie Dreck behandelt, und trotzdem wollen sie dich nicht gehen lassen.«

»Es geht ihnen immer nur um Besitz.« Ich zuckte mit den Schultern. »Zeke sehnt sich nach Kontrolle und Macht. Er mag es nicht, Dinge zu verlieren, die er als sein Eigentum ansieht. Obwohl er mich hasst, macht ihn der Gedanke wütend, dass ihm jemand ein Mitglied seines Rudels wegnehmen könnte. Er muss geahnt haben, dass ich einen Job außerhalb des Rudels angenommen habe, damit ich unsere Siedlung auch mal verlassen kann.« Ein bitterer Geschmack erfüllte meinen Mund bei dieser Wahrheit. Schlimmer noch, es hatte siebzehn Jahre gedauert, bis ich das wahre Problem erkannt hatte. »Aber Theo ist ein guter Kerl.« Es fühlte sich nicht richtig an, ihn mit seinem Vater in einen Topf zu werfen. Er war immer für mich da, so gut er konnte.

Bodey biss die Zähne zusammen. »Ja, ein echt *toller* Kerl. Er stand einfach daneben und ließ zu, dass sein Vater dich für Dinge bestrafte, die nicht einmal deine Schuld waren.«

Natürlich konnte ich Bodey verstehen, wenngleich ich es ein wenig unfair fand. Ich straffte die Schultern, verärgert darüber, dass er einen meiner wenigen Freunde von zu Hause verunglimpfte. »Zeke ist sein Vater und der Alpha des Rudels. Theo hätte vielleicht etwas bewirken können, aber wenn er sich zu sehr für mich eingesetzt hätte, wäre sein Leben auch die Hölle gewesen.« Ich konnte mich noch gut daran erinnern, wie er versucht hatte, eine Strafe für mich zu übernehmen, als ich acht war. Ich war bei einem Rudelessen gestolpert und hatte meine Pepsi über Zekes Hemd verschüttet. Zeke hatte meine Strafe wegen Theos Einmischung um das Zehnfache erhöht. »Der einzige Grund, warum er sich mit mir paaren will, ist, dass er glaubt, dass er mich so am besten beschützen kann. Selbst wenn Theo der Alpha des Rudels wird, wird Zeke ein Berater sein und einen gewissen Einfluss auf das Rudel haben. Wenn ich jedoch die Gefährtin des Alphas bin, müssen die anderen mich tolerieren. Zumindest in der Öffentlichkeit.«

»Wie rücksichtsvoll«, zischte Bodey.

Die Bosheit in seiner Stimme brachte mich dazu, ihn anzusehen. Sein ganzer Körper war wieder angespannt.

»Ähm ...« Samuel bückte sich und schnappte sich seine Kleidung vom Boden. »Ich glaube, ich gehe jetzt duschen. Ich brauche etwas Schlaf für morgen.«

Schlafen. Das hörte sich gut an. Gehört zu haben, dass er dasselbe für mich empfand wie ich für ihn, machte es mir schwer, in Bodeys Nähe zu sein. Außerdem hatte ich nicht mehr gut geschlafen, seit ich von hier weggegangen war. Vielleicht würde ich heute Nacht tatsächlich etwas Ruhe finden.

»Dina hat gesagt, dass sie um neun Uhr morgens hier sein wird.« Bodey war so steif, dass seine Worte ebenfalls angespannt klangen. »Bis dahin müssen wir alle abfahrbereit sein.«

»Kein Problem.« Samuel lächelte traurig. »Ich bezweifle, dass ich viel Schlaf bekommen werde, aber ich werde es auf jeden Fall versuchen.«

Ein Kribbeln lief mir über den Rücken, und ich brauchte nicht hinzusehen, um zu wissen, dass Bodey mich anstarrte. Sein Duft umgab mich, und ich musste weg, bevor mein Gehirn einen Kurzschluss bekam und ich etwas Dummes tat. »Schlafen klingt gut. Das sollte ich auch tun.« Ich drückte Samuels Arm und erstarrte. Ich wusste nicht, wie ich mich für die Nacht von Bodey verabschieden sollte. Sollte ich ihm einfach ... freundschaftlich auf die Schulter klopfen oder ihn gar nicht erst anfassen? Wenn ich ihn umarmte, bestand die Gefahr, dass ich meinen Körper an ihn rieb wie eine läufige Hündin.

Das Traurige daran war, dass ich mich noch nie so animalisch gefühlt hatte.

Unsicher zwang ich mich zu einem Lächeln und nickte. »Gute Nacht.«

Bodey runzelte die Stirn, aber kurz darauf verschwand sein starrer Gesichtsausdruck.

Ich musste dringend hier weg. Schnell ging ich an Samuel vorbei und machte mich auf den Weg in mein Schlafzimmer.

»Gute Nacht«, murmelten sich die Jungs zu, bevor ich Bodeys Schritte hinter mir hörte. Die Badezimmertür ging zu. Bodey und ich waren nun allein auf dem Flur.

Als ich meine Schlafzimmertür erreichte, räusperte er sich hinter mir.

Mein Herz pochte so stark, dass ich sicher war, es würde jeden Moment aus meiner Brust springen.

»Können wir reden?«, fragte er leise.

»Das müssen wir nicht.« Ich drehte ihm den Rücken zu, weil ich Angst vor dem hatte, was ich in seinem Gesicht sehen würde. »Wir haben dieses Gespräch bereits geführt, und ... was du heute Abend gesagt hast, ändert nichts daran.«

Sein Atem stockte. »Bitte, Callie.«

Ich legte meine Finger an die Lippen und atmete aus, dann hob ich meine Hand in Richtung der Stelle, an der ich den Mond vermutete. Ich musste mich daran erinnern, dass Bodey gute Absichten hatte.

»Vergiss alles, was ich vor heute Abend gesagt habe«, knurrte er. »Ich möchte dieses Gespräch noch einmal führen. Gib mir eine zweite Chance.«

Alles in mir schrie danach, ihn zu ignorieren und einfach in meinem Zimmer zu verschwinden. Allerdings hatte ich mehr als genug Zeit gehabt, um über unsere Beziehung nachzudenken, und ich würde nicht mehr so überrumpelt sein wie beim letzten Mal. Wenn wir reden würden, könnte ich vielleicht den Schlussstrich ziehen, den ich so dringend ziehen musste.

Ich zwang mich, mich umzudrehen, sah ihm in die Augen und nickte. Ich würde nicht weglaufen oder mich verstecken, egal, wie sehr es wehtat. Ich würde zuhören und akzeptieren, was er sagte, egal, wie sehr mein Herz dabei brach.

Verdammt, vielleicht war ja mein eigener Schicksalsgefährte irgendwo da draußen.

Nein, ich konnte mir beim besten Willen nicht vorstellen, mit jemand anderem als Bodey zusammen sein zu wollen. Wie könnte irgendein Mann auch besser sein als der starke, fürsorgliche, beschützende, heiße Mann, der vor mir stand? Das konnte ich mir einfach nicht vorstellen.

Er schluckte hörbar. »Können wir vielleicht hinausgehen?« Er nickte in Richtung der Terrasse, auf der wir uns geküsst hatten, und die Erinnerung daran, wie er sich angefühlt und geschmeckt hatte, schoss mir durch den Kopf.

Da ich nicht antworten konnte, öffnete ich einfach meine Tür und trat auf die Terrasse. Er folgte mir, und als ich nach draußen trat, entdeckte ich seine Gitarre. Sie lehnte am Geländer neben der Hollywoodschaukel.

Auf dem runden Tisch in der Mitte der Terrasse brannte eine Kerze, und die leicht kalte Februarbrise ließ die Flamme flackern.

Ich eilte zu der Schaukel, auf der ich auch in *jener* Nacht gesessen hatte.

Bodey schloss die Schlafzimmertür hinter sich.

Ich wusste nicht, was ich erwartet hatte, aber ganz sicher nicht, dass er sich neben mich setzen und seine Gitarre hochheben würde.

Als hätte er das schon die ganze Zeit vorgehabt, hob er eine Augenbraue. »Stört es dich, wenn ich ein Lied spiele?

Manchmal kann ich mich durch Musik besser ausdrücken als durch einfache Worte.«

Das verstand ich nur zu gut.

Wäre ich klüger gewesen, hätte ich nein gesagt. Wenn er spielte, sehnte sich etwas tief in mir noch mehr nach ihm. Ich war ihm gegenüber am verletzlichsten, wenn es eindeutig war, dass er mich auf eine Weise verstand, wie es kein anderer tat.

Allerdings schaffte ich es nicht, ihn abzuweisen. »Wird die Musik nicht deine Eltern stören?« Ich warf einen Blick auf ihr Haus. Alle Lichter waren ausgeschaltet. Das letzte Mal, als wir hier gewesen waren, hatte seine Mutter uns bemerkt und mich später darauf angesprochen.

»Nein.« Er legte die Gitarre auf seinen Schoß und machte sich bereit, die Akkorde anzuschlagen. »Sie sind mit den anderen ehemaligen Alphas in einem Motel, um die Königin im Auge zu behalten. Sie kümmern sich um die Wölfe, die wir heute Nacht verloren haben.«

»Warum sind *wir* dann hierher zurückgekommen? Hätten wir nicht bleiben und helfen sollen?« Auf der Suche nach einem sicheren Ort für meine Hände, legte ich sie in meinen Schoß. Fast hätte ich ihn berührt.

Er schlug einen kurzen Akkord an. »Hier ist Samuel am sichersten. Unser Rudel ist stark, und die meisten von ihnen sind hier, zusammen mit dem Hexenzirkel. Unsere Wölfe patrouillieren in der Gegend, und die Hexen setzen Schutz- zauber ein. Wenn die Königin Samuel unbedingt angreifen will, können wir sie hier aufhalten. Jack, Lucas, Miles und Stella werden zusammen mit ihren Alphas, die ebenfalls auf dem Weingut waren, innerhalb der nächsten Stunde hier sein. Sie werden im Haus meiner Eltern bleiben. Morgen können wir dann alle zusammen zur Krönung fahren, um Samuel zu beschützen.«

Er war so ehrlich und offen, ohne versteckte Absichten. Das war nur einer der Gründe, warum ich ihn liebte.

Ich bemerkte, dass seine Hände zitterten. Zuvor war er noch nie nervös gewesen, wenn er in meiner Gegenwart Gitarre gespielt hatte. Ich öffnete den Mund, um zu fragen, ob alles in Ordnung war, aber dann begann er ein Lied zu spielen.

Nach ein paar Akkorden erkannte ich es. ›Perfect‹ von Ed Sheeran. Während er spielte, schoss mir der Text durch den Kopf. Mein Herz verkrampfte sich und Tränen trübten meine Sicht. Als mir eine Träne über die Wange lief, wischte ich sie eilig weg. Ich atmete tief durch und unsere Blicke trafen sich, während er spielte.

Ich wusste nicht, warum er mir ausgerechnet dieses Lied vorspielte, aber als er zum zweiten Refrain kam, berührte ich seinen Arm. Ich wollte nicht mehr zuhören. Konnte es nicht. Seit ich dieses Haus verlassen hatte, waren die meisten Songtexte zu schmerzhaft geworden, und ihn dieses Lied neben mir spielen zu hören, war schlimmer, als wenn er mir wieder sagen würde, dass wir nicht zusammen sein konnten. Es war, als wollte er mich wissen lassen, dass er mich liebte, obwohl wir keine gemeinsame Zukunft hatten.

Er runzelte die Stirn und biss sich auf die Unterlippe. »Was ist los?«, fragte er zögernd. Ich hatte ihn noch nie zögern hören.

Eines war sicher – ich hätte nicht hierherkommen sollen. Ich hatte geglaubt, ich könnte damit umgehen, aber jetzt war mir klar, dass ich mich geirrt hatte. Ein scharfer Schmerz schoss durch meine Brust, und ich stand auf. »Es tut mir leid. Das Lied ist wunderschön, aber ich kann das nicht.«

Als ich zur Schlafzimmertür eilte, hörte ich, wie er die Gitarre abstellte. Sobald ich die Tür erreichte, ergriff seine Hand meine. Er drehte mich sanft zu sich, die Stirn gerunzelt.

»Empfindest du nicht mehr dasselbe für mich? Ich würde es dir nicht verübeln, wenn es so wäre«, murmelte er.

Ich atmete ein und schnaubte gleichzeitig, was mich zum Husten brachte.

Er senkte seinen Kopf und ließ meine Hand los.

Toll, jetzt dachte er vermutlich, ich hätte ihn ausgelacht. Warum war ich nur so schlecht in all dem hier? Ich strich mir eine Haarsträhne hinters Ohr, der Ernst der Lage erdrückte mich beinahe. »Natürlich empfinde ich noch dasselbe. Ich war die ganze Zeit unglücklich, als ich nicht bei dir war.« So ehrlich hatte ich gar nicht sein wollen, aber jetzt gab es kein Zurück mehr.

Seine indigoblauen Augen leuchteten auf, während er sich auf mich zubewegte. Dann legte er seine Stirn an meine. »Warum willst du dann gehen?«

Ich schloss meine Augen und mein Herz verkrampfte sich schmerzhaft. »Du hast deutlich gemacht, was du willst.«

»Genau.« Sein Atem roch nach Minze. »Das habe ich. Warum willst du mich dann einfach hier stehen lassen?« Seine Fingerspitzen strichen über meine Wange.

Seine Berührung war wie eine Droge, aber seine Worte waren gefährlich. Hoffnung flammte in mir auf, und ich fürchtete mich davor, was von mir übrig bleiben würde, wenn die Flammen erloschen. Ich musste das schnell beenden, auch wenn ich es nicht wollte. »Deine Schicksalsgefährtin ist da draußen.« Ich trat zurück, unterbrach den Kontakt und presste mich mit dem Rücken gegen die Tür. Der stechende Schmerz in meinem Herzen wurde langsam unerträglich. Ich *durfte* nicht riskieren, mich noch mehr in ihn zu verlieben, nur damit dann seine Schicksalsgefährtin auftauchte. Wenn es mir jetzt schon so schlecht ging, würde ich diesen Fall wahrscheinlich nicht überleben.

Sein Körper erschlaffte, als hätte ihn das Gewicht meiner

Worte erdrückt. »Es tut mir so verdammt leid«, flüsterte er und ließ den Kopf hängen.

Seine Entschuldigung machte deutlich, dass sich zwischen uns nichts geändert hatte. »Das ist in Ordnung. Ich verstehe es.« Ich konnte den Duft meiner Lügen selbst riechen.

Er lachte und rümpfte die Nase. »Nein, es ist nicht in Ordnung. Offensichtlich.«

Mein Gesicht brannte. Ich hätte es besser wissen müssen, als zu lügen. Ich drehte mich um, die Hand auf dem Türknauf. »Gute Nacht, Bodey.« Ich musste verschwinden und bereute es, jemals mit ihm hergekommen zu sein. Ich hatte auf einen Schlussstrich gehofft, aber stattdessen hatte ich nur ein weiteres Stück meines Herzens aus meiner Brust herausgerissen und es ihm gegeben.

»Callie, *warte*.«

Ich hielt inne, drehte mich aber nicht um.

»Sieh mich an, bitte«, sagte er und nahm meine Hand vom Türknauf. »Ich war noch nicht fertig.«

Ich wirbelte herum und hob meine Hände. Seine Worte waren wie Messer an meiner Kehle, die mich als Geisel hielten. »Bodey, ich kann das nicht. Ich kann nicht mehr darauf hoffen, dass du es dir eines Tages anders überlegst, und dich mit mir zufriedengibst. Du hast bereits sehr deutlich gemacht, dass du nach deiner Schicksalsgefährtin suchst, dass sie die Person ist, mit der du zusammen sein willst. Da kann ich nicht mithalten. Es ist nicht fair, mich mit dem Schicksal konkurrieren zu lassen. Ich will einfach nur, dass du glücklich bist. Ich werde das schon irgendwie überleben. Du musst dir keine Sorgen um mich machen.«

»Die Sache ist die«, sagte Bodey, als er näherkam. »Ich *habe* das alles gesagt, und das tut mir so *verdammt* leid. Es hat eine Weile gedauert, aber als ich dich heute Abend mit *ihm* gesehen habe, habe ich erkannt, wie sehr ich es vermasselt habe.«

Mir stockte der Atem.

»Offen gestanden habe ich es gleich gemerkt, als du weggegangen bist, aber ich bin ein Idiot dafür, dass ich dir nicht nachgelaufen bin und dich zurückgebracht habe.« Er umfasste mein Gesicht mit beiden Händen und knurrte. »Es ist mir scheißegal, ob meine Schicksalsgefährtin da draußen ist. Wer auch immer sie ist, sie *kann* nicht perfekter für mich sein, als du es bist.«

Mit brennenden Augen blinzelte ich die Tränen zurück. Ich musste sein Gesicht ganz deutlich vor mir sehen. »Was soll das bedeuten?« Ich musste ihn die Worte sagen hören, um sicher zu sein, dass ich ihn nicht missverstanden hatte.

Er senkte den Kopf, sodass wir uns direkt in die Augen sehen konnten. »Ich habe mich für dich entschieden. Scheiß auf das Schicksal. Natürlich nur, wenn du mich noch willst. Immerhin könntest auch du einen Schicksalsgefährten haben, der da draußen auf dich wartet.«

In diesem Moment fühlte es sich so an, als würde sich die Welt viel zu schnell drehen. Seine Hände auf meinen Wangen waren das Einzige, was mich aufrecht hielt. »Und was, wenn ich mich nie mit meiner Wölfin verbinden kann? Was, wenn ich immer so schwach sein werde? Du bist einer der königlichen Berater.«

»Es ist mir scheißegal, dass du dich nicht verwandeln kannst.« Er rückte näher, unsere Brust berührte sich, und seine Hitze versengte mich fast. »Du bist nicht schwach. Du bist die stärkste Person, die ich kenne – übernatürlich oder menschlich. Es ist mir egal, dass wir uns nicht über eine dumme Gedankenverbindung unterhalten können oder du dich nicht verwandeln und mit mir durch den Wald laufen kannst. Natürlich wäre es schöner, wenn wir das könnten, aber ich *brauche* es nicht. Ich brauche einfach nur dich. Verdammt, Callie, ich *liebe* dich.«

Die Mauer, die ich um mein Herz errichtet hatte, zerbröckelte. Vor mir stand der Mann, den ich liebte, und sagte mir, dass er genauso fühlte. Obwohl er eine Schicksalsgefährtin hatte, wollte er *mich*. Mein Herz ging so sehr auf, dass es auf die bestmögliche Weise schmerzte. »Ich liebe dich auch, aber ich kann nicht riskieren, mit dir zusammen zu sein, wenn du sie dann doch findest. Das würde mich zerstören.« Ich musste einen klaren Kopf bewahren und durfte mich nicht Hals über Kopf in mein eigenes Unglück stürzen.

Seine Lippen berührten meine, der Kuss war so kurz und zart. Dann küsste er meinen Hals hinunter, bis er genau dort innehielt, wo mein Puls pochte. Seine Zähne streiften sanft meine Haut und weckten etwas Wildes in mir.

»Das wird kein Problem sein«, flüsterte er an meine Haut, während seine Zunge über die Stelle leckte, an der kurz zuvor noch seine Zähne gelegen hatten. »Denn ich habe die Absicht, dich zu meiner Gefährtin zu machen.«

Mein Puls raste, und ich hielt den Atem an, in der Hoffnung, er würde mich beißen. Ein großer Teil von mir wollte sich vollkommen in diesem Moment verlieren.

Allerdings lag mir Bodey zu sehr am Herzen, als dass ich das wirklich wollte. Ich wollte nicht, dass er einen Fehler machte, den er später bereuen würde. Das würde keinem von uns nutzen.

»Bodey«, wimmerte ich und neigte meinen Kopf, damit er besseren Zugang zu meinem Hals hatte, während mein Gehirn mir sagte, ich solle aufhören.

»Ja«, keuchte er, und seine Zähne streiften wieder meine Haut, kratzten gerade so fest daran, dass ich ein wenig blutete und der metallische Geruch zwischen uns sickerte.

Eine sengende Hitze schoss durch meinen Körper, und etwas in mir begann sich zu regen wie nie zuvor. »Ich möchte vermeiden, dass du eine überstürzte Entscheidung triffst und etwas tust, was du später bereust. Ich will nicht, dass ein Moment der Lust dazu führt, dass du deine Zukunft aufs Spiel setzt.« Mein Atem wurde rasend vor Verlangen und

Angst, und meine verräterischen Hände legten sich um seinen Hals und zogen seinen Mund näher. Jede Zelle in meinem Körper wollte, dass er mich für sich beanspruchte.

Er gluckste, als seine Zunge mein Blut ableckte. Ich lehnte mich gegen die Tür.

»Das ist keine überstürzte Entscheidung.« Seine Hand glitt unter mein Shirt und berührte meine nackte Haut. Ich zitterte. Seine Berührung war berauschend, und als er die Hand zurückzog, stöhnte ich protestierend auf. Er befreite seine Hand und neigte meinen Kopf, sodass wir uns in die Augen sehen konnten. »Ich bereue es schrecklich, dass ich dir gesagt habe, dass wir nicht zusammen sein können. Als du am nächsten Morgen gegangen bist, war ich am Boden zerstört.« Sein Gesicht verzog sich vor Schmerz. »Ich war kaum in der Lage, zu funktionieren. Der einzige Grund, warum ich weitergemacht habe, war, damit Zeke nicht sieht, dass er durch dich Kontrolle über mich hat. Aber Callie, ich bin fertig damit, mich zu verstellen. Ich brauche dich.«

»Warum hast du mich nicht kontaktiert?« Jetzt, wo seine Zähne nicht mehr so verdammt nah an meinem Hals waren, kam ein Teil meines logischen Denkens zurück ... ein Teil, nicht alles. Immerhin berührte er mich immer noch, also konnte ich nicht klar denken.

Seine Hände erstarrten. »Weil du mich gebeten hast, es nicht zu tun. Ich dachte, ich hätte dich verloren, besonders als ich dich heute Abend mit *ihm* sah. Ich hatte Angst, ich hätte meine Chance verpasst, es wiedergutzumachen.«

Er legte seine Stirn an meine und sah mir in die Augen. »Du musst dich nicht jetzt entscheiden.« Er zuckte zusammen, als wäre der Gedanke, dass ich ihm keine Antwort geben würde, quälend. »Schließlich könntest du da draußen deinen eigenen Schicksalsgefährten haben. Es ist nicht fair, dass ich diese Entscheidung für uns beide treffe.«

»Bodey, es ist mir egal, wer da draußen auf mich wartet. Das war es schon immer.« Ich umfasste sein Gesicht mit meinen Händen. »Ich liebe *dich*. Ich will keinen anderen, auch wenn das Schicksal ihn für mich ausgewählt hat. Das weiß ich schon sehr lange.«

Er zuckte zurück. »Mir geht es genauso. Ich habe nur ein wenig länger gebraucht, um das zu begreifen. Mein ganzes Leben lang habe ich gespürt, dass es da draußen jemanden für mich gibt. Ich wuchs mit dem Wunsch auf, mit ihr zusammen zu sein. Ich brauchte Zeit, um zu begreifen, dass du mich grundlegend verändert hast, obwohl ich das schon mein ganzes Leben lang wollte.«

Plötzlich fühlte ich mich schuldig. »Ich möchte dir kein schlechtes Gewissen machen.«

»Das tust du nicht. Ich war einfach nur ein Idiot.« Er schüttelte den Kopf. »Als ich dich das erste Mal sah, hat mich etwas an dir fasziniert. Ein Wolfswandler in Menschengestalt, der gegen fünf Wölfe kämpft. Du hattest schon eine Weile mit ihnen gekämpft, bevor wir ankamen, und du warst immer noch am Leben.« Er lächelte traurig. »Niemand, nicht einmal meine stärksten Rudelmitglieder, hätten das geschafft, aber du schon. Ich sehe diese Stärke jeden Tag in dir, obwohl du gleichzeitig so freundlich, schön und liebevoll bist. Es steht außer Frage, dass du die bist, die ich will. Ich habe nur ein wenig Zeit gebraucht, um das zu erkennen, und es tut mir leid, dass ich uns beide verletzt und so lange gebraucht habe, um es dir sagen zu können.«

Die Aufrichtigkeit seiner Worte traf mich wie ein Regenschauer an einem heißen, schwülen Tag. Trotzdem gab es noch eine Sache, derer ich mir sicher sein musste. »Du willst dich nicht nur mit mir paaren, um mich zu beschützen, oder? Denn das habe ich nicht nötig. Ich will Liebe und eine

Familie gründen und auf keinen Fall aus Mitleid beansprucht werden ...«

Er unterbrach mit einem Kuss. »Darum geht es hier *nicht*, Callie. Ich schwöre dir. Ich weiß, dass du keinen Schutz benötigst. Das habe ich schon immer gewusst. Selbst als ich dir bei deinen Verletzungen geholfen habe, lag das nicht daran, dass du die Folter nicht verkraftet hättest. Sondern weil die Leute dich ausgenutzt haben«, knurrte Bodey. Er löste eine Hand von meinem Shirt und strich mit dem Daumen über die Stelle an meinem Hals und meiner Schulter, wo ich immer noch ein wenig blutete. »Sag mir einfach, wann du dich entschieden hast. Ich werde hier auf dich warten.« Seine Iris glühte, als sein Wolf sich mir zeigte, damit ich wusste, dass Mann und Tier einer Meinung waren.

In diesem Moment verschwanden all meine Zweifel, und ich sank an seine Brust. In zwei Wochen hatte ich mich komplett in ihn verliebt, weil er so unglaublich und einzigartig war.

Da ich ihm nicht länger widerstehen konnte, küsste ich ihn. Meine Zunge glitt in seinen Mund, während meine Hände sein Hemd umklammerten.

Er stöhnte auf und ließ seine Hände wieder auf meine Taille sinken. Unsere Zungen trafen aufeinander, aber das war nicht genug. Ich sehnte mich schon viel zu lange nach ihm. Langsam ließ ich meine Hände über seinen Körper gleiten, verzweifelt darauf bedacht, jeden Teil von ihm zu berühren, aber auch darauf, mir Zeit zu lassen. Mir diese Zeit zu nehmen, war einerseits eine Qual, aber gleichzeitig auch das beste Gefühl der Welt. Ich wollte jeden Moment ausgiebig genießen.

Er gluckste und zog sich leicht zurück. »Ich brauche eine Antwort von dir, bevor wir weitermachen. Bedeutet das, dass du jetzt meine Gefährtin sein willst, oder willst du es lieber langsam angehen lassen?«

Ich verstand seine Frage nicht. Zumindest nicht wirklich. Ich war im Rausch, süchtig, und er verweigerte mir die Droge meiner Wahl – seine Lippen. Dann wiederholte ich seine Worte in meinem Kopf und legte meine Hände auf seine Brust, um seinen schnellen Herzschlag unter ihnen zu spüren. Mein Herz war so voll, dass es mich nicht gewundert hätte, wenn es geplatzt wäre. »Es gibt keinen Grund, die Dinge langsam anzugehen.« Ich brauchte ihn mehr, als ich Sauerstoff zum Atmen brauchte.

Ein tiefes Knurren durchfuhr seine Brust, als er meinen Körper wieder an seinen drückte. Seine Zunge drang in meinen Mund ein, während er rückwärts auf die Hollywood-schaukel zuging. Ich stolperte, unfähig, mich auf irgendetwas anderes zu konzentrieren als auf das fleischliche Verlangen, das sich immer weiter in mir steigerte.

Ich schnappte nach Luft, als wir an der Schaukel vorbei und in Richtung seines Zimmers gingen. Seine Hand umklammerte den Türknauf, und er hielt mich fest an sich gedrückt, als er sie öffnete.

Unsere Münder blieben miteinander verschmolzen. Er saugte an meiner Zunge, was mir Schauer über den Rücken jagte, und ich knabberte an seiner Unterlippe. Meine Hände lagen um seinen Hals und meine Finger fuhren durch sein Haar. In diesem Moment waren wir die einzigen zwei Wesen, die es auf der ganzen Welt gab.

Er führte mich, und ich wehrte mich nicht. Ich vertraute ihm und war nicht überrascht, als ich mit meinen Waden gegen die Matratze stieß. Er ließ mich sanft auf sie fallen. Als ich auf seinem Bett lag, konnte ich meinen eigenen Duft riechen. Wie war das denn möglich? Es war, als läge ich in meinem eigenen Bett.

Ich zögerte, war plötzlich verwirrt. Dann löste ich meine Hände von ihm und strich mit ihnen über die Bettdecke.

Er richtete sich auf. »Was ist?«

Ich sah mich um und erinnerte mich an die weiße Bettdecke, die ich im anderen Zimmer hatte liegen sehen. Diese Decke hier sah viel zu klein aus auf seinem Kingsize-Bett. »Ist das ...?«

»Die Decke, unter der du geschlafen hast, als du hier warst?« Bodey kratzte sich im Nacken und wurde rot. »Ja. Ich habe dir ja gesagt, dass ich dich vermisst habe.«

Meine Wangen taten weh, weil ich so breit grinste vor Freude. »Du hast dir meine Bettdecke ins Bett geholt?«

»Und deine Kissen.« Er nickte in Richtung des oberen Teils seines Bettes. Tatsächlich lagen zwei mit ozeanblauen Bezügen bezogene Kissen neben seinen senffarbenen.

»Bodey«, flüsterte ich. Er hatte sich genauso gequält wie ich. Fairerweise musste ich wohl zugeben, dass es für ihn vielleicht sogar noch schlimmer gewesen war, weil er von meinem Duft umgeben gewesen war.

Ich schaute mich im Zimmer um, nahm alles in mich auf und wollte mehr über ihn erfahren. Seine Einrichtung war in ähnlichen Farben gehalten wie der Rest des Hauses, aber über dem Bett hing eine große Zeichnung einer Gitarre. Auf beiden Seiten des Bettes standen schwarze Nachttische und gegenüber dem Bett eine passende Kommode. An der fensterlosen Wand hing ein kastanienbraunes Sporttrikot mit seinem Namen und der Nummer sechzehn darunter.

»Findest du das verrückt?«, fragte er leise.

Ich blinzelte und versuchte zu verstehen, warum er das fragte. »Ganz und gar nicht. Ich glaube, ich habe mich nur noch mehr in dich verliebt.«

Er atmete aus und beugte sich wieder über mich. »Gut. Dann kannst du dich ja jetzt uneingeschränkt auf mich konzentrieren und nicht auf mein Zimmer. Nach der Krönung kannst du hier drin gerne umdekorieren, wenn du willst.«

Ich öffnete den Mund, um ihn zu fragen, was er damit meinte, aber dann küsste er mich wieder. Das Bedürfnis, das ich noch vor wenigen Augenblicken gespürt hatte, durchzog mich erneut. Er rollte sich neben mir auf die Seite und schob seine Hand unter das Shirt, das ich trug. Als er mich dann wieder küsste, bekam ich überall Gänsehaut.

Gleich darauf verteilte er Küsse auf meinem Gesicht und ich hätte fast gejammert, bis ich feststellte, dass sich seine Lippen dort fast genauso gut anfühlten wie auf meinem Mund. Dann zog er mein Shirt Zentimeter für Zentimeter hoch und entblößte meinen Bauch und leckte meinen Bauchnabel. Er schob das Shirt immer höher, bis er es vorsichtig über meinen Kopf zog.

So leise, dass seine Worte kaum noch zu verstehen waren, knurrte er: »Du bist so verdammt schön.«

Er senkte seinen Kopf, sodass sein Mund über meiner Brust schwebte und ich stöhnte auf, als ich seinen warmen Atem auf meiner Haut spürte. Dann leckte er ganz sanft über meine Brustwarze, und mein Kopf fiel zurück.

»Bodey, *bitte*«, murmelte ich, weil ich seinen Körper ganz für mich haben wollte.

Stattdessen nahm er meine Brustwarze in den Mund und ließ seine Zunge darüberfahren. Meine Finger krallten sich in sein Haar und zogen sanft daran. Ich wollte mehr. *Brauchte* mehr.

Nach einer Weile schob ich eine Hand unter sein Shirt und zeichnete die Kurven seiner Muskeln nach. Mir wurde ein wenig schwindelig und der Raum begann sich zu drehen, aber ich wollte nicht, dass es aufhörte, solange er der Grund dafür war.

Er knabberte leicht an meiner Brust und entfachte ein Feuer in mir. »Bei allen Göttern«, stöhnte ich.

Mein ganzer Körper schien zu brennen, und es gab nur einen Weg, mich zu befriedigen. Als er seine Hände in Richtung der die Boxershorts sinken ließ, die ich trug, krampfte sich mein Magen vor Verlangen zusammen.

»Ist das okay?«, fragte er, während seine Lippen immer noch über meine Brüste wanderten.

»Wehe, du hörst auf«, drohte ich und schob seine Hände tiefer.

Ein tiefes Geräusch vibrierte in seiner Brust, als er wieder an jeder meiner Brüste saugte und eine Hand unter die Boxershorts und zwischen meine Beine schob. Vorsichtig ließ er einen Finger zwischen meinen unteren Lippen kreisen.

Auch wenn ich das Gefühl zuvor schon genossen hatte, war ich auf *das hier* nicht vorbereitet. Ich keuchte und schaffte es kaum, noch einen klaren Gedanken zu fassen.

»Sag mir, wenn sich irgendetwas nicht gut anfühlt«, flüsterte er und fuhr mit seiner Zunge wieder über meine Brustwarze.

»Es ist per ...«, versuchte ich zu sagen, aber ich konnte den Rest des Wortes nicht herausbringen. Meine ganze Aufmerksamkeit galt nur seinen Fingern zwischen meinen Beinen.

Offenbar hatte er die Botschaft dennoch verstanden, denn er ließ seine Finger in mich gleiten und stieß sanft zu.

Mein Inneres krampfte sich zusammen, und heiße Ekstase durchfuhr mich. Ich ließ meine Hüften kreisen, während er das Tempo hielt.

Obwohl ich kurz darauf meine Erlösung fand, wurde mein Verlangen nach ihm nur noch größer. Wenn es sich schon mit seinen Händen so gut anfühlte, wollte ich unbedingt auch einen Orgasmus mit ihm *in* mir erleben.

Benommen schaute ich ihn an und stellte fest, dass er mich während meines Höhepunktes beobachtet hatte.

»Das war verdammt sexy.« Er grinste und bewegte seine Finger erneut zwischen meine Beine.

Obwohl meine Lust sofort wieder ins Unermessliche wuchs, schob ich seine Hand weg. Er hatte mich bereits verwöhnt und auf ihn vorbereitet – jetzt war ich an der Reihe, ihn zu berühren. »Leg dich hin«, befahl ich.

»Aber ...« Er schmollte, bis ich eine Hand in seine Jogginghose schob und ihn festhielt.

Seine Augen fielen zu, und er beugte sich vor, um mich zu küssen. Kurz darauf trafen unsere Zungen aufeinander. Sie bewegten sich im gleichen Rhythmus wie meine Hand, als ich ihn streichelte. Seine Hüften zuckten, und seine Hände umfassten meine Brüste. Wir berührten einander, verloren uns in diesem Moment. Außer ihm und mir existierte nichts, und ich wollte, dass es ewig so weiterging.

»Hör auf«, murmelte er plötzlich und ergriff meine Hand. »So will ich nicht kommen.« Er rollte mich auf den Rücken und kletterte vom Bett. Dann stellte er sich vor mich, zog mir die Boxershorts aus und musterte mich, während er sich ebenfalls auszog.

Ich hatte Bodey schon immer attraktiv gefunden, aber ihn so zu sehen – nackt vor mir – war heißer, als ich es mir je hätte vorstellen können. Jeder Zentimeter seines Körpers war perfekt.

Ich rutschte zurück, um ihm Platz zu machen, und er positionierte sich zwischen meinen Beinen. Ich konnte es kaum erwarten, dass er in mich eindrang, aber er hielt inne.

»Bist du sicher?«, hauchte er, und seine indigoblauen Augen leuchteten. »Wenn wir das tun, gibt es kein Zurück mehr. Ich kann es kaum noch erwarten, dich zu beanspruchen. Wenn wir ...«

Anstatt zu antworten, drückte ich meine Hüfte gegen ihn, sodass er einfach in mich hineinglitt. Er zischte, sein Körper bebte und dann drang er ein wenig tiefer ein, bevor er wieder innehielt. Seine Augen weiteten sich. »Du bist noch Jungfrau.«

Ich nickte. Wölfe hatten normalerweise einen sehr hohen Sexualtrieb, aber da mein Rudel mich so schrecklich behandelt hatte, hatte es dort nie jemanden gegeben, mit dem ich hätte schlafen wollen. »Das bin ich. Es tut mir leid, wenn das ...«

»Nein, ich bin offen gesagt erleichtert.« Er strahlte. »Ich bin es auch. Ich habe mein ganzes Leben auf dich gewartet.«

Auch wenn ich nicht gedacht hatte, dass es möglich war, schmolz mein Herz noch ein wenig mehr.

Er beugte sich zu mir herunter und küsste mich. Langsam glitt er tiefer in mich und hielt immer wieder inne, damit sich mein Körper an ihn gewöhnen konnte. Aber seine Küsse und Liebkosungen hörten nicht auf.

Als er vollständig in mir war, war ich mir fast sicher, dass ich platzen würde. Ich hatte mich noch nie so ausgefüllt gefühlt, sowohl körperlich als auch gefühlsmäßig.

»Geht es dir gut?«, stieß er hervor. »Ich versuche, dir nicht weh zu tun, aber verdammt, es ist so schwer, langsam zu machen, wenn du dich so gut anfühlst.«

»Es geht mir sogar besser als gut.« Ich bewegte mich gegen ihn, um es ihm zu beweisen.

Daraufhin stöhnte er so tief und sexy, dass ich mir schwor, dieses Geräusch nie zu vergessen. Dann bewegte er sich mit festen, langsamen Stößen, und bald wurde mein leichtes Unbehagen durch pures Vergnügen ersetzt.

Meine Finger gruben sich in seinen Rücken, während ich meine Beine um seine Taille schlang und ihn näher zu mir zog. Er stieß schneller zu, als mein Mund den seinen eroberte.

Ich wollte ihn schmecken, berühren und fühlen. Ich wollte vollkommen mit ihm verschmelzen.

Unsere Lust steigerte sich, und er löste seinen Mund von meinem und küsste meinen Hals. Sein Körper spannte sich an, als er sich noch schneller bewegte und wir uns beide unserem Orgasmus näherten.

Als sein Mund den unteren Teil meines Halses erreichte, kratzte er mit den Zähnen über meine Haut und bat damit um Erlaubnis. Ich neigte meinen Kopf und gab ihm freien Zugang. Wenn er mich nicht bald beißen würde, würde ich ihn dazu zwingen. Etwas Wildes wurde in mir geweckt, ich wollte unbedingt, dass er mich beanspruchte.

Dann endlich biss er mich, und jeder Muskel in meinem Körper spannte sich an. Etwas Warmes und Animalisches regte sich in mir, und eine Lust, die nicht aus meinem eigenen Körper kam, strömte in mich hinein.

Ich brauchte *mehr*. Das war nicht genug, also drehte ich uns um und drückte ihn auf den Rücken, während ich auf ihn kletterte.

Seine Augen leuchteten hell, als er noch tiefer in mich eindrang. Ich beugte mich zu ihm hinunter, ohne um Erlaubnis zu bitten. Dieser Moment war nicht mehr aufzuhalten, und als sein Wolf versuchte, die Kontrolle zu übernehmen, spürte ich auch sein verzweifeltes Verlangen danach, dass ich ihn beanspruchte.

Ich ritt ihn, während ich in seinen Hals biss. Dann spürte ich erneut, wie etwas in mich hineinströmte, dieses Mal aus seinem Körper. Ein Orgasmus erschütterte uns beide, während unsere Lust miteinander verschmolz.

Auch wenn ich mir zuvor Sorgen um seine Gefühle für mich gemacht hatte, so war das jetzt nicht mehr der Fall. Er liebte mich genauso, wie ich ihn liebte. Die Intensität seiner

Gefühle überwältigte mich, während das Zittern meines Körpers mich erschütterte.

Ich liebe dich so sehr.

Mein Puls beschleunigte sich. Diese Worte hatte ich gerade in meinem Kopf gehört. War das …?

Er küsste mich, und der Geschmack unseres Blutes vermischte und verweilte sich in unseren Mündern, verstärkte die Verbindung zwischen uns und verwirrte meinen Verstand. Wir hatten alles miteinander vermischt, was wir konnten – unsere Seelen, Wölfe, Liebe, Körper und Blut.

Ich unterbrach meinen Rhythmus nicht, da ich das Vergnügen zwischen uns so lange wie möglich aufrechterhalten wollte. *Ich liebe dich auch.* Hatte er mich gehört?

Langsam ließ unsere Lust nach, und ich ließ mich erschöpft auf seine Brust sinken. Er schlang seine Arme um mich und drückte mich trotz unserer verschwitzten Körper fest an sich.

Wir können nun über unsere eigene Gedankenverbindung kommunizieren. Er küsste mich auf den Kopf.

Ich kuschelte mich an seine Brust und hörte, dass unsere Herzen im gleichen Takt schlugen. *Sieht ganz so aus,* antwortete ich. Ich wusste nicht, was ich erwartet hatte, aber es fühlte sich kein bisschen seltsam an. Mich mit Bodey über unsere neugewonnene Gedankenverbindung zu unterhalten fühlte sich wie die natürlichste Sache der Welt an, ähnlich wie das Atmen.

Plötzlich veränderte sich jedoch etwas tief in meiner Brust. Eine Kälte, von der ich nicht wusste, dass sie da gewesen war, vielleicht weil ich mich an sie gewöhnt hatte, schien zu verschwinden. Dann überkam mich eine schreckliche Hitze, und ich fiel erschrocken vom Bett auf den Boden.

Bodey sprang auf, seine Augen weiteten sich. »Callie, was ist los?«

Ich konnte nicht antworten. Hitze wirbelte um die Kälte, als wolle sie sie schmelzen. Dann verwandelte sich der Funke in eine Flamme, und die Kälte verschwand tatsächlich.

Ein lautes Heulen erfüllte meinen Kopf, als etwas in meinem Körper explodierte.

Ich rollte mich, und etwas pulsierte durch mein Blut, während sich die Hitze immer weiter in mir ausbreitete. Es war nicht schmerzhaft, aber die kalten Ranken der Angst wickelten sich um mein Herz.

Bodey ließ sich neben mich fallen. »Callie! Was ist los?«

Immer mehr heiße Stellen flammten in meiner Brust auf, die sich wie Luftblasen anfühlten. Fühlte sich Luftpolsterfolie so, bevor man sie zerplatzen ließ? Ich versuchte zu sprechen, aber die Worte starben in meiner Kehle, während ein weiteres lautes Heulen in meinem Kopf widerhallte.

Ich wimmerte und hielt mir die Ohren zu, aber das half auch nicht. Das Geräusch kam aus meinem tiefsten Inneren. *Ich weiß nicht, was los ist,* erklärte ich Bodey über unsere Gedankenverbindung, unfähig, anders zu kommunizieren. Hoffentlich kommunizierte ich überhaupt mit ihm. Da unsere Verbindung so neu war und diese seltsamen Empfindungen mich durchströmten, könnte es auch sein, dass ich ihn gar nicht erreichte und mir nur selbst antwortete.

Er rieb langsame Kreise über meinen Rücken, um mich zu beruhigen. »Wo tut es weh?«

Ich wusste nicht, wie ich darauf antworten sollte. Meine Haut kribbelte, und ich versuchte, meine Arme zu kratzen, aber sie ließen sich nicht bewegen. Ich war wie erstarrt in dieser Position. *Meine Haut.*

»Tut deine Haut weh?« Er setzte sich aufrecht hin und untersuchte meinen Körper.

Sie tut nicht weh. Ich atmete durch meine zusammengebissenen Zähne. *Sie kribbelt.*

»Ähm, Callie«, murmelte er überrascht, was die ohnehin schon seltsame Situation noch unangenehmer machte. »Auf deinem Körper sprießt Fell. Deshalb kribbelt deine Haut.«

Fell?

Was zum Teufel war hier los?

Ich konnte mich nicht verwandeln, also sollte das nicht möglich sein.

Dann knackten meine Knochen, und meine Wirbelsäule fühlte sich an, als wäre sie in zwei Hälften gebrochen. Ein schrecklicher Schmerz schoss durch meinen Körper, und ich stöhnte. Das war deutlich schlimmer als gebrochene Rippen. Mein Kopf lag mittlerweile auf meinen Unterarmen, ich hatte keinerlei Kontrolle mehr über meine Bewegungen.

Irgendetwas stimmt nicht. Meine Sicht verschwamm vor lauter Tränen, und ich versuchte zu blinzeln, aber es half nicht. Der Schmerz ließ nach, aber ich konnte mich immer noch nicht bewegen.

Bodeys eigene Angst verstärkte die meine nur. »Du verwandelst dich. Beim ersten Mal dauert es immer eine Weile«, erklärte er mir.

Du verwandelst dich. Ich wiederholte die Worte immer wieder in meinem Kopf, als ich ein weiteres Heulen hörte. Meine Wölfin. Sie bestätigte Bodeys Worte.

»Baby, ich bin hier«, sagte er leise. Durch unsere Verbindung spürte ich, wie sehr er mit sich kämpfte, weil er mir dabei zusah und nichts tun konnte. »Das ist das Einzige, was du wissen musst.«

Trotz unserer Verbindung sprach er mit mir. Ich wusste nicht, warum ich es bemerkte, aber es beruhigte mich. Seine Stimme zu hören war mir vertraut, ganz im Gegensatz dazu, über eine Gedankenverbindung zu sprechen, dass mir Fell wuchs oder meine Knochen brachen.

Ich dachte, es tut nicht weh, sich zu verwandeln. Ich stöhnte auf, und ein weiteres Knacken in meinem Körper hallte von den Wänden wider, als eine neue Welle des Elends über mich hinwegschwappte.

»Beim ersten Mal ist es unangenehm, aber das passiert normalerweise, wenn man jung ist, bevor die Pubertät einsetzt. Du bist die einzige Person, die ich kenne, die sich erst im Erwachsenenalter verwandelt.«

Er streichelte mich weiter, aber seine Gefühle vermischten sich mit meinen. Wir waren beide hilflos ... ahnungslos ... machtlos ... und unsere negativen Gefühle nährten sich gegenseitig.

Schritte polterten den Flur entlang, als meine Wirbelsäule erneut brach. Ich schrie auf. Was, wenn ich nie wieder laufen könnte?

Die Tür schwang auf, und Samuel stürmte herein. »Was ist hier los?«, fragte er verwirrt.

Bodey knurrte und bewegte sich ein wenig, um meinen nackten Hintern vor Samuels Blick zu schützen.

Einen Moment lang genoss ich die Folter und konzentrierte mich darauf, anstatt mir vorzustellen, was Samuel wohl dachte, als er mich und Bodey hier nackt auf dem Boden sah.

»Was willst du hier?«, knurrte Bodey.

»Ich habe ein neues Rudelmitglied gespürt, und dann einen Schrei gehört.«

Plötzlich ließ das Elend nach, und ich konnte aufstehen

und meinen Kopf heben. Mein Körper zitterte. Ich blickte auf meine Arme – nein, *Beine* – und stellte fest, dass mein Körper von hellblondem Fell, das etwa dieselbe Farbe hatte wie mein Haar, bedeckt war.

Bodey, ich verband mich gedanklich mit ihm, während mein Blick immer schärfer wurde. *Bin ich* ... Ich brach ab, weil ich nicht glauben konnte, was ich da sah.

Er lachte, als ich spürte, dass seine Anspannung nachließ. »Du bist ein Wolf!«

Ich schaute mich um und nahm den Raum genauer in Augenschein. Meine Sehkraft war schon immer besser gewesen als die eines normalen Menschen, aber trotzdem hatte ich in der Dunkelheit nicht besonders gut sehen können. Obwohl es mitten in der Nacht war und keine Lampe leuchtete, war dieser Raum plötzlich taghell.

»Sie ist *riesig*«, sagte Samuel, als er um mich herumging.

Seine Bemerkung machte mich stolz. Fühlten sich Männer so, wenn ihnen jemand ein Kompliment über die Größe ihres Penis machte? Obwohl ich keine Kontrolle über meine Größe hatte, freute mich seine Aussage.

Bodey gluckste, und ich konnte seine Belustigung durch unsere Verbindung spüren, was mich noch glücklicher machte. »Deine Beschreibung gefällt ihr.«

Plötzlich schienen die Wände um mich herum immer näherzukommen. Ich musste fliehen. Aber ich wollte auch bei Bodey sein. Ich scharrte mit den Füßen auf dem Boden, die beiden widersprüchlichen Emotionen kämpften miteinander, während sich die Hitze in meinem Körper ausbreitete. Ich spürte, dass, wenn ich weglief, es das, was in mir vorging, leichter machen würde.

»Sie muss laufen«, sagte Bodey und nickte zur Tür. »Kannst du die Haustür für uns öffnen? Ich werde mich verwandeln und sie begleiten.«

Samuel starrte mich weiter an, ohne zu blinzeln. »Ja, aber wie ist das möglich? Ausgerechnet heute Nacht?«

Da ich Bodeys Nähe brauchte, schmiege ich mich an seine nackten Beine.

Samuels Augen wurden noch größer. »Wartet. Ihr beide habt ein Paarungsband geschlossen? Hat sie sich deswegen verwandelt?«

»Ich weiß es nicht.« Bodey fuhr mit den Fingern durch mein Fell. »Aber wir können gerne *später* darüber reden.«

Ich wimmerte und schob seinen nackten Körper in Richtung Tür. Ich wollte natürlich nicht, dass er nackt nach draußen ging, aber ich wollte ihn auch nicht verlassen. Warum musste er auch nur so verdammt sexy sein?

»Aber seid bitte vorsichtig«, murmelte Samuel und verließ das Zimmer. »Ich öffne die Haustür.«

»Kannst du mir eine Sekunde Zeit geben, mich zu verwandeln?«, fragte Bodey, als er vor mir in die Hocke ging. Seine indigoblauen Augen hielten solche Wärme, ich hätte sie ewig anstarren können ... wenn ich nicht so dringend laufen gewollt hätte.

Beeil dich. Ich leckte über sein Gesicht und genoss den Geschmack seiner salzigen Haut. *Ich brauche dich und die Natur.*

Kurz darauf wurde seine nackte Haut durch dunkelbraunes Fell ersetzt und seine Augen nahmen das Leuchten des Wolfs an. *Das klingt ziemlich perfekt.*

Ich beobachtete voller Ehrfurcht, wie seine Knochen knackten und sich neu formten. Anders als bei mir ging die Verwandlung schnell und ohne Qualen vonstatten. Innerhalb von Sekunden war er auf vier Beinen. Seine Zunge hing aus seinem Maul, während er spielerisch neben mich sprang.

Lass uns loslaufen, sagte er und leckte mir die Nase.

Zunächst rutschten meine Pfoten immer wieder auf dem

Holzboden aus und ich verlor das Gleichgewicht, bis ich sie fester auf den Boden drückte, um genug Halt zu finden. Dann rannte ich den Flur hinunter und auf die Haustür zu.

Bodey blieb dicht hinter mir und ließ mir den Vortritt, damit ich mich in Ruhe an alles gewöhnen konnte. Durch seinen warmen Körper hinter mir wurde mir nur noch heißer. Ich brauchte die kühle Luft, um die neuen, wilden Gefühle, die in mir aufstiegen, zu lindern.

Als ich zur Haustür rannte, beobachtete mich Samuel strahlend. *Viel Spaß!*, rief er mir über unsere Gedankenverbindung zu.

Seine Stimme in meinem Kopf ließ mich kurz innehalten, und ich legte meine Vorderpfoten auf seine Brust, bevor ich zur Tür hinausrannte. Sein tiefes Lachen verstummte, als ich um die Hausecke bog und mich auf den Weg in den Wald machte.

Das Gras war weich unter meinen Pfoten, und ich fragte mich, warum ich jemals Schuhe getragen hatte. Es nieselte ein wenig, wodurch ich endlich abkühlte und mich langsam an meinen neuen Körper gewöhnte.

Bodey holte auf und lief neben mir her. Er drehte seinen Kopf zu mir, die Zunge hing ihm immer noch aus dem Maul. *Lass uns Spaß haben, wir dürfen nur nicht zu weit weg laufen. Ich habe unseren Spähern gesagt, dass wir hier draußen sind, aber wir sollten nicht leichtsinnig sein. Wir sollten nicht weiter als ein paar Meilen laufen.*

Na gut. Solange wir draußen waren, würde ich nehmen, was ich bekommen konnte. Unfähig, mich zurückzuhalten, stürzte ich mich auf ihn, und unsere Körper purzelten übereinander in Richtung der Bäume.

Dann sprang ich von ihm herunter und er hockte sich ein wenig hin. *Du solltest besser losrennen!*

Das ließ ich mir natürlich nicht zweimal sagen. Das

Geräusch seiner Schritte spornte mich an, meine Beine schneller zu bewegen. Anders als in Menschengestalt schreckten die Tiere nicht zurück, wenn ich in ihre Richtung lief. Die Waschbären suchten weiterhin nach Nahrung, und zwei Füchse jagten in der Nähe.

Ich war ein Teil der Natur, kein Eindringling mehr.

Bodey und ich rannten durch die Bäume. Er holte mich ein, und dann jagte ich ihm hinterher. Jedes Mal stolperten wir übereinander und leckten uns liebevoll ab.

Die Hitze in meiner Brust ließ langsam nach, oder vielleicht gewöhnte ich mich auch nur daran. Meine Wölfin war endlich ein Teil von mir. Nach einer Weile wurde ich langsamer und lauschte dem Regen, der durch die Bäume auf den Boden prasselte. *Wie es wohl war, sich mit dem ganzen Rudel verbunden zu fühlen?* Vielleicht war das die Wärme in meiner Brust. Ich hatte gar nicht bemerkt, wie eiskalt und hohl ich mich immer gefühlt hatte, bis das Gefühl zerbrach und sich mit Wärme füllte.

Bodey trottete neben mir her und legte den Kopf schief. *Du konntest deine Rudelkameraden nicht spüren?*

Ich zuckte zusammen und schüttelte den Kopf. Scham durchströmte mich, und ich wandte den Blick ab.

Oh, Baby. So habe ich es nicht gemeint. Er leckte über mein Gesicht, und dort, wo er mich berührt hatte, kribbelte es. *Jedes Rudelmitglied hat einen Punkt in deiner Brust, den du spüren kannst. So bekommt man eine allgemeine Vorstellung davon, wie sich jedes Mitglied fühlt, wenn es sich entscheidet, seine Verbindung zu öffnen und sie mit dir zu teilen. Der Alpha spürt immer alle. So verbinden wir uns und kommunizieren miteinander.*

Ich entspannte mich ein wenig. Die heißen Stellen in meiner Brust mussten Rudelmitglieder sein, und nach dem, was Bodey sagte, gab es über zweihundert Wölfe in seinem Rudel. *Das ist also das, was ich fühle.*

Du gehörst jetzt zu meinem Rudel. Er öffnete sein Maul und ließ seine Zunge seitlich heraushängen.

Die größte Stelle, die meinem Herzen am nächsten war, pulsierte mit seinen Gefühlen. *Und da du mein Alpha bist, ist deine Stelle die größte?*

Nein, das liegt daran, dass wir uns gepaart haben. Deine Stelle ist auch bei mir die größte.

Wie romantisch. *Genauso, wie es sein sollte,* stichelte ich.

Da stimme ich dir zu, antwortete er und leckte mir über das Gesicht.

Kann ich mich mit Jack, Lucas und Miles verbinden? Bodey konnte es, und immerhin waren wir nun Gefährten.

Er schüttelte den Kopf. *Meine Bindung zu ihnen ist besonders, und wir haben sie nicht absichtlich geknüpft. Sie entstand nach dem Tod des Königs und der Königin, und die Berater – damals unsere Eltern – verbrachten viel Zeit miteinander, um die Unruhen zu schlichten. Wir vier verbrachten also auch viel Zeit miteinander. Wir haben uns nicht einander untergeordnet, und unsere Eltern waren genauso verwirrt wie wir, aber dennoch hat es gut funktioniert.*

Als hättet ihr vier euer eigenes Rudel. Wie es wohl war, mit so engen Freunden aufzuwachsen? Stevie und ich waren Freundinnen und Schwestern, aber eine solche Verbindung hatten wir nicht. Das lag jedoch vermutlich daran, dass meine Wölfin von Magie blockiert worden war.

Du hast recht. So habe ich es noch nie gesehen. Du sollst nur wissen, dass du mein Zuhause bist, Callie. In dieser ganzen verdammten Welt bist du diejenige, die mir am meisten bedeutet. Er strich mit der Seite seines Kopfes an meinem entlang.

Das Knistern unserer Verbindung ließ mich nach Luft

schnappen. So etwas hatte ich noch nie erlebt, und ich wurde noch süchtiger danach, ihn zu spüren.

Gütige Götter, ich kann nicht aufhören, dich zu berühren, selbst in Wolfsgestalt. Er wimmerte, und das nicht vor Schmerz.

Ich wollte eine ganze Menge mit ihm machen, aber nicht hier, wenn Mitglieder unseres Rudels in der Nähe waren. *Warum gehen wir nicht zurück ins Haus?* Mein Bedürfnis nach seinem Körper hatte offiziell mein Bedürfnis, in der Natur zu sein, übertroffen.

Er schnaubte. *Gute Idee. Es ist spät, und wir müssen morgen früh raus. Wir sollten reingehen und ein letztes Mal Liebe machen, bevor wir schlafen.*

Das klingt für mich noch perfekter als perfekt. Obwohl ich es hasste, wenn er mich morgen wegen der Krönung verlassen musste, wäre diese Trennung nur vorübergehend, und natürlich wusste ich, dass er dabei sein musste. Ich würde ihn einfach dazu zwingen, es danach mehrmals wiedergutzumachen, wenn er zu mir nach Hause kam.

Nach Hause. Morgen früh musste ich meine Eltern und Stevie anrufen, um ihnen mitzuteilen, dass ich nicht mehr Teil ihres Rudels war. In meinem Magen bildete sich ein Knoten der Angst, aber das schmälerte meine Freude nicht. Bodey gehörte für immer mir.

Ich werde nicht viel länger warten, um dich zu jagen, neckte er mich.

Also rannte ich los und er folgte mir. Meine Muskeln brannten vor Freude über das Training, aber auch weil ich wusste, dass wir bald wieder zu Hause und nackt sein würden.

Wir rannten aus dem Wald heraus. Samuel war auf der hinteren Terrasse und hatte die Tür geöffnet. Bodey musste ihn gebeten haben, uns wieder hereinzulassen.

Schön, dass ihr wieder da seid, sagte Samuel über die Verbindung. *Ich gehe jetzt ins Bett.*

Gute Nacht, Samuel. Vielen Dank! Ich rannte an ihm vorbei in Richtung Treppe. Obwohl ich mich um ihn sorgte, gab es etwas viel Wichtigeres, auf das ich mich konzentrieren musste und das war Bodey ... nackt in unserem Bett.

Im Schlafzimmer hielt ich inne. Ich war mir nicht sicher, wie ich mich wieder in meine menschliche Gestalt verwandeln sollte. Ich drehte mich um, als Bodey sich zu mir gesellte, und meine Wölfin zog sich zurück. Sie gab mir die Kontrolle zurück, und Magie strömte in den Bereich meines Körpers, der immer kalt gewesen war.

Ich wappnete mich für Qualen, aber spürte glücklicherweise nur ein leichtes Unbehagen. Meine Haut kribbelte, als das Fell von meinen Armen verschwand und sich meine Wirbelsäule neu formte. Bald standen Bodey und ich uns wieder als Menschen gegenüber. Und zwar vollkommen nackt.

Er legte einen Arm um meine Taille und zog mich zum Bett. Meine Haut kribbelte überall da, wo wir uns berührten. Dann waren seine Lippen auf meinen, und alles außer ihm verschwand.

EIN SUMMENDES GERÄUSCH WECKTE MICH. Während ich langsam aufwachte, spürte ich große, warme Arme um mich. Ich war noch nie in den Armen eines Mannes aufgewacht, und ich wollte nie wieder auf eine andere Art und Weise aufwachen.

Bodey stöhnte und beugte sich vor, um den Wecker auszuschalten. Gerade als ich dachte, er würde aus dem Bett krabbeln, schmiegte er sich noch enger an mich. Seine Lippen berührten den Ansatz meines Halses an der Stelle, an der er mich in der Nacht zuvor gebissen hatte.

Ein neuartiges Kribbeln durchfuhr mich. Lust pulsierte zwischen meinen Beinen und Bodey drehte mich auf den Rücken. Seine Lippen fanden meine, und er glitt zwischen meine Beine. Ich wollte ihn bereits so sehr und der Duft seiner Erregung vermischte sich mit meinem eigenen. Langsam schob er sich in mich hinein und füllte mich bald darauf ganz aus. Er löste seinen Mund von meinem und küsste meinen Hals, bevor er hart aber liebevoll in mich stoß.

Gott sei Dank hast du dafür noch genug Zeit. Ich stöhnte, als sich meine Erlösung bereits langsam in mir aufbaute.

Tut mir leid, dass ich mir nicht so viel Zeit lassen kann, aber verdammt, ich würde den Tag nicht überstehen, ohne dich wenigstens einmal so gespürt zu haben. Sein Mund verschmolz wieder mit meinem, und unsere Zungen tanzten einen heißen Tanz.

Bald darauf kamen wir beide zum Orgasmus und genossen das Gefühl, dass es in diesem Moment nur uns zu geben schien.

Als wir uns langsam beruhigt hatten, rollte er sich auf die Seite, küsste mich aber weiter. *Wir sollten uns besser fertig machen.*

Ich wollte ihn zum Bleiben überreden, aber das wäre nicht richtig gewesen. Stattdessen löste ich meinen Mund von seinem und kuschelte mich tief in die Kissen. Das würde reichen müssen, solange er weg war.

Er kletterte aus dem Bett und gluckste. »Du bist also der Typ Frau, der alles bis zur letzten Minute aufschiebt. Das hätte ich nicht gedacht.«

Ich drehte den Kopf und streckte die Zunge heraus. »Das *Böse* schläft nie, aber ich bin eindeutig *nicht* böse.«

»Stimmt, aber auch gute Leute können zu spät zu Partys

kommen.« Er hob eine Augenbraue. »Wenn das dein Plan ist, wird Samuel dich umbringen. Er ist gerne überpünktlich.«

Ich hob den Kopf. »Warte. Du willst, dass ich dich begleite?«

Er setzte sich auf das Bett und nahm meine Hand. *Natürlich will ich, dass du mich begleitest. Du bist meine Gefährtin. Oder willst du nicht dabei sein? Ich dachte, du willst sehen, wie Samuel gekrönt wird, und ich weiß, dass er dich dabeihaben will.*

Ich hatte nicht erwartet, eingeladen zu werden. Ich hatte mein ganzes Leben am Rande meines Rudels verbracht, von allem ausgeschlossen. *Ich ... hätte einfach nicht gedacht, dass ...* Ich brach ab und errötete. Vermutlich hätte ich wissen sollen, dass er mich dabeihaben will. Er war schließlich nicht wie Zeke.

Ich bin ein Alpha und ein königlicher Berater, aber meine wichtigste Aufgabe ist es nun, dein Gefährte zu sein. Er drückte meine Hand und küsste mich auf die Stirn. *Ich möchte dich bei allem an meiner Seite haben, vor allem, wenn ich durch den halben Staat reisen muss, um mich mit unseren Rudeln zu treffen.*

Ich setzte mich auf und machte mir nicht die Mühe, mich mit dem Laken zu bedecken. Mittlerweile war es mir nicht mehr unangenehm, vor ihm nackt zu sein. *Dann sollte ich mich wirklich besser schnell fertig machen.* Ich erstarrte. *Warte, ich habe gar nichts anzuziehen!*

Bodey zwinkerte mir zu. *Stella bringt ein paar Outfits für dich mit. Sie hat mehrere Kleider dabei. Ich dachte, das wäre besser, als wenn wir Moms Kleiderschrank durchwühlen. Wir können bald für dich einkaufen gehen, obwohl ich dich natürlich lieber die ganze Zeit nackt sehen würde.*

Nun hob ich eine Augenbraue. *Ich könnte auch nackt zur Krönung gehen.*

Wenn du willst, dass ich alle dort töte, gut. Er knurrte. *Aber ich glaube nicht, dass Samuel das gefallen würde.*

Große Götter, ich liebe dich. Ich küsste ihn. *Nichts macht glücklicher, als wenn du drohst, Leute zu töten, weil sie mich nackt gesehen haben.*

Seine Brust bebte vor leisem Lachen. *Du wirst eines Tages noch mein Tod sein.*

Plötzlich klingelte mein Handy und ich erschrak. Wahrscheinlich waren es meine Eltern, Stevie oder Theo, die sich nach mir erkundigen wollten. Ich hätte sie gestern Abend anrufen sollen, aber nach all dem Blutverlust und der riesigen Veränderungen in meinem Leben war ich nicht mehr ich selbst gewesen.

Stevies Name erschien auf dem Display, und Bodey küsste mich auf die Wange und stand auf. *Ich gehe schnell duschen, während du mit ihr redest.*

Mit anderen Worten, er gab mir Privatsphäre, etwas, das mir noch nie zuvor angeboten worden war.

Ich drückte auf den grünen Hörer, während ich seinen nackten Hintern auf dem Weg ins Bad beobachtete. Bei jedem Schritt spannten sich seine Muskeln an, und am liebsten hätte ich das Handy einfach weggeworfen und mich ihm angeschlossen.

»Callie?« Stevies Stimme klang beunruhigt.

Ach ja, richtig! »Hey.«

»Wo bist du?« Sie klang wirklich besorgt.

»Es tut mir leid. Ich hätte dich gestern Abend anrufen sollen.« Zum Glück hatte Bodey die Badezimmertür geschlossen und mir damit den Blick auf die köstliche Aussicht versperrt, sonst hätte ich ihr sicher nicht zuhören können. »Beim Abendessen ist etwas passiert, daher konnte ich nicht mit Theo und Zeke zurückkommen.«

Sie hielt inne. »Sie sind auch nicht hier.«

Das wunderte mich nicht. Sie waren wahrscheinlich bei den Eltern der Berater. Zeke hasste es, ausgeschlossen zu werden. »Oh, na ja, ich bin sicher, sie kommen heute noch zurück.«

»*Sie*? Und wann kommst du?« Jetzt klang Stevie erleichtert.

»Ja, äh ...« Ich wusste nicht, wie ich ihr sagen sollte, dass ich mich gepaart hatte. Sie hatte natürlich mitbekommen, wie traurig ich gewesen war, als ich nach meinem ersten Besuch bei Bodey nach Hause gekommen war.

»Gott sei Dank«, seufzte sie. »Ich dachte, sie würden dich zur Krönung mitnehmen. Kommen du und Tina nach Hause?«

»Ich bin nicht bei ihnen. Ich bin bei Bodey.«

»Bodey? Der Typ, der dir das Herz gebrochen hat?«

Ich zuckte zurück. »Ja, aber wir haben über alles gesprochen.«

»Gut, aber ich möchte trotzdem, dass du nach Hause kommst.«

Langsam wurde ich nervös. »Ja, ich kann später vorbeikommen.« Es wäre sicher das Beste, meinen Eltern und Stevie persönlich von Bodey und mir zu erzählen. »Bodey und ich werden nach der Krönung kommen.«

»Was? Nein!« Ihre Stimme wurde dringlich. »Ich brauche dich *jetzt*. Du kannst nicht zur Krönung gehen!«

Ich runzelte die Stirn. So aufgeregt hatte ich sie noch gehört. »Stevie, was ist los?«

M eine Kehle schnürte sich zusammen, und ich hatte Mühe, zu schlucken. Wenn Stevie, meinen Eltern oder sogar Pearl etwas zugestoßen wäre, könnte ich nicht mit mir selbst leben, vor allem, wenn ich nicht da gewesen wäre, um sie zu beschützen.

»Keine Sorge. Es geht mir *gut*.« Stevies Betonung des letzten Wortes ließ mich noch mehr verkrampfen. Sie lenkte ab, was normalerweise bedeutete, dass sie etwas vor mir verbarg.

»Was ist mit Mom, Dad und Pearl?« Auch wenn Pearl mich hasste, gehörte sie zu meiner Familie. Das Letzte, was ich wollte, war, dass einem von ihnen etwas Schlimmes zustieß.

Stevie schnaubte. »Es geht uns allen gut.«

»Was ist dann los? Warum soll ich unbedingt kommen?« Das Gehäuse meines Handys knackte und ließ mich aufschrecken. Ich hatte es so fest umklammert, dass das Plastik zu brechen drohte und ich hatte es nicht einmal bemerkt.

»Es ist nur ... nach dem Angriff letzte Nacht brauche ich

dich hier.« Ihre Worte wurden lauter, als ob sie ein Schluchzen unterdrücken würde.

Ich lockerte meinen Griff, um mein Handy nicht mitten im Gespräch zu zerstören. Ein Teil meiner Angst verflog, und der Kloß in meinem Hals schrumpfte. »Stevie, ich schwöre dir, es geht mir gut. Ich habe mich ein wenig verletzt, aber eine Hexe aus Bodeys Hexenzirkel hat mich fast vollständig geheilt.«

Sie keuchte. »Du hast dich von einer *Hexe* anfassen lassen? Das ist gefährlich.«

Wenn sie mir vor einem Monat erzählt hätte, dass eine Hexe ihr geholfen hätte, hätte ich genauso reagiert. Unser ganzes Rudel traute Hexen nicht und das nur wegen Zeke. Seine Voreingenommenheit hatte sich auf uns übertragen. Vielleicht waren die Hexenzirkel, die zu unserem Rudel gehört hatten, anders gewesen als der Rest. Ich wusste es nicht, aber Bodey vertraute Dina, und nachdem ich gesehen hatte, wie sie sein Rudel beschützte, und mir auch noch half, hatte ich keinen Grund, ihr nicht auch zu vertrauen. »Sie ist nicht so, wie Zeke die anderen Hexen dargestellt hat.«

Sie hielt inne. »Callie, ich mache mir Sorgen um dich. Nachdem ich gesehen habe, was für eine Scheiße du mit diesem Rudel erlebt hast und wie unsere Familie behandelt wurde, brauche ich dich hier. Es gab immer nur dich und mich, und jetzt bin ich ganzallein. Ich muss ...« Ihr Atem stockte. »Ich muss einfach wissen, dass du in Sicherheit bist.«

Geht es dir gut? Bodey verband sich gedanklich mit mir, offenbar hatte er meine Sorge gespürt.

Ja, aber Stevie fleht mich an, zu ihr zukommen. Sie hat Angst, dass ich nach dem Angriff letzte Nacht verletzt wurde. Ich wünschte, ich könnte sie umarmen. Sie war das für mich, was einer Familie am nächsten kam und Grund dafür, dass ich während der letzten Jahre nicht den Verstand verloren hatte. Ich hatte ihr sogar noch mehr zu verdanken als Theo. »Ich verspreche dir, dass ich in Sicherheit bin«, versicherte ich ihr.

Sag ihr, dass die Krönung an einem geheimen Ort stattfindet, sagte Bodey über die Verbindung. *Nur diejenigen, die an der Krönung teilnehmen, kennen den Ort, und haben ihn selbst erst vor wenigen Minuten erfahren.*

Ich wiederholte, was er mir gesagt hatte, um sie zu beruhigen. »Dadurch und durch die Patrouillen werden wir sicher sein.«

Sie antwortete nicht, und ich hasste es, dass ich nicht sofort zu ihr zurückkehren konnte. Die Wahrheit war, dass ich für Bodey da sein wollte. Als ich dachte, er würde mich hier zurücklassen, wollte ich schmollen, auch wenn ich es verstand. Jetzt, wo ich wusste, dass er mich dort haben *wollte*, konnte ich ihm auf keinen Fall sagen, dass ich nicht mitkam. Außerdem wollte ich Samuel an seinem großen Tag zur Seite stehen.

Bodey und Samuel waren jetzt Teil meines Rudels, und die schreckliche Wahrheit war, dass Stevie und meine Familie nicht wussten, dass ich das Rudel gewechselt hatte. So sehr war ich mit meinem alten Rudel nie im Einklang gewesen. Es war schwer zu begreifen, wenn man bedenkt, wie sehr ich mit Bodey und meinem neuen Rudel verbunden war.

»Du solltest hier bei uns sein, besonders wenn du verletzt bist. Ich kann nicht glauben, dass Zeke damit einverstanden war, dass du *wieder* mit diesen königlichen Beratern losziehst.«

In diesem Moment wurde das Wasser abgestellt, und ich hörte Bodey aus der Dusche treten. Ein Teil von mir erinnerte sich daran, dass er im Moment nass und nackt war, aber ich konnte jetzt nicht einfach auflegen. »Er hatte keine andere Wahl.« Gestern hätte mir der Gedanke daran, wohin ich zurückkehren würde, noch Angst gemacht. Aber jetzt nicht mehr. Ich konnte nicht gezwungen werden, mit irgendjemandem irgendwohin zu gehen. »Es ist eine Menge passiert.«

Eine peinliche Pause folgte, und ich konnte mir Stevies Gesichtsausdruck nur zu gut vorstellen. Vermutlich runzelte sie gerade die Stirn, aber das würde mich auch nicht umstimmen. Zudem war ich mir sicher, dass sie durch unser Telefonat nur noch verzweifelter wurde.

»Callie, er hat dir das Herz gebrochen. Es wäre nicht klug, bei ihm zu bleiben.«

Ich seufzte. »Erzähle es bitte noch niemandem, aber ich muss es dir sagen, damit du mich besser verstehst. Wir haben uns gepaart.« Stevies Worte taten weh, aber ich wusste, dass sie sich nur um mich sorgte. »Während unserer Trennung hat er gemerkt, dass er mich auch liebt ... egal was passiert.«

Natürlich versuchte meine Schwester nur, mich zu beschützen, und ich wollte nicht ungerechtfertigt um mich schlagen. Sie und Theo waren Familie für mich. Wobei Theo lediglich ein guter Freund war, Stevie war eine Freundin und eine Vertraute und hatte mich bisher immer unterstützt.

»Na und?«, schnaubte sie unbeeindruckt. »Das bedeutet nicht, dass du auch zur Krönung gehen solltest. Du solltest zu Hause bleiben, wie Tina.«

Die Badezimmertür und die Eingangstür öffneten sich zur gleichen Zeit. Bodey schlenderte ins Schlafzimmer, und ich sah ihn an. Er trug eine schwarze Hose und ein dünnes Unterhemd, was bedeutete, dass ich nicht noch einmal seinen nackten Körper bewundern konnte. Aber obwohl er angezogen war, hätte ich mich am liebsten sofort wieder an ihm gerieben.

»Bist du noch da?«, fragte Stevie.

Ja, Bodey hatte etwas an sich, was mich dazu brachte, mich ausschließlich auf ihn zu konzentrieren. »Ja, tut mir leid.

Unsere Beziehung ist nicht wie die von Zeke und Tina. Bodey will mich dort haben. Wir müssen gleich los.«

Bodey schnappte sich das große Shirt und die Boxershorts vom Bett und warf sie mir zu. *Ich bitte dich nur ungern, dich zu bedecken, aber Stella wird jeden Moment hier oben sein,* teilte er mir über unsere Gedankenverbindung mit.

Ich hatte schon wieder vollkommen vergessen, dass jemand das Haus betreten hatte. Offenbar war ich abgelenkter, als ich gedacht hatte.

Schnell warf ich das Handy aufs Bett und zog mir das Shirt über den Kopf.

»Aber Callie, es ist zu gefährlich«, hörte ich Stevies aufgeregte Stimme.

Ich hielt mir das Handy wieder ans Ohr und ignorierte den kleinen Teil in mir, der mir sagte, dass ich tun sollte, was meine Schwester verlangte. Bisher hatte ich immer versucht, meine Familie glücklich zu machen, aber nun war Bodey mein Gefährte und meine oberste Priorität. »Ich rufe dich an, wenn wir auf dem Weg sind. Wir sehen uns dann in ein paar Stunden.«

Sie seufzte. »Es gibt also keine Möglichkeit, dir das auszureden?«

»Auf keinen Fall«, sagte ich fest, trotz des Anfluges von Traurigkeit. »Ich weiß, du hältst mich für dumm, weil Bodey mich vor nicht einmal einer Woche verletzt hat, aber du verstehst es nicht. Du wirst schon sehen. Ich werde es dir, Mom und Dad persönlich erklären.«

»Wenn du jetzt nach Hause kommst, kannst du es uns sofort erklären.«

Ich lächelte. Meine Schwester gab wirklich nie auf. »Ich werde heute Abend vorbeikommen. Versprochen. Ich habe dich lieb«, sagte ich, während ich in die Boxershorts schlüpfte.

»Ich sollte besser auflegen«, sagte sie etwas zu knapp. Sie

war nicht zufrieden, und das tat weh. Bisher war sie nur wenige Male wütend auf mich gewesen.

»Stevie«, begann ich. »Hör zu ...«

»Ich habe genug gehört«, sagte sie. »Außerdem weiß ich, wie du bist, wenn du dich einmal entschieden hast. Niemand kann dich umstimmen, nicht einmal dein Alpha. Das ist etwas, das ich immer an dir bewundert habe, auch wenn es mich jetzt frustriert. Wir sollten auflegen. Wir sehen uns später.«

Das war typisch für Stevie. Sie verstand mich vielleicht nicht ganz, aber sie akzeptierte mich so, wie ich war. »Ich habe dich lieb, Stevie«, sagte ich noch einmal und hoffte, dass sie mir glaubte.

»Ich dich auch«, flüsterte sie, bevor sie auflegte.

Ich hielt das Handy noch ein paar Sekunden an meinem Ohr, auch wenn meine Schwester längst aufgelegt hatte. Mein Herz schmerzte, aber ich konnte nichts dagegen tun.

Bodey nahm mir das Handy ab, dann verschränkte er unsere Finger und rieb seinen Daumen an meiner Handfläche. Sofort flogen wieder die Funken zwischen uns. »Wenn du lieber zu deiner Familie willst ...«

Ich schüttelte den Kopf. »Du bist mein Gefährte ... meine *Familie*. Ich will bei *dir* sein.«

Er lächelte zärtlich. »Ja, das bin ich. Und ich liebe es, wie das klingt.«

Da ich nicht wollte, dass er ein zu großes Ego entwickelte, rümpfte ich die Nase. »Außerdem ist Samuel ein Rudelmitglied und mein zukünftiger König. Ich will sehen, wie er gekrönt wird.«

Rudel.

Dieses Wort hatte jetzt so viel mehr Bedeutung.

Ich hatte schon immer verstanden, was es bedeutete, da ich gesehen hatte, wie die anderen miteinander umgingen ...

aber es zu verstehen und zu erleben, war etwas völlig anderes. Obwohl ich die meisten der zweihundert anderen Rudelmitglieder nicht kannte, mochte ich sie jetzt schon. Wir waren miteinander verbunden, buchstäblich und im übertragenen Sinne. Kein Wunder, dass Zeke so viel Einfluss auf sein Rudel hatte.

Das Geräusch von hohen Schuhen auf der Treppe riss mich aus meinen Gedanken.

»Er will dich auch dabei haben«, antwortete Bodey und gab mir einen schnellen Kuss.

Meine Haut kribbelte, und irgendetwas in mir zog mich näher zu ihm. Ich drückte mich an ihn, bis kein Platz mehr zwischen uns war, aber es fühlte sich immer noch an, als wäre er viel zu weit von mir entfernt. Das Kribbeln wurde stärker, und ich brauchte mehr.

Spürst du das auch? Ich verband mich mit ihm und bewegte meinen Kopf, um ihn leidenschaftlicher küssen zu können. *Das Summen, wenn wir uns berühren?*

Ja, verdammt. Er knurrte. *Es ist berauschend, vor allem in Kombination mit deinem Geschmack, deinem Duft und ...*

»Ich bin da und habe ein paar Kleider dabei«, rief Stella vom Flur aus.

Wir hörten auf, uns zu küssen, aber unsere Körper berührten sich noch immer. Ich konnte mich nicht überwinden, ihn loszulassen.

Bodey knurrte und seine Iris leuchtete. Dann trat er einen Schritt vor und ging zur Tür. Als er sie öffnete, stand Stella in einem trägerlosen, weinroten Kleid vor uns, das sich perfekt an ihren Körper schmiegte und ein beeindruckendes Dekolleté zeigte. Es war bodenlang, und ihr Haar fiel ihr lockig über den Rücken. Ihre Lippen waren in einem dunklen Rot geschminkt, das perfekt zum Kleid passte, und der Rest ihres Make-ups war so natürlich, dass man meinen könnte, sie hätte nichts aufgetragen, abgesehen von dem dunklen Mascara auf ihren Wimpern und einem Hauch von Rouge auf ihren Wangen.

»Du siehst toll aus.« Ich würde niemals in der Lage sein, diesen Look hinzubekommen, selbst wenn ich mein Make-up dabeihätte.

Sie zwinkerte. »Das wirst du auch, Süße. Glaub mir, ich habe ausreichend Schuhe, Kleider und Make-up mitgebracht, um sicherzustellen, dass wir dich richtig herausputzen können.«

Ich schmiegte mich in Bodeys Arme, weil ich seine Nähe brauchte. Es war mir ein wenig unangenehm, dass all diese Leute so viel für mich taten. »Du musst wirklich nicht …«

»Bitte.« Sie verdrehte die Augen. »Sag jetzt nicht, was ich denke, was du sagen willst. Wir sind alle froh, dass Bodey sich endlich gepaart hat. Von allen Jungs habe ich mir am meisten Sorgen um ihn gemacht. Es ist also eine Ehre, eine weitere Frau im« – sie hob ihre Finger zu Anführungszeichen – »*Junggesellenclub* zu haben.« Sie ließ ihre Hände wieder sinken. »Jack hat geschworen, dass er das Wort nicht mehr in den Mund nehmen wird, wenn sich noch einer von ihnen paart.«

Ich lachte. »Ich bezweifle, dass er sein Versprechen halten wird.« Manchmal sagte Jack nur Dinge, um überhaupt etwas zu sagen.

»Wir nageln ihn darauf fest.« Dann wandte sie ihren Blick zu Bodey. »Du wirst dich jetzt von ihr lösen müssen. Ich habe mich im Zimmer nebenan eingerichtet, ganz nach Samuels Anweisungen.«

Samuel.

Ich erschauderte. Hoffentlich hatte er nicht gehört, wie wir heute Morgen Sex gehabt hatten. Bodey hatte mich so sehr abgelenkt, dass ich vollkommen vergessen hatte, dass er hier war.

Bodey beugte sich zu mir herunter und küsste mich. Ich war mir ziemlich sicher, dass es ein schneller Kuss hätte werden sollen, aber dann knurrte er und ließ seine Zunge in meinen Mund gleiten. Das Summen verstärkte sich, und die Magie pulsierte durch mich, stärker als letzte Nacht. Ich konnte spüren, dass meine Wölfin es genauso sehr genoss wie ich.

Stella räusperte sich. »Leute, ich hab's verstanden. Ich war auch einmal frisch verpaart, aber wir kommen noch zu spät, und Miles ist jetzt schon gestresst.«

Seufzend wich Bodey zurück. »Aber nur, weil heute die Krönung ist.« Dann ging er um mich herum, wobei er mit seiner Hand noch einmal über meinen Hintern strich, bevor er sich mit mir verband. *Wir müssen die ganze Zeit, die wir die Hände voneinander lassen müssen, heute Abend nachholen.*

Das Versprechen steigerte meine Lust nur noch mehr.

Dann ging er zurück ins Bad und schloss laut die Tür hinter sich.

Stella schlang ihren Arm um mich. »Komm mit.«

Auf dem Bett im Nebenzimmer lagen drei Kleider. Eines war schwarz und trägerlos, mit einem herzförmigen Ausschnitt. Von der Brust bis zur Taille waren Pailletten aufgenäht, und der fuchsiafarbene Rock reichte bis zum Boden. Das zweite Kleid war dunkelviolett und schulterfrei. Das Oberteil war mit Pailletten besetzt, und der Rock war etwas weiter, wobei die Pailletten nach unten hin weniger wurden. Das letzte Kleid war marineblau, ebenfalls mit einem herzförmigen Mieder und einem transparenten Oberteil, das bis zum Schlüsselbein reichte. An der Taille war es mit Perlen besetzt, bevor es zu Boden fiel.

Als Bodey sagte, sie würde mir etwas zum Anziehen

mitbringen, hatte ich nicht mit solchen Optionen gerechnet. »Die sind alle wunderschön.«

Sie zuckte mit den Schultern. »Ich war mir nicht sicher, welchen Stil du bevorzugst, also habe ich sie alle mitgebracht.«

»Bist du sicher, dass es dir nichts ausmacht, wenn ich eins davon trage?« Alle Kleider sahen teuer aus, und ich wollte nichts darauf verschütten oder sie sonst wie ruinieren. »Ich habe in letzter Zeit einen ziemlichen Verschleiß an Kleidung gehabt.«

Sie machte eine abwinkende Handbewegung. »Falls du eines der Kleider ruinieren solltest, wäre das auch nicht das Ende der Welt. Das verspreche ich. Außerdem habe ich ein Händchen dafür, Flecken rauszubekommen. Sonst würde Miles permanent mit Ketchupflecken auf seinen Hemden herumlaufen.«

Ich lachte. »Er isst sogar seine Eier mit Ketchup.«

»Ich weiß, ziemlich eklig, oder?« Sie rümpfte die Nase. »Aber egal, such dir eines aus.«

Ich biss mir auf die Unterlippe und entschied mich für das Kleid, das mich am meisten anzog, das schwarze Trägerlose mit dem fuchsiafarbenen Rock. Ich hob es hoch und berührte den Stoff. Er war glatt und weich wie Seide.

»Ich hätte mir dasselbe ausgesucht.« Sie nickte. »Das wird deine Augen zum Strahlen bringen.«

Ihre Bestätigung überzeugte mich nur umso mehr.

»Lass uns dich anziehen und dein Make-up auftragen.«

***

SCHNELLER, als ich erwartet hatte, starrte ich mein Spiegelbild auf dem Spiegel and der Kommode gegenüber an. Wir hatten mein Haar glatt gelassen, sodass es über meine

Schultern und meinen Rücken fiel. Stella hatte verschiedene Beige-, Bronze- und Brauntöne auf meine Augenlider gemalt, wodurch meine blauen Augen noch heller zu strahlen schienen. Dann hatte sie den Look mit einem zartrosa Gloss abgeschlossen, der meinen Lippen ein natürliches, aber frisches Aussehen verlieh.

Ich erkannte mich kaum wieder. Stella war eine wahre Meisterin im Umgang mit dem Pinsel. Stevie hatte mein Make-up ebenfalls gut hinbekommen, aber Stella hatte Stevie und sich selbst übertroffen.

Ich möchte euch nicht drängen, aber seid ihr beide bald fertig?, fragte Bodey über unsere Verbindung. Sofort breitete sich ein wohliges Gefühl in meiner Brust aus.

Auch Stellas Augen leuchteten, wahrscheinlich weil Miles sich ebenfalls mit ihr verbunden hatte.

Wir kommen, antwortete ich und schlüpfte in meine Tennisschuhe.

Stella hob nur eine Augenbraue. »Ich habe dir hohe Schuhe mitgebracht.« Sie deutete auf ein glitzerndes Paar, das zu jedem der Kleider gepasst hätte.

»So lang wie der Rock ist, kann ich die hier tragen, und niemand wird es bemerken. Das ist viel bequemer.« Nachdem ich gestern Abend in hohen Schuhen geflohen war, war das Letzte, was ich wollte, wieder so ein Paar anzuziehen.

Ich erwartete, dass sie widersprechen würde, aber sie zuckte nur mit den Schultern, und ging zur Tür. »Pass nur auf, wenn du dich hinsetzt, damit sie nicht unter deinem Kleid hervorschauen.«

Normalerweise schimpften die Leute mit mir, wenn ich nicht zuhörte, aber sie gab mir einfach nur einen guten Rat. Ich überlegte, ob ich vielleicht doch die hohen Schuhe anziehen sollte, nur weil sie mich nicht bedrängte, aber dann erinnerte ich mich wieder an gestern Abend und folgte ihr eilig.

Wir gingen die Treppe hinunter, während Miles und Bodey unten auf uns warteten.

Sobald Bodey mich sah, starrte er mich mit offenem Mund an und der Duft von Erregung umhüllte ihn. Mit der Zustimmung in seinem Blick, seinem Duft und seinem verführerischen Aussehen trieben mich meine Beine schneller auf ihn zu, und es war mir egal, ob ich fiel. Sein schwarzer Anzug passte perfekt, und ich freute mich darüber, dass ich seine Muskeln darunter sehen konnte. Dazu trug er ein hellblaues Hemd, das seine Augen noch heller erscheinen ließ.

Als ich ihn erreichte, legten sich seine Hände um meine Taille. Seine Berührung schien einen elektrischen Schlag durch meinen Körper zu schicken und dieses Gefühl raubte mir sowohl den Atem als auch den Verstand. *Du bist immer schön, aber heute ...* er hielt inne und legte eine Hand an meinen Hinterkopf. *Ich weiß nicht einmal, wie ich dich beschreiben soll.* Er wollte mich gerade küssen, aber Stella umklammerte meinen Arm und zog mich weg.

»Versau ihr ja nicht den Lippenstift«, knurrte sie. »Du kannst bis nach der Krönung warten, um sie zu küssen.«

Bodey schmollte und schüttelte den Kopf. »Ich bin mir offen gesagt nicht sicher, ob ich das kann.« Als er sich erneut herunterbeugte, um mich zu küssen, drehte ich meinen Kopf so, dass seine Lippen stattdessen meine Wange berührten. Obwohl ich seine Lippen verzweifelt begehrte, wollte ich Stella nicht verärgern.

Jacks Lachen zwang meinen Blick von Bodey weg und in Richtung Wohnzimmer. Jack, Lucas, Samuel und Dina standen wartend an der Haustür.

Du siehst wunderschön aus, sagte Samuel über unsere

Gedankenverbindung zu mir. Er trug einen Anzug, der dem von gestern Abend ähnelte und ihm ein sehr königliches Aussehen verlieh, was zweifelsohne der Sinn der Sache war.

Lucas, Jack und Miles trugen ebenfalls schwarze Anzüge, während Dina ein weißes Kleid trug, das sie wie eine Göttin aussehen ließ. Es war tief ausgeschnitten, und der fließende Rock hatte vorn einen Schlitz, der beim Gehen ihre Oberschenkel zeigte. Sie trug keine Schuhe, und zwei Seile waren kunstvoll um ihre Taille gebunden.

Sie legte ihren Kopf schief und starrte mich an. »Ihre Magie. Sie ist dabei, sich zu befreien. Das Paarungsband muss den Bann gebrochen haben. Noch ist der Fluch nicht ganz gebrochen.«

»Ach nein?« Lucas' Augenbrauen hoben sich. »Dabei ist sie schon fast so stark wie Theo.«

Ich erstarrte. Vermutlich hatte ich ihn missverstanden. Obwohl ich mich endlich mit meiner Wölfin verbinden konnte, fühlte ich mich nicht stärker als die Personen um mich herum.

Dina leckte sich über die Lippen. »Wie gesagt ... bisher wurde nicht all ihre Magie befreit.«

»Du kannst sie dir später noch genauer ansehen«, sagte Miles und ergriff Stellas Hand. »Wir müssen jetzt wirklich zur Krönung.«

»Ja, ja«, sagte Jack gespielt genervt und zog einen Schlüsselbund hervor. »Das sagst du jetzt schon seit dreißig Minuten. Wir haben es verstanden. Wir haben eine verdammt lange Fahrt vor uns, und ich schwöre, wenn du nicht die Klappe hältst, wirst du zu Fuß gehen müssen. Mein Wagen ist eine jammerfreie Zone, und jeder, der sich nicht daran hält, wird auf den Strichgehen müssen.«

Lucas hob eine Augenbraue. »Meinst du nicht eher per Anhalter fahren?«

»Ha!« Jack schnaubte. »Glaubst du, jemand würde freiwillig jemanden mitnehmen, der die ganze Zeit jammert? Er müsste auf den Strich gehen, um etwas Geld für ein Uber zusammenzukratzen, das ihn den Rest des Weges fährt.«

Stella knurrte. »Oder wir könnten einfach eine Kreditkarte benutzen.«

»Na klar, wenn du langweilig sein willst.« Jack zuckte mit den Schultern. »Es kommt natürlich ganz darauf an, ob ...«

Stellas Knurren war so laut, dass Jack innehielt. Stattdessen grinste er boshaft.

Ich hätte genauso reagiert, wenn jemand darüber gesprochen hätte, dass Bodey seinen Körper verkaufen sollte. »Okay, lasst uns gehen.« Ich klatschte in die Hände. »Wir wollen doch nicht, dass Dina und Samuel zu spät zu der Sache kommen, die ihr alle seit Monaten plant.«

Ich ergriff Jacks Arm und zog ihn in Richtung Garage. Er strahlte Bodey an, als wir an ihm vorbeigingen. »Deine Gefährtin hat mittlerweile sicher bemerkt, dass sie sich den falschen Mann ausgesucht hat.«

Jetzt knurrte Bodey.

»Kannst du dich nicht einmal für fünf Minuten benehmen?« Ich unterdrückte mein Lächeln. *Ich will Jack nicht. Ich denke nur, dass wir uns beeilen sollten.*

Oh, ich weiß. Das ist der einzige Grund, warum er noch nicht tot ist, antwortete Bodey. Er war uns dicht auf den Fersen.

Irgendwie schafften wir es alle in die Autos, ohne dass Jack ein weiteres Wort sagte. Jack, Lucas, Stella und Miles fuhren in Jacks weißem Lincoln Navigator, während Bodey, Dina, Samuel und ich in Bodeys Mercedes SUV fuhren. Der Innenraum bestand aus braunem Leder mit einer dunklen Innenausstattung. Er war viel schicker als der Jeep. *Warum fährst du nicht öfter damit?*

Ich weiß es nicht. Er zuckte mit den Schultern und fuhr aus der Einfahrt. *Ich bin einfach ein Jeep-Typ, schätze ich.*

Da hast du recht. Dieses Auto war zwar schön, aber der Jeep passte tatsächlich viel besser zu ihm.

Bald sah ich die Bäume an uns vorbeifliegen. *Gibt es schon irgendwelche Neuigkeiten?*, fragte Bodey nach einer Weile.

Eine Sekunde lang war ich verwirrt, bis Michael antwortete. *Diese Frage sollten wir wohl lieber euch beiden stellen.*

Drei warme Stellen in meiner Brust dehnten sich aus, als ob sie gerade aktiviert worden wären. Ich erstarrte. Eine davon gehörte zu Bodey, die andere zu Michael, aber bei der Dritten war ich mir nicht sicher.

Oh, lass die beiden in Ruhe, warf Janet ein. Die dritte Stelle war von ihr. *Herzlichen Glückwunsch! Ich kann es kaum erwarten, später mit dem ganzen Rudel eure Paarung zu feiern!*

Langsam fühlte sich meine Brust unangenehm voll an. Es würde dauern, bis ich mich an all diese Verbindungen gewöhnt hatte.

Ich auch, antwortete Bodey und nahm meine Hand. *Ich kann es kaum erwarten, dass alle wissen, dass sie endlich mir gehört.*

Meine Wangen schmerzten, und ich merkte, dass ich lächelte. Die Tatsache, dass es ihn stolz machte, mich als seine Gefährtin zu haben, machte mich glücklicher, als ich es je für möglich gehalten hatte.

Das bringt mich zu meiner ursprünglichen Frage zurück, denn sowohl Callie als auch Samuel müssen geschützt werden. Bodey beobachtete die Straße und die Gegend um uns herum, als ob er nach einer Bedrohung suchte.

Alles ist ruhig, und im Hells Canyon ist alles vorbereitet, antwortete Michael. *Niemand Unbekanntes hat sich in der Gegend aufgehalten.*

Hells Canyon? Warum führte alles dorthin zurück? Ich hatte mich schon immer zum Canyon hingezogen gefühlt, und dort hatte ich auch Bodey und die Berater zum ersten Mal getroffen. Jetzt war es der Ort der Krönung.

Sagt uns Bescheid, wenn ihr etwas seht oder spürt, das euch verdächtig vorkommt, sagte Bodey und drückte meine Hand.

Michael gluckste. *Das werden wir, mein Sohn. Jetzt konzentriere dich darauf, unsere Schwiegertochter und Samuel zu uns zu bringen, damit wir sie beide umarmen können.*

Mit vor Rührung schmerzendem Herzen beugte ich mich vor und schaltete das Radio ein, nachdem ich es wochenlang nicht ausgehalten hatte, Musik zu hören.

Sobald Alanis Morissettes Song ›Ironic‹ ertönte, lehnte ich meinen Kopf zurück und hielt Bodeys Hand fest umklammert.

***

Ich lief hocherhobenen Hauptes, als Bodey und ich Dina in Richtung des heiligen Zeremoniegeländes folgten. Dina führte uns zum Snake River, wo zehn Hexen bereits alles für die Zeremonie vorbereiteten. Die Eltern der Jungs standen etwa sechs Meter hinter den Hexen, Theo und Zeke ein paar Meter von ihnen entfernt. So nah am Flussufer gab es nur wenige Bäume.

Es war wirklich wunderschön hier, mit den Schluchten, die sich auf beiden Seiten des Flusses erhoben, und dem Grün der Gräser und Bäume. Der perfekte Ort für eine Krönung. Die Sonne stand mittlerweile hoch am Himmel, und die vereinzelten Wolken sahen nicht nach Regen aus.

Wie wurden die Hexen für die Zeremonie ausgewählt? Ich verband mich mit Bodey, da ich mich für jedes einzelne Detail der Planung interessierte.

Das sind die Hexen des königlichen Hexenzirkels – sie beschützten früher König Richard und Königin Mila. Als der König und die Königin starben und Samuel zu unserem Rudel kam, schlossen sich die königlichen Hexen unserem Hexenzirkel an. Wenn Samuel von der Tinte akzeptiert wird und irgendwann beschließt, zu gehen, folgen ihm die Elf, wohin er auch geht, und die ursprüngliche Priesterin unseres Zirkels übernimmt wieder ihre alten Aufgaben.

Ich trat einen Schritt näher an Bodey heran, als mir eine weitere Frage in den Sinn kam. *Hat das nicht zu Problemen mit eurer ursprünglichen Priesterin geführt?* Wenn ein Alpha verdrängt werden würde, wäre der Unmut sicher groß.

Er blinzelte und grinste. *Hexen sind nicht wie Wölfe. Die Priesterin fühlte sich geehrt, dass sie sich uns angeschlossen haben. Sie hat sehr viel von Dina und den anderen gelernt.*

Kurz darauf holte Jack uns ein. Er grinste, als er einen Blick auf meine Füße warf. Er gluckste. »Deshalb bist du viel schneller als Stella.«

»Tennisschuhe sind auch einfach viel bequemer.« Ich zuckte mit den Schultern, und Bodey grinste.

Sind wir sicher, dass kein Mensch über uns stolpern wird?, fragte ich Bodey.

Die Hexen haben das Gebiet so verzaubert, dass jeder Mensch, der sich nähert, sich wieder umdreht. Bodey schaute mich an. *Niemand wird sich uns nähern können, bis sie den Zauber aufheben.*

Als Theo und Zeke sich umdrehten und mich sahen, spannten sie sich an. Dann marschierten beide auf uns zu.

»Was zum Teufel macht *sie* denn hier?«, zischte Zeke.

»Ich habe ihr keine Erlaubnis erteilt, hier zu sein. Sie muss gehen. *Und zwar sofort.*«

Ich hatte nicht bedacht, wie Theo und Zeke auf meine Anwesenheit reagieren würden. Ich hatte mich so sehr auf Bodey konzentriert, dass ich vergessen hatte, dass das ein Problem werden könnte.

»Du kannst nicht mehr über sie bestimmen«, antwortete Bodey und seine Hand wanderte besitzergreifend zu meiner Taille, während er sein Kinn anhob.

Das Summen zwischen uns nahm zu, und plötzlich wurde mir schwindelig. Ich stolperte in ihn hinein und erneut durchfuhr mich ein elektrischer Schlag.

»Was hast du mit ihr *gemacht*?« Zeke zeigte mit dem Finger auf Bodey. »Hast du sie unter Drogen gesetzt?«

Der Hass in Zekes Tonfall brachte das kleine Mädchen in mir dazu, mein Gesicht in Bodeys muskulöser Brust vergraben zu wollen. Seine Arme lagen bereits schützend um mich, und es wäre so einfach und schön, mich ganz eng an ihn zu schmiegen.

Stattdessen richtete ich mich auf und starrte Zeke in die Augen, der immer noch auf uns zumarschierte.

Als er vor uns stand, hatte sich mein Körper bereits an das Summen gewöhnt, und das war auch gut so. Ich würde meinem Gefährten nicht von der Seite weichen.

»Er hat mich *nicht* unter Drogen gesetzt.« Ich sprach jedes Wort deutlich aus, um sicherzustellen, dass es keine Missverständnisse gab, und um zu beweisen, dass ich nicht unter irgendeinem Einfluss stand ... na ja, abgesehen von den Hormonen, die mich dazu brachten, Bodey vor allen Leuten nackt ausziehen und mit ihm schlafen zu wollen.

Aber dann würden sie ihn nackt sehen, und der Gedanke brachte meine Wölfin zum Knurren.

Okay, ich nahm es zurück. Ich stand unter dem Einfluss einer nicht zu befriedigenden Lust.

Lucas und Jack flankierten Bodey, während Samuel, Miles und Stella an meine Seite kamen. Zu sechst waren wir stark. Auch die Eltern der Berater eilten auf uns zu.

Ich hob mein Kinn. »Ich habe mich immer noch nicht an die starke Verbindung zwischen Bodey und mir gewöhnt.«

Theos Augen weiteten sich entsetzt und er schnupperte. Nach einer Weile keuchte er. »Du hast dich mit *ihm* gepaart? Du solltest doch *mir* gehören.«

Bodey knurrte und trat auf ihn zu, wobei er seinen Arm von meiner Taille löste. »Sie hat dir nie gehört und wird es auch nie.«

Ich ergriff seine Hand, da ich nicht wollte, dass diese Situation eskalierte. Wir waren wegen Samuel hier, nicht um unsere Paarung zu verkünden.

Zekes ganzer Körper verkrampfte sich, und sein Gesicht wurde rot. Er starrte mich und Bodey an, und dann wanderte sein Blick zu unseren Händen, die in einander verschränkt waren.

»Warte.« Janet hob eine Hand, als sie sich vor Bodey stellte. »Was meinst du damit? Warum sollte dich eure Verbindung aus dem Gleichgewicht bringen?« Ihr Blick huschte zwischen Bodey und mir hin und her.

Ich hob unsere Hände. »Das passiert immer, wenn wir uns berühren.« Hitze schoss in meine Wangen. Ich hatte keine Ahnung, warum sie uns diese Frage stellte. Die Frage fühlte sich seltsam intim an. Jeder hier musste doch das Gleiche mit seinem Partner erlebt haben. »Vielleicht liegt es daran, dass ich vorher nicht in der Lage war, mich gedanklich mit anderen zu verbinden, aber immer, wenn wir uns berühren, scheinen buchstäblich Funken zwischen uns zu sprühen.«

»Funken?« Sie schaute Michael an. »Das passiert nicht, wenn wir uns berühren.«

Stella beugte sich vor, damit sie Samuel und mich ansehen konnte. »Warte, das passiert euch auch? Ich dachte schon, Miles und ich wären seltsam, weil ich sonst niemanden kenne, dem es genauso geht. Ich nehme an, es passiert, weil wir vom Schicksal zusammengeführt wurden. Wir haben es bereits gespürt, als wir uns das erste Mal berührt haben ... sogar noch bevor wir uns gepaart haben.«

Mein Herz setzte aus, und Bodeys Finger klammerten sich fester um meine.

»Das ist nicht möglich.« Bodey wandte sich zu mir. »Wir haben es erst gespürt, nachdem wir uns gestern Abend gepaart haben.«

Die Luft zwischen uns zischte und knisterte vor Elektrizität.

»Ihre Magie wird immer noch freigesetzt«, sagte plötzlich Dina hinter uns. Sie stand neben Jack und sah uns an. »Ihr habt die Paarung vollzogen – und der Austausch von Blut für das Ritual hat ihre Magie freigesetzt. Daher konntet ihr die Anziehung nicht spüren, bis ihr euch verbunden habt, aber ihr beide seid füreinander bestimmt.«

Bodey berührte mein Gesicht, die Berührung löste ein Kribbeln zwischen uns aus. *Ich hatte immer das Gefühl, dass du diejenige bist, auf die ich mein ganzes Leben lang gewartet habe, und ich hatte recht.*

Mein Puls pochte in meinen Ohren. Das Wissen, dass ich seine Schicksalsgefährtin war, erklärte alles, was wir füreinander empfanden. Wir hatten gespürt, dass wir perfekt füreinander waren, weil es vom Schicksal vorherbestimmt war. Das Beste daran war, dass wir uns *entschieden* hatten, zusammen zu sein, bevor wir es erfuhren.

Zu wissen, dass Bodey auf mich gewartet hatte, seit er ein kleiner Junge war, brachte mich nur dazu, mich noch mehr in ihn zu verlieben. Wie ironisch es doch war, dass ich die Frau beneidet hatte, mit der er unbedingt zusammen sein wollte, und dabei war ich die ganze Zeit diese Frau gewesen.

Jack pfiff. »Jetzt interessiert mich wirklich, was Zeke vorhat.« Er schnippte mit den Fingern. »Vielleicht denkt er, er kann in die Vergangenheit zurückreisen und Callie aus Bodeys Bett ziehen.«

»Kumpel ...«, murmelte Lucas kopfschüttelnd. »Halt einfach die Klappe.«

»Du solltest besser auf deinen Freund hören«, knurrte Zeke, bevor er sich wieder auf uns konzentrierte. »*Ich* habe eurer Paarung nicht zugestimmt, und ich akzeptiere sie nicht, also wird Callie mit *uns* nach Hause kommen.«

»Das wird sie auf keinen Fall.« Bodeys Körper zitterte vor Wut. »Wir haben die Paarung vollzogen, sie ist meine Gefährtin, und wir brauchen deine Zustimmung nicht. Sie ist zweiundzwanzig Jahre alt und kann ihre eigenen Entscheidungen treffen.«

»Blödsinn. Das kann sie nicht. Sie lebt bei ihren Eltern, hat keinen Job und wohnt seit einer Woche bei mir.« Zeke ballte die Hände zu Fäusten. »Deshalb braucht sie auch die Erlaubnis von ihrem Alpha. Und die gebe ich ihr nicht.«

Mir wurde flau im Magen. Ich konnte nicht glauben, was ich da hörte. *Hat er recht?* Hatte Zeke mich deshalb immerzu davon abgehalten, das Rudel zu verlassen?

Das sind vollkommen überholte Regeln, die niemand mehr befolgt, antwortete Bodey knurrend. *Regeln, die wir außer Kraft setzen werden, sobald Samuel König ist.*

Michael räusperte sich. »Technisch gesehen ist es wahr, aber da die beiden Schicksalsgefährten sind, ist diese Regel hinfällig, was du wissen solltest, Zeke.« Sein Gesicht wurde sanfter. »Und warum würdest du sie trennen wollen, selbst wenn sie nicht füreinander bestimmt wären? Es ist offensichtlich, dass sie sich lieben.«

»Sie ist für Theo bestimmt!« Zeke stampfte auf, seine Nasenflügel blähten sich. »Theo hat mit ihr geredet, jeden Abend mit ihr in meinem Haus verbracht und sie gestern Abend gebeten, mit ihm zum Essen zu gehen. Bodey hat sie in diese Paarung gedrängt!«

Schmerz strömte durch unsere Verbindung in meine Brust und schürrte meine Wut. Zeke versuchte, Probleme zu verursachen, indem er Bodey glauben ließ, ich sei an Theo interessiert. Dieses hinterhältige Arschloch. Ich trat näher an Bodey heran, um ihn zu beruhigen, bevor ich antwortete. »Ja, Theo hat mich jeden Abend besucht, und wir haben uns Filme angesehen, aber das war auch schon alles. Wir haben Popcorn gegessen, gelacht und geredet, so wie es *Freunde* tun. Und um noch eine Sache klarzustellen, Theo hat mich zum Krönungsessen eingeladen, aber er hat mir gesagt, dass jeder eine Begleitung mitbringen muss. Er hat mir sogar versichert, dass wir nur als Freunde hingehen würden. Ich habe Theo *sehr* deutlich gemacht, dass ich nicht über eine Freundschaft hinaus an ihm interessiert bin.«

»Warum sollte Theo glauben, dass er eine Begleitung mitbringen musste?«, fragte nun Bodey, seine Wut vermischte sich mit meiner.

Theo hob seine Hände. »Wegen des schwierigen Verhältnisses zwischen mir und euch vier wollte ich, dass Callie mich begleitet. Sie ist immer noch meine *beste* Freundin.«

Die Art und Weise, wie Zeke seinen Sohn anknurrte, ließ Bedauern in mir aufsteigen, aber ich hatte nichts falsch gemacht. Ich hatte die Wahrheit gesagt und versucht, Zeke zum Schweigen zu bringen. Ich wollte es Theo nicht noch schwerer machen.

»Dieser Streit ist vollkommen sinnlos. Wir haben wichtigere Dinge zu erledigen, wie zum Beispiel die Krönung unseres *Königs*.« Dina trat vor, der Wind wehte ihr die Haare aus dem Gesicht. »Die beiden sind Schicksalsgefährten und haben sich bereits gepaart. Zeke kann nichts dagegen tun. Da wir einen Angriff befürchten, ist es umso wichtiger, dass Samuel gekrönt wird.«

Alle schienen ihr zuzuhören, und ich war ebenfalls dafür, die allgemeine Aufmerksamkeit auf etwas anderes zu richten. Ich wollte Bodeys und meine Beziehung feiern, nicht sie verteidigen. Wieder einmal wollte mir Zeke etwas, das mir lieb und teuer war, ruinieren, aber das würde ich nicht zulassen.

»Gut.« Zeke nickte abrupt. »Während die Hexen ihre Vorbereitungen beenden, werde ich einen Spaziergang machen.« Seine Hände waren zu Fäusten geballt. Er drehte sich auf dem Absatz um, und entfernte sich von uns.

»Sollten wir nicht zusammenbleiben, damit uns niemand bemerkt?« Alicia, die gegenüber von Miles und neben Phil stand, schürzte die Lippen. Ihr lockiges, dunkles Haar reichte ihr bis zur Mitte des Rückens und schien beinahe mit dem Farbton ihres schwarzen Kleides zu verschmelzen.

»Wenn er Zeit braucht, um seine Gedanken zu sammeln und sich zu beruhigen, dann soll er sie bekommen.« Phil ergriff die Hand seiner Gefährtin.

Carl nickte. »Da stimme ich zu. Und wir sollten uns bei unseren Rudelmitgliedern melden.«

»Es gefällt mir nicht, dass er einfach so weggeht.« Bodey starrte Zeke hinterher.

Je weiter er sich von uns entfernte, desto schneller lief er. Es war fast so, als hätte er es eilig.

»Denk nicht zu viel darüber nach«, sagte Dan und klopfte Bodey auf die Schulter. »Er kann nichts mehr an eurer Paarung ändern. Lasst ihn Trübsal blasen.«

Das stimmte. Die einzige Möglichkeit, eine Paarung zu beenden, war der Tod eines Partners. Es kam nicht selten vor, dass der lebende Partner seinem Gefährten oder seiner Gefährtin in den Tod folgen wollte, aber wie bei allen Dingen lernten die meisten schließlich, mit dem Schmerz zu leben.

»Wir sollten diese negative Energie hinter uns lassen und sie zerstreuen«, befahl Dina. Mit den anderen Hexen, die dasselbe Kleid wie sie in Schwarz trugen, ging sie zum Fluss. Am Ufer bückten sie sich und legten Amethyst- und rote Jaspiskristalle auf die Erde.

Janet schlang ihre Arme um Bodey und mich. *Ihr wisst gar nicht, wie glücklich mich das macht!* Dann zog sie sich zurück und berührte Bodeys Wange. *Ich habe euch beiden die Daumen gedrückt, nachdem ich gesehen habe, wie ihr euch umeinander gekümmert habt. Ihr passt perfekt zusammen, und das scheint das Schicksal ebenso zu sehen. Wenn Jasmine erst einmal einen Gefährten gefunden hat, wird unsere Familie endlich vollzählig sein, und wir werden Enkelkinder bekommen!*

Enkelkinder. So weit hatte ich noch gar nicht gedacht, aber es gab keinen Zweifel daran, dass ich Babys mit Bodey haben wollte ... obwohl ich mir wünschte, noch etwas Zeit mit ihm allein zu verbringen, bevor wir diesen Weg einschlugen.

Bodey lachte, seine Freude wärmte meine Brust. »Mach dir keine Sorgen. Wenn es nach mir geht, werden wir einen ganzen Haufen Babys bekommen. Ich habe nicht vor, meine Gefährtin oft Kleidung tragen zu lassen.«

Schockiert sah ich ihn an. Aber verdammt, mein Körper reagierte bereits auf seine Worte. *Bodey! Doch nicht vor deinen Eltern!*

Er wackelte nur mit den Augenbrauen. *Das ist mir völlig egal. Aus unserem Zimmer werden sie bald eine Menge Stöhnen hören.*

»Ich wünschte, ich könnte Jasmine heute kennenlernen«,

sagte ich und hoffte das Gespräch, in eine andere Richtung lenken zu können.

Michael nickte. »Wir wollten, dass sie dabei ist, aber nach der letzten Nacht wollten wir es nicht riskieren. Zu viele Leute hier zu haben, könnte unerwünschte Aufmerksamkeit erregen. Zum Glück sind viele Rudel in der Nähe, falls es zu einem Angriff kommt, und die Zauber der Hexen werden uns alarmieren, bevor etwas passieren kann.«

»Sie ist wie eine Schwester für mich, und ich hasse es, dass sie nicht hier ist«, sagte Samuel, während er näher an mich herantrat und seinen Blick auf Theo richtete, der immer noch einige Meter entfernt stand und unser Gespräch mit anhörte.

»Sie wird bald wieder zu Hause sein.« Janet zwang sich zu einem traurigen Lächeln.

Dann verband sich Samuel mit uns. *Zeke führt etwas im Schilde.*

Tut er das nicht immer? Bodey verzog das Gesicht und drückte mich enger an seine Seite. *Wir werden es nach der Krönung herausfinden. Wir müssen uns darauf konzentrieren, dass du von der Tinte akzeptiert wirst und die Krone bekommst.*

Ich befürchte, dass sein Rudel nicht mehr das herrschende Rudel in Oregon sein kann. Er muss in seine Schranken gewiesen werden, antwortete Michael und fuhr mit der Hand über den Rücken von Janets königsblauem Neckholder-Kleid.

Mein Herz verkrampfte sich. Das würde sicher schreckliche Folgen haben, und meine Familie würde in das Drama mit hineingezogen werden. Jedoch musste ich mich auf ein Problem nach dem anderen konzentrieren, und ich war sicher, dass Bodey und ich Zeit haben würden, um herauszufinden, wie wir ihnen helfen konnten. Vielleicht wären sie offener für einen Rudelwechsel, wenn sie Bodey erst einmal kennengelernt hätten, wobei ich bezweifelte, dass Pearl sich freiwillig einem Rudel anschließen würde, in dem ich die Gefährtin des Alphas war.

Theo kam zu uns rüber. Sofort schob Bodey mich hinter sich.

»Callie, kann ich mit dir reden?«, fragte Theo und verschränkte nervös seine Hände vor sich.

»Nein«, knurrte Bodey.

»Samuel.« Janet nahm seinen Arm und zerrte ihn und Michael zu den Hexen. »Wir sollten fragen, ob sie noch Hilfe brauchen.«

Obwohl sie uns drei einen Moment allein lassen wollten, bemerkte ich, wie Jack aufhorchte und Lucas anstupste. Jack nickte uns zu.

»Ich bin nicht hier, um Probleme zu verursachen.« Theo hob die Hände, und tatsächlich blieb der faulige Schwefelgeruch aus, der anzeigte, wenn jemand log.

»Gut.« Ich nickte und stellte mich wieder neben Bodey. Dieses Gespräch war unvermeidlich und das wusste ich. »Was immer du zu sagen hast, kannst du auch vor Bodey sagen. Er ist mein Gefährte und wir haben keine Geheimnisse voreinander.«

Mein Gefährte grinste. *Ich liebe dich.*

Schnaubend rieb Theo seine Hände aneinander. »Gut.« Einen Moment lang herrschte Schweigen, dann räusperte er sich. »Auch wenn ich mir gewünscht hätte, Callie zu meiner ...«

Bodey fletschte seine Zähne und packte Theo am Kragen. Theo zuckte zusammen.

Ich legte eine Hand auf Bodeys Arm. *Er ist keine Bedrohung. Ich gehöre dir. Seit dem Tag, an dem du mich am Hells Canyon gerettet hast, gehöre ich dir. Hören wir uns an, was er zu sagen hat.*

Mit einem langen Seufzer entspannte sich Bodey und löste seinen Griff.

Theo versuchte, die Falten aus seinem Hemd zu glätten. Er blickte mich an. »Ich nehme an, das habe ich dir zu verdanken.«

Ich musste mich zusammenreißen, um nicht die Augen zu verdrehen. »Ist das alles, was du sagen wolltest?«

»Ich hoffe, er hat noch mehr zu sagen. Wenn das alles war, dann werde ich mich nicht mehr zurückhalten können«, knurrte Bodey. »Sie gehört *mir*.«

Eine Ader zwischen Theos Augen wölbte sich, aber dann konzentrierte er sich wieder auf mich. »Wenn er dich glücklich macht, dann gratuliere ich euch. Ich möchte, dass du glücklich bist, auch wenn ich nicht der Grund deines Glückes bin.«

Eine gewisse Anspannung löste sich von Bodeys Körper, und ich hatte das Gefühl, wieder freier atmen zu können.

»Ist zwischen uns alles klar, Mann?« Theo streckte seine Hand in Richtung Bodey aus.

Bodey hielt inne, aber dann ergriff er sie. »Solange du nicht versuchst, sie für dich zu beanspruchen.«

»Es ist schwer, sie loszulassen.« Theo presste die Lippen aufeinander. »Aber wenn sie dich will, wäre ich ein Arsch, wenn ich mich nicht zurückziehen würde.«

Unfähig, mich zurückzuhalten, umarmte ich Theo. Ich hatte nie wirklich an ihm gezweifelt, und wenn er den Posten des Beraters übernahm, würde seine Einstellung die Kluft zwischen unserem Rudel und den anderen Beratern überbrücken können.

Du solltest es besser nicht übertreiben, murrte Bodey und ich konnte seine Eifersucht spüren.

Ich lachte und wich zurück, dann hakte ich mich bei Bodey unter und zog ihn an meine Seite. Ich lächelte Theo an. »Ich danke dir. Bodey macht mich *sehr* glücklich.« Dann wandte ich mich wieder an Bodey und verlor mich in den Augen meines Gefährten. Ich konnte mir nicht vorstellen, glücklicher zu sein als in diesem Moment.

Er sah mich zärtlich an. »Wenn du uns nun entschuldigen würdest ... ich möchte noch kurz mit *meiner Gefährtin* sprechen, bevor die Zeremonie beginnt.« Bodey führte mich weg zu einem der wenigen Bäume in der Nähe des Flusses.

Er zog mich an seine Brust, sodass unsere Körper ganz eng beieinander waren. Zärtlich strich er mir eine Haarsträhne hinters Ohr und verband sich mit mir. *Ich kann nicht glauben, dass ich so dumm war. Ich hätte es wissen müssen.*

Was meinst du?

Er legte seine Handfläche auf meinen Rücken. *Ich hätte wissen müssen, dass wir Schicksalsgefährten sind.*

Meine Magie wurde unterdrückt. Du konntest es nicht wissen. Meine Wölfin war gefangen, und es gab keine Möglichkeit, unsere Verbindung herzustellen, bis wir uns gepaart hatten.

Er küsste mich auf die Stirn. *Wir werden herausfinden, wer dir das angetan hat und warum.*

Plötzlich stockte mir der Atem. Es war mir bisher überhaupt nicht in den Sinn gekommen, herauszufinden, wer meine Wölfin verflucht und warum man mich meinen leiblichen Eltern weggenommen hatte. Jetzt, da er es erwähnt hatte, *brauchte* ich diese Antworten. Wenn eine Hexe meine Magie blockiert hatte, musste sie auch meine Erinnerungen manipuliert haben. »Das würde mir gefallen.«

»Dann wird es unsere Priorität sein«, flüsterte er und zog mein Gesicht nach oben.

Das Summen unserer Verbindung ließ mich gegen ihn fallen, und ich schlang meine Arme um seinen Hals. »Aber zuerst sollten wir uns auf Samuel konzentrieren.«

Seine Berührung hatte mich fast vergessen lassen, wo wir waren. Ich genoss es einfach so sehr, wie sich sein Körper an meinen presste.

Er knurrte. *Du lässt mich vergessen, warum wir hier sind. Ich möchte nirgendwo anders sein als in unserem Bett mit dir.*

Unser Bett.

Die Worte hingen noch eine Weile zwischen uns. Die Tatsache, dass wir in jeder Hinsicht verbunden waren, fühlte sich immer noch unwirklich an ... natürlich teilten wir nun auch ein Schlafzimmer. *Ich kann es kaum erwarten, zurück nach Hause zu kommen.*

Er küsste mich, aber als ich versuchte, den Kuss zu vertiefen, zog er sich zurück. Er gluckste nur.

Sosehr ich auch deinen Lippenstift ruinieren möchte, ich habe ein Geheimnis, das ich noch nie mit jemandem geteilt habe. Mit einem teuflischen Grinsen im Gesicht lehnte er sich zurück.

Ich war mir nicht sicher, worauf das hinauslaufen würde. *Und zwar?*

Stella macht mir Angst. Er zwinkerte mir zu. *Wenn ich also dein Make-up versaue ...*

Ich schob meine Hand zwischen uns und berührte seinen Schritt. Er zischte, als sich seine Hüften gegen mich pressten.

Ich lächelte sanft. *Was hast du gerade gesagt?*

Dann hörten wir Schritte hinter uns. »Weißt du was? Wenn du ihr Make-up ruinierst, bist du das ganze Wochenende für Jack zuständig. Du weißt, dass er nach der Krönung ausgiebig feiern wird«, sagte Stella lachend.

Babe, ich will dich das ganze Wochenende für mich haben und nicht nur jetzt, sagte er, trat einen großen Schritt zurück und löste sich von mir. Seine Augen waren groß vor Entsetzen, als ob es das Schlimmste auf der Welt wäre, sich mit einem betrunkenen Jack auseinandersetzen zu müssen.

Ich hatte gegen *Jack* verloren. Ich war mir nicht sicher, wie ich mich dabei fühlen sollte.

»Sei mir bitte nicht böse.« Bodey gestikulierte zu Stella. »Sie hat echt fiese Tricks auf Lager.«

Sie grinste. »Ja, vergiss das nie.« Mit einer Handbewegung zog sie mich von meinem Gefährten weg und nickte in Richtung der Gruppe, die sich wieder zusammengefunden hatte. »Zeke ist zurück.«

»Oh.« Das hatte ich gar nicht bemerkt.

»Das kommt davon, wenn man seine Augen nicht voneinander lassen kann« Sie wölbte eine Augenbraue, aber ich wusste, dass sie mich nicht verurteilte. Sie verstand mich.

»Gut.« Ich deutete auf ihre Schuhe. »Wie ich sehe, hast du deine hohen Schuhe ausgezogen.« Wenn sie mir die Hölle heiß machen wollte, würde ich es ihr gleich heimzahlen.

»Ja, mir war nicht klar, dass wir hier draußen sein würden. Ich dachte, die Zeremonie würde wieder auf einem Weingut oder so stattfinden.« Sie lachte. »Künftig folge ich, was meine Schuhwahl angeht, deinem Beispiel.«

Als wir die anderen erreichten, gab Jack Lucas einen Klaps auf den Arm. »Siehst du? Sie hat die beiden dazu gebracht, damit aufzuhören, einander mit ihren Blicken auszuziehen.«

»Jack Landry«, schimpfte Destiny und legte eine Hand auf ihren Bauch. »So spricht man nicht in Gegenwart der Ältesten.«

»Oh, Scheiße.« Er zuckte zusammen. »Tut mir verdammt leid.«

Seine Mutter starrte ihn an, aber als Taylor kicherte, wurde Destinys Gesichtsausdruck sanfter und sie kämpfte ebenfalls mit einem Lächeln.

Zeke zupfte an seiner schwarzen Krawatte und wischte

sich den Schweiß von der Stirn. Sein Gesicht war ein wenig rot, aber das schien nicht nur vor Wut zu sein.

Vielleicht hatte er sich verwandelt oder etwas anderes getan, um sich zu beruhigen.

»Lasst uns weitermachen«, sagte er und hob sein Kinn. Offenbar wollte er vortäuschen, die Situation im Griff zu haben.

Carl, Phil, Dan und Michael warfen sich finstere Blicke zu, aber Dina nahm einen kleinen schwarzen Kessel in die Hand und gab den anderen zehn Mitgliedern des Hexenzirkels ein Zeichen, zum Wasser zu gehen.

Die zehn Hexen traten in den Fluss, gerade so weit, dass ihnen das Wasser bis zu den Knöcheln reichte. Die Kälte ließ sie kurz zusammenzucken, aber sie beherrschten ihre Mimik. Dina trat an den Rand des Flusses, wo das Wasser ihre Füße gerade berührte, und gab Samuel ein Zeichen. Er zog seine Schuhe aus und ging durch die kleine Öffnung zwischen den Steinen die Böschung hinunter.

»Königliche Berater, kommt und versammelt euch«, befahl Dina mit lauter Stimme.

Bodey drückte meine Hand und gab mir die Autoschlüssel. Dann stellte er sich zusammen mit Jack, Lucas und Miles hinter Samuel. Zeke bewegte sich ebenfalls, aber er sah mich an, seine Augen leuchteten.

Ich zitterte.

Der Rest von uns blieb zusammen, Stella zu meiner Rechten und Theo zu meiner Linken. Zeke stellte sich an das Ende der Reihe der Berater, die unserer Gruppe am nächsten war.

Dina nahm den Kessel in die Hand. »Wenn das Ritual erst einmal begonnen hat, kann es nicht mehr unterbrochen werden, ohne dass es schlimme Folgen haben wird, wie zum Beispiel, dass der König nie gekrönt werden kann. Wenn jemand Bedenken äußern möchte, ist jetzt der richtige Zeitpunkt dafür.«

Etwas Kaltes setzte sich in meiner Brust fest, und unwillkürlich wanderte mein Blick zu Zeke. Er war derjenige, der Samuel am ehesten die Krönung streitig machen konnte und würde. Ich konnte Bodeys Anspannung ebenfalls spüren, die kurz darauf mit meiner verschmolz. Es war seltsam, dass ich seine Gefühle spüren konnte, aber noch seltsamer, dass ich spürte, dass wir uns um dieselbe Sache sorgten.

Als niemand etwas sagte, nickte Dina, und ich entspannte mich ein wenig.

»Samuel, zieh bitte deine Jacke und dein Hemd aus, damit wir beobachten können, ob die Tinte dich akzeptiert.« Dina deutete auf die Stelle auf dem Boden neben ihm.

Samuel tat, wie ihm geheißen, und ich konnte Bodeys Unbehagen spüren. Da ich wusste, worum es ging, presste ich meine Lippen zusammen. Er wollte nicht, dass ich einen anderen halbnackten Mann ansah.

Als Samuel fertig war, fuhr Dina fort. »Dann beginnt nun die offizielle Zeremonie.« Sie winkte den zehn Hexen hinter ihr zu. »Die zehn Hexenzirkelführerinnen und die Hohepriesterin nehmen an der Zeremonie teil, um zu zeigen, dass wir den Herrscher auch in Zukunft unterstützen werden. Unsere Magie wird den Erben kennzeichnen und ihm damit die Krone verleihen. Die Akzeptanz der Tinte durch den König ist ihr Schwur, das vor Jahrhunderten zwischen Wölfen und Hexen geschmiedete Versprechen einzuhalten.«

Als ich Schritte hinter uns hörte, verkrampfte ich mich. Da kam jemand.

Alle drehten sich zu dem Geräusch um, bis auf Dina und Samuel, die sich weiterhin anschauten.

»Es ist Stevie«, sagte Theo. »Kein Grund zur Beunruhigung.«

Die zehn Hexen hoben ihre Arme, aber ein seltsamer Ausdruck huschte über ihre Gesichter. »Unser Schutzzauber funktioniert nicht«, murmelte jemand.

Dina hob den Kessel unter ihr Kinn und fuhr fort, ihre Worte waren angespannt und laut. »In Vorbereitung auf diese Zeremonie haben wir Samuels Haut mit einem Spruch versehen, um das Leiden durch die Tinte zu lindern, die ihn markieren wird. Außerdem haben wir ihm Kräuter verabreicht, um auch die inneren Schmerzen zu lindern.«

Dann tauchte Stevie zwischen den Bäumen auf und rannte auf uns zu. Ihr blondes Haar war geflochten, aber zerzaust und vereinzelte Strähnen flogen um ihr Gesicht. Ihre dunkelbraunen Augen waren groß und panisch. Sie fixierten mich, während ihr rosa Pyjamahemd hinter ihr her wehte und die dazu passende Hose über den Boden schleifte. »Der Schutzzauber ist gebrochen. Es wird gleich einen Angriff geben!«, schrie sie.

Irgendetwas stimmte hier nicht. Sie sollte nicht hier sein. »Wovon redest du da?«

»Die Königin! Sie wird jeden Moment angreifen.« Als Stevie uns erreichte, war sie völlig außer Atem.

»Woher weißt du das?« Ich schluckte und fürchtete mich bereits vor der Antwort.

Sie wandte ihren Blick auf den Boden ab. »Weil ich ihr geholfen habe.«

KAPITEL DREISSIG

In der darauffolgenden Stille schien ich den Boden unter den Füßen zu verlieren. Stevie hatte der Königin geholfen? Aber wie? Und vor allem ... *warum*? Das alles ergab keinen Sinn.

Ein bitterer Geschmack füllte meinen Mund, während Wut in meiner Brust aufstieg.

Dina fuhr fort. »Das Ritual beinhaltet den Snake River, er wird die Magie leiten.« Sie ließ ihre Hände kreisen, um die Tinte zu erzeugen. Ihre Augen huschten wie wild umher, als ob sie etwas suchen würde. »Um uns vorzubereiten, gingen wir zu den heiligen Stätten in jedem der fünf Staaten, um die Magie zu sammeln, die für diese Tinte benötigt wird.«

»Wir haben keine Zeit dafür.« Stevie versuchte, Dinas Aufmerksamkeit auf sich zu ziehen. »Wir müssen verschwinden.«

»Das Ritual kann nicht mehr gestoppt werden, wenn es einmal begonnen hat«, antwortete Michael.

Baby, du musst gehen, sagte mir Bodey über unsere Gedankenverbindung. Kurz darauf wandte er sich dann auch an seine Eltern und die anderen Rudelmitglieder, die mir nicht bekannt waren. *Jeder, der kann, muss fliehen. Wir werden angegriffen.*

Ich werde dich nicht verlassen. Mein Blick fiel auf die Tinte, und ich starrte sie wie gebannt an. Es war wirklich ein Ritual ... ein Ritual der Natur, der Magie und unserer Körper.

Theo bewegte sich auf mich zu, unsere Arme berührten sich. »Wir sollten dich von hier wegbringen«, flüsterte er.

Bodey, wir sehen fremde Wölfe, meldete sich ein weibliches Rudelmitglied. *Eine ganze Menge.*

Es schien, als hätte die Welt aufgehört, sich zu drehen. Die Eltern der Berater, die neben Stella und mir standen, spannten sich an. Alle hatten die gleiche Nachricht erhalten.

Wie ist das möglich?, fragte Janet. *Niemand außer den Beratern und Dina wusste, wohin wir heute Morgen unterwegs waren. Wir waren so vorsichtig und haben es nur den Alphas gesagt, die in der Gegend patrouillierten, kurz bevor wir hierherkamen.*

Niemand reagierte, als ein männliches Mitglied sich über die Verbindung meldete. *Wir werden angegriffen!*

»Dieses Zeichen ist das Versprechen meines Hexenzirkels, die neue königliche Familie zu schützen.« Dina bewegte eine Hand über den Kessel. »Wenn die Könige es annehmen, schwören sie, uns im Gegenzug vor unseren Feinden zu schützen. Dies ist das natürliche Gleichgewicht zwischen unseren Völkern. Und nun werden wir mit der Markierung beginnen.« Dina warf die Tinte vor sich in die Luft. »Göttin, markiere den Gestaltwandler, der uns führen soll, bis er die Erde verlässt und in sein nächstes Leben übergeht.«

Die Flüssigkeit schwebte eine Weile in der Luft. Dann veränderte sich etwas.

Ich verspürte ein warnendes Summen in meiner Kehle.

»Irgendetwas stimmt nicht«, flüsterte ich, ohne zu wissen, was. Etwas *zerrte* in mir.

»Ja, wir werden angegriffen«, flüsterte Stella. »Deine Schwester muss ihnen den Ort verraten haben.«

»Nein, das habe ich nicht. Ich habe Callies Handy geortet, um hierherzukommen.« Stevie verschränkte die Arme vor der Brust. »Die Königin hat sich vor etwa dreißig Minuten gemeldet, um mir zu sagen, dass sie sich um alles kümmern würde.«

Plötzlich ertönte ganz aus der Nähe ein lautes mehrstimmiges Heulen. Das mussten viele Wölfe sein ... mehr, als uns letzte Nacht angegriffen hatten. Wir mussten uns beeilen und von hier verschwinden.

»Deswegen hast du mich angefleht, nicht herzukommen.« Ich erinnerte mich an ihre Stimme.

Stevie zuckte zusammen. »Callie, ich schwöre dir, ich wusste nichts Genaues. Ich hatte Angst, dass die Königin die Zeremonie stören könnte– deshalb bin ich ihr gefolgt.«

Ich wollte ihr glauben, aber ich konnte es nicht, trotz des fehlenden Geruchs einer Lüge.

Ich wandte meine Aufmerksamkeit wieder der Tinte zu, die immer noch über Dina schwebte. Die Zeit schien stillzustehen. Nervös trat ich von einem Fuß auf den anderen. Ich wollte, dass sich die Tinte bewegte. Das Lied ›Push It‹ von Salt'N'Pepa begann in meinem Kopf zu spielen. Ich war versucht, loszurennen und die Tinte in Richtung Samuel zu pusten, wenn sie nicht langsam die Kurve kriegen würde.

Dann hörte ich eine Stimme in meinem Kopf. *Wir sind zahlenmäßig weit unterlegen. Ihr müsst Samuel beschützen.*

Mein Herz pochte wie wild. Das Ritual war noch nicht vollendet, und schlimmer noch, die Berater mussten teilnehmen. *Ich werde kämpfen*, sagte ich Bodey und ärgerte mich kurz darüber, den Moment zu verpassen. Dieser Moment würde jedoch gar nicht stattfinden, wenn die Wölfe hierherkamen und Samuel töteten.

Nein, rief Bodey mir in meinen Gedanken zu. *Du kannst nicht einfach blindlings in die Schlacht rennen.*

Eine vertraute Hand ergriff meinen Arm. »Komm mit«, zischte Theo.

»Ja, wir müssen kämpfen.« Ich nickte, froh, dass Theo auf derselben Seite stand wie ich.

Knurrend zog er mich zu den Autos. »Wir werden nicht kämpfen. Ich bringe dich und Stevie von hier weg.«

Ich schüttelte den Kopf. »Ich werde Bodey nicht verlassen und einfach *weglaufen*.«

»Wenn du verletzt wirst, war alles umsonst.« Stevies Unterlippe zitterte. »Du musst mit mir kommen.«

»Nein!«

Wir werden uns verwandeln, teilte Michael uns mit, bevor er Janet seine Schlüssel übergab und seine Jacke auszog. Er rannte in Richtung der Wölfe. Die anderen Väter folgten ihm, während die Frauen an Ort und Stelle blieben. *Die Frauen müssen zu den Autos gehen.*

Traue weder Theo noch Stevie, aber ich stimme zu, dass du mit Mom, Stella und den anderen gehen musst. Bodeys Worte waren trotz der Unruhe klar und deutlich zu verstehen. Seine Augen waren auf mich gerichtet, während er immer noch am Fluss stand. *Sie könnte der Grund sein, warum dich die Späher in Halfway angegriffen haben. Geh zu meinem Auto und verschwinde. Ich lasse dich wissen, wann du zurückkommen und uns abholen kannst.*

Ein ungutes Gefühl machte sich in meinem Körper breit. *Ich werde nicht gehen. Entweder bleibe ich hier an deiner Seite oder ich kämpfe da draußen, um dich und Samuel zu beschützen.* Vermutlich wäre es besser, zu bleiben. Falls irgendwelche Wölfe an unserem Rudel vorbeikommen würden, könnte ich sie abwehren.

Ich warf einen Blick auf die Tinte, die weiterhin in der Luft wirbelte, als ob sie niemanden akzeptieren wollte.

»Was soll die Verzögerung?«, knurrte Jack. »Warum bewegt sich das Zeugs nicht?«

Dinas Augen verengten sich. »Ich verstehe es auch nicht.«

Das Schicksal war eben doch ein Miststück.

Als ob sie meinen Gedanken nicht zu würdigen wüsste, schwebte die Tinte plötzlich nach oben und bildete eine Linie, die sich über den Himmel bewegte.

Die Frauen umringten mich und beobachteten die Tinte. Ich musste mich nicht mit ihnen verbinden, um zu wissen, dass keine von ihnen ihren Gefährten zurücklassen wollte.

»Callie, das steht nicht zur Debatte.« Theo zerrte an meinem Arm, wodurch ich das Gleichgewicht verlor.

Ich fing mich gerade noch so und knurrte ihn an. »Ich gehe *nirgendwo* hin. Schon gar nicht mit dir.«

»Lass sie los«, schrie Bodey, seinen Blick auf mich gerichtet, während seine Angst das Blut in meinen Adern gefrieren ließ. »Mom, bring Callie hier weg.«

Ich grub meine Füße in den Boden. »Ich gehe nirgendwohin, egal, was ihr drei wollt.«

Plötzlich sprangen fünf Wölfe aus der Baumreihe auf uns zu. Ihnen folgten weitere und jetzt bewegten sich Janet und die anderen Frauen, um zu fliehen.

Janet nahm mir die Schlüssel aus der Hand und warf sie zusammen mit ihren zu Stella. »Nimm unsere Schlüssel«, befahl sie. »Wir bleiben hinter euch, falls wir uns verwandeln müssen.«

Stella nickte und trieb die anderen Frauen zu den Fahrzeugen.

Ich bereitete mich auf die Verwandlung vor. Ich hatte noch nie in meiner Wolfsgestalt gekämpft, aber das würde ich jetzt wohl lernen müssen.

»Was zum Teufel ist hier los?«, keuchte Jack, und meine Aufmerksamkeit richtete sich wieder auf die Jungs.

Die Tinte schwebte erst über Samuels Kopf, bewegte sich dann aber zu den Beratern.

Lucas kratzte sich im Nacken, seine Aufmerksamkeit glitt von der Tinte zu den Wölfen, die auf sie zugerast kamen. »Ausnahmsweise muss ich Jack zustimmen. Ich würde auch gerne wissen, was hier los ist.«

»Weißt du, was hier gerade passiert?«, rief Miles Dina zu.

»Nein.« Dinas Augen weiteten sich. »Aber wir können nicht gehen, sonst haben wir keinen Herrscher!«

»Vielleicht weiß die Tinte, dass Samuel nicht der Richtige ist«, scherzte Zeke, obwohl sein Körper angespannt war.

Die Wölfe kamen immer näher; sie würden in wenigen Sekunden bei den Beratern und Samuel sein. Ich hatte keine Zeit zu verlieren. »Ich muss kämpfen.«

Meine Haut kribbelte, als meine Wölfin die Kontrolle übernahm. *Callie, verschwinde. Bitte! Ich kann den Gedanken nicht ertragen, dass dir etwas Schlimmes zustößt*, ich konnte Bodeys Angst spüren.

Das kann ich nur so zurückgeben.

»Wir sind in der Unterzahl, Callie«, rief Theo und zerrte an mir, aber ließ mich sofort wieder los. »Dir wächst Fell.«

»Heilige Scheiße!« Stevie keuchte aus. »Wie ist das möglich?«

Meine Wölfin wimmerte und zog sich zurück, obwohl ich sie vorwärtsdrängte.

Was zum Teufel war ihr Problem? Wir hatten doch gestern Abend zusammengefunden!

Ich suchte noch intensiver nach dieser Verbindung, als weitere feindliche Wölfe auf uns zustürmten. Sie alle hatten es auf Samuel abgesehen und rannten, so schnell sie konnten.

Wunderbar! Das zweite Mal, dass ich mich verwandeln

wollte, aber stattdessen war ich kurz davor, ohnmächtig zu werden.

Unglaublich. Dennoch weigerte ich mich, aufzugeben.

Callie! Bodey verband sich, und ich spürte, wie er auf mich zustürmte.

»Das Ritual!«, rief Dina.

Nein! Er musste auf Samuel aufpassen, während die Tinte ihn markierte.

»Scheiß auf das Ritual«, knurrte Bodey. »Ich kann sie nicht einfach sterben lassen.«

Plötzlich schmerzten mein Nacken und meine Schulter, wo das Kribbeln begonnen hatte. Der Schmerz war schlimmer als alles, was ich je zuvor gespürt hatte. Um mich herum wurde alles schwarz.

»Scheiße«, röchelte Theo. »Callie, bleib hier. Ein Wolf will dich angreifen. Stevie, beschütze sie. Pass auf, dass ihr nichts passiert!«

»*Ich* werde sie beschützen«, knurrte Janet. »Das Mädchen kann gerne verschwinden.«

Ich stimmte zu. Ich traute Stevie nicht zu, mich zu beschützen. Mein Herz pochte immer schneller.

Ich hörte einen Wolf auf uns zukommen. Das Schlimmste war, dass ich ihn nicht sehen konnte. Ich konnte nur hören, wie er auf mich zuraste, während die anderen auf die Berater zustürmten.

»Wie ist das möglich?«, hörte ich Samuel flüstern.

Das war eine ausgezeichnete Frage. Die Wölfe sollten nicht hier sein. Ich hob den Kopf, um zu sehen, was los war.

»Callie, es wird alles gut«, versicherte mir Stevie mit besorgter Stimme.

Selbst wenn ich es gekonnt hätte, hätte ich ihr nicht geantwortet. Ich hatte Pearl für ein Miststück gehalten, aber im Vergleich zu Stevies Verrat, verblasste alles, was sie mir je angetan hatte.

Knochen knackten und der metallische Gestank von Blut umgab mich. Leider konnte ich immer noch nichts sehen. Ich war in Dunkelheit gehüllt.

Ich ging auf Händen und Knie und versuchte, in die Richtung zu kriechen, in die ich gezogen wurde, aber meine Gliedmaßen versagten.

»Callie«, flüsterte Janet und ich spürte ihre Hände auf mir. Mein Körper war schwer wie Blei, und sie konnte mich nicht bewegen.

»Tut ihr *nichts*«, brüllte Zeke.

Schreckliche Qualen überkamen mich, ergriffen Besitz von meinem Körper und meinen Sinnen. Meine Magie strömte durch mich hindurch und griff nach dem Schmerz, als würde sie ihn einladen, mit mir zu verschmelzen.

»Beschützt sie!«, rief Dina. »Das ist die letzte Phase des Rituals!«

Den Göttern sei Dank. Wir hatten es offenbar doch noch geschafft.

»Bodey, Lucas, nach links!«, schrie Samuel, seine Stimme war rau. Dann stöhnte er. »Bewacht sie um jeden Preis. Kümmert euch nicht um mich.«

Irgendetwas stimmte nicht. Das konnte ich in Samuels Stimme hören ... und in der Panik spüren, die von Bodey ausging. Ich konnte mich auf nichts anderes konzentrieren als auf die Dunkelheit und die Qualen, die ich verspürte.

Meine Wölfin heulte vor Schmerz ... und Akzeptanz. Unzählige Gefühle tobten in mir, während ich mich in den Boden unter mir krallte.

»Jemand muss ihr helfen!«, rief Stevie. »Irgendetwas stimmt nicht. Ich bekomme es nicht von ihr weg!«

Ich spürte Bodeys Panik und kurz darauf durchfuhr mich

ein schrecklicher Schmerz. Mein Gefährte war verletzt worden.

Bodey, wimmerte ich, unfähig, Worte mit meinen Lippen zu formen.

»Baby«, röchelte Bodey, als sein Körper neben mich sank. *Es geht mir gut. Ich bin da. Ich muss dich tragen.*

Eine raue, warme Hand umklammerte meine, und ein starkes, summendes Gefühl flammte in meinem Arm auf. Ich konzentrierte mich auf den süßen Schmerz, den die Berührung meines Schicksalsgefährten in mir auslöste. Wenn ich schon sterben musste, dann würde seine Berührung wenigstens das letzte sein, was ich spürte ... ihm so nah zu sein war das beste Gefühl der Welt.

Lautes Knurren umgab mich, als ich mich an meinen Gefährten klammerte und dann vollkommen der Dunkelheit erlag.

ÜBER DEN AUTOR

Lesen war schon immer eines meiner liebsten Hobbys, schon als kleines Mädchen. Als Kleinkind haben mir meine Eltern immer wieder Geschichten vorgelesen. Ich hörte sie so oft, dass ich die Bücher auswendig kannte und die Geschichte Wort für Wort aufsagen konnte.

Zu meinen Lieblingsgenres gehören Fantasy, Paranormales und zeitgenössische Liebesromane. Deshalb schreibe ich natürlich auch am liebsten darüber.

Ich habe einen Mann, zwei kleine Töchter und einen Mini Australian Shepherd. Ich habe die meiste Zeit meines Lebens in Tennessee gelebt und liebe diesen Staat.

Ich bin extrem koffeinsüchtig und trinke für mein Leben gerne Kaffee und Lattes.

Ich freue mich sehr, wenn du auf meiner Seite vorbeischaust. Du kannst mich gerne kontaktieren.

E-Mail: authorjenlgrey@gmail.com

www.jenlgrey.com

BÜCHER VON JEN L. GREY

Schicksalswege-Trilogie

Bestimmung

Dämmerung

Shadow City: Der Silberwolf

Unverhoffte Gefährten

Der Aufstieg der Dunkelheit

Silbermond

Shadow City: Königliche Vampire

Verfluchte Gefährtin

Vom Schatten gebissen

Dämonenblut

Shadow City: Dämonenwolf

Zerstörte Gefährten

Gebrochener Fluch

Vom Schicksal bestimmt

Shadow City: Dunkler Engel

Gefallener Gefährte

Von Dämonen gezeichnet

Dunkler Prinz

Tödliche Geheimnisse

Shadow City: Silberne Gefährtin

Zerrütteter Wolf

Schicksalsherzen

Gnadenloser Mond

Die Drachenprinz Trilogie

Gefährtin der Drachen

Drachenprinz

Drachenschicksal

Der Wolf in mir

Geheime Schicksalsgefährten

Blutsgeheimnisse

Erwachte Magie

Die Verborgener-König-Serie

Drachengefährte

Drachenerbe

Drachenkönigin

www.ingramcontent.com/pod-product-compliance
Lightning Source LLC
Chambersburg PA
CBHW021333310726

48971CB00001B/107